Roman Voosen
Kerstin Signe Danielsson

AUS EISIGER TIEFE

EIN FALL FÜR INGRID NYSTRÖM
UND STINA FORSS

Kiepenheuer & Witsch

MIX
Papier aus verantwortungsvollen Quellen
FSC® C083411
Verlag Kiepenheuer & Witsch, FSC®-N001512

2. Auflage 2014

Umschlaggestaltung: Barbara Thoben, Köln
Umschlagmotiv: © plainpicture / Briljans
Autorenfoto: © Marco Quandt
Gesetzt aus der Swift und Lithos
Satz: Felder KölnBerlin
Druck und Bindearbeiten: CPI books GmbH, Leck
ISBN 978-3-462-04694-6

Das Buch

Schweden 1994: An einem kalten Herbstmorgen findet eine Frau in ihrem Garten ein verstörtes, sprachloses Kind im Schlafanzug. Es ist der neunjährige Nachbarsjunge. Seine Eltern sind über Nacht spurlos verschwunden. 20 Jahre später wird im småländischen Växjö bei Bauarbeiten eine Leiche entdeckt. Es scheint sich um einen seit Langem vermissten Osteuropäer zu handeln. Kommissarin Ingrid Nyström und ihre junge Kollegin, die Deutschschwedin Stina Forss, nehmen die Ermittlungen auf. Die Spuren führen zunächst zu baltischen Schmugglerbanden, die nach dem Zusammenbruch der Sowjetunion in Südschweden operierten. Als die Leiche plötzlich aus der Rechtsmedizin verschwindet, erkennen die Ermittlerinnen, dass der Fall noch längst nicht abgeschlossen ist. Während Nyström mit den Folgen einer Operation kämpft und Forss sich um ihren schwer kranken Vater kümmern muss, wird ein zweiter Toter gefunden. Auch hier führen die Ermittlungen in die Vergangenheit – zum Untergang der *Estonia* im Jahre 1994, dem schwersten Schiffsunglück der europäischen Nachkriegsgeschichte. Die beiden ungleichen Frauen stehen vor einer Mauer aus Lügen, politischer Intrige und wilden Verschwörungstheorien.

Die Autoren

Kerstin Signe Danielsson, Jahrgang 1983, geboren und aufgewachsen in Växjö/Smaland, studierte in Deutschland und Schweden.
Roman Voosen, Jahrgang 1973, aufgewachsen in Papenburg, studierte und arbeitete in Bremen, Växjö und Göteborg.
Sie leben und schreiben gemeinsam in Hamburg.

Weitere Titel bei Kiepenheuer & Witsch

»Später Frost. Der erste Fall für Ingrid Nyström und Stina Forss« (KiWi 1290), »Rotwild. Ein Fall für Ingrid Nyström und Stina Forss« (KiWi 1338).

KiWi

1404

Nur sein Auge sah alle die tausend Qualen der Menschen bei ihren Untergängen. Diesen Weltschmerz kann er nur aushalten durch den Anblick der Seligkeit ...

JEAN PAUL: SELINA ODER ÜBER DIE UNSTERBLICHKEIT DER SEELE

Come On Die Young

MOGWAI

PROLOG

Der Junge wachte auf. Er öffnete die Augen und blinzelte ins Zwielicht seines Kinderzimmers. Hatte ihn ein Geräusch geweckt? Er lauschte. Aber es war still in dem kleinen Raum, so still, dass er das Ticken des mechanischen Weckers auf seinem Nachttisch hören konnte. Die phosphoreszierenden Zeiger standen auf Viertel nach drei. Er wusste, was das bedeutete. Mit Zahlen kannte er sich aus und die Uhrzeit konnte er lesen, seit er vier Jahre alt war. Es war mitten in der Nacht. Der heftige Wind musste nachgelassen haben; kein Pfeifen mehr in den Zwischenwänden, kein Klappern der Dachschindeln, kein Ächzen der rostigen Regenrinne; selbst die Bäume aus dem Vorgarten, deren Schatten im Mondlicht wie Tigerstreifen auf die orangefarbenen Vorhänge fielen, standen vollkommen still. Der Junge konnte sich nicht erinnern, sein Zimmer schon einmal so gesehen zu haben. Der Raum hatte sich in eine Geisterwelt verwandelt. Dort, wo sonst sein Schreibtischstuhl stand, auf dem ihm seine Mutter immer die Kleidung für den nächsten Tag zurechtlegte, schien ein Gnom zu hocken und ihn mit glänzenden Augen zu beobachten. Über dem Kleiderschrank, wo eigentlich das Segelflugzeug an der Decke hing, das er im Sommer gemeinsam mit seinem Vater gebaut hatte und das tatsächlich einige Hundert Meter weit geflogen war und bei der Landung eine ganze Kuhherde in Aufruhr gebracht hatte, schwebte ein böse starrender Flugsaurier in der Luft und wartete nur darauf, auf ihn herabzustürzen und ihn mit seinem spitzen Schnabel zu stechen. Und auf dem Fußboden vor seinem Bett, wo er gestern Abend noch seine Holzeisenbahn aufgebaut hatte, wand sich nun eine meterlange Python, bereit, ihn mit Haut und Haaren zu verschlingen. Er tastete in der Ritze zwischen Matratze und Wand nach seiner Taschenlampe. Erst vergangene Woche hatte er herausgefunden, dass die Phosphorziffern seines Weckers heller leuchteten, wenn man sie vorher einer intensiven Lichtbehandlung mit der Stablampe unterzog. Er fand die Lampe und knipste sie an. Jetzt, mit seinem Lichtschwert ausgerüstet, fasste er genügend Mut, um sich im Bett aufzusetzen und den lauernden Kreaturen ins Auge zu sehen. Und tatsächlich: Unter dem Bannstrahl seiner Waffe schrumpfte der Gnom wieder zu einem Schreibtischstuhl mit Jeans, der Flugsaurier wurde zu einem Segelflieger aus Balsaholz und die Würgeschlange verwandelte sich zurück in seine Eisenbahnanlage. Er atmete durch, sein Puls beruhigte sich. Sein Mund war trocken. Er griff nach dem Wasserglas auf dem Nachttisch. Beinahe hätte er wirklich Angst bekommen, so viel Angst, dass er aus seinem Zimmer gerannt und zu seinen Eltern ins Bett gehüpft wäre. Und das wäre doch wohl ein bisschen peinlich gewesen, er war schließlich schon ein großer Junge, neun Jahre alt, und sein Vater hätte ihn am nächsten Morgen ganz bestimmt damit aufge-

zogen. Da war es doch gut, dass er seine Angst allein überwunden hatte. Er war sogar ein bisschen stolz auf sich. Was für eine machtvolle Waffe so eine Taschenlampe doch war! Wie ein Weltraumritter ließ er die Lichtklinge durch die Dunkelheit fahren und Wunden ins Zwielicht schneiden. Wie ein Jedi-Ritter. Er zeichnete mit ihr flüchtige Kringel an die Decke, dann komplizierte Muster und schließlich schrieb er voll Übermut seinen Namen an die Wand.

LUKE SKYWALKER, der Unbesiegbare, hatte für Ordnung gesorgt.

Als er das R mit einem ausladenden Schwung vollendet hatte, blieb der Lichtkegel der Lampe auf dem Regal über seinem Schreibtisch stehen und beleuchtete das Regal, auf dem er seine Modellschiffsammlung aufbewahrte. Es dauerte nur wenige Augenblicke, bis er begriff, dass überhaupt nichts in Ordnung war: Sein wichtigstes Schiff, die große Fähre, das Geburtstagsgeschenk von seinem Vater – es fehlte.

Es fehlte!

Wie konnte das sein?

Wie war das möglich?

Er war jetzt wach und sprang aus dem Bett. Mehr Licht, er brauchte mehr Licht! Fünf hastige Schritte brachten ihn zum Schalter neben der Tür, beinahe wäre er über die dumme Holzeisenbahn gestolpert, dann flammte die Deckenlampe auf. Zwei weitere Schritte und er stand vor dem Regal. Es blieb wahr.

Das Schiff, sein Lieblingsschiff, war weg, verschwunden. Gestern Abend war es noch da gewesen. Das wusste er genau, denn wie jeden Abend hatte er nach dem Spielen die Schiffe auf dem Regal in Position gerückt, alle vier, ordentlich nach Größe geordnet: die Fregatte, den Zerstörer, das Löschschiff und eben die Fähre. Nun war die Fähre fort. Unbehagen kroch ihm den Nacken hinauf. Einbrecher, durchfuhr es ihn, es mussten Einbrecher im Haus gewesen sein und sein Schiff gestohlen haben! Nun gab es kein Halten mehr.

»Papa!«, rief er, so laut er konnte. Schon durchquerte er den Flur. »Papa, Mama, aufwachen!«

Er riss die Tür des Elternschlafzimmers auf, seine Hand knallte auf den Lichtschalter.

Doch Mama und Papa waren nicht da! Das Bett war leer! Die Bettdecken lagen so glatt und straff, wie Mama sie morgens immer zurechtmachte. Die Wucht der Angst riss ihn fast von den Beinen. Sie war größer als sein Mut, größer als sein Herz, sie pochte in seiner engen Brust, so sehr, dass es wehtat. Gleichzeitig schrillte eine Alarmglocke in seinem Kopf. Unten, dachte er, sie müssen unten sein. Er raste die Treppe hinab, schlug auf die Lichtschalter, schrie nach seinen Eltern.

Doch die Küche war leer.

Das Wohnzimmer war leer.

Im Badezimmer war niemand.

Er schaute in den Abstellraum, riss Schranktüren auf, rannte in den Keller. Er sah in seiner kindlichen Verzweiflung sogar in der Garage und im Gartenhäuschen nach. Dann wusste er nicht mehr, wo er noch suchen sollte. Barfuß und im Schlafanzug stand er in der feuchten, mondkalten Nacht. Obwohl er erst neun Jahre alt war, begann er zu verstehen. Es war etwas ganz und gar Unlogisches passiert. Seine Eltern waren fort. Sie hatten ihn zurückgelassen. Er war nun vollkommen allein auf der Welt.

MONTAG, 13. OKTOBER

1

Eigentlich bin ich zu alt für diesen Mist, dachte Hanns Löfven, als er sich die schwere Pressluftflasche auf den Rücken wuchtete. Er schob das Mundstück am Schlauchende zwischen die Zähne und drehte das Ventil auf. Es war halb acht am Morgen, die digitale Temperaturanzeige in seinem Wagen hatte auf der Fahrt hinaus zum Golfplatz nach Araby sechs Grad angezeigt und vor ihm, gleich dort, wo das Green von Bahn Nummer sechs endete, klatschte der große, aufgewühlte Helgasee Wellen an die Uferböschung. Im Sommer mochte die Aussicht ja fantastisch sein, aber heute war definitiv kein guter Tag, um Golf zu spielen. Ein böiger, feuchter Wind riss an den Bäumen, schnitt ihm ins Gesicht und trieb die letzten Reste der nebligen Dämmerung aus den Senken und Sandbunkern. Löfven spürte die Schmerzen in seinen Kniegelenken und Ellenbogen und hinten im Kreuz, wo die Pressluftflasche drückte. Höchste Zeit abzutauchen, dachte er, denn je eher er den Job hinter sich brachte, desto früher würde er zu Hause in seinem Reihenhaus in Hässleholm unter einer heißen Dusche auftauen und sich entspannen können. Er ruckelte die Tauchermaske zurecht. Nicht, dass man da unten etwas würde sehen können. Die Wasserhindernisse auf südschwedischen Golfplätzen waren wie wahrscheinlich auch überall sonst auf der Welt die reinsten Schlammlöcher. Aber wenigstens bot die Maske den Augen Schutz vor dem dreckigen, eisigen Wasser. Löfven war alles andere als ein Golfballtaucher aus Leidenschaft. Angesichts seiner rheumatoiden Arthritis war sein Beruf im Grunde Selbstmord auf Raten. Sein Arzt riet ihm jedes Mal unmissverständlich und mit einem besorgten Kopfschütteln dazu, mit dem Tauchen in kalten Gewässern sofort und für immer aufzuhören.

Aber was hatte er schon für eine Wahl? Wo sollte er denn als siebenundfünfzigjähriger arbeitsloser Industriemechaniker noch einen einigermaßen gut bezahlten Job finden? Als der Betrieb in Höör, bei dem er sein Leben lang gearbeitet hatte, vor sieben Jahren in Konkurs gegangen war, war ihm die Idee seines Neffen Nils, gemeinsam eine Golfballtauchfirma zu gründen, gerade recht gekommen. Tauchen konnte er, seit er seinen Wehrdienst bei der Marine absolviert hatte, die Anfangsinvestitionen hielten sich in Grenzen und die Umsatzprognosen in Nils' Businessplan klangen solide. Bei ihrem ersten Banktermin hatte sie die Frau aus der Kreditabteilung zwar noch skeptisch angesehen, aber nach zwei Jahren hatte die Firma bereits schwarze Zahlen geschrieben und mittlerweile war *Skåne Lakeballs* Marktführer für gebrauchte Golfbälle in ganz Südschweden. Dabei war das Geschäftsprinzip simpel: Landesweit boomte das Golfspielen und jedes Jahr landeten Hunderttausende von Golfbällen in Wassergräben, Tümpeln und Teichen, dabei kostete ein Markengolfball durchaus bis zu fünfzig Kronen das Stück. Hanns Löfven und sein Neffe Nils fuhren also die småländischen und schonischen Golfplätze ab, tauchten in den Wasserhindernissen nach dem weißen runden Gold, reinigten die erbeuteten Bälle in eigens dafür umgebauten Waschmaschinen, sortierten sie, katalogisierten sie und verkauften sie dann über das Internet. Die Golfclubs oder Platzeigner bezahlte man entweder mit einer kleinen Provision oder man überließ ihnen kostenlos die geborgenen billigen Übungsbälle. Pro Tauchgang brachten sie bis zu tausend Bälle ans Tageslicht. Sie waren Schatzsucher, die vom Ungeschick der vielen ambitionierten Hobbyspieler profitierten.

Löfven ließ sich vorsichtig in den lang gezogenen Wassergraben auf Bahn Nummer sieben gleiten. Trotz des Neoprenanzugs raubte ihm die Kälte wie jedes Mal fast den Atem. Eine einsam dahinpaddelnde Ente glotzte ihn erbost an, dann schwamm sie ans Ufer des Grabens und watschelte Richtung See davon. Löfven tauchte unter. Sofort übernahm sein Tastsinn die Orientierung. An der flachen Uferböschung war die Arbeit noch relativ leicht. Während er mit behandschuhten Fingern die Bälle ertastete und aus dem Schlick klaubte, musste er wie so oft unter Wasser an seine Kindheit in Östergötland denken, als er den Großeltern bei der Feldarbeit geholfen hatte. Sie ernteten gute, ehrliche Kartoffeln, die Früchte ihrer guten, ehrlichen Arbeit. Und was ernte ich? Golfbälle, verdammte Golfbälle. So weit war es mit Schweden also in den vergangenen fünfzig Jahren gekommen.

Bald hatte er das erste Netz an seinem Gürtel prall gefüllt. Er wandte sich den tieferen Regionen des Grabens zu. Hier war auch der Schlamm tiefer, morastiger. Der Platzwart hatte ihn vorgewarnt. In der letzten Woche hatte es in dem Wasserhindernis Ausbaggerungsarbeiten gegeben, da die Verschlickung überhandgenommen hatte, dabei waren allerdings die Schutzfolie und der Betonboden auf dem Grund des künstlichen Gewässers beschädigt worden und die Baggerarbeiten hatten abgebrochen werden müssen. Im Frühjahr würde man das ganze Wasser ablassen und den Graben umfangreich sanieren müssen. Löfven konnte das Maß der Zerstörung ertasten, das der unvorsichtige Baggerführer angerichtet hatte: herausgerissene Wasserpflanzen, Fetzen von dicker Teichfolie, vereinzelte Betonbrocken. Mittlerweile war ihm so kalt, dass er seine Gliedmaßen kaum noch spürte. Das zweite Netz mache ich noch voll, dachte er, dann ist hier unten Schluss. Tief stieß er seine tauben Arme in den weichen Schlamm. Plötzlich war da etwas, das da nicht hingehörte. Etwas Großes, Hartes, Rundliches.

Was war denn das?

Definitiv kein Golfball. Nein, dazu war es viel zu groß und außerdem hatte es merkwürdige Vertiefungen. Was konnte das sein? Vor Löfvens Augen war es vollkommen schwarz. Kein Lichtstrahl verirrte sich in das drei Meter tiefe Wasser. Er tastete, fühlte. Sein Zeigefinger glitt in ein Loch, sein Mittelfinger in ein weiteres und dann auch noch sein Daumen. Das Ding hatte drei Löcher! Er hob es an. Es hatte ein ordentliches Gewicht. Auf einmal ahnte er, was es sein könnte.

Eine Bowlingkugel?

Welcher Idiot wirft denn eine Bowlingkugel in einen Graben auf einem Golfplatz, fragte er sich. Man fand ja allerhand seltsame Sachen unter Wasser, einen Skistock hatte er schon geborgen, einen Schuh und einmal sogar einen Schuhlöffel, aber eine Bowlingkugel? Für einen Augenblick war er unsicher, was zu tun war. Sollte er das Ding einfach da unten liegen lassen? Nein, entschied er. Das entsprach nicht seinem Berufsethos. Schließlich gehörte eine Bowlingkugel nicht in einen Golfplatzgraben. Er zog die Kugel mit aller Kraft aus dem Schlamm und paddelte zum Ufer. Als er Grund unter seinen Flossen spürte, ging er in die Hocke, dann zog er das schwere Ding mit einem Ruck hoch und hob es auf die Grasnarbe neben sich. Mit der freien Hand zog er die beschlagene Taucherbrille vom Gesicht. Und dann sah er es.

Die Bowlingkugel war gar keine Bowlingkugel.

Bowlingkugeln haben keine Zähne. Er riss seine Hand aus dem Mund und den Augenhöhlen des schlammgefüllten Totenschädels und schrie so laut, dass seine Stimme weit über den See bis hinüber nach Öjaby hallte.

2

Von außen sah alles ganz normal aus. Von außen sah alles sogar richtig gut aus, wenn sie ehrlich war. Ihr Busen wirkte prall, symmetrisch und in der neuen Unterwäsche, die sie von ihren Töchtern zum Geburtstag bekommen hatte, sogar ein bisschen sexy. Ingrid Nyström zupfte zum wiederholten Mal an dem eleganten BH herum, glättete mit zwei Fingern behutsam die feine Spitzenbordüre und strich über den kühlen, bordeauxrot schimmernden Stoff. Dann drehte sie ihren Körper um neunzig Grad und prüfte mit einem Schulterblick in den Spiegel – eine Pose, die ihr beinahe keck vorkam –, wie sich ihre Linien im Profil ausmachten. Sie sah runde Schultern, volle Brüste, einen halbwegs flachen Bauch – zumindest wenn sie ihn wie jetzt einzog – und einen

Po, der nach ihrem Geschmack in den vergangenen Jahren ein wenig zu groß geworden war. Aber andererseits: Was hieß schon zu groß? Sie war seit letzter Woche vierundfünfzig Jahre alt und in Anbetracht dieser Tatsache und vor allem angesichts dessen, was sie in den vergangenen anderthalb Jahren durchgemacht hatte, konnte sie mit ihrem äußeren Erscheinungsbild durchaus zufrieden sein.

Das Problem war, dass es innen drin ganz anders aussah.

Innen, in ihrer Seele.

Aber auch innen, in ihrem Körper.

Mochte ihr Busen vor dem Spiegel auch noch so gleichmäßig und gesund aussehen, er war es absolut nicht. Er teilte sich in zwei Hälften. Es gab die rechte, die gute Seite. Die warme Seite. Und es gab die andere Hälfte. Die kranke, kaputte Brust, aus der man ein großes Stück hatte entfernen müssen. Die Krebsbrust, in der nun ein kaltes Silikonkissen so tat, als gehöre es zu ihr. Die fremde, die linke Brust, direkt über ihrem Herzen, barg den eiskalten Keim der Angst. Dass das alles noch nicht vorbei war. Dass irgendwo in ihrem Körper tödliche Zellen überlebt haben könnten, jederzeit bereit, Metastasen zu bilden.

Es war siebzehn Monate her, dass sie die Diagnose bekommen hatte. Am Anfang war alles sehr schnell gegangen. Die Operation, in der das betroffene Gewebe und die Wächterlymphknoten in den Achselhöhlen entfernt worden waren. Der chirurgische Wiederaufbau der Brust. Die kräftezehrende Zeit der Bestrahlung und die fortlaufende antihormonelle Therapie. Dabei war im Grunde alles recht unproblematisch verlaufen. Sie erfüllte den Heilungsplan, wie ihre Ärzte sagten. Der Tumor war lokal begrenzt, ihr Körper vertrug die Strahlenbelastung und die Medikamente bemerkenswert gut und alle messbaren Werte waren bald wieder im grünen Bereich. Nach einem sechswöchigen Regenerationsaufenthalt in einer Klinik in Kalmar, in der sie Anders und die Mädchen beinahe täglich besucht hatten, war sie wieder nach Hause gekommen und drei Monate nach der OP hatte sie ihre Arbeit als Hauptkommissarin der Kriminalpolizei Växjö wieder aufgenommen. Zu Beginn hatten sie alle mit Samthandschuhen angefasst.

Kann ich dir etwas Arbeit abnehmen, Ingrid?

Möchtest du noch einen Tee, Ingrid?

Nimm dir doch einen freien Nachmittag, Ingrid!

Ingrid hier, Ingrid, da. Natürlich war das alles gut gemeint gewesen, aber es war ihr schon bald auf den Geist gegangen. Die Kollegen aus ihrer Abteilung hatten im ganzen Präsidium Geld gesammelt und ihr einen neuen, ergonomischen Schreibtischstuhl gekauft, ein richtig schickes Ungetüm auf sieben Rollen, mit diversen Hebeln, Knöpfen und Polsterungen. Das Ding hatte sogar eine eigene Gebrauchsanweisung auf einer beiliegenden DVD. Ein Stuhl mit einer digitalen Gebrauchsanweisung, das musste man sich mal auf der Zunge zergehen lassen! Man hatte sie auf Rosen gebettet, auf ergonomischen Polstern mit sieben Rollen und Ingrid Nyström war ein Mensch, den genau das gehörig nervte. Natürlich hatte sie verstanden, dass ihr berufliches Umfeld ebenso etwas kompensierte wie ihre Freunde und selbst ihre Familie: Sprachlosigkeit. Wie, um alles in der Welt, sollte man auch angemessen über Brustkrebs sprechen? Es ging ja schließlich nicht um eine Grippe oder einen Beinbruch. Selbst von einer Hüftoperation konnte man sachlich und halbwegs unverfänglich erzählen. Aber von ihrer Erkrankung?

Wie geht es deinem Brustkrebs, Ingrid?

Danke der Nachfrage. Man hat einen Teil meiner Brüste abgeschnitten, mich hochenergetisch bestrahlt und wird mich noch die nächsten Jahre mit Chemie vollstopfen. Vor jeder Nachunter-

suchung habe ich Todesangst, dass der Tumor zurückkehrt. Mir geht es ganz ausgezeichnet!

Selbstverständlich wusste sie, dass ihr Sarkasmus nicht weiterhalf. Und sie hatte sich nach Leibeskräften bemüht, die ausgestreckten Hände, die man ihr entgegenhielt, zu greifen. Sie war freundlich, höflich und bemüht gewesen und trotzdem hatte sich zwischen ihr und ihrer Umwelt eine Mauer aufgebaut und es hatte nichts gegeben, was sie dagegen hatte tun können. Auf der einen Seite gab es sie, auf der anderen Seite die anderen, die Gesunden.

Dann, nach einigen Monaten, veränderte sich das Verhalten ihr gegenüber allmählich. Es war, als würden alle nach und nach vergessen, was mir ihr geschehen war. Alle taten so, als wäre sie wieder vollkommen gesund. Und offiziell, nach den Aussagen ihrer Ärzte war sie das ja auch. Nur – es fühlte sich überhaupt nicht so an.

Sie griff nach der Bluse, die sie zurechtgelegt hatte, eine schwarze, unter der man den dunklen BH nicht würde sehen können.

»Du siehst sehr schön aus.«

Die Stimme von Anders stand im Raum wie ein Angebot. Sie drehte sich zu ihrem Mann um.

»Ich hatte gar nicht mitbekommen, dass du schon wach bist.«

Anders lächelte.

»Schon eine ganze Weile.«

Er richtete sich auf.

»Und wie lange siehst du mir schon zu?«

Sein Lächeln wurde noch eine Spur breiter.

»Schon eine ganze Weile, schöne Frau.«

Jetzt musste auch sie lächeln.

»Flirtest du etwa mit mir?«

»Ich weiß nicht. Vielleicht findest du es heraus, wenn du

die Bluse da für einen Moment zur Seite legst und noch einmal zu mir ins Bett kommst?«

Sie sah ihn an. Für einen Augenblick schien es wirklich möglich. Da war der Glanz in seinen Augen, das Begehren. Und das Gefühl, dass er sie beobachtet hatte, ein gutes Gefühl. Und eine Sehnsucht in ihr. Eine starke, machtvolle Erinnerung. Doch dann war der Augenblick vorüber. Etwas in ihr krampfte sich zusammen, in ihrer linken Brust, etwas Kaltes.

»Anders, ich ...«

Es war nicht nötig, dass sie weitersprach, ihr Zögern hatte längst für sie geantwortet. »Es ist schon gut«, sagte er und sie sah die Enttäuschung in seinem Blick.

Gar nichts war gut.

»Es tut mir so leid«, sagte sie.

Anders drehte seinen Körper, ließ seinen Kopf zurück ins Kissen sinken.

»Heute sind es fünfhundert Tage«, sagte er und sah an die Decke.

»Fünfhundert Tage?« Sie dachte nach. »Zählst du etwa die Tage seit der Diagnose?«, fragte sie.

Er ließ sich mit der Antwort Zeit.

»Nein«, sagte er schließlich. »Ich zähle die Tage, seit wir das letzte Mal miteinander geschlafen haben.«

Ihr fiel die Bluse aus der Hand. Das Eis in ihrer Brust knackte. Ich erfriere, dachte sie. Ich erfriere von innen.

Dann klingelte ihr Handy.

3

Als ihr Handy klingelte, stand Kommissarin Stina Forss inmitten eines Chaos aus Reinigungsmitteln, Putzeimern, Besen und einem jaulenden Staubsauger. Mit einer Hand balancierte sie die auf maximale Länge ausgezogene Staubsaugerdüse in die Ecke der Zimmerdecke, die besonders von Spinnweben heimgesucht worden war, mit der anderen hielt sie eine wackelige Trittleiter fest, auf der ihre Nichte Tuva stand und versuchte, die Vorhänge von der Gardinenstange zu lösen, was sich schwieriger gestaltete, als sie zunächst gedacht hatten, da die Gardinenringe mit einem anachronistischen Mechanismus verschlossen waren, dessen haptische Komplexität Tuvas zappelige Teenagerhände an ihre Grenzen brachte. Forss hatte sich ein paar Tage frei genommen, da sich die Überstunden auf ihrem Arbeitszeitkonto in den vergangenen Monaten zu einer astronomischen Ziffer addiert hatten, während Tuva eigentlich krank war, Halsschmerzen – zumindest hatte sie das am Morgen so glaubhaft versichert, dass ihre Eltern es ihr abgenommen hatten, doch kaum waren Maj und Mathias und die jüngere Schwester Lea aus dem Haus gewesen, war eine spontane Besserung eingetreten und sie war die Treppe hinauf zur Dachwohnung ihrer Tante Stina gehuscht, wo allemal mehr los war als in ihrem eigenen, langweiligen Bett. Frühjahrsputz im Herbst, allemal besser, als in die Schule zu gehen.

Mit der leichten Erreichbarkeit ihrer Dachwohnung war das so eine Sache, dachte Forss oft. Als sie vor knapp zwei Jahren aus Berlin in ihre Heimat Schweden zurückgekehrt war, um näher bei ihrem kranken Vater zu sein, war die leerstehende Ferienwohnung im Dachgeschoss des Hauses ihrer Cousine Maj und ihrem Mann Mathias eine praktische

Übergangslösung gewesen. Von der kleinen Ortschaft Moheda aus war es weder weit nach Växjö, wo sie an der Polizeihochschule und im Präsidium einen einjährigen EU-Anerkennungslehrgang absolviert hatte, damit ihre deutsche Kripoausbildung auch in Schweden Gültigkeit besaß, noch nach Ljungby, wo ihr Vater in einem Pflegeheim lebte. Im Laufe der Zeit war aus der Übergangslösung ganz unmerklich ein Dauerzustand geworden. Nach Ablauf des Anerkennungsjahres war sie als Kommissarin in den regulären Polizeidienst in Växjö übernommen worden, aber selbst mit der Perspektive, nun dauerhaft in Schweden zu bleiben, hatte sie irgendwie den Zeitpunkt des Absprungs aus der Wohnung verpasst. Ohne es wirklich zu wollen, war sie mehr oder weniger ein fester Bestandteil der Familie Lundin geworden. Ihre Nichten zweiten Grades, Tuva und Lea, beteten sie an, Mathias war ihr freundschaftlich verbunden und mit ihrer Cousine Maj hatte sie in ihrer Kindheit ganze Sommerferien im Sägewerk des Onkels verbracht; zwischen ihnen herrschte eine Offenheit und Herzlichkeit, die sich bis heute gehalten hatte. Sich allein eine Bleibe in der Stadt zu suchen, kam ihr überflüssig vor. Und mit einer wirklich schützenswerten Privatsphäre – in dem Sinne, dass sie eine Form von regelmäßiger Zweisamkeit beinhaltet hätte, die man vielleicht nicht unbedingt mit der Familie seiner Cousine teilen wollte – hatte Forss eh nicht aufzuwarten – aus Gründen, die so kompliziert waren, dass sie selten darüber nachdenken wollte.

Sicher, im Vergleich zu Berlin fühlte sich ihr neues, schwedisches Leben in der Provinz manchmal eng an. So eng, dass sie glaubte, keine Luft mehr zu bekommen und auf der Stelle zu ersticken. So gleichmäßig, ausgewogen, spießig und rational, dass sie Angst hatte, innerlich zu vertrocknen. Dann musste sie ganz schnell raus aus Moheda, aus Växjö und dem kleinen Småland, dann musste sie ganz schnell dahin, wo es laut war und groß, nach Kopenhagen zum Beispiel, oder Stockholm oder besser noch zurück nach Berlin, wo es nach Rausch schmeckte und nach Leben und manchmal vielleicht auch nach Schweiß auf nackter Haut.

Ihr Handy klingelte so ausdauernd und laut, dass es den brüllenden Staubsauger übertönte. Sie stellte das vorsintflutliche Gerät aus, half Tuva von der Leiter und nahm das Gespräch an.

Eine Minute später war der Plan vom Großreinemachen Geschichte.

»Ich muss zur Arbeit«, sagte Forss, nachdem sie das Telefonat beendet hatte.

»Und die Vorhänge?«, fragte Tuva.

»Die müssen wohl warten. Du kannst natürlich mit dem Wischen oder dem Staubsaugen weitermachen, wenn du willst, aber ich muss jetzt ganz schnell los.«

Forss zog sich ein altes Sweatshirt über den Kopf und strampelte die Jogginghose von den Beinen.

»Irgendwie tut mein Hals doch noch ganz schön weh«, krächzte Tuva. »Vielleicht sollte ich mich besser wieder ins Bett legen.«

»Das wird wohl das Beste sein«, lächelte Forss und griff nach ihrer Jeans.

Kurz darauf steuerte sie ihren VW Polo aus der Einfahrt, bog von der 126 links ab in den Slätthögsvägen, passierte die ehrwürdige Clogsfabrik, ließ den Ortskern hinter sich, fuhr am Furensee vorbei, dann an dem großen Bauernhof, der an warmen Sommersonntagen Antikmärkte veranstaltete, zu denen Tausende Schaulustige strömten, ordnete sich auf der L30 hinter einem Holzlaster ein und folgte dem Lkw in südlicher Richtung bis nach Växjö. Ein kräftiger Herbstwind trieb weiße Wolkenfetzen über den dunkelgrauen Himmel und zupfte an den Fichtenwipfeln zu beiden Seiten der Straße. Die Moderatorin des Lokalsenders, den Forss im Autoradio eingestellt hatte, bewies angesichts des unwirtlichen Herbstwetters Humor und spielte nur Songs, die irgendwie mit Sommer oder Sonne zu tun hatten. Forss ließ Chrissie Hynde und die ewigen Pretenders noch über sich ergehen, aber bei Sunshine Reggae war es allerhöchste Zeit, den Sender zu wechseln.

Auf dem Parkplatz des Golfclubs standen nicht mehr als ein Dutzend Fahrzeuge, darunter ein Streifenwagen. Sie erkannte den Kastenwagen der Spurensicherung, ein Einsatzfahrzeug der Wasserschutzpolizei und Ingrid Nyströms Toyota. An der Rezeption des Clubheims, ein ehemaliges Herrenhaus mit hohen Fenstern, traf sie einen aufgeregt wirkenden Angestellten mit Sonnenbrille im Haar. Der sollte vielleicht auch mal den Radiosender wechseln, dachte Forss. Nachdem sie ihren Dienstausweis gezeigt hatte, beschrieb ihr der junge Mann mithilfe eines Faltplans den Weg zu dem Wasserhindernis auf Bahn sieben. Die Strecke dorthin war weiter, als sie angenommen hatte. Ihr ging auf, dass die eigentliche körperliche Betätigung beim Golfen vielleicht eher aus dem dauernden Gehen bestand als aus dem Schlagen der Bälle. Trotz ihrer Vorurteile gegenüber dem Sport musste sie sich eingestehen, dass der Spaziergang über den weiten Platz anregend war. Der alte Laubbaumbestand, der gepflegte Rasen auf dem sanft gewellten Boden und im Hintergrund der mächtige Helgasee: eine idyllischere Umgebung für eine Freiluftaktivität konnte man sich kaum vorstellen; im Sommer musste es hier draußen wirklich toll sein.

Als sie eine dicht stehende Gruppe aus Eichen, Buchen und Ahorn umrundet hatte, sah sie ihre Kollegen in der Ferne stehen. Die Blätter der mächtigen Bäume hatten in dem diesigen Wetter jede Farbpracht verloren. Während Forss auf den Wassergraben zuging, versuchte sie sich an das Wenige zu erinnern, das Nyström ihr am Telefon gesagt hatte.

Eine Art Toter.

Menschliche Überreste.

Fortgeschrittener Grad der Verwesung.

Eine Art Toter – was sollte das überhaupt bedeuten? Entweder war man tot oder nicht, entweder gab es eine Leiche oder es gab eben keine. Ihre Chefin hatte sich nicht gerade präzise ausgedrückt. Trotzdem spürte sie nun, so nahe am Ort des Geschehens, eine vertraute Spannung in sich aufsteigen. Ein gutes, ein seltenes Gefühl. Sie beschleunigte ihre Schritte.

Sie begrüßte Ingrid Nyström, ihre Kollegen Hugo Delgado und Anette Hultin, die Rechtsmedizinerin Ann-Vivika Kimsel und Bo Örkenrud, den Chef der Spurensicherung. Den anderen Polizisten nickte sie zu, man kannte sich vom Sehen. Nyström führte sie zu einer Kunststoffplane, die auf dem Rasen ausgebreitet war.

»Das ist der Grund, warum wir hier sind.«

Nun verstand Forss, was eine Art Toter bedeuten sollte. Vor ihr, auf dem weißen Plastik, lagen ein Totenschädel und weitere menschliche Knochen: zwei Oberschenkel, das Becken, das sie entfernt an ein Elchgeweih erinnerte, ein Teil der Wirbelsäule, Elle und Speiche eines Unterarms. Die Knochenteile waren dunkelbraun, in manchen Bereichen schwarz angelaufen.

»Teile eines Toten«, murmelte Forss.

»So kann man es auch formulieren«, sagte Nyström. »Und es kommen laufend neue dazu. Gerade sind die Taucher von der Wasserschutzpolizei wieder unten. Wir können uns in den nächsten Stunden wohl auf ein Puzzlespiel gefasst machen. Bis jetzt ist auch noch völlig unklar, ob es sich um ein Skelett handelt oder ob da unten mehrere Tote liegen. Nur eins steht zweifelsfrei fest.«

»Und zwar?«

»Schau dir mal den Schädel genauer an.«

Forss kniete sich auf die Folie. Die obligatorischen Einweghandschuhe hatte sie längst übergestreift, ein Automatismus, dessen sie sich noch nicht einmal bewusst war. Sie nahm den Schädel in die Hand. Schlammreste und halb vermoderte Birkenblätter füllten den Totenkopf. Dann sah sie das Einschussloch in der rechten Schläfe und den Austrittskanal im linken Hinterkopf.

»Oh«, sagte sie.

Ihr Atem hinterließ kleine Wolken in der feuchten Luft, die bald vom Wind zerrissen wurden.

»Sein oder Nichtsein«, sagte Delgado, der neben sie getreten war, mit getragener Stimme.

»Was?«

»Du kniest da wie Hamlet.«

Forss legte den Schädel zurück auf die Plane und richtete sich wieder auf. »Vielleicht haben wir es hier ja mit einem Drama von shakespeareschem Ausmaß zu tun.«

»Vielleicht«, knurrte Delgado und schnipste den Stummel seiner selbst gedrehten Zigarette in den Wind, sodass sie einen Glutschweif hinter sich herzog. Er sprach jetzt wieder normal. »Vielleicht ist der Knochenmann aber auch schon genauso lange tot wie Shakespeare. Frisch sieht der jedenfalls nicht aus.«

»Ist ja klar, dass du wie selbstverständlich davon ausgehst, dass es sich bei dem Toten um einen Mann handelt. Das ist mal wieder typisch südamerikanischer Macho«, sagte Anette Hultin.

»Moment! Meine Eltern kommen aus Chile, aber ich selbst

bin schwedischer als jedes Dalarna-Pferdchen«, grinste Delgado. Dann schnalzte er mit der Zunge: »Hü-hott, mein Schatz, such nach heißen Spuren in der Umgebung. Vielleicht hat der Täter vor hundert Jahren ja seine DNA hinterlassen. Da vorne liegt sogar ein Zigarettenstummel. Na so was, der glimmt ja noch!«

»Ach, leck mich.«

Die verbalen Dauergefechte zwischen den beiden hatten ihren Ursprung in einer für Außenstehende schwer durchschaubaren On/Off-Beziehung und ihre gegenseitige Anziehung war angesichts ihrer offensichtlichen Unterschiedlichkeit wenig nachvollziehbar. Während die ehemalige Berufssoldatin und Leistungssportlerin Hultin überaus konservativ dachte, fühlte und lebte, sich selbst als Patriotin bezeichnete und bei den letzten Wahlen für die rechtspopulistische Partei der Schwedendemokraten gestimmt hatte, war der heitere Delgado, der seine Freizeit mit mittelalterlichen Online-Rollenspielen und als Fan des ortsansässigen Fußballclubs Östers IF verbrachte, seinen eigenen Worten zufolge ein linksliberales Musterkind der zweiten Einwanderergeneration und ein Paradebeispiel gelungener Integrationspolitik.

Ein Paar wie Feuer und Eis, hatte es Forss' übergewichtiger Kollege Lars Knutsson, den alle meistens Lasse nannten, einmal zusammengefasst, bevor er hinter vorgehaltener Hand hinzugefügt hatte, dass da sexuell irgendwas Besonderes am Laufen sein müsse, anders könne er sich diese ungleiche Liaison nicht erklären. So genau hatte es Forss zwar gar nicht wissen wollen, aber im Grunde fand sie Knutssons These durchaus plausibel.

»Das mit dem shakespeareschen Alter bezweifele ich doch stark«, sagte die Pathologin Ann-Vivika Kimsel, die sich zu ihnen gestellt hatte. Mit einer Geste bat sie Delgado um

Feuer für ihre Slim-Line-Zigarette. »Die Knochen sind alt, aber längst nicht so alt.«

»Wie alt schätzt du denn?«, fragte Nyström.

»Schwer zu sagen, in dem verschmutzten Zustand, in dem sie sind.« Sie zog an ihrer Zigarette. »Zehn bis zwanzig Jahre. Etwas genauer kann ich es dir wahrscheinlich heute Nachmittag sagen, nachdem ich die Funde in der Pathologie untersucht habe. Für einen endgültigen Befund müssen die Knochen allerdings ins kriminaltechnische Labor nach Linköping.«

Kimsel blies Rauch aus den Nasenlöchern. Im Gegensatz zur eher praktisch veranlagten Nyström, war die Ärztin auffällig elegant gekleidet, fand Forss.

»In der anderen Sache muss ich Hugo allerdings recht geben«, sagte sie. »Es handelt sich eindeutig um die sterblichen Überreste eines Mannes. Die Beckenknochen sprechen Bände. Bei einer Frau wären die Beckenschaufeln viel ausladender und das Hüftbeinloch dort hätte eine dreieckige Form. Dieses männliche Becken hier ist eher hoch, schmal und eng, wie ihr seht.« Kimsels glühende Zigarettenspitze zog die beschriebenen Formen nach. »Außerdem wäre bei einer Frau der Beckenausgang naturgemäß deutlich breiter und der Winkel der Schambeinfuge ...«

»Schambeinfuge, so, so ...« Delgado grinste.

»Du bist so ein Idiot!« Hultin schüttelte ihren Kopf.

»... wäre größer als 90 Grad.« Kimsel vervollständigte ihren Satz, bevor sie erneut an ihrer Zigarrette zog.

»Kommt mal her!«

Die kräftige Stimme von Bo Örkenrud hallte zu ihnen herüber. Der Chef der Spurensicherung hockte an der Uferkante des Wassergrabens und winkte die Ermittler zu sich. Vor ihm sah man die Oberkörper der Polizeitaucher aus dem Wasser ragen. Einer hatte etwas Helles in der Hand.

Ein Turnschuh, aus dem ein Stück Knochen ragte. Forss pfiff durch die Zähne.

»Wow«, sagte sie, »Shakespeare trug Nike Airs.«

4

Neun Stunden später, es war mittlerweile dunkel geworden und der Wind drückte in Intervallen feinen Herbstregen gegen die Panoramascheibe des Konferenzzimmers, hatte Nyström das Team zu einer späten Lagebesprechung zusammengerufen. Irgendjemand hatte zwei Tüten Chips und einige Flaschen Cola besorgt und auf dem großen ovalen Tisch bereitgestellt. Dort saßen Hugo Delgado, Anette Hultin, der bärtige, beleibte Lars »Lasse« Knutsson, der junge Göran Lindholm, der erst seit einem knappen Jahr fertig ausgebildeter Polizist war und nun neben seiner halben Stelle einen Universitätskurs in Kriminologie besuchte, um seine Chancen auf eine feste Stelle in Växjö zu optimieren. Ann-Vivika Kimsel und Bo Örkenrud, der noch immer seinen rustikalen Arbeitsoverall aus Baumwolle trug; seine Gummistiefel mit Profilsohle hatten eine Spur aus Erd- und Matschkrümeln hinterlassen, die sich einmal quer durch den Raum zog. Ein starker modriger Geruch ging von ihm aus, was ihn aber nicht sonderlich zu stören schien. Und Stina Forss. Die kleine, zierliche Deutschschwedin zupfte wie so oft gedankenverloren in ihrem rotbraunen Lockenwust herum und nagte an ihrer Unterlippe. Trotz ihres leicht hängenden linken Augenlids, das ihrem Gesicht eine irritierende Asymmetrie verlieh, wirkte die junge Frau nicht unattraktiv.

In Momenten wie diesen hatte sie beinahe etwas Elfenhaftes an sich. Ein friedliches, ein filigranes Fabelwesen. Doch Nyström wusste, wie sehr dieser Eindruck trog. Örkenruds Stimme riss sie aus ihren Gedanken.

»Es hat mehr als fünf Stunden gedauert, diesen Wassergraben leer zu pumpen, trotz der Hilfe der Feuerwehr. Zum Glück ist ja der See gleich einige Meter weiter, sonst hätten wir gar nicht gewusst, wohin mit all dem Wasser. Aber die Plackerei hat sich gelohnt, wir konnten beinahe alle Teile des skelettierten Leichnams bergen, einschließlich der Kleidung, beziehungsweise dem, was davon übrig geblieben ist. Und noch ein besonderes Bonbon dazu.«

»Ein Bonbon?«, wunderte sich der junge Lindholm.

Örkenrud lächelte kurz – eine Kunstpause, dann legte er etwas auf den Tisch, etwas Kleines, Hartes.

»Das Projektil?«, fragte Nyström.

»Zumindest ein Projektil«, sagte er. »Wobei ich nicht glaube, dass es sich um die Kugel handelt, die für die Kopfverletzung verantwortlich war. Der Schädel hatte schließlich eine Austrittswunde, deshalb fürchte ich, dass das entsprechende Projektil für immer verschwunden ist – zumindest wenn wir davon ausgehen, dass unser Mister X nicht in dem Wasserhindernis erschossen wurde, wofür sehr vieles spricht, wie ich gleich ausführen werde. Nein, diese Kugel hier hat vermutlich im Körper des Toten gesteckt, bis sie die natürlichen Zersetzungs- und Verwesungsprozesse wieder ans Tageslicht gebracht haben. Milliarden Bakterien, Würmer und Kleinstlebewesen ...«

»Mir wird gleich schlecht«, flüsterte Hultin.

»Tu dir keinen Zwang an«, stichelte Delgado und griff beherzt in die Chipstüte.

»Dazu würde die unnatürliche Absplitterung passen, die ich unter den verwesten Fleischresten an einem der Rippenbögen gefunden habe«, sagte Kimsel und blätterte in ihren Unterlagen.

Delgado ließ eine Handvoll Chips geräuschvoll im Mund zerknacken. Hultin wurde blasser.

»Zwei Projektile also, mindestens. Einen Kopfschuss und einen in den Oberkörper«, fasste Forss zusammen.

»Das klingt ja wie eine Hinrichtung«, brummte Lars Knutsson.

»Kannst du schon etwas zur Munition sagen?«, fragte Nyström.

»Yep«, machte Örkenrud und lehnte sich so weit in seinem Stuhl zurück, dass die Lehne unter dem Gewicht des ehemaligen Eishockeyverteidigers ächzte. »Und da wird es interessant. Dieses Bonbon hier auf dem Tisch ist 9.2 x 18-Millimeter-Munition, auch Makarow genannt, passend zur gleichnamigen Pistole. Das war die Standardwaffe der Sowjetarmee und ist heute noch in vielen Ländern Osteuropas weitverbreitet, als offizielle Polizeiwaffe und natürlich auch bei vielen Kriminellen dort drüben.«

»Etwa die Russenmafia?«, fragte Lindholm und fasste sich an seine modische, überdimensionierte Hornbrille.

»Zum Beispiel.«

»Klischee-Alarm!«, rief Delgado dazwischen. »Zehn Kronen in die Kaffeekasse, alle beide!«

»Was hat die Russenmafia auf unserem Golfplatz zu suchen?«, fragte Knutsson.

»Schon dreißig Kronen!«

»Das ist der nächste Punkt ...« Örkenrud ignorierte Delgados Gequake.

»Moment«, warf Kimsel ein. »Wo du das gerade mit Osteuropa sagst – das würde zu der seltsamen Zahnsituation des Toten passen.«

»Was ist denn eine Zahnsituation?«, fragte Knutsson.

»Na ja, lass es mich so ausdrücken – der Kerl hatte eine regelrechte Batterie im Mund, so viele verschiedene Metalle waren da verbaut. Würde mich nicht wundern, wenn er mit offenem Mund Radioempfang gehabt hätte: Füllungen aus verschiedenen Amalgamen, Goldkronen, aber auch grauenhafte Stahlprothesen. Bei uns würde ein Zahnarzt für eine solche Arbeit ins Gefängnis wandern, im ehemaligen Ostblock waren solche Mischbehandlungen jedoch gang und gäbe. Und was das Alter des Mannes angeht: Vom Zustand der Zähne und der Knochen würde ich sagen, zwischen vierzig und fünfzig. Linköping kann uns mit Sicherheit Genaueres sagen, das wird allerdings erfahrungsgemäß eine ganze Weile dauern.«

»Ein Russe mittleren Alters auf dem Golfplatz«, sinnierte Knutsson. In seinem Bart hingen Chipskrümel.

»Er muss ja nicht unbedingt Russe gewesen sein. Möglicherweise war er auch Lette, Bulgare oder Tschetschene«, entgegnete Kimsel.

»Genau«, sagte Delgado. »Das sind dann noch mal zehn Kronen von dir, Lasse.«

»Außerdem war der Kerl selbst höchstwahrscheinlich gar nicht auf dem Golfplatz.«

Örkenrud nahm den verlorenen Faden wieder auf. »Lebendig, meine ich. Der ist dort unter dem Wasserhindernis begraben worden.«

»Unter dem Wasserhindernis? Du meinst im Wasserhindernis.«

»Nein. Unter. Das ist ja das Bemerkenswerte. Also: Vergangene Woche haben in dem Wassergraben Ausbaggerungen stattgefunden, um der Verschlickung Herr zu werden, dabei hat es der Baggerführer aber wohl übertrieben und zu tief gegraben, sodass der Grund des Grabens beschädigt wurde, eine dicke Teichfolie und eine Betonverschalung. Stand sogar in der Zeitung, das Malheur. Sachschaden 40.000 Kronen, schreibt Smålandsposten. Als wir das Wasser abgepumpt hatten, konnte man den Schaden ziemlich gut sehen. Der Leichnam hat unter der Folie und unter der Betonschale gelegen, und zwar eingewickelt in ein Tuch oder ein Laken oder so etwas Ähnliches. Sonst wäre er bestimmt auch schon früher gefunden worden, schließlich kommt dort zweimal im Jahr dieser Golfballtaucher vorbei, der heute morgen den Totenschädel ans Licht gebracht hat. Der arme Kerl! Jemand muss den Leichnam begraben haben, als sich das Wasserhindernis auf Bahn Nummer sieben im Bau befand.«

»Und wann war das?«, fragte Nyström.

Forss blätterte in ihren Notizen.

»Ziemlich genau vor zwanzig Jahren. Im Herbst 1994. Steht so in der Vereinschronik und der stellvertretende Vorsitzende des Clubs konnte das bestätigen.«

»Passt zu den Schuhen«, sagte Delgado. »Nike Air Max Classic BW heißt das Modell. Habe ich im Internet gefunden. Die wurden Anfang der Neunzigerjahre hergestellt, damals sehr teure Laufschuhe.«

»Der Rest der Kleidung ist auf den ersten Blick nicht besonders aussagekräftig«, merkte Örkenrud an. »Vermoderte Jeans, ein Sweatshirt, Baumwollunterwäsche. Die genauen Laborberichte stehen natürlich noch aus, mal abwarten, was da noch kommt.«

»Danke, Bo.«

Nyström räusperte sich und wartete, bis sie die Aufmerksamkeit aller hatte.

»Im Herbst 1994 wird ein vierzig- bis fünfzigjähriger Mann, möglicherweise Osteuropäer, mit einer Waffe aus der Produktion der ehemaligen Sowjetunion erschossen und auf unserem Golfplatz begraben. Wem fällt dazu etwas Sinnvolles ein?«

»Sag ich doch, Russenmafia«, grunzte Knutsson und trank von seiner Cola.

»Rrring!« Delgado imitierte das Geräusch einer klingelnden Kasse.

»Du hast da was im Bart kleben, Lasse«, merkte Lindholm an.

»Organisierte Kriminalität, etwas Besseres fällt mir ehrlich gesagt auch nicht ein«, sagte Hultin.

»Rrring!«

»Wir hatten damals in den ersten Jahren nach dem Zusammenbruch des Ostblocks tatsächlich eine Menge Ärger hier«, sagte Nyström. »Alkoholschmuggel war natürlich ein Thema. Und ich erinnere mich an eine litauische Einbrecherbande. Aber ein Mord? Wir müssen auf jeden Fall die Archive aus dem Herbst 1994 sorgfältig durchgehen.«

»Wir sollten auch das Bauunternehmen überprüfen, die damals die Arbeiten an diesem Wasserhindernis auf dem Golfplatz gemacht haben, das Graben und das Ausgießen mit Beton, meine ich. Die Mitarbeiter waren ja wohl diejenigen, die am ehesten Zugang zu der Baustelle hatten«, merkte Forss an.

»Gute Idee«, sagte Nyström. »Aber dann müssten wir den Kreis noch größer ziehen: die damaligen Angestellten des Golfclubs, eigentlich sogar alle, die zu der Zeit Mitglieder waren.«

»Puh«, machte Knutsson. »Das sind ganz schön viele. Zum Glück war Golfen in den Neunzigern noch nicht so ein Volkssport wie heute. Erinnert ihr euch noch an den Ausdruck *Moderathockey*?«

»Moderathockey?«, fragte Forss.

»Ja«, lachte Knutsson, »weil es fast nur von den reichen Wählern der Moderat-Partei gespielt wurde.«

»Stimmt.« Nyström lächelte. »Natürlich können wir nicht

mit allen sprechen. Aber es kann ja nicht schaden, wenn wir uns einen Überblick verschaffen und versuchen, eine Liste mit allen zu erstellen, die theoretisch von dieser Baustelle auf Bahn Nummer sieben wissen konnten und Zugang zu ihr hatten. Vielleicht taucht irgendwo ja ein osteuropäischer Name auf oder sonst etwas Verdächtiges«, sagte Nyström.

»Rrring! Das klingt jetzt fast ein bisschen rassistisch«, sagte Delgado.

»Quatsch mit Soße«, meinte Hultin. »Und hör mit diesem albernen Geklingel auf!«

»Das Gebiss des Toten«, sagte Forss. »Wir müssen die Abdrücke nach Stockholm und an Europol und Interpol weitergeben. Mit viel Glück sind seine kreativen Zahnfüllungen ja noch in irgendeiner Dentalklinik registriert. Ansonsten sehe ich wenig Ermittlungsspielraum, zwanzig Jahre sind einfach eine halbe Ewigkeit. Wenn wir keinen Zufallstreffer landen, können wir den Fall vermutlich bald zu den Akten legen.«

Nyström nickte.

»Ich fürchte, viel mehr können wir im Moment wirklich nicht tun.«

Örkenrud ließ seine gewaltige Eishockeyverteidigerhand auf die Tischplatte krachen.

»Das ist doch mal ein angemessenes Schlusswort für heute!«

Niemand widersprach ihm.

Es war 20.37 Uhr und der böige Regen wurde stärker.

5

Erst als Ingrid Nyström vor ihrer Haustür in der kleinen Ortschaft Ör stand und in ihrer Handtasche nach dem Schlüsselbund fischte, merkte sie, wie sehr sie sich dagegen sträubte nach Hause zu kommen. Natürlich wusste sie genau, woran das lag. Sie hatte Angst vor der Begegnung mit ihrem Mann. Den ganzen Tag über hatte sie die Gedanken an die morgendliche Situation, an die vergangenen anderthalb Jahre verdrängen können, aber nun, vor der Schwelle ihres Zuhauses traf sie die Wucht der Zahl, die Anders ihr genannt hatte.

Fünfhundert.

Sie führten ihre Ehe seit fünfhundert Tagen ohne Sex. Zuerst hatte sie das nicht geglaubt. Es kam ihr so absurd lange vor, dass es einfach nicht stimmen konnte. Anders musste sich vertan haben, er musste absichtlich übertrieben haben, um sie zu schockieren oder zu verletzen. Aber dann hatte sie versucht, sich zu erinnern. Sie hatte nachgerechnet und ja, es kam hin. Das letzte Mal, dass sie mit Anders intim gewesen war, musste kurz vor ihrer Diagnose gewesen sein, im Sommer vergangenen Jahres. Trotzdem war sie wütend auf ihn. Was fiel ihm ein, die Tage zu zählen wie ein Buchhalter? Eine Ehe war ja schließlich kein Bilanzbuch, in dem man Zärtlichkeiten miteinander verrechnete! Körperliche Liebe war etwas Spontanes, Natürliches, das sich von selbst entwickeln musste! Nur wusste sie selbst, dass das Empfinden ihres Körpers im Moment weder spontan noch natürlich war. Anders' Zahl war kein Vorwurf, sondern ein Fakt, den sie verdrängte. Sie wollte so nicht sein. Sie wollte diese innere Kälte nicht. Sie wünschte sich ebenso wie ihr Mann eine sinnliche und zärtliche Partnerschaft, auch nach neunundzwanzig Ehejahren. Und sie begehrte Anders noch immer, sie fand ihn attraktiv und männlich. Das, was sie abhielt, das, was sie von innen erkalten ließ, war etwas anderes. Es war die Angst, dass der Krebs zurückkehrte. Es war die Angst vor dem Tod.

Sie schloss die Tür auf. In der Diele war kein Licht, in der Küche auch nicht. Jetzt fiel es ihr wieder ein. Anders war diese Woche auf einem Fortbildungsseminar für Pastoren. Sterbebegleitung. Ausgerechnet. Sie hatten sich am Morgen noch nicht einmal richtig verabschiedet. Nun war sie beinahe ein wenig enttäuscht, gern hätte sie mit Anders zu Abend gegessen und von dem Skelett im Golfgraben erzählt. Gleichzeitig fiel die Anspannung von ihr ab wie ein schwerer, nasser Lodenmantel, den man im Flur zu Boden sinken lässt.

Auf dem Anrufbeantworter waren zwei neue Mitteilungen. Ihre Mutter Gullan hatte angerufen und ihre älteste Tochter Marie. Seit die Krankheit ein Teil ihres Leben geworden war, hatte sie fast täglichen Kontakt mit ihrer Mutter. Oft wurde es ihr zu viel, aber gleichzeitig hatte sie das Bedürfnis, die Menschen in ihrer Umgebung zu beruhigen, zu sagen, ich bin noch hier, ihr habt mich noch nicht verloren. Auch wenn sie wusste, dass die vielen Anrufe ein Zeichen von Fürsorge und Liebe waren, verspürte sie dabei die Verpflichtung, ihr die Ängste zu nehmen, so als trüge sie die Verantwortung dafür, dass sich ihre Mutter Sorgen machte. Eigentlich verrückt, aber so waren sie wohl, die menschlichen Beziehungen, dachte sie.

Ein Blick auf die Uhr sagte ihr, dass ihre Mutter bis morgen warten musste. Um halb zehn schlief sie meistens schon. Stattdessen hob Nyström den Hörer und wählte die Nummer ihrer Tochter. Bei ihr war die späte Uhrzeit eher ein Vorteil, da Marie keine Ruhe zum Reden hatte, bevor ihre drei Kinder im Bett waren. Heute schliefen die Kinder allerdings noch nicht, das konnte sie schon an der Stimme ihrer Tochter erkennen.

»Hier Marie«, es klang gehetzt.

»Hej, hier ist Mama.«

»Elise, lass das, habe ich gesagt!«, brüllte es durch den Hörer. Es folgte eine gedämpfte Schimpftirade. Dann war Maries Stimme wieder ganz nah. »Entschuldigung Mama, es ist hier gerade ziemlich chaotisch, die Kinder sind noch nicht im Bett und ich kann jetzt wirklich nicht telefonieren, ich muss aber dringend mit dir sprechen. Kannst du morgen vorbeikommen?«

Marie hatte drei Kinder, Marcus, der seit August in die Schule ging, und die beiden Zwillinge Elise und Thea, die zwei Jahre jünger waren. Der Vater, Maries Ehemann Leif, kümmerte sich wenig um seine Familie. Die meiste Zeit arbeitete er auf einer Bohrinsel in Norwegen und es schien Nyström, als sei ihm der große Abstand recht. Faktisch war Marie alleinerziehend, auch wenn es auf dem Papier anders aussah.

»Mal sehen, wie es morgen bei der Arbeit aussieht. Ich werde mein Bestes tun, okay?« Kaum hatte Nyström den Satz zu Ende ausgesprochen, bereute sie ihre Wortwahl. Die Arbeit vorzuschieben war eine Floskel geworden. Wer heutzutage Arbeit hatte, hatte immer viel zu tun. »Nein, Marie, ich komme definitiv, ich kann nur noch nicht sagen wann genau, aber ich komme.«

»Wir essen gegen sechs, bis dann also!«

»Gute Nacht«, sagte Nyström liebevoll, aber am anderen Ende hatte Marie den Hörer bereits aufgelegt.

6

Stina Forss stand auf dem Green neben der Fahne des siebten Lochs. Sie sah auf den See hinaus. Obwohl es dunkel war und bewölkt, lag auf dem bewegten Wasser ein silbriges Schillern. In der Ferne sah sie vereinzelt Lichter, wahrscheinlich die Häuser in Öjaby und auf Helgö. Ihr Gesicht war feucht vom Nieselregen, vielleicht war es aber auch die Gischt, die der Wind von den Wellenkämmen gepflückt hatte. Nach einer Weile drehte sie sich um und ging zurück zu dem ausgepumpten Wassergraben. Auf dem Grund über dem Grab des unbekannten Mannes stand immer noch der weiße Pavillon der Spurensicherung, auch wenn alle Ermittler längst zu Hause waren.

Wer warst du, fragte sich Forss, und was hast du Schlimmes getan, dass du dafür sterben musstest? Wer hat dich metertief unter Wasser und Beton begraben, auf dass du nie mehr gefunden werden solltest?

Ihr Mobiltelefon klingelte. Das Display zeigte an, dass es das Pflegeheim ihres Vaters in Ljungby war. Sie ahnte sofort, dass es etwas Ernstes sein musste, das Personal hatte sie noch nie zuvor angerufen, außerdem war es schon nach elf.

»Ja, Stina Forss hier.«

»Hej, hier ist Elin Einarsson. Ich arbeite im Krankenhaus in Ljungby. Es geht um Kjell Forss.«

Es war, als würde der Boden, als würde die Böschung des Wassergrabens unter ihr wegsacken.

»Das ist mein Vater.«

»Ja, deshalb rufen wir an. Es wäre gut, wenn du möglichst bald hierherkommen könntest.«

7

Er schwebte lautlos dahin. Weit und immer weiter. Die Luft hier oben war so klar und kalt, als wäre sie kein Gas, sondern eine Flüssigkeit, die er mit seiner Lunge trank. Pontus Palmgren träumte von dem großen Ballon. Dunkle chinesische Seide gefüllt mit Wasserstoff, ein schwarzer Tropfen mit zwanzig Metern Durchmesser und genügend Auftrieb, um drei tapfere Männer und ihre Expeditionsausrüstung über das ewige Eis zum Nordpol zu bringen. Alles war seit Monaten geplant, alles war exakt kalkuliert. Und doch ging es schief. Die Launen des Windes konnte man nicht berechnen. Der Ballon sank, stieß hart auf, kratzte über das schorfige Weiß, bis er schließlich schlaff in der Eiswüste zum Liegen kam. Leblose schwarze Seide auf kantigem Eis. Drei Männer verloren in ewiger Einsamkeit ...

Er wachte vom Klingeln seines Weckers auf. Im Zimmer war es kalt. Es war Viertel nach vier am Morgen. Pontus Palmgren führte ein Leben wie ein Uhrwerk. Seit 30 Jahren, neun Monaten, sieben Tagen und zweieinhalb Stunden. Jede unfreiwillige Abweichung von seinem Tagesplan, jede Störung seines inneren und äußeren Rhythmus bedeutete für ihn Verunsicherung und Irritation, ja, sie konnte in den schlimmsten Fällen sogar zu einer regelrechten Panik und anhaltenden Angstzuständen führen. Er stieg aus dem Bett, machte seine zwanzig Kniebeugen und dreißig Liegestütze, verbrachte wie jeden Morgen exakt sieben Minuten im Bad, frühstückte zu den Halbfünf-Uhr-Nachrichten im Radio und schmierte sich, während der Seewetterbericht lief, seine Brote für die Mittagspause, zwei mit Käse, zwei mit Salami. Er schälte und entkernte einen Apfel, viertelte ihn und legte ihn in eine gelbe Kunststoffdose zu einem Marabou-Schokoriegel. Um Punkt 5.03 Uhr verließ er seine kleine Wohnung in der Sjögatan in voller Kapitänsmontur und ging zu Fuß zum Gränna-Fähranleger, ein Spaziergang, für den er elf Minuten benötigte, um dann pünktlich, wie es sein Dienstplan vorsah, um Viertel nach fünf das Deck der *Ebba Brahe* zu betreten. Gemeinsam mit den Bootsmännern benötigte er je nach Wetterlage 14 bis 16 Minuten, um die Fähre fahrbereit zu machen. Um 5.45 Uhr legte das Schiff zur ersten Tour des Tages über den Vätternsee zur Insel Visingsö ab, die Überfahrt dauerte in der Regel 25, manchmal auch 26 oder 27 Minuten. Seine *Ebba Brahe* war 41 Meter lang, fasste bis zu 297 Passagiere und 20 Autos, und machte bei den üblichen Windverhältnissen im Durchschnitt zehn Knoten. Als er um 14.10 Uhr auf der Brücke abgelöst wurde, war er siebenmal zwischen Gränna und Visingsö hin und her gependelt. Genau das war das innere Bild, das er von sich selbst hatte: Pontus Palmgren, das Metronom.

Das Pendel.

Palmgren war jung, er war Kapitän eines Fährschiffs und er hatte das Asperger-Syndrom. Was die Sache natürlich nicht gerade leichter machte. Als am Ende seiner Schulzeit von einem Arzt zum ersten Mal die Diagnose gestellt wurde, hatte er sogar eine gewisse Erleichterung gespürt, so als hätte allein die wissenschaftliche Bezeichnung *Asperger* seine Schwierigkeit, mit anderen Menschen umzugehe, erklärt und ihm das diffuse Gefühl genommen, dass mit ihm etwas nicht stimmte. Mit seiner Diagnose als Schutzschild gegen die Außenwelt hatte er angefangen, sich selbst zu respektieren und zu mögen. In der Klasse wechselte seine Rolle vom merkwürdigen Einzelgänger zu *unserem Aspi*, der ja nichts dafür konnte, dass er manchmal etwas seltsam und abwesend wirkte. Er fand endlich Freunde und hatte in den naturwissenschaftlichen Fächern und vor allem in Mathematik gute Noten in seinem Abschlusszeugnis. Auf dem Abschlussball – nach drei Gläsern Sekt – tanzte er sogar mit einem Mädchen, zum ersten Mal in seinem Leben. Die guten Noten blieben bis zum Ende seiner Berufsausbildung konstant, er war einer der Besten seines Jahrgangs, bis die Verkehrsbehörde dahinterkam, dass ein Mann mit einem diagnostizierten Handicap bald das Kapitänspatent erhalten würde. Asperger-Patienten galten für die Schreibtischärzte im Amt immer noch als eine Art geistig Behinderte, als emotional verkrüppelte Autisten, als in sich gefangene Freaks mit seltsamen Spezialbegabungen à la Dustin Hoffman beim Black Jack in *Rainman*. Aber Pontus Palmgren war kein Genie wie der Rainman und Kartenspiele interessierten ihn einen feuchten Kehricht. Richtig war, dass er ein Faible für Zahlenmaterial hatte, besonders für Zeitpläne und Tabellen. Er verbrachte einen Teil seiner Freizeit damit, die Fahrpläne sämtlicher 200 Fährlinien Europas auswendig zu lernen. Noch erfüllender war es natürlich, selbst ein Teil dieses Fährfahrnetzes zu sein, selbst dazu beizutragen, dass alles reibungslos funktionierte. Dass alles im Takt blieb.

Ein Metronom zu sein, ein Pendel.

Richtig war allerdings auch, dass Palmgren gewisse Probleme im Umgang mit anderen Menschen hatte. Soziale Interaktion war für ihn immer ein unsicheres Terrain gewesen. Er hatte Schwierigkeiten damit, auf das Verhalten seiner Mitmenschen angemessen zu reagieren, ihre Gesichtsausdrücke, ihre Gestik richtig zu deuten, Small Talk zu halten oder gar seine eigenen Gefühle zu zeigen. Dabei mangelte es ihm weder an Empathie noch an anderen Emotionen, er drückte sie nur anders aus. Und genau darum ging es der Behörde: Wie sollte ein Mann mit solchen sogenannten *Störungen* adäquat auf Notsituationen reagieren, wie sie an Bord eines Passagierschiffes jederzeit auftreten konnten?

Obwohl sich seine Lehrer und Ausbilder voll und ganz hinter ihn gestellt und führende Wissenschaftler es als lächerlich bezeichnet hatten, dass eine Asperger-Diagnose an sich ein Problem für den Kapitänsberuf darstellen könnte, blieb die Behörde stur. Doch mithilfe der Gewerkschaft, die einen guten Anwalt engagierte, hatte er für seinen Lebenstraum bei Gericht gekämpft und schließlich recht bekommen. Mit 30 Jahren – und neun Monaten, sieben Tagen und 23 Stunden – war er nun einer der jüngsten Kapitäne Schwedens und der einzige mit einem diagnostizierten Asperger-Syndrom.

Auch heute blieb das Pendel im Takt und übergab die Brücke der *Ebba Brahe* um Punkt 14.10 Uhr an die Kollegen aus der Spätschicht.

Den Nachmittag verbrachte er im Heimatmuseum und machte anschließend einen langen Spaziergang am Seeufer.

Trotzdem fand er am Abend nicht in seine weißen kalten Träume zurück, sondern lag lange wach. Das kam nicht oft vor, normalerweise schlief er so pünktlich ein, wie er morgens auch wieder aufwachte. Doch heute konnte ihn das Ticken des alten Weckers auf seinem Nachttisch nicht beruhigen. Es gab etwas, das ihn irritierte und er konnte noch nicht einmal sagen, was genau es war. Ein vages Gefühl, ein Zucken am Rande seines Bewusstseins, wie eine verschwommene Erinnerung an einen Traum. Nach einer Weile schlug er die Bettdecke zur Seite und stand wieder auf. Ohne das Licht anzuschalten, trat er ans Fenster und schob den Vorhang beiseite. Wenn er sich auf die Zehenspitzen stellte, konnte er aus seinem Schlafzimmer, das im ersten Stock lag, über die Giebel der anderen Häuser bis auf den endlosen Vätternsee schauen. Ein See wie ein Meer. Der Anblick des schimmernden Gewässers in der Dunkelheit beruhigte ihn. Obwohl ein kräftiger Ostwind für starken Wellengang sorgte, ging vom See etwas Friedliches aus. Und dennoch war da dieses Gefühl, als wäre dort draußen etwas, was dort nicht hingehörte.

Etwas Lebendiges.

Etwas, das ihn beobachtete.

Augen in der Nacht.

DIENSTAG, 14. OKTOBER

1

Obwohl Stina Forss so schnell gefahren war, wie es ihr Polo hergegeben hatte, war es bereits nach Mitternacht, als sie das Krankenhaus in Ljungby erreichte, das direkt neben dem Pflegeheim lag, in dem ihr Vater lebte. Sie stellte den Wagen ab, stieg aus und eilte über den Parkplatz. Hinter den doppelten automatischen Schiebetüren traf sie der Geruch von Alter stärker als sonst: menschliche Ausscheidungen, Putzmittel, Fencheltee. Diese Doppeltüren sind wie eine Schleuse, dachte sie, draußen ist das Leben und hier drinnen wartet der Tod. Ihre Schritte verlangsamten sich, ihr Herz klopfte. Sie wollte sofort zu ihrem Vater und gleichzeitig wollte sie ganz weit weg sein.

»Ein heftiger Schlaganfall«, sagte der Arzt, ein müde wirkender, junger Mann. »Seine Situation ist nun stabil, allerdings ist er momentan halbseitig gelähmt, auch das Sprachzentrum ist betroffen. Selbstverständlich haben wir sofort alle nötigen Gegenmaßnahmen eingeleitet, er bekommt wie in solchen Fällen üblich Blutgerinnsel auflösende Mittel, aber wie erfolgreich seine Rekonvaleszenz sein wird, ist bei der massiven Vorerkrankung natürlich völlig offen.«

»Ich möchte zu ihm.«

»Gerade schläft er. Die Pflegerin kann dich trotzdem für einen Augenblick zu ihm lassen.«

Mit einem flüchtigen Händedruck verabschiedete sich der Arzt. Eine Krankenpflegerin führte sie den Flur hinab, in einen Gebäudeflügel, den sie von ihren vorherigen Besuchen nicht kannte.

»Ich gebe dir zwei Minuten«, sagte die Schwester. »Und versuche bitte, ihn nicht zu wecken. Er braucht nun jede Erholung, die er bekommen kann. Nimm dir dort bitte einen Kittel und einen Mundschutz.«

Forss befolgte wortlos die Anweisungen. Dann betrat sie die Intensivstation. Es standen zwei Betten in dem Raum, nur eins war belegt. Vorsichtig trat sie näher. Ihr Vater lag da wie eine Puppe aus Holz. Sein Kopf wirkte so groß auf dem ausgemergelten Körper, der einmal so stark und voller Leben gewesen war, der Körper eines Soldaten, eines stolzen Offiziers. Seine Haut war ohne Farbe, wie Recyclingpapier, dachte sie. Feucht klebten die wenigen Haarsträhnen, die ihm geblieben waren, an seinem kantigen Schädel. Sein Mund stand offen, Speichel rann ihm über die Wange, die rotbraunen Bartstoppeln glänzten nass, auf dem Bezug des Kopfkissens hatte sich bereits ein Fleck gebildet. Er muss rasiert werden, dachte sie. Warum rasierte ihn denn niemand? Ein Gerät, das an einem Ständer neben dem Bett befestigt war, piepte regelmäßig. In seinem Arm steckten dünne Schläuche, an seinem linken Zeigefinger klemmte eine Sonde, die den Sauerstoffgehalt des Blutes maß. Dein Blut, Papa. Etwas davon fließt auch in meinen Adern, dachte sie, trotz allem. Sie griff seine rechte Hand. Die Haut war rau. Warum hast du sie gegen uns erhoben? Warum hast du Mama und mir das angetan? Was ist nur falsch gelaufen in deinem Leben, dass alles so schlimm enden musste? Du warst doch so ein guter Vater, als ich klein war, ein so guter Mann. Warum ging dann alles den Bach hinunter?

Das waren die Fragen, die sie ihm stellen musste, aber auch nach mehr als eineinhalb Jahren in seiner Nähe nicht über die Lippen gebracht hatte. Sie waren wie ein Graben zwischen Vater und Tochter. Die Nettigkeiten, die sie miteinander austauschten, kamen nie richtig an, sondern blieben in dem Graben stecken. Wie zu kurz geschlagene Golfbälle, dachte sie. Dabei wusste sie genau, dass sie nicht nach Schweden gekommen war, um ihren todkranken Vater zu pflegen, sondern um Antworten zu bekommen. Antworten, die für ihr Leben notwendig waren. Einen von Krankheit gezeichneten Mann mit seinen Sünden zu konfrontieren, war allerdings etwas, das sie nicht fertigbrachte. Für ein solches Gespräch fehlte ihr der Mut, immer noch.

Die Edelstahlrohre des Krankenbettes spiegelten ihr schiefes Gesicht unter den rotbraunen Locken. Ihr hängendes Augenlid. Die Tränen liefen ihre Wangen hinab und über die Narben auf ihren Hals. Sie musste an den Tag denken, an dem sie entstanden waren. Die Tränen und die Narben. Der Tag vor achtundzwanzig Jahren, an dem ihr Leben explodiert war. Nach dem nichts mehr war wie vorher und auch nie wieder so sein sollte. Sie ließ die Hand ihres Vaters los. Die Erinnerung war zu schmerzhaft. Plötzlich war die Wut da. Dann stirb doch, dachte sie, verreck doch endlich und lass mich in Frieden!

Erst als sie draußen vor den Schiebetüren war und die

Herbstluft ihre glühenden Wangen kühlte, bemerkte sie, dass sie immer noch den Einmalkittel und den Mundschutz trug. Sie riss sich beides ab und stopfte die Sachen in einen Mülleimer. Dann zog sie ihren Mantel an, den sie über den Arm gelegt hatte. Die Kiefern, die den Parkplatz der Einrichtung umrahmten, ächzten im Wind. An der Bordsteinkante, nicht weit von ihrem Auto, lag eine tote Elster mit zerdrücktem Kopf.

2

Die Baufirma Lund Construction AB hatte ihren Sitz im Industriegebiet am südwestlichen Stadtrand. Anette Hultin und Göran Lindholm trafen die Chefin persönlich an. Pia Lund war eine stark übergewichtige Frau mit langen weiß lackierten Fingernägeln, die einen mit grellen Farben bedruckten, afrikanisch anmutenden Kaftan und ein Bluetooth-Headset trug, in das sie in breitestem Småländisch Anweisungen bellte, während sie gleichzeitig ihre beiden Besucher anlächelte, ihnen gestisch bedeutete, Platz zu nehmen und sich am Kaffeeautomaten und gegebenenfalls auch aus der Keksdose zu bedienen. Lindholm gab der imposanten Erscheinung über den Schreibtisch hinweg vorsichtig die Hand, er hatte einigen Respekt vor den beachtlichen Fingernägeln, Hultin nickte der Frau knapp zu, ihr Augenrollen verriet Lindholm, was sie von Pia Lunds Maniküre, dem pinkfarbenen Lippenstift und dem wilden Stoffmuster des Gewands hielt, möglicherweise war sie auch genervt, dass Lund ihnen nicht unmittelbar ihre volle Aufmerksamkeit schenkte, hatte Hultin doch schon beim Betreten des Büros demonstrativ mit ihrem Polizeiausweis gewedelt. Als Pia Lund endlich ihr Gespräch beendete, klopfte Hultin bereits ungeduldig mit einem Kugelschreiber auf ihren Notizblock, während Lindholm an einem Keks knabberte, Kaffee trank und sich die großformatigen Fotos von Gebäuden, Parkplätzen und Straßenabschnitten anschaute, die gerahmt an den Wänden hingen.

»Entschuldigt bitte, Hoch- und Tiefbau ist ein stressiges Geschäft, es gibt Probleme mit einem Kran in Teleborg, der Sturm heute Nacht hat das Ding umgeblasen und jetzt haben wir den Salat.«

Ein breites Lächeln in Pink.

»Aber das ist ja alles schon mit der Polizei vor Ort geregelt worden, deswegen seid ihr wahrscheinlich nicht hier, nehme ich an. Was kann ich also für euch tun?«

»Es geht um den Golfplatz in Araby, genauer gesagt um ein Wasserhindernis, das dort in den Neunzigern gebaut worden ist. Von deiner Firma.«

Hultin begleitete die letzten Silben mit einem nachdrücklichen, rhythmischen Klopfen ihres Kugelschreibers.

»Ah, dieser Neandertaler vom Golfplatz! Das Skelett, das dort gestern ausgebuddelt wurde. Ich hab es in der Zeitung gelesen.«

»Ein Neandertaler?«, fragte Lindholm

»Genau! *Der Ötzi von Araby*. Stand so in der Überschrift. Ein Foto gab es auch, fürchterliche schwarze Knochen, grauenhaft!«

Hultin und Lindholm sahen sich an.

»Lest ihr denn keine Zeitung? Oder das Internet?«

»Doch, schon, aber nicht heute«, sagte Lindholm.

»Wie dem auch sei«, sagte Hultin. »Der Ötzi von Araby stammt jedenfalls nicht aus der Steinzeit. Er trug Turnschuhe. Und vieles deutet im Moment darauf hin, dass er dort während der Bauarbeiten zu dem Wasserhindernis auf der Bahn Nummer sieben vergraben wurde. Den Unterlagen vom Golfplatz zufolge war das 1994 und die Bauarbeiten wurden von Lund Construction AB durchgeführt.«

Die Spitze von Hultins Kugelschreiber zeigte nun auf ihr bunt gemustertes Gegenüber.

»Mmh. Das ist natürlich möglich, auch wenn ich mich daran nicht erinnere. 1994, da war ich ein Teenager. Damals hat mein Vater noch die Firma geleitet, Gott hab ihn selig. Aber es gibt natürlich Unterlagen.«

»Wir bitten darum.«

»Das kann aber ein Weilchen dauern. Wir haben den Betrieb erst 1998 auf EDV umgestellt. Unser Archiv ist unten im Keller, solange ich da unten rumwühle, dürft ihr euch gerne noch einen Kaffee nehmen.«

3

Hugo Delgado holte sich einen Kaffee, setzte sich an den Schreibtisch in seinem Büro und ließ den Rechner hochfahren. Das Zeitfenster, in dem er im Polizeiarchiv nach Ereignissen suchen wollte, die im Zusammenhang mit dem Tod des unbekannten Mannes stehen konnten, war durch die Bauarbeiten auf Bahn Nummer sieben genau definiert. Wie ihm Lindholm am Telefon erklärt hatte, hatte den Unterlagen von Lund Construction AB zufolge das Ausbaggern des Wasserhindernisses am Freitag, dem 23. September 1994, stattgefunden. Über das folgende Wochenende hatte die Arbeit geruht. Schwere Regenfälle und stürmisches Wetter hatten das Ausgießen der Betonverschalung bis zum folgenden Freitag verzögert. Ein Zeitrahmen von einer Woche also, in der der Leichnam in der ausgehobenen Grube vergraben worden sein musste. Um sicherzugehen, dass er wirklich nichts übersah, entschied er, jeweils zwei Monate davor und danach in seine Suchmatrix mitaufzunehmen. Vom 23. Juli bis zum 1. Dezember 1994. Da war ich sechzehn, dachte Delgado, ich hatte meinen ersten Computer, mit 16 Megahertz-Prozessor und Windows 3. Er loggte sich in das Archiv ein. Gewaltverbrechen, sinnierte er, Gewalt und Osteuropa.

Schnell wurde er fündig. Am 6. August 1994 meldete das Krankenhaus Växjö die Einlieferung einer schwer verletzten Frau. Darya Semerenko, 23 Jahre alt, Weißrussin, wurde mit Schädel-Hirn-Trauma und Jochbeinbruch auf einem Parkplatz an der Landstraße 23, Höhe Vislanda, bewusstlos aufgefunden. Kleidung und Aufmachung der jungen Frau wiesen darauf hin, dass sie als Prostituierte gearbeitet hatte. Ihr Körper zeigte über die gravierenden Verletzungen hinaus Anzeichen von Vergewaltigung und grober Misshandlung. Sie selbst machte keine Aussage zu den Geschehnissen und wurde, da sie keine gültige Aufenthaltsgenehmigung hatte, nach der medizinischen Erstversorgung abgeschoben.

Am Abend des 17. September 1994, einem Samstag, prügelte sich der auf Montage befindliche polnische Malergeselle Tomasz Korzeniowski, 27 Jahre alt, in der Innenstadt mit einem ortsansässigen Versicherungsvertreter. Es war auf beiden Seiten viel Alkohol im Spiel und es ging angeblich um eine junge Frau. Beide erstatteten Anzeige wegen Körperverletzung, zogen sie aber am nächsten Tag wieder zurück.

Am 4. Oktober 1994 wurde Pawel Kalinin, 52 Jahre alt,

wegen Jagens ohne Jagd- und Schusswaffenlizenz von einem Förster angezeigt. Als daraufhin die Polizei zu ihm fuhr, um ihn zu entwaffnen und zu vernehmen, widersetzte er sich betrunken der Festnahme und griff die Beamten mit einer abgebrochenen Flasche an. In seiner Kühltruhe wurden mehr als 50 Kilogramm Elchfleisch gefunden. Kalinin war den Unterlagen zufolge in Lipetsk, UdSSR, geboren worden, war aber seit 1982 schwedischer Staatsbürger.

Das passt alles nicht so richtig, stellte Delgado fest. Er gab die Stichworte Mord und Totschlag ein. Im Suchzeitraum gab es keine Vorkommnisse im Polizeidistrikt Kronoberg. Er suchte nach Raub und Diebstahl: keine Vorkommnisse mit der Beteiligung von Osteuropäern. Allerdings fand er den unaufgeklärten Fall einer Diebstahlserie von hochwertigen Kupferdrähten auf Baustellen. Einer der damals ermittelnden Kollegen hatte als mögliche Verdächtige eine »rumänische Zigeunerbande« in die Akte aufgenommen, aber weder folgten diesem Verdacht irgendwelche konkreten Anhaltspunkte, noch war der Terminus politisch korrekt. Erstaunlich, wie schamlos die Kollegen damals solche rassistischen Bezeichnungen verwendeten, dachte Delgado, heute würde der Begriff niemals in offiziellen Berichten verwendet werden, zumindest konnte er es sich nicht vorstellen.

Schmuggel, dachte er, Nyström hatte doch von Schmuggel gesprochen.

In der Nacht vom 4. auf den 5. August 1994 wurden bei einer allgemeinen Verkehrskontrolle in Lammhult die Esten Risto Niit, 31, und Gerd Toompuu, 34, festgenommen. Der Kofferraum ihres Kombis war randvoll mit VHS-Raubkopien aktueller Hollywoodfilme, darunter jeweils 300 Exemplare von *Forrest Gump*, *Pulp Fiction* und *Schindlers Liste*. Was für eine Kombination für einen Videoabend, dachte Delgado.

Am Abend des 7. September 1994 versuchte ein Mann mit »südosteuropäischem Aussehen« in der Bar des Stadthotels einen Koffer voller Zigarettenstangen zu verkaufen. Bevor die Polizei eintraf, verschwand der Mann.

Am 27. September wurde auf einem Parkplatz in Markaryd ein litauischer Lkw mit ausgebrannter Fahrerkabine sichergestellt. Auf der Ladefläche befanden sich 1200 Flaschen unverzollter und unversteuerter Wodka mit einem Schwarzmarktwert von mehr als zwei Millionen Kronen. Die Ermittlung ergab, dass der Wagen in Litauen auf einen Mann namens Rinaldas Kleiza angemeldet war. Den litauischen Behörden zufolge war Kleiza mehrfach vorbestraft, galt dem organisierten Verbrechen zugehörig und wurde am 2. Oktober von seiner Frau in Kaunas als vermisst gemeldet. Ostblockmafia.

Rrring! So viel zum Thema Klischee-Alarm, dachte Delgado und seine Wangen kribbelten. Er nahm sich vor, anonym fünfzig Kronen in die Kaffeekasse zu werfen. Der Skelettmann hatte vielleicht einen Namen bekommen: Rinaldas Kleiza.

4

Ingrid Nyström musterte entgeistert die Krawatte ihres Vorgesetzten Erik Edman. Da waren tatsächlich Golfbälle und Golfschläger zu einem Muster arrangiert. Edman lächelte in die Kameras. Lächeln, das konnte er gut. Leute für sich einnehmen. Sich verkaufen. Edman, der Salesman. Was allerdings seine polizeilichen Fähigkeiten anging, nun ja. Führungsqualitäten? Puh. Vorbildfunktion? Fehlanzeige. Edmans heimlicher Spitzname im Präsidium war Halbvier-Erik. Das war die Uhrzeit, zu der er normalerweise sein Büro Richtung Golfplatz verließ.

»Gerade ich als aktiver Golfer habe natürlich ein großes Interesse, den Fall so schnell wie möglich zu klären.« Seine blendend weißen Zähne glänzten im Blitzlicht der drei Fotografen. »Genaueres wird euch jetzt die zuständige Chefermittlerin der Kriminalpolizei, Hauptkommissarin Ingrid Nyström, mitteilen.«

Nyström räusperte sich. Sie spürte, dass ihr das Blut ins Gesicht schoss. Sie hasste Pressekonferenzen. Das Gefühl, im Mittelpunkt zu stehen, war ihr zuwider und ihrem Charakter völlig fremd.

»Kommen wir zu den Fakten«, sagte sie. »Gestern Morgen wurde von einem Taucher in einem Wassergraben auf der siebten Bahn des Golfplatzes in Araby der Schädel eines Menschen entdeckt. Nach weiteren Bergungsarbeiten wurde deutlich, dass unter der Betonverschalung des Wasserhindernisses vor vielen Jahren ein Leichnam vergraben worden ist. Durch Ausbaggerungsarbeiten in der Vorwoche wurde die Betondecke teilweise zerstört und ein Teil des Skeletts freigelegt. Nach unseren bisherigen Erkenntnissen wurde der Tote Opfer eines Gewaltverbrechens und im Herbst 1994 beim Bau des Grabens verscharrt. Hinweise zur Identität des Mannes liegen noch nicht vor, Indizien weisen allerdings darauf hin, dass der unbekannte Verstorbene mittleren Alters war und aus Osteuropa stammen könnte. Wir gehen diesen Spuren nach und ermitteln weiter in alle Richtungen.«

Ein Blitzlicht flammte auf, ihr Gesicht glühte.

Johan Grönwald, ein ihr bekannter Journalist der Lokalzeitung Smålandsposten, meldete sich.

»Heißt das, der Tote könnte etwas mit der Russenmafia zu tun haben?«

»Es gibt bisher keine Hinweise, die in diese Richtung deuten.«

»Aber du hast von einem Gewaltdelikt und von Osteuropa gesprochen. Da liegt diese Schlussfolgerung doch nahe.«

»Wie gesagt, wir haben bisher nichts, was in eine solche Richtung weist. Das sind reine Spekulationen, ebenso wenig sachdienlich wie euer Aufreißer vom Ötzi von Araby, wenn ich mir diese Bemerkung erlauben darf. Und sosehr ich euren Nachrichteneifer auch verstehen kann, ist in manchen Situationen doch etwas Geduld gefragt. Gestern waren schon Schlagzeilen und Fotos vom Fund des Leichnams online, bevor die Polizei überhaupt die Chance hatte, eine erste Stellungnahme abzugeben. Wenn ihr die Menschen mit sensationsheischenden Falschmeldungen von angeblichen Steinzeitfunden auf dem Golfplatz täuscht, müsst ihr euch nicht wundern, dass die Leser den Zeitungen nicht mehr trauen.«

»Warum lag der Tote denn ausgerechnet auf einem Golfplatz?«, rief eine Reporterin vom Privatfernsehsender TV4.

»Vielleicht fragst du das besser den anwesenden Polizeichef«, sagte Nyström. »Wenn ich mir seine Krawatte so anschaue, ist er dafür der richtige Mann.«

Sie war selbst ein bisschen überrascht, wie gelassen ihr die Sätze über die Lippen gegangen waren. So kannte sie sich gar nicht. Witzig. Bissig. Die Journalisten lachten. Edman lächelte, wenn auch etwas gequält, wie sie mit einer gewissen Befriedigung feststellte.

5

Was für eine popelige, kleine Stadt Växjö doch ist, dachte Stina Forss, als sie gemeinsam mit Lars Knutsson den Vorsitzenden des Golfclubs, Gunnar Berg, besuchte. Berg war der Vorgänger von Ingrid Nyström und bis vor anderthalb Jahren der langjährige und beliebte Chef der Kriminalpolizei des Bezirks Kronoberg gewesen. Ein schwerer Autounfall hatte ihn in den vorzeitigen Ruhestand gezwungen. Obwohl sie selbst Berg noch nie begegnet war, hatte sie eine klare Vorstellung von dem Mann. Sein guter Ruf, die vielen Geschichten über den scharfsinnigen Polizisten und fähigen Vorgesetzten, geisterten noch immer durch die Korridore des Präsidiums und Forss hatte sich schon das ein oder andere Mal dabei ertappt, dass sie Mitgefühl für Nyström empfand, hatte ihre Chefin doch gegen den übermächtigen Ruf einer Legende anzutreten.

»Gunnar Berg hat große Fußstapfen hinterlassen«, brummte Knutsson, als hätte er ihre Gedanken erraten. »Aber Ingrid macht ihre Sache fantastisch, finde ich, ganz fantastisch. Und das alles trotz ihrer, nun ja, ... Krankheit.« Er setzte den Blinker und lenkte den Wagen um eine Kurve. »Und das alles auch noch als Frau.«

»Was soll das denn heißen?«

Knutsson wurde rot.

»Nichts«, sagte er schnell. »Gar nichts.«

Er schien mit einem Mal sehr konzentriert auf den Verkehr zu achten. Dann, nach einer kurzen Pause: »Ich wollte eigentlich nur sagen, dass sie als Frau vielleicht einfach nicht so große Füße hat.«

»Vielleicht stapft sie aber auch bloß nicht so geräuschvoll wie dieser sagenumwobene Gunnar Berg«, sagte Forss.

Den Rest der Fahrt schwiegen beide. Forss sah zum Fenster hinaus. Der Balkon einer Mietswohnung auf dem Mörnersväg war bereits weihnachtlich geschmückt. Und das Mitte Oktober, dachte Forss. Hunderte bunte Leuchtdioden blinkten im trüben Vormittagslicht, ein kleiner elektrischer Nikolaus baumelte in einem sinnlosen Leerlauf am Ende einer Strickleiter. Armer Sisyphos, dachte sie, dann musste sie an ihren Vater denken, der an so vielen Schläuchen hing. Plötzlich war sie sich sicher, dass er Weihnachten nicht mehr erleben würde.

Gunnar Berg empfing sie in einem gut geheizten Wohnzimmer. Er saß in einem Sessel, seine Beine waren unter einer Decke mit Snoopy-Motiven verborgen. Knutsson und er begrüßten einander herzlich, Forss gab ihm die Hand.

»Ich habe schon viel von dir gehört«, sagte er und seine Augen zeigten ehrliche Neugier. »Die Kommissarin aus Berlin, noch dazu aus einer echten Mordkommission. Wir haben uns, als du letztes Jahr nach Växjö gekommen bist, ja um ein paar Tage verpasst. Wie du vielleicht gehört hast, hatte ich einen kleinen, tragischen Zusammenstoß mit einem Wildschwein.« Er lachte. »Im Gegensatz zu mir ist das Biest tot.«

»Das will ich hoffen«, sagte Forss.

»Ich habe mich damals sehr dafür eingesetzt, dass du hierherkommst und nicht an die Polizeihochschule nach Stockholm oder Umeå.«

»Vielen Dank«, sagte Forss. »Es war mir sehr wichtig, in der Nähe …« Sie schluckte. »Aus familiären Gründen, meine ich.«

»Keine Ursache, der Gewinn liegt ganz bei uns. Wie ich höre, bist du eine ausgezeichnete Polizistin.«

»Es gab Anfangsschwierigkeiten«, sagte Forss. Sie musste an die Schusswaffe denken, die sie sich widerrechtlich besorgt hatte und den Einsatz der Pistole, der eine zeitweilige Suspendierung zur Folge gehabt hatte, obwohl sie damit das Leben einer Verdächtigen gerettet hatte.

»Stina ist prima«, sagte Knutsson und strahlte. »Ganz und gar prima.«

»Das ist toll.«

»Ja, sie ist eine ausgezeichnete Ermittlerin.«

Wenn ihr mir jetzt noch den Kopf tätschelt, erschieße ich euch alle beide auf der Stelle, dachte Forss, aber das sagte sie natürlich nicht laut.

»Die Leiche vom Golfplatz«, sagte sie stattdessen.

»Richtig«, sagte Berg. »Deswegen seid ihr schließlich hier. Natürlich habe ich schon davon in der Zeitung gelesen, *Der Ötzy von Araby*, aber vielleicht könnt ihr für mich kurz den Ermittlungsstand zusammenfassen. Wollt ihr übrigens einen Kaffee?«

»Das wäre prima!« Knutsson strahlte noch breiter.

»Ganz und gar prima«, echote Forss und wunderte sich, dass der Sarkasmus in ihrer Stimme weder Berg noch Knutsson aufzufallen schien.

Bergs Frau brachte Kaffee und Gebäck. Knutsson berichtete ausführlich von ihren bisherigen Ermittlungen und Überlegungen.

»Russenmafia«, sagte er zum Schluss und biss beherzt in eine Punschrolle. »Die ganze Geschichte riecht nach Russenmafia.«

»Möglicherweise«, schränkte Forss ein.

»Mmmh«, machte Berg. Er hatte die Augen geschlossen und kratzte unter der Snoopy-Decke sein Knie. »Anfang der Neunzigerjahre gab es hier tatsächlich einiges an kriminalistischer Aktivität, die wir mit gut organisierten Banden aus Osteuropa in Verbindung gebracht haben, Schmuggel vor allem. Alkohol, Drogen, Zigaretten, aber auch Rohstoffe, wertvolle Metalle, ja, einmal sogar einen Laster mit Heizöl. Ich kann mich auch an Videofilme, CDs und Pornohefte erinnern. Da müsstet ihr mal die Archive lüften.«

»Delgado ist schon dabei.«

»Wir fragen uns natürlich, warum der Tote ausgerechnet auf dem Golfplatz vergraben wurde«, sagte Forss.

»Natürlich«, murmelte Berg. Wieder kratzte er an seinen Knien. Vielleicht hat Snoopy Flöhe, dachte Forss. »Ich bin zwar noch nicht lange Vorsitzender des Vereins, aber schon seit über dreißig Jahren Mitglied, auch wenn mein Handicap immer lausig war und ich seit dem Unfall nicht mehr selbst aktiv sein kann. Nach der Geschichte, die ihr eben erzählt habt, kommt mir ein Name in den Sinn: Saulius Mizgaitis. Ein Geschäftsmann, dem in den Achtzigerjahren die Ausreise aus Litauen gelungen ist. In den Neunzigerjahren ist er hier richtig zu Geld gekommen, im Club hat er sogar ein jährliches Jugendturnier ausgeschrieben, das nach ihm benannt war und für das er die Preise spendiert hat. Ein Mann mit einem großen Hunger nach gesellschaftlicher Anerkennung. Er hat mit Kies, Beton und anderen Baustoffen gehandelt, Eisen, Kupfer, solche Sachen. Meines Wissens war er auch im Baugewerbe tätig. Soweit ich mich erinnern kann, wurde allerdings polizeilich nie gegen ihn ermittelt, obwohl es im Club immer mal wieder Gerüchte und Spekulationen darüber gegeben hat, woher sein vieles Geld stammen könnte, denn in der schweren Wirtschaftskrise Anfang der Neunzigerjahre lagen das Bauwesen und auch die metallverarbeitende Industrie eigentlich überall am Boden.«

»Ich erinnere mich: Es gab reihenweise Insolvenzen zu der Zeit, eine hohe Arbeitslosigkeit, Familienväter, die nur mal kurz Zigaretten holen wollten und niemals wiedergekommen sind«, fügte Knutsson an.

»Genau. Und ausgerechnet zu dieser Zeit hat Mizgaitis mit

seinem Geld nur so um sich geworfen. Ich glaube, er ist damals sogar einen dieser extravaganten alten englischen Sportwagen gefahren. Wie James Bond. Dabei war offen zur Schau gestellter Reichtum in diesen Tagen noch sehr verpönt, aber Mizgaitis war unser typisch småländisches Understatement in dieser Hinsicht wohl eher fremd.«

»Er hatte eine Baufirma, sagtest du?«, fragte Forss.

6

Pia Lund kam mit einem Aktenordner unter dem Arm zurück in das Büro geschnauft.

»Die Kellertreppe bringt mich eines Tages noch um.«

Das kommt davon, wenn man zu viel isst und nicht regelmäßig Sport macht, dachte Hultin. »Das geht mir zu Hause genauso«, lächelte sie.

Die hat doch selbst gar keinen Keller, dachte Lindholm, der sich an Hultins Geburtstagsfeier im Frühjahr in ihrem Apartment erinnerte.

Lund knallte den Ordner auf die Schreibtischplatte, setzte sich und fing an zu blättern.

»Da haben wir es. September 1994, das Wasserhindernis auf dem Golfplatz in Araby.«

Sie sah zu den Ermittlern auf.

»Für uns haben damals Bengt und Hjalmar Åhlgren dort gearbeitet, zwei Brüder. Sie waren langjährige Mitarbeiter meines Vaters, sind allerdings schon seit vielen Jahren in Rente. Heute müssten sie über siebzig sein. Ich glaube, sie haben sich zusammen einen alten Hof in Tingsryd gekauft und renoviert. Zwei betagte, freundliche Junggesellen. Für einen ruhigen Lebensabend im Grünen.«

»Ach so«, sagte Hultin.

»Klingt ja nicht so spektakulär«, sagte Lindholm.

Lund hob ihre massigen Schultern unter dem zeltartigen Kaftan. Das Muster auf dem Stoff erinnerte Lindholm an das Keith-Haring-Poster im Zimmer seiner Freundin. Keith Haring auf LSD.

»Tja, was habt ihr denn erwartet, außer zwei alten Baggerfahrern?«

»Vielleicht jemanden mit osteuropäischen Wurzeln«, sagte Lindholm leise.

»Wieso eigentlich nur zwei Baggerfahrer?«, fragte Hultin. »Was war denn mit der Betonverschalung?«

Lund blickte noch einmal in ihren Ordner.

»Die Betondecke hat damals ein Subunternehmer für uns erledigt. Das war mitten in der Wirtschaftskrise nichts Ungewöhnliches. Wir mussten viele unserer fest angestellten Mitarbeiter entlassen und wenn dann doch einmal mehrere Aufträge gleichzeitig reinkamen und unsere Kapazitäten nicht ausreichten, buchten wir externe Dienstleister dazu.« Sie sah zu den Ermittlern auf. »In diesem Fall war es die Firma *Mizgaitis AB* aus Markaryd.«

Hultin und Lindholm sahen sich an.

Wenn das nicht osteuropäisch klang!

»Yes!«, sagte Lindholm.

Hultin ballte siegessicher eine Faust.

»Aber meines Wissens gibt es die schon seit Jahren nicht mehr«, lächelte Lind ihnen pink entgegen.

7

Als Forss und Knutsson auf das Grundstück in einem abgelegenen Teil des Gewerbegebiets von Markaryd einbogen, war ihnen auf den ersten Blick klar, dass es die Bau- und Baustofffirma von Saulius Mizgaitis schon seit langer Zeit nicht mehr gab. Sie sahen ein flaches, graffitiverziertes Gebäude mit eingeworfenen Fensterscheiben und fehlender Tür, aus der im Wind schwingenden Dachrinne wuchsen Birkensprösslinge. Einen versandeten Parkplatz, auf dem eine Planierraupe und ein Anhänger mit platten Reifen vor sich hin rosteten. Einen in sich zusammengefallenen Stapel alter Europaletten. Einen Kiesberg, auf dem Moos und Flechten heimisch geworden waren. Drei mörtelverkrustete Betonmischmaschinen. Und überraschenderweise Hultins Auto, das neben dem Gebäude stand. Darin saßen die Kollegen; Lindholm telefonierte, Hultin aß ein Butterbrot.

»Die hatten wohl dieselbe Idee«, knurrte Knutsson und drückte auf die Hupe.

8

Der Wind drückte Lindholm seine aufwendig gestylte Haartolle ins Gesicht.

»Das Gewerbeamt sagt, dass es die Firma seit 1999 nicht mehr gibt. Mizgaitis Frau hat sie aufgelöst. Die Maklerin, die für den Verkauf des Grundstücks hier verantwortlich ist, hat erzählt, dass Monica Mizgaitis zwei Jahre nach dem Tod ihres Manns zurück nach Litauen gezogen ist. Sie hatte wohl Heimweh. Das war 2001. Seitdem steht das Grundstück erfolglos zum Verkauf.«

»Saulius Mizgaitis ist also längst tot«, sagte Forss.

»Leberzirrhose«, sagte Hultin und biss in ihr Leberwurstbrot.

9

»Es fügt sich ineinander«, sagte Delgado. Es war früher Nachmittag. Er hatte sein Laptop an einen Beamer angeschlossen und das Besprechungszimmer verdunkelt. Mit einem Laserpointer, der angesichts der sehr überschaubaren Grafik auf der heruntergelassenen Leinwand leicht überkandidelt wirkte, fuhr er zwischen den zwei Namen hin und her. »Wir schreiben das Jahr 1994: Genau wie Saulius Mizgaitis kommt Rinaldas Kleiza aus Kaunas in Litauen. Kleiza gilt als notorischer Schmuggler mit besten Kontakten zum organisierten Verbrechen. Und ja: Ich zahle für den Ausdruck zehn Kronen in die Kaffeekasse. So wie sich die Sache darstellt, macht er mit Mizgaitis in Schweden beste Geschäfte: Baustoffe, hochwertige Metalle, ab und an auch mal eine Fuhre Schnaps. Alles Dinge, die Mizgaitis hier wunderbar verschachern kann. Zum Teil verbaut er das Material und kann dank seiner niedrigen litauischen Einkaufspreise die Konkurrenz unterbieten, zum Teil verkauft er es hier unter der Hand weiter. Die Geschäfte laufen gut und Mizgaitis geht es der Wirtschaftskrise zum Trotz finanziell blendend. Die Baufirma ist eine perfekte Geldwaschanlage, mit der er seine Gewinne legal ausweisen kann. Er macht richtig Kohle und zeigt es auch, indem er zum Beispiel Golfturniere sponsert und in exklusiven Sportwagen umherfährt; ein Musterbeispiel für einen Einwanderer, der es als selbstständiger Geschäftsmann zu etwas gebracht hat. Im Archiv der Lokalzeitung habe ich einen Artikel gefunden, in dem er lobend erwähnt wird. Auf dem dazugehörigen Foto schüttelt er einer Stadträtin die Hand. Alles läuft großartig, bis im Herbst etwas Unvorhergesehenes geschieht.« Er räusperte sich. »Meine Hypothese: Mizgaitis und sein Lieferant Kleiza geraten über eine Lkw-Ladung geschmuggelten Wodkas in Streit. Die Auseinandersetzung eskaliert und Mizgaitis erschießt Kleiza. Die Leiche lässt er auf der Baustelle auf dem Golfplatz in Araby verschwinden. Er kennt dort die Örtlichkeiten und er weiß, dass das Ausgießen der Betonschale für das Wasserhindernis unmittelbar bevorsteht. Wahrscheinlich erledigt er das Betonieren sogar selbst. Es ist das perfekte, endgültige Versteck für einen Toten, der nie wieder auftauchen soll.«

Delgados Laserpointer umkreiste das Wort »Golfplatz«.

»Mach mal das alberne Ding aus«, sagte Hultin. »Außerdem sind die verboten!«

Delgado: »Aber nur in Schweden.«

Hultin: »Wir sind hier aber in Schweden, falls du es noch nicht gemerkt hast.«

»Was ist mit dem Lastwagen voller Schnaps?«, fragte Forss.

»Das habe ich mich natürlich auch gefragt«, sagte Delgado. »Ich vermute, Mizgaitis hatte ursprünglich die Absicht, den gesamten Lkw mitsamt dem Schnaps zu verbrennen und nicht nur das Fahrerhaus. Vielleicht hat er Kleiza in der Fahrerkabine erschossen und wollte so die Spuren vernichten. Vielleicht wollte er auch Kleizas Hintermännern in Litauen ein Rätsel aufgeben oder den Tod des Lieferanten als Brandunfall darstellen. Womöglich ist der Lkw damals von der Polizei gefunden worden, während er noch damit beschäftigt war, Kleizas Leichnam zu entsorgen und deshalb hatte er keine Gelegenheit mehr, die Schnapsladung zu bergen und den Lastwagen verschwinden zu lassen. Wer weiß? Es gibt viele Möglichkeiten. Wahrscheinlich werden wir nie rekonstruieren können, was genau in dieser Nacht in Markaryd passiert ist.«

»Trotzdem scheinen die Puzzleteile zusammenzupassen«, sagte Lindholm und putzte seine Nerdbrille.

»Klappe zu, Affe tot«, grunzte Knutsson. »Dann können wir uns jetzt hoffentlich endlich wieder mit aktuelleren Dingen beschäftigen als einem uralten Knochenmann. Ich weiß ja nicht, wie es euch geht, aber mein Schreibtisch quillt vor Arbeit über. Apropos: Ich brauche noch dringend jemanden, der mir mit der Autodiebstahlserie in Tingsryd hilft.«

Er stand auf und Hultin und Lindholm folgten seinem Beispiel.

»Auf jeden Fall haben wir eine plausible Theorie«, sagte Nyström in die aufkommende Unruhe und das Stühlerücken hinein. »Wir warten mal ab, ob die Überprüfung des Zahnabdrucks etwas ergibt. Wenn man das Registrat tatsächlich diesem Kleiza aus Kaunas zuordnen kann, sind wir mit der Lösung des Falls sehr weit gekommen. Vielleicht sollten wir dann auch die Witwe von Mizgaitis in Litauen ausfindig machen und von den baltischen Kollegen befragen lassen. Es ist wohl nicht sehr wahrscheinlich, dass sie gegen ihren verstorbenen Mann aussagt, aber man weiß ja nie.« Sie klappte die Akte, die vor ihr lag, zu. »So viel zu den Schatten aus der Vergangenheit. Oder was meinst du, Stina?«

Aber ihre Kollegin schien mit ihren Gedanken woanders zu sein.

Nyströms Brust juckte. Sie kratzte sich, zog dann aber schnell die Hand weg, als sie bemerkte, dass Knutsson sie ansah.

»Wer soll mir denn jetzt bei den Autodiebstählen zur Hand gehen, Ingrid?«

»Frag Anette!«

Ihre Stimme klang viel kühler, als sie beabsichtigt hatte.

Hultin stöhnte.

Delgado stöpselte den Beamer aus.

Lindholm räumte die Kaffee- und Teetassen vom Tisch.

Forss starrte durch die Panoramascheibe in den trüben Nachmittag hinaus.

Es war 15.37 Uhr und der Wind hatte sich gedreht. Er wurde stärker und kam nun aus Nordwesten.

10

Stina Forss parkte ihren Wagen. Noch immer hatte niemand die tote Elster von der Bordsteinkante weggeräumt. Ihre schwarzblauen Flügel schimmerten ölig im Schein der Straßenlaterne. Die Stämme der Kiefern, die den Parkplatz des Krankenhauses säumten, hatten im künstlichen Licht die Farbe von Kupfer angenommen. Sie spürte einen beinahe körperlichen Widerwillen, als sie die Schiebetüren passierte. Der Linoleumboden schluckte das Klackern der hohen Absätze ihrer Prada-Schuhe. Secondhand zwar, aber trotzdem Prada. Mit dem ungewohnten Fehlen des Stakkatoklangs ihrer Schritte schien auch ihr Selbstbewusstsein zu schrumpfen und als sie endlich neben dem Bett ihres Vaters auf der

Intensivstation saß, war es vollkommen verschwunden. Diesmal war er wach, seine Augen waren offen. Er sah sie an und gleichzeitig sah er durch sie hindurch. Sein Körper war so schmal geworden, seine Papierhaut beinahe durchsichtig. Sein Mund formte Wörter, ohne dass ein Laut zu hören war. Wir sind zwei Geister, dachte Forss. Auf eine grausame Art in einer Zwischenwelt verbunden und dennoch für immer getrennt. Seine Hand griff in ihre wie eine zärtliche Klaue. In seinen Augen schwammen Tränen. Sie fühlte so viel und gleichzeitig überhaupt nichts, denn wie sollte man etwas fühlen, wenn man gar nicht da war? Wenn man ein Geist war, weil Papa in jener Nacht vor 28 Jahren jedes Selbstbewusstsein aus ihr herausgeprügelt hatte?

Sie stand auf. Es musste ihn doch endlich jemand rasieren. Der Rasierer war in seinem Zimmer in dem benachbarten Pflegezentrum. Mit jedem Schritt den Flur hinab, weg von seinem Krankenbett, schienen ihre Schritte lauter zu werden.

Sein Zimmer roch nach altem Schweiß und Möbelpolitur. Die Kleidung auf dem Stuhl war so ordentlich gefaltet, wie man es von jemandem erwartete, der sein Leben lang Soldat gewesen war. Würde er sie jemals wieder so sorgfältig zusammenlegen können? Sie fand den Rasierapparat auf der Kommode, auf der auch seine Medikamente lagen. Beinahe hätte sie es beim Hinausgehen übersehen: Auf seinem Nachttisch stand ein Fotorahmen, den sie nie zuvor dort gesehen hatte. Sie blieb stehen.

Sollte er wirklich ...?

Hatte er tatsächlich ein Bild von ihr ...?

Etwas in ihrem Hals löste sich, wurde warm, obwohl sie das nicht wollte. Die Narben auf ihrem Hals brannten. Ihr verdammtes, kaputtes Augenlid flatterte. Sie griff nach dem Bilderrahmen. Drehte ihn um.

Nein, das war nicht sie auf dem Foto.

Es war ein Porträtbild des ehemaligen Ministerpräsidenten Olof Palme.

Ach, leck mich doch, dachte sie und knallte den Rasierer mit solcher Wucht an die Wand, dass er in mehrere Teile zerbrach.

11

Nyström holte ihre Jacke und ihre Aktentasche und verließ das Präsidium. Sie ging zu ihrem Wagen und fuhr in Richtung Räppe aus der Stadt hinaus, an den neu gebauten Sportarenen und dem gigantischen Einkaufszentrum Samarkand vorbei. Wie sehr Växjö sich in den vergangenen Jahren verändert hat, dachte sie, zumindest an der Oberfläche. Wie es darunter aussah, wie es dem Herzen der Stadt, wie es den Menschen ging, war sie sich unsicher. Nicht einmal für sich selbst konnte sie die Frage beantworten.

Als sie das Auto auf der Auffahrt vor Maries Haus parkte und die unbeleuchteten Fenster sah, wurde ihr klar, dass ihre Tochter und die Kinder möglicherweise noch gar nicht zu Hause waren. Seit drei Jahren arbeitete Marie als Logopädin in Teilzeit, die Zwillinge waren im Kindergarten und Marcus in der Nachmittagsbetreuung der Schule. Gut, dass sie einen eigenen Schlüssel hatte. Marie würde sich sicherlich freuen, wenn sie nach Hause kam und das Essen bereits auf dem Tisch stand, dachte Nyström und machte sich in der Küche daran, den Kühlschrank zu durchforsten. Außer Ketchup, Remoulade und Sojasauce gab es nicht viel mehr als Kartoffeln, die schon keimten, eine Packung Schafskäse, Speckstreifen und Milch. Na toll, ihr Plan mit der Essensüberraschung war damit wohl geplatzt. Im Schrank fand Nyström eine Glasschale mit Haselnüssen und Feigen, von denen sie sich eine Handvoll nahm, ging ins Wohnzimmer hinüber und nahm im Sessel am Fenster Platz.

Die Stille in Maries Haus fühlte sich fremd an. Es war, als warteten die Wände, die Möbel, die Spielsachen auf den Ansturm der Kinder, als wären die Gegenstände nicht sie selbst, wenn sie nicht von Krach und Radau umgeben waren. Nyström schloss die Augen und zerbiss Nüsse und Feigen, bis sie den Schlüssel im Schloss hörte.

»Hej, Mama, du bist ja schon hier!«, rief Marie aus dem Flur.

Die Kinder stürmten ihr entgegen.

»Oma, Oma, wir kriegen Hamburger zum Abendessen! Isst du heute auch bei uns?«

»Hej, wie schön euch zu sehen!« Nyström streckte ihren Arm aus, um Marcus einzufangen, aber er war bereits an ihr vorbei in sein Zimmer gerannt, stattdessen stürzten sich Elise und Thea auf sie.

»Warst du einkaufen?«, rief sie Marie zu.

»Nein, dazu komme ich erst morgen. Ich habe noch Burger in der Tiefkühltruhe und Nudeln und Ketchup sind auch da.«

Na toll, dachte Nyström nun zum zweiten Mal und dann musste sie lächeln. Ausgerechnet Marie, die in ihrer Jugend eine standhafte Vegetarierin gewesen war und jedes Mal, wenn es zu Hause Fleisch gegeben hatte, lautstark die Kochethik ihrer Mutter hinterfragt hatte, bereitete nun beinahe täglich fragwürdige Fertigprodukte wie Bockwürstchen oder tiefgefrorene Hamburger zu. Anderseits beinhalteten diese Produkte vielleicht gar nicht so viel Tier, wie man denken sollte. Nyström dachte an den letzten Fleischskandal, da hatten sie im Radio gesagt, dass in Island Tiefkühl-Bolognese-Sauce gefunden worden war, die nicht ein einziges Tierprotein enthalten hatte. Da aß sie lieber alle zwei Wochen einen ordentlichen Schweinebraten oder gleich ganz fleischlos.

»Kann ich dir helfen?«, rief sie Richtung Flur.

»Ja, kümmere dich doch bitte ums Essen, dann kann ich die Wäsche aufhängen, die schon seit heute Morgen in der Maschine liegt.«

»Alles klar«, antwortete Nyström und erhob sich aus dem Sessel. Sie wandte sich an die Mädchen: »Kommt ihr mit und helft mir?«

Elise und Thea liefen los und sie eilte hinterher.

Drei Stunden später lagen die Kinder mit gefüllten Bäuchen und geputzten Zähnen im Bett. Nyström hatte Marcus aus Pettersson und Findus vorgelesen und sie hatten sich gemeinsam über den alten Mann und seinen bemerkenswerten Kater amüsiert. Nachdem sie das Buch zugeklappt hatte und Marcus eingeschlafen war, sah sie sich um. Die vertrauten Tierposter in seinem Zimmer waren allesamt durch Science-Fiction-Motive ersetzt worden. Ihr fiel auf, wie lange es her war, dass sie das letzte Mal an seinem Bett gesessen hatte. Sie stand auf und setzte sich mit einer Tasse Tee zu ihrer Tochter in die Küche.

»Ich verstehe nicht, wie du es schaffst, die Kinder jeden Abend allein pünktlich ins Bett zu bringen«, sagte sie zu Marie und schenkte ihr einen anerkennenden Blick.

»Ja, es ist viel im Moment, ich bin ziemlich erschöpft.«

»Wann kommt Leif zurück?«

»Erst Mitte nächsten Monats und dann auch nur für zwei Wochen.«

Nyström wusste nicht, was sie dazu sagen sollte. Sie dachte an ihren eigenen Vater und die Männer seiner Generation. Sie waren die Familienversorger gewesen und ihre Vaterrolle hatte vor allem darin bestanden, Geld nach Hause zu bringen. Ob sie für ihre Kinder Zeit hatten, danach hatte keiner gefragt. Ihre eigene Generation hatte alles anders machen wollen. Bevor sie Kinder bekamen, war das Thema Gleichberechtigung in ihrem Freundeskreis ein riesiges Thema gewesen und sie konnte sich gut daran erinnern, wie sie und ihre Freundinnen die Männer daran maßen, wie gut sie den Abwasch machen und Betten beziehen konnten. Als die Kinder dann kamen, platzten viele Ideale wie Seifenblasen und als junge Eltern verfielen die meisten wieder dem Muster der vorangegangenen Generation. Sie selbst schätzte sich glücklich, dass Anders sich immer sehr für die Kinder interessiert hatte, die Hälfte des Haushalts übernahm und seine Arbeit in der Gemeinde reduziert hatte, damit sie früh zurück in ihren Beruf konnte.

Die Zeit war auch für ihn nicht immer einfach gewesen und er hatte sich oft dafür rechtfertigen müssen, dass er nur vier Tage in der Woche arbeitete und häufig Abendveranstaltungen absagen musste. Besonders die älteren Damen im Dorf waren jedes Mal beleidigt gewesen, wenn Anders nicht zu ihren Gemeindetreffen und Betkreisen kommen konnte, weil er lieber seine Töchter ins Bett brachte. Die missgünstigen Klatschtanten hatten es als Skandal bezeichnet, dass die Frau Pfarrer nicht ihrem Mann zur Seite stand, sondern auf ihrem eigenen Weg durch die Weltgeschichte marschierte. Und das auch noch als Polizistin. Dass es ausgerechnet Frauen gewesen waren, die ihnen in den Rücken gefallen waren, hatte es für Nyström nur noch trauriger gemacht. Nun, das war Jahre her. Sie hatte gehofft, dass ihre Töchter keine derartigen Kämpfe mehr auszutragen haben sollten und dass sie ganz selbstverständlich die Verantwortung für Familie und Haushalt mit den Vätern teilen würden. Natürlich hatten sich die Zeiten verändert. Mittlerweile konnte man kaum eine Zeitung aufschlagen oder den Fernseher einschalten ohne grinsende Väter beim Windelwechseln oder vollgekleckert mit Kindernahrung zu sehen. Neben den sogenannten Latte-Macchiato-Mamas gab es jetzt auch die Latte-Macchiato-Papas, die mit ihren Kinderwagen die Cafés bevölkerten. Zumindest in Stockholm und Göteborg, wenn man den Fernsehserien glaubte. Bei ihren eigenen Töchtern war das alles irgendwie nicht angekommen. Mit Ausnahme von Anna vielleicht. Ihre Jüngste hatte sich keinen Partner gesucht, sondern eine Partnerin.

»Ich brauche einen Rat von dir, Mama.« Maries Stimme holte Nyströms Gedanken zurück ins Hier und Jetzt.

»Marcus möchte die Schule wechseln. Sein bester Freund Emil geht nach den Herbstferien auf die Schule in Högstorp und die beiden haben sich in den Kopf gesetzt, dass Marcus nun auch dorthin soll.«

»Zieht Emils Familie denn um, oder warum soll er jetzt Schule wechseln?«

»Ach, das ist eine lange Geschichte. Die kurze Fassung ist, dass sich seine Eltern mit der Klassenlehrerin angelegt haben und sie beschuldigen, die Entwicklung der Kinder, beziehungsweise wohl eher die Lernerfolge Emils, nicht genügend im Blick zu haben.«

»Aber die Schule ist doch erst vor zwei Monaten losgegangen. Wie können die Eltern so schnell ein Urteil fällen und gleich zu so drastischen Maßnahmen greifen? Da muss doch noch etwas anderes passiert sein.«

»Na ja, Emil weigert sich, zur Schule zu gehen und stellt sich jeden Morgen quer. Er hat wohl so lange Ramba-Zamba gemacht, bis er ihnen das Versprechen abgenommen hat, dass er wechseln darf. Auf der neuen Schule bekommen die

Schüler zum Einstand ein Laptop, außerdem geht anscheinend seine halbe Fußballmannschaft dorthin.«

»Aber das Kind ist doch erst sieben! Da müssen sich die Eltern doch durchsetzen können!«

Nyström verstand die Welt nicht mehr.

»Ja, aber sie machen es nicht. Außerdem ist ein Schulwechsel heutzutage nichts Außergewöhnliches mehr. Die Kinder werden doch mit dem Glauben erzogen, dass als Erstes ihre Meinung zählt und von allen respektiert werden sollte.«

Marie verdrehte die Augen.

»Du meine Güte! Wo soll das nur alles hinführen?«

Nyström lehnte sich mit verschränkten Armen in ihrem Stuhl zurück.

»Mein Problem ist, dass ich jetzt als die sture, verbockte Mutter dastehe, die nichts versteht und Marcus ohne seinen besten Freund und ohne Laptop und ohne seine halbe Fußballmannschaft in der Klasse zurücklässt. Er ist total davon besessen, mit Emil nach Högstorp zu gehen und gestern hat er mit Leif telefoniert, der ihm sein Okay gegeben hat. Ohne vorher mit mir darüber zu sprechen, wohlgemerkt!«

»Na großartig, dein Mann ist manchmal eine echte Pfeife!«

Die Wörter rutschten ihr heraus, bevor Nyström es verhindern konnte, aber Marie schien keine Notiz davon zu nehmen, oder sie hatte einfach aufgegeben, Leif zu verteidigen.

Als Nyström nach Hause fuhr, war es spät geworden. Sie fühlte sich traurig und glücklich zugleich. Was Marie erzählt hatte, kam ihr vor wie eine schlechte Parodie. Arme Marie! Gleichzeitig hatte sie im Gespräch mit ihrer Tochter eine starke Verbundenheit gespürt. Sie sahen die Welt in denselben Farben und das verband sie auf eine Weise gegen die manchmal so unverständliche Gesellschaft da draußen. Dazu war es das erste Mal seit Langem, dass ihre Tochter sie nicht nach der Krankheit gefragt hatte. Vielleicht war das ein Zeichen, dass das Leben weiterging.

12

Es war unlogisch. Pontus Palmgren war verwirrt, wie immer, wenn er die Verhaltensweisen seiner Mitmenschen nicht verstand. Er dachte über das nach, was seine Kollegin gesagt hatte. Rosmari Sten war die Erste Offizierin der *Ebba Brahe*, eine zuverlässige und kompetente Frau, nur wenige Jahre älter als er selbst. Er mochte Rosmari – er hatte ihr auch heimlich eine Nummer gegeben, so wie er allen Menschen Nummern gab, um sie leichter auseinanderzuhalten; Rosmari war eine elegante 14, eine klare, schöne Ziffer, weil sie eine angenehm ruhige und leise Stimme hatte, einen dezenten Duft und weil sie sein Bedürfnis nach körperlichem Abstand respektierte – aber manchmal begriff er einfach nicht, was sie sagte und was sie tat. Heute Morgen hatte sie in der Pause telefoniert und schließlich hatte sie geweint und dann hatte sie gesagt, dass sie wegen ihres Verlobten Philip in die Luft gehen könnte. Das war nicht logisch. Das war noch nicht einmal grammatikalisch richtig. Es musste ja wohl in der Luft gehen oder auf der Luft gehen heißen. Und wie sollte das überhaupt funktionieren? Menschen konnten ja noch nicht einmal auf Wasser gehen, das konnte höchstens Jesus, aber an den glaubten weder er noch Rosmari. Es musste sich also um eine Metapher handeln, eine Metapher, die er allerdings nicht verstand. Dann hatte Rosmari geschluchzt und Philip als erbärmliches Schwein bezeichnet. Auch eine Metapher, aber leichter zu verstehen. Ein Schwein, das war nichts Nettes, im Gegenteil, das war ein deutlicher Ausdruck der Missbilligung, so viel wusste selbst er seit der Grundschule. Die Frage war nur, warum dieser Philip – Pontus hatte ihn einmal getroffen, eine laute, aufdringliche 229 mit Mundgeruch – gleichzeitig ihr Verlobter und ein erbärmliches Schwein sein konnte? Wer wollte schon mit einem Schwein verlobt sein? Das ergab keinen Sinn. Menschen waren kompliziert. Immerhin hatte er begriffen, dass Rosmari traurig gewesen war. Den ganzen Heimweg lang überlegte er, wie er sie am nächsten Tag etwas aufheitern könnte. Vielleicht mit einem einfühlsamen Geschenk? Erwartete man so etwas nicht von einem guten Kollegen? Von einem guten Freund? Plötzlich hatte er eine ganz fabelhafte Idee. Wie wäre es mit einem Kompass? Auf seinem Schreibtisch hatte er einen feinen Kompass liegen, so ein richtiges Profiding, das auf eine skalierte Plexiglasscheibe montiert war, kaum benutzt. Das wäre doch was. Fast beschwingt öffnete er die Gartenzauntür, das merkwürdig bedrückende Gefühl, das er seit dem Vorabend gehabt hatte, war endgültig verschwunden. Im Briefkasten steckte neben der Tageszeitung und der üblichen Werbung ein Kuvert. Pontus nahm den Umschlag heraus. Es kam nicht oft vor, dass er Post erhielt. Seltsam, der Brief war weder adressiert noch frankiert, er war vollkommen unbeschriftet, auch war er merkwürdig schwer. Pontus konnte fühlen, dass etwas Längliches, Hartes darin war. Etwas Metallenes. Ein Scherz der Nachbarskinder? Er schloss die Haustür auf, stellte seinen Rucksack ab und zog seine Jacke aus. Dann riss er das Kuvert auf.

Er erkannte sein Spielzeug nach all den Jahren sofort wieder.

Es war das Modellschiff, das in der Nacht verschwunden war, in der ihn seine Eltern verlassen hatten.

Die Sache war vollkommen unlogisch.

MITTWOCH, 15. OKTOBER

1

Ingrid Nyström wachte vom Klingeln des Telefons auf. Der Radiowecker neben ihrem Bett zeigte 3.15 Uhr. Sie griff nach dem Hörer. Es war Anette Hultin, sie klang aufgeregt und außer Atem.

»Komm so schnell es geht zum Krankenhaus. Die pathologische Abteilung brennt. Hier ist der Teufel los!«

Viel mehr war aus der aufgebrachten Kollegin nicht herauszubekommen. Nyström schlüpfte in ihre Kleidung vom Vortag, zog sich Stiefel an und eilte in die Garage. Da Anders mit dem Zug zu seiner Tagung nach Stockholm gefahren war, konnte sie seinen Wagen nehmen, einen PS-starken Audi. Angesichts des böigen Regenwetters und der Dunkelheit zog sie die relative Sicherheit des großen Autos ihrem Kleinwagen vor. Sie holte das mobile Blaulicht aus dem Toyota, setzte es auf das Dach des Audis und fuhr mit eingeschaltetem Warnsignal in die Stadt. Als sie zwanzig Minuten später auf den Parkplatz des Krankenhauses am Växjösee ankam, war das Durcheinander zwar nicht ganz so groß, wie es am Telefon geklungen hatte, aber es waren zwei Löschzüge der Feuerwehr im Einsatz, auf dem Parkplatz hatte sich eine kleinere Menschenmenge versammelt, die überwiegend aus Ärzten, Pflegepersonal und aufgescheuchten Patienten bestand, aus dem Flachbau der Pathologie rauchte es schwach, Flammen gab es allerdings nicht zu sehen. Auch in den Fenstern des angrenzenden Krankenhauses standen Neugierige. Nyström stieg aus. Sie fand Hultin bei Ann-Vivika Kimsel.

»Die Feuerwehr hat die Lage jetzt unter Kontrolle«, sagte Hultin und wischte sich eine feuchte blonde Haarsträhne aus dem Gesicht.

»Gottlob ist niemandem etwas passiert«, sagte Kimsel. Unter ihrem Mantel sah Nyström den Saum eines Nachthemds hervorlugen. »Das Feuer ist nicht auf die Nebengebäude übergesprungen. Kurz sah es so aus, als müssten wir das ganze Krankenhaus evakuieren, aber zum Glück wurden die Flammen rechtzeitig gelöscht.«

»Wie ist der Brand entstanden?«, fragte Nyström. »Hat die Feuerwehr sich schon geäußert?«

»Mit uns hat noch niemand gesprochen. Die haben hier ja alle Hände voll zu tun.« Hultin zuckte die Achseln. »Irgendein technischer Defekt wird das Feuer ausgelöst haben, was auch sonst? Außerdem gibt es da drinnen doch eine Menge Chemikalien. Die könnten den Brand beschleunigt haben.«

Kimsel versuchte ihren Regenschirm so zu halten, dass Nyström und Hultin ebenfalls darunter Platz fanden, ein mehr oder weniger hoffnungsloses Unterfangen.

»Ich weiß nicht recht«, sagte sie. »Eigentlich ist ja die ganze Einrichtung aus Edelstahl, wenn man mal von der Holzvertäfelung in meinem Büro absieht. Und die leicht entflammbaren Flüssigkeiten im Labor halten sich in Grenzen. Außerdem sind die ja alle vorschriftsmäßig gesichert. Ich kann mir auch nicht vorstellen, dass der Motor der Aggregate im Kühlraum aus dem Nichts anfangen sollte zu brennen oder dass das Elektronenmikroskop explodiert.«

»Vielleicht ist einer deiner Toten auferstanden und hat ein bisschen gezündelt«, lachte Hultin.

»Ha, ha«, sagte Kimsel tonlos. Sie holte eine Zigarettenschachtel und ein Feuerzeug aus der Manteltasche und zündete sich eine Zigarette an.

»Meinst du wirklich, dass du hier jetzt rauchen solltest?«, fragte Nyström.

»Wieso denn nicht?«

»Ich meine ja nur. Wegen des Feuers und so.«

»Was hat das denn damit zu tun?«

»Mmh«, sagte Nyström. Aber sie sah ein, dass ihre Freundin recht hatte. Die Zigarette hatte überhaupt nichts mit dem Feuer zu tun. Der Brand war gelöscht und selbst wenn es noch lichterloh gebrannt hätte, hätte auch eine Zigarette nichts daran geändert. Sie mochte es einfach nicht, Ann-Vivikas Qualm ins Gesicht zu bekommen. Sie trat unter dem Regenschirm hervor. Lieber nass werden, als eingeräuchert zu werden, dachte sie. Einer der Feuerwehrleute in schwerer Schutzkleidung kam auf sie zu. Als er seine Atemmaske vom Gesicht nahm, erkannte Nyström ihn. Es war Patrik Wiman, der Einsatzleiter, mit dem sie schon häufiger zusammengearbeitet hatte. Sie begrüßten sich. Dann wandte er sich an Kimsel.

»Du bist die Chefärztin der Pathologie?«

»Das ist richtig.«

»Kommt dir das hier bekannt vor?«

Jetzt erst bemerkte Nyström, dass er etwas in der Hand

hielt, etwas Schweres, Verbranntes. Einen Metallkanister. Er hob ihn ins Licht. Unter der verrußten, dunkel angelaufenen Oberfläche konnte man Reste von gelber Farbe erkennen.

Kimsel schüttelte den Kopf.

»Nein, so einen Kanister habe ich noch nie gesehen. Mit Sicherheit gehört er nicht zur Ausstattung der pathologischen Abteilung.«

Wiman nickte grimmig.

»Das habe ich mir fast schon gedacht. Alles, was man da drinnen sehen kann, weist auf eine sehr amateurhaft ausgeführte Brandstiftung hin.«

Dicke Regentropfen klatschten auf den verbrannten Kanister. Kimsel schnipste ihren Zigarettenstummel in eine Pfütze.

»Eine Kippe könnte ich jetzt auch gebrauchen«, sagte Wiman.

2

Etwa eine Stunde später beugten sich Nyström und Hultin im Präsidium vor einen Bildschirm. Eine Überwachungskamera des Krankenhauses, deren Aufnahmewinkel auch den Eingangsbereich der Pathologie erfasste, hatte die entscheidenden Szenen mitgeschnitten. Dennoch erkannte man nicht viel auf der Schwarz-Weiß-Aufnahme ohne Tonspur. Eine verhuschte Gestalt in einem dunklen Parka, die Kapuze über den Kopf gezogen. Der helle Kanister in einer

Hand, in der anderen eine große Sporttasche. Eine ausladende Armbewegung. Der Kanister kracht in die Glastür, das Glas splittert. Die Alarmlampe über dem Eingang beginnt zu blinken. Dann ein zweiter Schlag. Mit Fußtritten werden lange Splitter aus dem Türrahmen entfernt. Die Gestalt zwängt sich durch die zerstörte Tür, verschwindet im unbeleuchteten Gebäude. Eine Minute nichts. Zwei Minuten nichts. Dann erscheint die Gestalt erneut, ohne Kanister. Dafür hat sie die Sporttasche jetzt über die Schulter gehängt. Wieder steigt sie durch den Türrahmen, dann verschwindet sie aus dem Blickwinkel der Kamera. Eine Minute später dringen erste Rauchschwaden aus dem Gebäude. Nyström stoppte die Aufnahme. Sie hatten sie sich bereits zum vierten Mal angesehen, zweimal davon in Zeitlupe.

»Das bringt nichts. Man erkennt den Kerl nicht, auch wenn wir es uns hundertmal angucken«, sagte Hultin.

»Man erkennt noch nicht einmal, ob es überhaupt ein Kerl ist«, sagte Nyström. »Aber egal ob Mann oder Frau; warum sollte man überhaupt in ein Krankenhaus einbrechen und dann dort Feuer legen?«

»Vielleicht ein Pyromane«, schlug Hultin vor. »Oder eine Pyromanin?«

»Danach sieht es jedenfalls aus. Wie verrückt muss man sein, um das Leben so vieler Menschen zu gefährden? Noch dazu kranker, hilfloser Menschen. Wiman sagt, dass allein die Sprinkleranlage Schlimmeres verhindert hat. Wir müssen auf jeden Fall die Akten durchgehen. Möglicherweise gibt es Parallelen zu dieser Serie von Scheunenbränden, mit der wir es im Sommer zu tun hatten. Oder drüben in Sankt Siegfried ist wieder mal ein Psychopath entlaufen.«

»Vielleicht war es auch nur ein ehemaliger Krankenhauspatient, der mit seiner Behandlung unzufrieden war. Oder jemand, der sauer ist, weil er so lange auf einen Operationstermin warten muss«, sagte Hultin. »Als ich damals Meniskusprobleme hatte, musste ich dreizehn Monate auf die OP warten.«

»Aber du hast deswegen nicht gleich das Krankenhaus angezündet.«

»Aber ich war kurz davor«, lachte Hultin. »Das hat mir zwei ganze Leichtathletiksaisons versaut. Jedenfalls kümmere ich mich um die Scheunenbrände. Schlafen kann ich jetzt sowieso nicht mehr. Wenn du willst, kannst du also wieder nach Hause fahren.«

Nyström sah auf die Uhr. Es war kurz nach fünf. Sie war todmüde.

»Das lohnt sich jetzt doch auch nicht mehr«, sagte sie.

3

Sie gingen die alten Fälle gemeinsam durch. Die Scheunenbrände aus dem vergangenen Sommer und andere, weiter zurückliegende Brandstiftungen. Vor vier Jahren hatte es eine kurze Serie von Autobränden gegeben und vor sieben Jahren waren innerhalb eines Monats drei Imbisse ausgebrannt, die alle denselben Besitzer gehabt hatten. Der Gastronom hatte der Polizei gegenüber von Schutzgelderpressung gesprochen, aber nachdem er sich bald in Widersprüche verstrickt hatte, war klar geworden, dass es sich um Versicherungsbetrug gehandelt hatte. »Der hat warm saniert«, hatte Lars Knutsson damals gescherzt. Vor mehr als zehn Jahren hatte es den tragischen Brand in der geschlossenen rechtspsychiatrischen Abteilung des Sankt-Siegfried-Krankenhauses auf der gegenüberliegenden Seite des Växjösees gegeben, bei dem zwei junge Frauen ums Leben gekommen waren. Das tödliche Feuer war von einer zündelnden Patientin gelegt worden. Nyström und Hultin lasen in den Akten nichts von vermummten Gestalten, gelben Metallkanistern oder irgendwelchen Sporttaschen.

»Warum eigentlich eine Sporttasche?«, wunderte sich Nyström.

»Vielleicht hatte er darin ja seine benzingetränkte Unterwäsche«, scherzte Hultin. »Bei diesen Irren weiß man ja nie.«

Als es sieben Uhr war, fuhren sie auf Hultins Anregung hin zum Café Hennings in die Storgatan und frühstückten dort. Nyström konnte sich nicht erinnern, wann sie das letzte Mal auswärts gefrühstückt hatte, es musste lange her sein. Sie kam sich beinahe ein wenig dekadent vor, gleichzeitig genoss sie das Gefühl, bedient zu werden und ein Frühstück zu essen, das jemand anderes zubereitet hatte. Aus einem Moment des Übermuts heraus bestellte sie sich zu ihrem Croissant und Krabbenbrot statt des üblichen Tees sogar eine Tasse Kaffee. Die Krabben waren ausgezeichnet, der Kaffee auch.

»Bist du öfter hier?«, fragte sie Hultin.

»Manchmal. Wenn mir zu Hause die Decke auf den Kopf fällt. Irgendwie ist man hier dann ja auch allein, aber auf eine andere Weise, weißt du?«

»Ja, klar«, sagte Nyström und lächelte.

Aber das war nicht wahr. Sie wusste überhaupt nicht, wie es sich anfühlte, jeden Morgen allein zu sein, allein zu frühstücken, allein zu leben. Seit sie denken konnte, war sie immer von Menschen umgeben. Als Kind mit ihren vielen Geschwistern, später dann mit Anders, mit ihren Kindern und

Kindeskindern. Immer Familie, nie allein. Diese Woche, in der Anders auf seinem Seminar war, stellte eine Ausnahme dar. Dabei hatte der Gedanke ans Alleinsein manchmal auch etwas Verlockendes. Allein auf eine große Reise gehen, unbeschwert, frei und ohne Ziel, ohne Mann, ohne Kinder. Einfach los, gleich hier, gleich jetzt. Fast erschrak sie über ihre Gedanken. Das muss am Koffein liegen, dachte sie, es macht mich übermütig. Sie sah Anette Hultin an. Der Gesichtsausdruck der Kollegin hatte sich geändert. Die Art und Weise wie sich in ihren Mundwinkeln Schatten bildeten. Sie sah traurig aus. Einsam. Ich sollte etwas sagen, dachte Nyström. Ich sollte mich nach ihrem Leben erkundigen. Wie es mit ihr und Hugo Delgado steht. Oder ob sie einen anderen, einen festen Freund hat. Einen Kinderwunsch. Denn eigentlich weiß ich gar nichts von ihr, obwohl wir täglich so viel Zeit miteinander verbringen. Klar, es gab Gerüchte in der Abteilung. Anette, die vor Jahren von ihrem Mann wegen einer anderen sitzen gelassen wurde. Anette, die von Hugo Delgado sitzen gelassen wurde. Oder war es andersherum gewesen?

Ich sollte sie wirklich fragen, wo wir hier so vertraut zu zweit sitzen. Das kann man von einer guten Chefin doch wirklich erwarten. Sie nahm noch einen Schluck von ihrem Kaffee.

»Wie geht es eigentlich deiner ... Krankheit?«, fragte Hultin.

4

Als Nyström wieder in ihrem Büro saß, klopfte es an der Tür. Es war Bo Örkenrud. Er hatte einen dünnen Aktenordner in der Hand.

»Ich habe bereits von dem Brand im Krankenhaus gehört und einen meiner Leute hingeschickt. Aber ich glaube nicht, dass es viel bringt. Nach Brandstiftungen ist die Spurenlage meistens schlecht. Es gibt sogar Brände, die genau deswegen gelegt werden. Um Spuren zu verwischen.«

»Hier haben wir es wohl eher mit einem Pyromanen zu tun, allerdings auf recht primitivem Niveau, wie Wiman meint.«

»Beknackte Amateure«, lachte Örkenrud. »Aber ich bin eigentlich auch wegen etwas anderem hier.« Er reichte ihr den Ordner. »Es gibt Neuigkeiten von unserem Skelettmann.«

»Und zwar?«

»Wir haben gestern noch etwas Interessantes gefunden, als wir die Kleidungsreste genauer untersucht haben. Die Kleidung an sich war dabei nicht besonders aussagekräftig. Eine Wrangler-Jeans, ein No-Name-Pullover und ganz normale Unterwäsche. Aber es gab etwas, das der Tote in der Hosentasche hatte. Ein Krankenhausarmband.«

»Ein Krankenhausarmband?«

»Ja, so ein Kunststoffbändchen mit Strichcode. Patienten bekommen so etwas in manchen Kliniken zur Identifizierung. Damit es keine Verwechslungen gibt und das falsche Bein amputiert wird. Die Ärzte und Schwestern haben einen entsprechenden Scanner und können dann alles Mögliche ablesen: die Krankengeschichte, die Medikamente, was weiß ich.«

»Und so etwas hatte er in der Hosentasche?«

»Ja, ein durchgetrenntes Armband, um genau zu sein. So, als habe er es sich abgerissen und dann gedankenverloren in die Tasche gestopft. Es kann natürlich auch jemand anderem gehört haben. Dem Aufdruck nach stammt es aus einem Krankenhaus in Helsinki. Alle anderen Informationen stecken in dem Strichcode und den kann nur das Krankenhaus selbst dechiffrieren. Vorausgesetzt, sie benutzen überhaupt noch dieselbe Technik wie vor zwanzig Jahren.«

»Ich wusste gar nicht, dass es vor zwanzig Jahren schon Strichcodes gab.«

Örkenrud lachte.

»Die gibt es schon viel länger.«

»Er war also in Finnland?«

»Danach sieht es jedenfalls aus. Ich habe keine Ahnung, ob die dort ihre Patientendaten über zwanzig Jahre archivieren, aber ich denke, es ist auf jeden Fall einen Versuch wert. Vor allem, da wir ja einen Namen als Anhaltspunkt haben.«

»Rinaldas Kleiza.«

»Genau. Außerdem gibt es da noch ein originelles Detail: Das Tuch, in das der Leichnam eingewickelt war, hat sich als Bettbezug entpuppt. Ziemlich verwaschen und beinahe gänzlich vermodert, aber dennoch erkennbar: Die Bettwäsche hatte einen Star-Wars-Aufdruck. Dieser kleine grüne Knilch mit dem Laserschwert, falls dir das etwas sagt.«

Nyström dachte an das Poster über dem Bett ihres Enkels Marcus.

»Yoda«, sagte sie tonlos.

5

Nyström telefonierte länger als eine halbe Stunde mit der Klinik in Helsinki, die meiste Zeit davon hing sie in einer Warteschleife. Als sie endlich die Geschäftsführerin in der Leitung hatte, war sie mit ihrer Geduld fast schon am Ende, gleichzeitig war sie froh, dass die verantwortliche Frau wie viele, aber nicht alle Finnen in der Hauptstadt Schwedisch sprach. Sie schilderte ihr Anliegen. Wäre es möglich zu überprüfen, ob im Herbst 1994 ein litauischer Patient mit dem Namen Rinaldas Kleiza behandelt worden war? Sie würde eine Fotoaufnahme des Armbands per E-Mail schicken. Die Geschäftsführerin war zunächst misstrauisch. Die schwedische Polizei? Müsse eine solche Anfrage nicht über die finnischen Kollegen abgewickelt werden? Doch, im Grunde schon, gab Nyström zu, aber unter Umständen könne man ja im Sinne von Pragmatik und skandinavischer Solidarität ein Auge zudrücken? Die Frau ließ sich ein *Vielleicht* abringen. Sie werde die Sache überprüfen und sich im Laufe des Tages wieder melden. *Kippis*, flötete, Nyström, *Danke*, das einzige finnische Wort, das sie kannte.

»*Kippis* heißt *Prost*«, sagte die Stimme mit dem starken Akzent schlecht gelaunt. »*Kiitos* heißt *Danke.*«

»*Kiitos!*«, beeilte sich Nyström zu sagen.

Aber am anderen Ende der Leitung war bereits aufgelegt worden.

Einige Minuten später klingelte das Telefon. Das ging aber schnell, dachte sie. Aber es war kein Anruf aus Helsinki, sondern Ann-Vivika Kimsel aus dem Krankenhaus.

»Ingrid, das Skelett!«

»Was ist damit?«

»Der Tote vom Golfplatz, das Gerippe und der Schädel! Alles ist verschwunden!«

6

»Die Geschichte wird ja immer verrückter«, knurrte Knutsson und schüttelte langsam seinen schweren Kopf. Er sah sich Standbilder aus dem Überwachungsvideo an und Fotos von der ausgebrannten Pathologie und dem rußigen Benzinkanister. Dann legte er die Bilder beiseite und verschränkte seine Arme auf dem Bauch.

Er hat etwas von einem Wasserbüffel, dachte Stina Forss. Etwas Behäbiges, aber dennoch Kraftvolles.

»Ein pyromanischer Nekrophiler«, dozierte Delgado.

»Hört, hört«, höhnte Hultin. »Unser Psychologieprofessor weiß mal wieder Bescheid.«

»Was ist ein Nekrophiler überhaupt?«, wollte der Wasserbüffel wissen.

»Jemand, der es mit Leichen treibt«, erklärte Lindholm. Dann hielt er sich erschrocken die Hand vor den Mund. »Entschuldigung! Der sexuell auf Dahingeschiedene steht, wollte ich natürlich sagen.«

»Ich kotz gleich wirklich«, sagte Hultin.

»Wie will man es denn mit einem Skelett ...«

»Lasse!«, rief Nyström.

»Man kann sich die Knochen ...«, flüsterte Delgado.

Hultin imitierte Würgegeräusche.

»Es reicht jetzt!«

Nyström schlug mit der Hand auf die Tischplatte.

Knutsson schob geräuschvoll seinen Stuhl zurück und stand auf.

»Mir reicht's wirklich. Ich gehe zurück zu meinem Schreibtisch und den Autodiebstählen. Viel Spaß noch mit euren Perversen.«

»Pervers ist, was dem anderen missfällt«, sagte Delgado und hob dabei lehrerhaft seinen rechten Zeigefinger.

»Hugo!«

Delgado hob die Schultern.

»Ist nicht von mir, ist von irgendeinem Schriftsteller.«

»Seit wann liest du denn Bücher?«, spottete Hultin.

»Das Zitat stand letzte Woche in meinem Kalender.«

»Dein ganzes Leben besteht aus Kalendersprüchen.«

»Ihr beiden nervt!«, schnaufte Knutsson.

Er verließ den Besprechungsraum und knallte die Tür hinter sich zu.

»Und außer den Knochen und dem Schädel wurde nichts entwendet?«, fragte Forss.

»Nein«, antwortete Nyström, die dankbar wirkte, dass sich das Gespräch wieder dem eigentlichen Thema zuzuwenden schien. »Was das anging, war sich Ann-Vivika sicher. Die Spurensicherung hat festgestellt, dass der Eindringling zielstrebig in den Kühlraum mit den Leichnamen vorgedrungen ist und dort als Einziges die Schublade mit den Knochenresten vom Golfplatz geöffnet hat. Trotz des Feuers konnten sie Fingerabdrücke sicherstellen. Insgesamt war der Täter keine zwei Minuten im Gebäude. Er muss die menschlichen Überreste von diesem Kleiza in seiner Sporttasche transportiert haben.«

»Aber was sollte jemand mit diesen alten Knochen wollen?«, fragte Hultin in die Runde.

Delgados anzügliches Grinsen brachte ihm einen Pferdekuss ein.

»Aua!«, rief er und rieb sich den Oberschenkel. »Das gibt einen riesigen blauen Fleck!«

»Na, hoffentlich«, sagte Hultin trocken.

»Das nächste Mal setze ich mich woanders hin.«

»Na, hoffentlich.«

Forss griff nach der Klarsichthülle, in der das zerrissene Krankenhausarmband lag.

»Warum Helsiniki?«, fragte sie.

Die Tür flog auf.

Knutsson, nach Atem ringend.

»Es gibt einen Toten, Ingrid. Diesmal einen frischen!«

7

Schnurstracks führte die Straße von Växjö aus nach Norden, vorbei am Helgasee, am Lillesee, am Furensee und am Skeppshultasee. Links und rechts der Schnellstraße Wände aus immergrünen Nadelbäumen, Fichten, Tannen, Kiefern. Dazwischen fahle Birken, Buchen, Ahornbäume. An wolkenverhangenen Tagen wie diesen empfand Stina Forss den Anblick der endlosen Wälder als unglaublich bedrückend. Kein Horizont, keine Weite. Als würde ihr die Luft zum Atmen genommen. Nyström, die neben ihr auf der Rückbank saß, sah ebenfalls aus dem Fenster.

»Ich bin hier groß geworden. Schön, die ganzen Bäume, nicht wahr?«, sagte sie. »Auch wenn bei diesem trüben Wetter die Blätter der Laubbäume nicht so leuchten wie in einem richtigen Altweibersommer.«

Nyströms Stimme klang merkwürdig entrückt, fand

Forss, so als wäre sie mit den Gedanken ganz woanders.

Ihre Chefin kratzte sich an der Brust.

Hultin überholte einen Lkw. Der Tacho des Volvo zeigte 180 km/h. Knutsson klammerte sich an den Griff neben dem Beifahrersitz.

»Sachte«, brummte er. »Sachte, sachte.«

Hultin lächelte.

Die Straße hob und senkte sich. Einige Kilometer vor Lammhult und den berühmten Möbelfabriken bogen sie rechts von der L30 ab, Richtung Lädja und Berg. Forss erkannte die Abzweigung und die Namen der Dörfer wieder. Vergangenen Juni war sie gemeinsam mit Majs Familie auf einem Sommerfest hier gewesen. Im Rahmen der traditionellen Bergveckan, einer Woche voller verschiedener Kulturveranstaltungen, hatten sie ein Folkkonzert besucht, sich eine Oldtimer-Moped-Rallye angesehen und sie hatte sich bei einem Goldschmied neue Ohrringe gekauft. Die beiden Ortschaften hatten ihr gefallen; sie lagen höher als der Rest der Landschaft und der Wald stand hier nicht so dicht. Hier leben die Menschen wenigstens mit einem Horizont, hatte sie gedacht. »Das ist hier eine jahrhundertealte Kulturlandschaft«, hatte Majs Ehemann Mathias damals erklärt, der aus der Gegend stammte. »Lädja und Berg gelten mit als die schönsten Dörfer Smålands.« Aber nun war der Sommer vorbei. Die Wiesen und Weiden neben der Straße wirkten kraftlos und ausgewaschen, das Vieh stand in den Ställen und die Wellen auf dem Lädjasee trugen weiße Kronen. Tief zogen Wolkenfetzen über den grauen Himmel und kratzten an den Wipfeln der hohen Fichten. Hultin war mehrfach abgebogen. Die Straße, nun kaum mehr ein Schotterweg, führte abwärts zum Seeufer. Dann brachte sie den Wagen zum Stehen. Sie stiegen aus. Ein Streifenwagen und zwei Beamte waren bereits vor Ort, außerdem stand dort ein BMW, ein neuer, großer Geländewagen, die Schnauze gegen den Stamm einer Kiefer gedrückt, die Bremsspuren des teuren Autos hatten sich tief in den kiesigen Untergrund gepflügt. Lea Frederiksson und Bengt Wägner, die Forss aus ihrer Zeit bei der Streife im vergangenen Jahr kannte, kamen auf sie zu.

»Ein Verkehrsunfall?«, polterte Knutsson los. »Dafür ruft ihr das große Aufgebot? Am Telefon habt ihr doch gesagt, dass ...«

»Lasse«, Nyström unterbrach ihn.

Nun sah Knutsson es selbst. Den Leichnam der Frau. Er lag zwischen dem Streifenwagen und dem BMW auf dem Boden. Eine leblose Frau, Ende fünfzig, Anfang sechzig, auf dem Bauch liegend, den Kopf leicht zur Seite gedreht. Getrocknetes Blut in den langen braunen Haaren, auf dem Schotterboden, auf ihrer seidenen Bluse. Oberhalb des rechten Ohrs war der Kopf unnatürlich eingedrückt. Unter dem Haar schimmerte es weiß, Schädelsplitter und Hirnmasse. Dann sah Forss den Wagenheber. Er lag einen Meter neben der Toten im Gras. Ein solides Ding aus Metall, auch daran klebte Blut.

»Sie ist erschlagen worden«, sagte Frederiksson.

»Aus dem Wagen gezerrt und brutal erschlagen worden«, sagte Wägner. Und mit einem Seitenblick auf Knutsson: »Deswegen haben wir euch gerufen.«

Frederiksson: »Ein Anwohner, der ein Stück weit hinauf direkt an der Straße wohnt, hat die Polizei gerufen. Da schreit eine um ihr Leben, so hat er sich der Notrufzentrale zufolge ausgedrückt.«

»Quod erat demonstrandum«, murmelte Forss.

»Hat er das andere Auto gesehen? Kann er es beschreiben?«, fragte Nyström.

Frederiksson und Wägner sahen einander an.

»Ich weiß nicht. Wir hatten noch gar keine Zeit ihn zu befragen, sondern sind ganz schnell seiner Beschreibung gefolgt und hier runtergefahren. Uns war ja noch gar nicht klar, was passiert ist«, sagte Wägner.

»Die Frau hätte schließlich noch leben können«, fügte Frederiksson an.

»Das war richtig so«, sagte Nyström. »Dieser Anwohner läuft uns ja nicht davon.«

Nyström gab Frederiksson und Wägner Anweisungen, ihren Wagen zurückzusetzen und den Tatort großräumig abzusperren, Knutsson und Hultin gingen ihnen zur Hand. Forss hatte sich unterdessen Einweghandschuhe übergezogen und kniete sich vor den Leichnam. Die rechte Gesichtshälfte der Frau war zu ihr gedreht und gut zu erkennen. Die Tote hatte sich am Morgen sorgfältig geschminkt. Sie hatte Lippenstift, Eyeliner, Lidschatten und Rouge aufgetragen, auch ihre Fingernägel waren manikürt und lackiert. Vom Leichnam ging ein sanfter Geruch aus, Blut und ein rauchiges Parfüm. Auf ihrer Wange hafteten einige Kieskrümel vom Boden. Die Wunde in ihrem Kopf sah grauenhaft aus. Aus ihren gleichmäßigen Gesichtszügen war jedes Leben gewichen. Das Auge, das Forss sehen konnte, starrte ins Nichts. Die Frau trug eine schimmernde Bluse und einen grauen Flanellrock, der leicht hochgerutscht war. Beides war schlicht geschnitten, aber von hoher Qualität. Dezenter Chic, genau wie die Strumpfhose und die hochhackigen Schuhe, von denen sich einer von ihrem Fuß gelöst hatte und halb in einer Pfütze lag. Das Wasser hatte das edle Wildleder bereits unwiderruflich ruiniert. Gucci, aber mit Sicherheit nicht Secondhand. Aber das würde niemanden mehr interessieren, dachte Forss. Um ihr rechtes Handgelenk trug die Frau eine kleine, goldene Uhr,

Forss konnte das Label erkennen, Cartier. Ihr Reichtum umgab die Tote wie ein zerbrochener, nutzloser Schutzpanzer. Dazu hatte es nur eines billigen Wagenhebers bedurft.

Forss blickte zu Nyström auf, die sich neben sie gestellt hatte und deutete auf die teure Uhr.

»Das war kein klassischer Raubmord, so viel steht schon einmal fest.«

»An beiden Seiten des Wagens sind lange Kratzer und Lackspuren eines anderen Fahrzeugs«, sagte Nyström. »Weißer Lack.«

Forss stand wieder auf.

»Sehen wir uns das Auto von innen an.«

Auf dem Beifahrersitz lagen eine Handtasche und ein Kassenbon. Forss ging um den Wagen herum und öffnete die Beifahrertür. Sie nahm die Handtasche heraus und öffnete sie. Darin befanden sich neben allerhand Kleinkram Handy und Portemonnaie. Forss nahm den Führerschein heraus.

Anna-Lena Hammarskjöld, las sie. Wohnhaft in Växjö. Sie reichte den Führerschein an Nyström weiter. Dann sah sie sich den Kassenbon an.

»Sie hat vorhin erst getankt. In Lammhult, für 453 Kronen.«

Nyström starrte auf den Führerschein.

»Ich glaube, ich weiß, wer sie ist«, sagte sie leise.

8

Sein Gesicht fällt auseinander, dachte Hultin. Genauso sah es aus. Als würde das Gesicht des Mannes vor Entsetzen auseinanderfallen.

»Sie ist tot, oder?«, fragte er. »Die Frau aus dem großen Auto, sie ist tot?«

Hultin nickte. Intuitiv griff sie nach dem Arm des Mannes und führte ihn von der Veranda in sein Haus hinein. Der Mann war etwa fünfundsechzig Jahre alt. Im Haus war es dunkel und roch intensiv nach Wolle. Als sich ihre Augen nach einem Moment an das wenige Licht gewöhnt hatten, verstand sie warum. Der Raum, in dem sie sich befanden, war voller Regale und in den Regalen lagen aufgerollte Flickenteppiche, es mussten Hunderte sein.

»Was hast du gesehen?«, fragte Hultin. »Warum hast du die Polizei verständigt?«

Der Mann sah sie an. Sein Gesicht fügte sich langsam wieder zusammen. Er streckte ihr seine Hand entgegen.

»Ich heiße Ola Henriks«, sagte er.

Er führte sie in die Küche und bat sie Platz zu nehmen. Schweigend bereitete er einen Kaffee zu. Sie wartete ab. Er deckte den Tisch und als der Kaffee fertig war, setzte er sich zu ihr und schenkte ihr ein. Immer noch schwieg er. Er griff nach seiner Tasse, ohne zu trinken, er umklammerte sie, als wolle er sich an etwas festhalten. Endlich sah er sie an. »Der Notruf. Ich war im Vorgarten und habe Blätter geharkt. Damit kommt man ja kaum hinterher, bei dem Sturm in den vergangenen Tagen. Jedenfalls kamen sie da vorbeigerast, die beiden Wagen. Das war wie bei der *Småland Ralley* vergangenen Monat. Die müssen hundertzwanzig, hundertdreißig Sachen draufgehabt haben. Und das bei den engen

Schotterwegen hier! Der Kies spritzte, Steine flogen, die sind richtig um die Kurven gedriftet. Gefahren, als wäre der Teufel hinter ihnen her!«

»Zwei Wagen?«

»Ja, genau. Einer dieser neumodischen großen Geländewagen, ein Volvo oder BMW oder Mercedes, genau weiß ich das nicht, die sehen ja alle gleich aus heutzutage.«

»Farbe?«

»Dunkel. Schwarz oder blau vielleicht.

»Und der andere?«

»Der war weiß. So ein kantiger Saab, ein 900er. Mein Bruder hatte mal so einen in den Neunzigerjahren, ist ein gutes Auto, hört man schon am Motor. Eigentlich eine Schande, was aus Saab geworden ist.«

»Und dann?«, fragte Hultin. »Nachdem die Wagen vorbeigerast sind?«

»Na, die sind die Straße hinunter zum See. Woanders führt die ja nicht hin, die Straße. Aber man hat halt nur bis zur Kurve Einsicht. Alles, was dann passiert ist, habe ich nur gehört. Zuerst den Knall. Wie von einem Unfall.«

Henriks lehnte sich in seinem Küchenstuhl zurück, nippte endlich an seinem Kaffee. Das Holz des alten Stuhls knarzte. Sein Blick wanderte an die Decke. Vielleicht entdeckte er dort etwas. Oder ihm fiel etwas ein.

»Nein, das stimmt gar nicht«, sagte er dann. »Da war noch etwas vor dem Knall. Ein Bremsgeräusch. Ein Wagen hat gebremst, ist auf dem Kies geschlittert. Dann erst hat es gerumst. Und kurz darauf die Schreie. Es war eine Frau, die geschrien hat. Erst dachte ich, sie habe sich bei dem Unfall verletzt. Aber dann habe ich verstanden, was sie da gebrüllt hat.«

In seinem Gesicht veränderte sich wieder etwas. Die Erinnerung brachte Muskeln in Bewegung. Der Tod der unbekannten Frau schockierte ihn. Trotzdem gab er sich Mühe, sich zu erinnern. Er wollte helfen, das spürte Hultin.

»Was hat sie denn geschrien?«

»›Nein‹, hat sie gerufen. Immer wieder. ›Nein, nein, nein!‹«

»Was hast du dann gemacht?«

»Na, mein erster Impuls war, die Straße hinabzueilen. Ihr zu Hilfe zu kommen. Aber ich habe ein schlimmes Bein, bis zum See hinab brauche ich beinahe zehn Minuten. An einem guten Tag. Und eine halbe Stunde wieder hinauf. Also bin ich rein und habe die Polizei angerufen. Und währenddessen hörte ich, wie einer der Wagen wieder hier heraufpreschte.«

»Konntest du etwas erkennen? Das Nummernschild? Jemanden hinter dem Steuer?«

Henriks rieb an seiner Nase. An seiner Nasenspitze hing eine winzige Wollfaser, die im Gegenlicht tanzte. Die ist nicht in einem Teppich gelandet, dachte Hultin und unterdrückte den Impuls, Henriks durchs Gesicht zu fahren und den Faden wegzuwischen.

»Ich bin auf die Straße raus. Ich wollte den Wagen stoppen. Ich wusste ja nicht, was passiert war. Ob jemand Hilfe brauchte. Es war der alte Saab, der kam. Er bremste, ich stand ja schließlich mit ausgebreiteten Armen auf dem Weg. Er stand direkt vor mir, für einen Moment haben wir uns angesehen, dann gab der Fahrer wieder Gas. Beinahe hätte er mich über den Haufen gefahren.«

»Es war nur ein Mann? Keine Beifahrer?«

»Genau. Im Auto saß nur ein Mann.«

Er sah Hultin an.

»Diese Frau ... sie ist ermordet worden, oder?«

»Ja«, sagte Hultin.

Henriks verschränkte die Arme vor seiner Brust. Er nickte stumm und biss sich auf die Lippe.

9

Nyström telefonierte. Ein Telefonat, dann noch eins und noch eins. Der Wind trieb Satzfetzen zu Forss hinüber, aber sie verstand wenig: Linköping ... Stockholm ... Fingerspitzengefühl ... Nyströms angespannter Gesichtsausdruck sprach jedoch Bände. Die Frau, die vor ihnen tot im Schmutz lag, schien nicht irgendjemand zu sein. Sie schien wichtig zu sein. Ein dummer Gedanke, dachte Forss. Als könne ein Mensch wichtiger als ein anderer sein. Ein Toter mehr zählen als ein anderer. Trotzdem wusste sie, dass es stimmte. Wir geben den Menschen Nummern, dachte sie. Wir stellen sie in eine Reihenfolge. Im vergangenen Jahr auf der Polizeihochschule hatte sie gelernt, dass die Ermittlungsakten im Fall des in den Achtzigerjahren ermordeten Ministerpräsidenten Olof Palme mittlerweile mehr als eine Million Seiten umfassten. Die größte Mordermittlung der Geschichte, größer als der Fall John F. Kennedy. Die Akte vom Toten vom Golfplatz war dagegen gerade einmal zwei Seiten dünn.

Nyström trat zu ihr.

»Es ist so, wie ich es befürchtet hatte. Anna-Lena Hammarskjöld ist die Frau von Stefan Hammarskjöld.«

»Das sagt mir nichts. Wer ist das?«

Nyström atmete hörbar aus.

»Ein Wirtschaftsmann. Ein bekannter Manager.«

»Und?«

Nyström kam noch einen Schritt näher. Sie senkte ihre Stimme.

»Die Sache könnte delikat werden.«

»Weil?«

Wieder seufzte Nyström.

»Hammarskjöld arbeitet nicht für irgendwen.«

»Sondern?«

Nyström rieb sich die Wange. Als dächte sie angestrengt über etwas nach.

»Verdammt, Ingrid! Lass dir nicht jedes Wort aus der Nase ziehen! Wer ist der Kerl? Wer ist seine Frau?«

Forss' Augen blitzten.

»Du hast ja recht. Es ist nur so, dass ... Er arbeitet für Saab.«

»Für Saab? Ich denke, die sind pleite.«

»Ich meine nicht den Autohersteller Saab. Ich meine die Saab-Group. Die haben sich schon vor vielen Jahren von der Automobilsparte getrennt.«

»Saab-Group? Sagt mir nichts.«

»Das ist mit Abstand der landesweit größte Luftfahrt- und Rüstungskonzern. Kampfflugzeuge, Waffensysteme, Sicherheitstechnik. Eine Firma mit Milliardenumsätzen. Mehr als zehntausend Angestellte. Waffenlieferungen in die ganze Welt.«

»Oh«, sagte Forss.

»Ja«, sagte Nyström. »Oh.«

10

Örkenrud und sein Team übernahmen die Sicherung des Tatorts, Kimsel untersuchte den Leichnam von Anna-Lena Hammarskjöld, bevor er abtransportiert wurde. Ihre vorläufige Diagnose lautete Schädelbruch, außerdem stellte sie mehrere Hämatome an Armen und Schultern fest, typische Abwehrverletzungen, wie sie es nannte. Es zeichnete sich ein Tathergang ab, nach dem Hammarskjöld zunächst im Auto verfolgt und abgedrängt, dann an der Badestelle am Lädjasee in die Enge getrieben, aus ihrem BMW gezerrt und mit einem Wagenheber erschlagen worden war. Daraufhin war der Täter in seinem eigenen Gefährt geflüchtet. Eine Fahndung nach dem weißen Saab 900 war eingeleitet worden, allerdings war das Modell, obwohl es seit Ende der Neunzigerjahre nicht mehr hergestellt wurde, immer noch weitverbreitet. Ein Allerweltsauto. Das hatte die junge blondierte Angestellte der Tankstelle in Lammhult, von der die Quittung aus Hammarskjölds Auto stammte, auch Stina Forss erklärt. In der Tat konnte sie sich an eine »voll aufgetakelte Alte in den Fünfzigern mit fettem BMW« erinnern – wobei sie die Automarke amerikanisch aussprach: Bee Em Dabbeljuu – aber nicht an einen weißen Saab 900. »Die Alte hat mit Kreditkarte gezahlt und ist dann wieder raus.«

»Sonst ist dir nichts aufgefallen?«

»Mmh.« Eine rosa Kaugummiblase zerplatzte lautstark. »Jetzt, wo du danach fragst. Nachdem die Lady wieder draußen war, gab es da so ein Geschrei.«

»Ein Geschrei?«

»Ein lauter Wortwechsel.«

»Und worüber?«

»Das konnte man hier drinnen nicht verstehen. Ist aber auch nichts Besonderes. Jeden Tag blöken sich hier Leute an. Meistens geht es darum, dass einer trödelt und der andere ungeduldig wird.«

»Und gesehen hast du nichts? Mit wem die Frau gestritten hat?«

»Nein.«

»Gibt es hier Kameraüberwachung?«

»Eigentlich ja. Ist allerdings schon seit Tagen defekt, *but nobody cares.*« Wieder machte die junge Angestellte eine

Kaugummiblase und ließ sie zerplatzen. »Was soll in fucking Lammhult schon Schlimmes passieren?«

»*Nothing*«, sagte Forss resigniert.

Sie fuhr zurück in die Stadt. Nyström war bereits mit dem Streifenwagen vorgefahren und hatte unterdessen weitere Telefonate geführt. Der Ehemann der Ermordeten, Stefan Hammarskjöld, war von seinem Arbeitsplatz in der Konzernzentrale der Saab-Group in Linköping auf dem Weg nach Växjö, wo er im Laufe des Nachmittags erwartet wurde.

Im Präsidium setzten sich Nyström, Forss, Knutsson, Hultin und Delgado zu einer ersten Besprechung zusammen. Erik Edman befand sich außer Haus, zum Glück, wie Nyström dachte. Irgendjemand hatte aus der Kantine Sandwiches geholt, Nyström begnügte sich mit einer Birne.

»Es hat schon vor Jahren Drohungen gegen die Hammarskjölds gegeben«, sagte sie. Gegen den Mann, um genau zu sein. Es hatte mit seiner Stellung als Spitzenmanager in dem Rüstungskonzern zu tun.«

»Das kann eine ganz haarige Angelegenheit werden«, sagte Knutsson und biss in sein Käsebrot.

»Ich habe die alte Akte herausgesucht«, sagte Delgado. »Die Sache mit den Drohbriefen. Das war vor drei Jahren.«

»Was kam dabei heraus?«, fragte Forss.

»Gar nichts«, sagte Delgado. »Der Werkschutz des Unternehmens wollte uns so wenig wie möglich dabeihaben. Dafür hatten sie bestimmt ihre Gründe. Saab Dynamics ist ein Tochterunternehmen der Saab-Group, das zu den größten Waffenproduzenten der Welt zählt. Das Unternehmen wird immer wieder dafür kritisiert, Waffen in zweifelhafte Staaten wie Saudi-Arabien, Burma oder Pakistan zu exportieren. Auch die USA sind ein wichtiger Kunde. Saab Dynamics' panzerbrechende Waffen für Fußsoldaten sind sowohl im

Irak als auch in Afghanistan zum Einsatz gekommen. Einer der größten Exporterfolge ist eine Panzerfaust mit dem stattlichen Namen Carl-Gustav, wie der König!« Delgado grinste. »Saab Dynamics hat genau wie der Mutterkonzern mehrere Bestechungsskandale am Hals.«

»Und die Drohbriefe?«, unterbrach ihn Forss.

»Dazu wollte ich gerade kommen: Im Oktober 2008 ist eine Gruppe politischer Aktivisten in eine Waffenfabrik in Eskilstuna eingebrochen und hat versucht, die Produktion zu sabotieren. Kurz danach tauchten die Briefe auf. Anna-Lena Hammarskjöld hatte Angst, dass dieselben Leute dahinterstehen. Aktivisten, die es wirklich ernst meinen. Unsere Ermittlungen haben das nicht bestätigen können. Zu dem Sabotageakt in Eskilstuna hat sich eine Gruppe aus dem antimilitärischen Netzwerk Ofog bekannt, radikale Pazifisten, die mit ihren medienwirksamen Aktionen eine möglichst breite Öffentlichkeit herstellen wollen. Die Drohungen gegen Stefan Hammarskjöld waren dagegen anonym. Hammarskjöld hat das damals weitaus gelassener gesehen als seine Frau. Spinner gibt's immer. Das war sein Spruch. Im Endeffekt haben sie die Sicherheitstechnik in ihrem Haus verstärkt und eine Zeit lang hat sich eine Streife von uns häufiger in der Wohngegend blicken lassen. Mehr war da nicht. Die polizeiliche Maßnahme wurde nach zwei Wochen wieder eingestellt. Im Endeffekt muss man sagen, dass der Ehemann mit seiner Einschätzung richtiglag. Wahrscheinlich waren es nur ein paar politisierte Jugendliche, die einen makaberen Streich gespielt haben.«

»Was stand denn genau in diesen Briefen?«

»Es gab überhaupt nur zwei. Die kamen im Abstand von vier Tagen, ganz normal von der Post zugestellt. Natürlich ohne Absender. Drin standen Phrasen: *Todeshändler. Blut an den Händen. Wir kriegen euch alle.* Vages Zeug.«

»Mmh«, machte Forss.

»Ich weiß nicht«, sagte Nyström. »Das klingt erst mal nicht so, als hätte diese Geschichte etwas mit dem Tod der Frau zu tun. Trotzdem müssen wir das natürlich im Hinterkopf behalten.«

»Was wissen wir eigentlich über Anna-Lena Hammarskjöld, abgesehen davon, dass ihr Mann für Saab arbeitet?«, fragte Knutsson.

»Gute Frage, Lasse«, lobte Nyström.

Knutssons feistes Gesicht wurde rot vor Stolz. Delgado wischte auf seiner neuesten technischen Errungenschaft, einem Tabletcomputer, herum.

»Nicht allzu viel, fürchte ich«, sagte er. »Ein bisschen was hat sie damals zu Protokoll gegeben. Sie ist am 14. Januar 1956 in Göteborg als Anna-Lena Landvall geboren, die älteste von drei Schwestern. Sie hat dort 1974 die Schule auf einem angesehenen Gymnasium abgeschlossen. Es folgte ein Studium in Stockholm, Wirtschaft und Jura, mit den Schwerpunkten Seefahrts- und Verwaltungsrecht. Was anscheinend eine optimale Berufsvorbereitung war, denn sie war von Anfang der Achtzigerjahre bis Mitte der Neunzigerjahre im Schifffahrtsministerium beschäftigt. Danach ist sie in die Privatwirtschaft gegangen. Sie ist Teilhaberin einer Kanzlei für Seefahrtsrecht in Karlskrona. Stefan Hammarskjöld hat sie 1979 geheiratet, Kinder haben sie keine.

»Dann passt es ja, dass sie in Växjö wohnen«, sagte Hultin. »Gewohnt haben. Obwohl ihr Mann ja immer noch …«

»Wieso?«, fragte Knutsson.

»Na ja, ich meine, wenn sie in Karlskrona gearbeitet hat und ihr Mann in Linköping, da liegt Växjö ja ziemlich genau in der Mitte.«

»Ein demokratisches Karrierepowerpaar sozusagen«, sagte Forss.

Karrierepowerpaar. Kurz musste Nyström an Anders und sich denken. Und an die Zahl. Fünfhundert Tage. Heute waren es fünfhundertzwei, um genau zu sein. Schnell verdrängte sie die Gedanken wieder.

»Es sind genau dreihundertzwei«, sagte Delgado und blickte von seinem Tablet auf.

Nyström entglitten die Gesichtszüge.

»Wie bitte?«

»Dreihundertzwei Kilometer. Von Karlskrona nach Linköping. Växjö liegt nicht genau in der Mitte, aber so ungefähr.«

»Sag ich doch«, grinste Hultin.

»Sag ich doch«, äffte Delgado sie nach.

»Zurück zu den Fakten«, sagte Forss. »Die 57-jährige Rechtsanwältin Anna-Lena Hammarskjöld wird in ihrem Auto von der Straße abgedrängt und mit einem Wagenheber erschlagen. Der Täter lässt ihre wertvolle Uhr, ihr Handy und ihr Portemonnaie, in dem sich mehrere Kreditkarten und 4320 Kronen in bar befinden, am Tatort zurück. Was eigentlich ausschließt, dass es sich um einen Raubmord handelt.«

»Es sei denn, der Täter hatte es auf etwas anderes abgesehen, etwas Spezielles, das vielleicht nur für ihn von Wert ist«, warf Nyström ein.

»Berechtigter Einwand«, gab Forss zu. »Das sollten wir im Hinterkopf behalten. Dennoch mache ich erst einmal mit dem weiter, was wir sicher wissen: Ihr Ehemann, ein erfolgreicher Manager bei einem Luftfahrt- und Rüstungskonzern, ist zum Tatzeitpunkt etwa zweihundert Kilometer entfernt an seinem Arbeitsplatz bei der Saab-Group in Linköping. Der Täter fährt ein älteres Auto, ein Allerweltsmodell.«

»Ein Saab!«, rief Knutsson. »Das ist doch kein Zufall!«

Delgado prustete los, Hultin lachte auf.
»Lasse«, sagte Nyström, »lass uns bitte sachlich bleiben.« Sie versuchte, sich ein Schmunzeln zu verkneifen.
»Was denn?«, rief Knutsson. Wieder lief sein Gesicht rot an. »Kann doch sein! Ist doch möglich, dass es da einen Zusammenhang gibt.«
»Quatsch mit Soße«, sagte Hultin. »Der grausame Saab-Mörder, oder was?«
Jetzt musste auch Forss lachen.
Knutsson verschränkte seine Arme auf dem Bauch.
»Ihr könnt mich alle mal«, grummelte er.

11

Was für ein gefasst wirkender Mann, dachte Forss. Seit dreieinhalb Stunden ist seine Frau tot, mit einem Wagenheber brutal erschlagen, und er wirkt so unbeteiligt, so in sich ruhend, als habe er gerade den Wetterbericht studiert. Da war nur ein irritierter Zug um seinen Mund, zwei dunkle Linien in dem überraschend sanften, gepflegten Gesicht, die womöglich auf ein inneres Unwetter hinwiesen; vielleicht war es aber auch nur das Alter oder Zynismus, der ihm die feinen Kerben in sein Antlitz geritzt hatte. Stefan Hammarskjöld saß ihnen mit übergeschlagenen Beinen gegenüber. Das riesige Haus erinnerte Forss in seinem unpersönlichen Stil an die Kleidung, die Anna-Lena Hammarskjöld getragen hatte. Als hätte das Haus jemand eingerichtet, der überhaupt nicht hier wohnte. Viel Beige, viel Eierschalenweiß, Akzente in Glasblau. Klare Linien, geseifte Eiche, Stahl und Glas. In einer Vase auf einem niedrigen Tisch Lilien, die noch nicht blühten. An den Wänden großformatige Aquarelle, Taubengrau, blasses Rosa, Chitinbraun. Zwei Quadratmeter Abstraktion, Geschmack mit Marktwert. Hammarskjöld hatte seine Hände über dem Knie gefaltet, große, feingliedrige Hände. Forss musste an die bekannte Radierung von Dürer denken. Eine Geste wie ein Kunstdruck.

»Es ist so tragisch«, sagte er.

Es klang wie: Es ist mir vollkommen einerlei.

»Es ist so unfassbar tragisch.«

Seine Augen waren braun und warm. Sie lächelten beinahe. Sein Handy, das auf dem flachen Glastisch lag, brummte. Er griff danach.

»Entschuldigung«, sagte er. »Das ist wichtig.«

Er faltete seinen langen Körper auseinander und ging aus dem Zimmer, erst draußen nahm er das Gespräch an.

»Er wirkt so gefasst«, sagte Nyström. »Er wirkt so unglaublich gefasst. Wo doch gerade erst seine Frau gestorben ist.«

Das habe ich auch gedacht, wollte Forss sagen. Aber das tat sie nicht. Stattdessen sagte sie: »Sie waren über dreißig Jahre verheiratet.«

»Aber ich bin auch beinahe ...«, setzte Nyström an. Aber sie sprach den Satz nicht zu Ende. Sie schwieg.

Forss beugte sich vor.

»Ich glaube, er war es nicht. Es ist ihm zwar ziemlich egal, dass seine Frau tot ist, aber er hat mit ihrem Tod nichts zu tun.«

»Ich weiß nicht«, sagte Nyström.

12

Sie saßen jetzt in einem anderen Zimmer. Von draußen kam ein anderes Licht. Auch die Stimmung der Möbel hatte sich verändert. Ihre Klangfarbe. Dunkelgrünes Leder. Lampenschirme in Aubergine. Dottergelb. Organische Formen, deprimierend wie in einem David-Lynch-Film. An den Wänden Bilder, die an Edward Hopper erinnerten. Vielleicht waren sie von Edward Hopper. Hammarskjöld reichte ihnen durchsichtige Getränke in schweren Gläsern, möglicherweise enthielten sie Alkohol, vielleicht auch nicht. Forss trank aus, ohne dass sie es hätte beantworten können. Nyström rührte ihr Glas nicht an.

Er sagte Dinge wie:

Natürlich werde ich alles in meiner Macht Stehende tun.

In jeder Hinsicht behilflich sein.

Unterstützung.

Kooperation.

Shareholder Value.

Nein, das Letzte hatte sich Forss nur eingebildet.

Seine Augen leuchteten. Jemand, dem gerade unverhofft ein Jackpot in den Schoß gefallen war.

»Meine Frau hatte einen Liebhaber.«

Es kam unvermittelt.

»Das solltet ihr vielleicht wissen. Er wohnt in Lammhult, wahrscheinlich war sie auf dem Weg von ihm nach Hause, als es passiert ist.«

»Oh«, sagte Nyström.

»Wir waren dreißig Jahre verheiratet«, sagte Hammarskjöld, als erkläre das alles.

»Aber ...«, sagte Nyström.

»Womöglich war er es. Er ist ein impulsiver Mann, ich

durfte ihn einmal kennenlernen. Talentiert, aber impulsiv. Heißt es nicht, die meisten Morde wären Beziehungstaten?«

Seine Augen *lachten*.

»Er heißt Emanuel Pribb. Ein Künstler. Die Aquarelle im anderen Zimmer drüben sind von ihm. Nicht schlecht, oder? Seine genaue Adresse kenne ich nicht, aber ihr dürftet keine Schwierigkeiten haben, ihn ausfindig zu machen.«

»Hat es dir nichts ausgemacht?«, fragte Forss schnell. »Dass sie einen Liebhaber hatte?«

»Wir waren dreißig Jahre verheiratet«, sagte er und sah Nyström dabei direkt in die Augen.

»Bist du nicht impulsiv?«, fragte Forss.

»Nein«, sagte er. »Ich würde mich eher als zurückhaltend, aber ausdauernd beschreiben.«

Noch immer starrte er Nyström an, bis diese ihren Blick abwendete.

»Warum war sie heute nicht bei der Arbeit?«, fragte Forss.

»Sie hatte Urlaub.«

»Macht ihr nicht gemeinsam Urlaub?«

Hammarskjöld lachte auf. Seltsamerweise erlosch im selben Moment das Lachen in seinen Augen.

»Menschen wie ich haben selten Urlaub«, sagte er.

Ach so, dachte Forss, Menschen wie du.

»Hast du eine Geliebte?«, fragte sie und berührte blitzschnell seinen Arm. Sie wollte hinter die Fassade kommen, die Pose aufbrechen. Dürer. Die gefalteten Hände auseinanderbrechen. »Mit wem schläfst du?«

Für einen Moment änderte sich etwas. Um seinen Mund herum. Oder das Licht im Lynch-Raum. Das Licht in den Hopper-Bildern, der Schein der Neonreklame, der Straßenlampen, die den Highway säumten. Irritiert löste er ihren Griff von seinem Handgelenk.

»Es gibt *foreign affairs*«, sagte er.

13

Ein weiterer Raum, ein anderes Licht, Kaminfeuer. Auf dem Kaminsims Fotos. Eine junge Anna-Lena, ein junger Stefan. Wandernd, beim Picknick, ein sich küssendes Brautpaar. An dem Mauerwerk darüber gerahmte Druckgrafik, dazwischen ein getrockneter Kräuterstrauß. Forss erkannte Eisenkraut, Schafgarbe, Rosmarin, Brennnessel. Draußen Dämmerung, Kiefern, die im Grau verblassten. Neue Getränke. Der Alkohol jetzt unverhohlen, Gin on the rocks, Forss griff zu, Nyström trank Tee aus frischer Minze. Wie aus dem Nichts war ein Hausmädchen aufgetaucht, auf dem Tisch ein Holzbrett mit geräucherter Meerforelle.

»Zedernholzkohle und viel Dill, das ist das ganze Geheimnis.«

Hammarskjöld schob sich ganze Scheiben in den Mund.

»Der Fischer beliefert auch dieses bekannte Restaurant in Kopenhagen.«

Würde ihm Fett vom Kinn rinnen, man müsste ihn hassen, dachte Forss. Aber da glänzte kein Fett. Trotzdem musste sie den Impuls unterdrücken, dem Mann das Brett voller Meerforelle ins Gesicht zu schlagen.

»Wir werden das Haus durchsuchen müssen und ebenso Anna-Lenas Wohnung in Karlskrona und leider auch deine in Linköping. Das ist Routine. Außerdem brauchen wir die Kontaktdaten deiner Frau«, sagte Nyström. »Freunde, Arbeitskollegen, Verwandte.«

»Natürlich«, sagte er. »Mein Sekretär wird euch alles zusammenstellen. Ihr Curriculum Vitae.«

Natürlich, dachte Forss. Eine Ehe wie ein Businessplan. Jetzt war sie gewaltsam abgewickelt worden.

»Ich habe noch eine Frage«, sagte Nyström. »Wenn es so

ist, wie du sagst, wenn ihr beide andere Partner habt oder außereheliche Affären, warum lebt ihr dann überhaupt noch zusammen?«

Hammarskjöld sah sie lange an. Die Flügel der spitzen Nase in seinem weichen Gesicht vibrierten für einen Moment.

»Weil wir uns respektieren«, sagte er.

Auf seinem Schneidezahn klebte Dill.

14

Er sieht gar nicht aus wie ein Künstler, dachte Hultin, als ihr Emanuel Pribb die Tür seines Hauses in Lammhult öffnete. Er sieht gut aus. Und jung. Dreißig, höchstens fünfunddreißig Jahre. Und das sollte der Liebhaber von Anna-Lena Hammarskjöld sein? Der war ja beinahe halb so alt. Was für eine Verschwendung, dachte sie kurz, aber dann hatte sie sofort ein schlechtes Gewissen.

Sie stellte sich vor und Pribb bat sie herein.

»Polizei?«, fragte er lächelnd. »Was verschafft mir die Ehre?«

Sein Lächeln hielt genau neununddreißig Sekunden an, dann hatte Hultin den Grund für ihr Kommen erklärt.

»Das glaube ich nicht«, sagte er. Danach fehlten ihm die Worte. Er glaubte es wohl, das konnte Hultin sehen. Seine farbfleckigen Hände fuhren in sein Haar, kneteten, walkten es. Er ließ sich in einen Sessel fallen, als hätten seine Beine jede Kraft, jede Statik verlassen. Er starrte Hultin an, seine Hände kamen auf den Sessellehnen zur Ruhe, eine Haarsträhne stand zu Berge. Eine Minute saß er so da, zwei, vielleicht länger.

»Anna-Lena ist tot«, sagte er schließlich.

Sein Blick war jetzt auf eines seiner Bilder in dem hohen Atelierraum gerichtet. Ein gestaltloser Nebel, Ocker und Orange.

»Sie wurde ermordet«, sagte Hultin. »Nicht weit von hier. Sie wurde erschlagen, am Ufer des Lädjasees. Vorher hat man sie wohl im Auto verfolgt.«

Sie schluckte.

»Ich muss dich fragen, was du für einen Wagen fährst. Leider.«

»Einen Honda Civic«, sagte er mit tonloser Stimme. »Einen schwarzen. Er steht in der Garage. Du kannst ihn dir ansehen, wenn es sein muss. Ich habe ihn seit zwei Tagen nicht mehr benutzt.«

Wieder raufte er sein Haar. Sein Blick verlor sich im Ocker und Orange. Wieder vergingen Minuten.

»Ihr Mann, Stefan. Er hat sie gehasst.«

Jetzt sah er zu Hultin. Jetzt sprach er mit ihr.

»Ihr Ehemann hat ein Alibi, er war zum Tatzeitpunkt an seinem Arbeitsplatz in Linköping. Wo warst du heute Vormittag?«

»Ich war hier, ich habe gearbeitet. Gemalt. Sie war bei mir, schon seit Montag. Sie hatte sich bis morgen freigenommen. Nach dem Frühstück ist sie dann los Richtung Växjö.«

Seine Augen waren feucht. Hübsche Augen.

»Was wird denn jetzt?«, fragte er. »Wie kann das sein? Sie war doch so voller Leben! Sie war doch so jung!«

Sie war fast doppelt so alt wie du, dachte Hultin.

»Sie war siebenundfünfzig«, sagte sie und bereute es sofort.

Etwas in seinem Blick änderte sich. Kippte. Von Verzweiflung in Verachtung.

»Als würde das eine Rolle spielen!«

Er spuckte ihr die Wörter hin.

Tränen und Rotz liefen über sein Gesicht. Hultin wühlte in ihrer Handtasche nach einem Taschentuch, fand aber keins. Sie reichte ihm einen Lappen, der neben der Farbpalette auf dem Arbeitstisch stand. Pribb wischte sich damit durchs Gesicht. Der Lappen hinterließ einen orangen Schnurrbart. Ach, verdammt, dachte Hultin, ich mache auch alles falsch.

»Warum hat er das getan?«, fragte Pribb. »Warum hat er ihr das nur angetan?«

15

Forss ließ sich durch die Zimmer des großen Hauses treiben. Sie spürte eine Atmosphäre wie in den Ausstellungsräumen eines exklusiven Möbelhauses, geschmackvoll, kühl und unpersönlich. Hier wohnten zwar Menschen, aber ihr Leben hatte kaum Spuren hinterlassen. Eine moderne Küche mit Arbeitsplatten aus gebürstetem Granit. Ein Salon im englischen Landhausstil. Ein Wintergarten voller Kakteen. Gestreifte Tapeten im großzügigen Treppenhaus. Das Ehepaar Hammarskjöld hatte zwei getrennte Schlafzimmer, in beiden waren die Betten mit der Akkuratesse eines guten Hotels gemacht. Es fehlt eigentlich nur das Pfefferminzbonbon auf dem Kopfkissen, dachte Forss. Anna-Lenas Schlafzimmer roch staubig, so als habe in dem Raum lange niemand mehr geschlafen und lange niemand mehr gelüftet. An den Wänden hingen gerahmte Poster von Segelbooten. Eine alte

Landkarte Frankreichs. Eine venezianische Maske. Kitschige gehäkelte Kinderschühchen. Ein überraschend großer, getrockneter Seestern. In einem Wandschrank hing teure, aber unaufdringliche Kleidung, überwiegend Kostüme. Forss zählte neunzehn Paar Schuhe und zweiunddreißig Blusen. In einer Pappschachtel ein Hut aus einer anderen Zeit. Ein Hut wie für ein englisches Pferderennen. Annähernd wagenradgroß, Pfauenfedern, Tüll. Neben einem hellen, karierten Tweedmantel die einzige modische Extravaganz in Hammarskjölds Garderobe. Im Nachttisch: Cremes und Salben, Hormontabletten, ein altes Handy. Eine Schatulle mit Schmuck. Viel Silber, viel Blau. Der Ehering. Eine Gravur: Stefan und Anna-Lena.

4ever.

Forss verzog den Mund. In einer anderen Schublade: eine Schlafbrille und plüschbezogene Handschellen. Zwei rosafarbene Würfel mit Aufschriften. Forss würfelte. *Kiss me*, las sie auf dem einen Würfel. Auf dem anderen: *On my boobs*. Was es nicht alles gibt, dachte sie. Über dem Bett ein weiteres, großformatiges Aquarell. Zwei nebelhafte Wesen, ineinander verhakt, im Liebesspiel.

Oder in einem Kampf.

16

Knutsson saß in der Küche der Gustavssons. Der Tisch war fürs Abendessen gedeckt, offensichtlich sollte es Kartoffelmus, Salat und Chicken Nuggets geben. Sein Magen knurrte. Die Nuggets brutzelten in der Pfanne. Die vier blassen, blonden Kinder, die ihm gegenübersaßen, sahen ihn erwartungsvoll an.

»Bist du ein echter Polizist?«, fragte das älteste, ein vielleicht zehnjähriges Mädchen.

»Na klar«, antwortete Knutsson. »Soll ich euch verhaften?«

Die vier lachten.

»Polizei, Polizei, Kartoffelbrei!«, rief das jüngste Kind.

»Du musst entschuldigen«, sagte die Mutter, Frida Gustavsson und stellte die duftende Pfanne auf den Tisch. »Leon ist erst drei. Hast du auch Hunger?«

»Och«, sagte Knutsson, »so ein bisschen.«

Wieder lachten die Kinder.

»Der dicke Mann isst uns bestimmt alles weg«, krähte der zweitälteste und ertränkte sein Kartoffelmus unter einer Flut Ketchup.

»Fabian!«, ermahnte die Mutter.

»Was für tolle Kinder«, lobte Knutsson aufrichtig und schaufelte sich beherzt Hähnchenstücke auf den Teller, den Frida Gustavsson ihm hinübergeschoben hatte.

»Wir müssen aber auch ein wenig für meinen Mann übrig lassen«, sagte sie und sah Knutsson streng an. »Måns ist nach der Arbeit immer ziemlich hungrig!«

»Na klar«, schmatzte Knutsson glücklich. Dann fiel ihm wieder ein, warum er überhaupt hier war, bei dieser netten, lebhaften Familie.

»Also euer Nachbar«, hob er an. »Dieser Maler ...«

»Genau«, sagte Gustavsson und band ihrem Jüngsten ein Lätzchen um. »Emanuel.«

Sie erzählte. Von einem höflichen, jungen Mann, den sie schon seit der Grundschulzeit kannte, weil er wie sie aus Lammhult stammte. Der nach einigen Jahren an der Kunsthochschule in Malmö nach Småland zurückgekehrt war. Der schon Ausstellungen in Dänemark und den Niederlanden gehabt hatte und von seiner Malerei gut leben konnte. Knutsson stellte ab und an eine Zwischenfrage.

Ja, sie habe sich am Anfang auch über seine neue Freundin gewundert. Aber wo die Liebe nun mal hinfalle.

Nein, sie glaube nicht, dass Emanuel finanziell von der Beziehung profitiert habe.

Ja, sie habe den Eindruck, dass seine Gefühle für Anna-Lena aufrichtig gewesen seien.

Was denn, bitte schön, diese blöden Fragen überhaupt implizieren würden? Dass Frauen etwa keine jüngeren Partner haben dürften?

Ja, sie habe Anna-Lena einmal kennengelernt, bei einem Grillfest in Emanuels Garten im Sommer. Eine sympathische, lebenslustige Frau. Eine überaus attraktive Frau. Dabei sah sie Knutsson erneut streng an. Sie selbst wäre froh, wenn sie in zwanzig Jahren noch so eine tolle Figur wie Anna-Lena haben sollte, was aber im Übrigen – Seitenblick auf ihre vier Kinder – sehr unwahrscheinlich wäre.

Ja, beide hätten glücklich miteinander gewirkt.

Ja, sie habe gewusst, dass Anna-Lena auf dem Papier noch verheiratet gewesen sei, aber dass das heutzutage ja wohl nichts mehr bedeuten müsse.

Ja, sie habe Anna-Lena am Morgen tatsächlich allein wegfahren sehen.

Nein, Emanuel sei ihr nicht gefolgt.

Nein, ein weißer Saab sei ihr nicht aufgefallen.

»Was ist denn überhaupt passiert?«, wollte Mona, das älteste Mädchen, wissen.

»Es sind ja nur noch zwei Chicken Nuggets übrig«, stellte Fabian fest und sah Knutsson vorwurfsvoll an.

»Der Papa kriegt heute ja gar nichts«, krakeelte der kleine Leon.

Knutsson hörte, wie die Haustür aufgeschlossen wurde.

Wuchtige Schritte im Flur.

»Vielen Dank für das Essen und die Zeit, die du dir genommen hast, aber ich muss dann auch mal langsam wieder los«, beeilte er sich zu sagen und stand so schnell auf, wie man es von einem Mann seiner Statur nicht erwartet hätte.

17

»... also eine kaputte Ehe, in der bodytechnisch nichts mehr läuft?«

»Wie bitte?«

Nyström schreckte aus ihren Gedanken hoch. Oder war sie sogar für einen Moment eingenickt? Alle sahen sie an.

»Sie führen also eine kaputte Ehe, in der bodytechnisch nichts mehr läuft?«, wiederholte Delgado mit leicht genervter Stimme.

Fünfhundertzwei Tage.

Nein, heute waren es schon fünfhundertvier.

»Wie du dich schon wieder ausdrückst! Bodytechnisch!« Hultin rollte mit den Augen. »Außerdem sollte man vielleicht so sensibel sein und die Vergangenheitsform benutzen. Schließlich ist die arme Frau tot.«

Nyström massierte sich mit den Knöcheln ihrer Fäuste die Schläfen. In ihrem Körper arbeitete die Müdigkeit wie Gift. Genauso fühlte es sich an: als sei sie kontaminiert, als sei ihr Immunsystem dem Angriff einer ungesunden Substanz ausgesetzt. Wie Chemotherapie.

»Ich fragte, ob das Fazit eurer nachmittäglichen Gespräche lautet, dass die Ehe der Hammarskjölds auf einem bröckeligen Fundament beruhte.« Sarkasmus tropfte aus Delgados honigsüßer Stimme. »Sexuell betrachtet«, fügte er an.

»Sexuell betrachtet, ja«, antwortete Forss. »Beide führten beziehungsweise führen außereheliche Beziehungen. Stefan Hammarskjöld hat seinen Aussagen zufolge seit zwei Jahren eine Freundin in Linköping ...«

»Bestimmt seine Sekretärin«, polterte Knutsson.

»Nein, eine Ingenieurin aus der Entwicklungsabteilung von Saab. Sie entwickelt Sensoren für Flugzeuge oder so etwas in der Art, sie heißt Malin Wihlborg und ist sechsunddreißig Jahre alt. Anna-Lenas Partner, Emanuel Pribb, ist noch jünger. Ein Künstler aus Lammhult. Er malt Aquarelle. Übrigens ein sehr attraktiver Mann«, betonte Hultin.

Delgado gab einen Grunzlaut von sich.

»Er war völlig aufgelöst und am Boden zerstört, als er von ihrem Tod erfahren hat. Auf mich wirkte seine Reaktion absolut authentisch. Auch nach Aussagen der Nachbarn soll es zwischen den beiden die echte, große Liebe gewesen sein. Pribb hat sofort Anna-Lenas Ehemann beschuldigt.«

»Und der Ehemann diesen Pribb«, sagte Forss. »Wenn auch mit einer gewissen Halbherzigkeit, die sein gesamtes Auftreten durchzogen hat. Ich hatte das Gefühl, dass er uns ein wenig Betroffenheit vorgespielt hat, aber längst nicht so, wie es in seinen Möglichkeiten gelegen hätte. Ein bisschen Theater aus Höflichkeit, um die Konvention aufrechtzuerhalten oder von mir aus auch aus Respekt seiner Frau gegenüber. Aber im Grunde war es ihm egal, dass sie tot ist. Dass sie ermordet worden ist.« Sie knetete ihre Unterlippe, dann fuhr sie fort. »Nein, es war ihm nicht nur egal, dass seine Frau ermordet worden ist, er hat sich auf eine bestimmte Weise sogar darüber gefreut. Er wirkte auf mich wie ein Mensch, dem unverhofft ein kleines, aber lästiges Problem abgenommen worden ist. Was ihm egal war, war etwas anderes: Es war ihm vollkommen gleichgültig, dass wir ihn und sein Schmierentheater durchschaut haben.«

»Wie du immer nur auf solche Sachen kommst«, wunderte sich Hultin.

»Und was bedeutet das, deiner Meinung nach?«, fragte Göran Lindholm.

»Sie waren es beide nicht.«

»Ist die Schlussfolgerung nicht ein wenig vorschnell?«, fragte Nyström. Ihr war es schleierhaft, mit welcher Vehemenz und Geschwindigkeit die junge Deutschschwedin ihre Urteile fällte. Die Dinge wollten doch sorgfältig betrachtet werden. Die Argumente gegeneinander abgewogen, eingeordnet und behutsam beurteilt werden. Das entsprach ihrem vorsichtigen, smaländischen Naturell, das entsprach der Bedachtheit und der Erfahrung ihres vierundfünfzigjährigen Lebens.

Forss sah sie an, als hätte sie den Verstand verloren. Das hängende Augenlid der kleinen Frau zitterte.

»Ingrid, wo ist in dieser Dreier- oder Viererkonstellation der Konflikt? Wo ist das Motiv? Diese Leute haben sich miteinander arrangiert. Sie haben sich in ihrer Lebenssituation eingerichtet. Dieser Stefan Hammarskjöld hat Pribbs Aquarelle in seinem Wohnzimmer hängen. Bilder, von dem Typen, der seine Frau fickt …«

»Deine Ausdrucksweise, Stina!«

»Meinst du, das ist der Typ Mann, der von einer Eifersuchtsattacke heimgesucht seine Frau mit einem Wagenheber erschlägt? Und was sollte dieser Pribb für eine Motivation haben? So wie Anette ihn beschreibt, liebte er Anna-Lena von ganzem Herzen. Warum sollte er sie plötzlich loswerden wollen?«

»Da muss ich Stina recht geben«, sagte Hultin. »Der Mann

war vollkommen aufgelöst. Außerdem haben beide ein Alibi.«

»Und keinen weißen Saab«, brummte Knutsson.

»Was ist eigentlich mit dieser Malin Wihlborg?«, fragte Lindholm.

»Morgen Vormittag möchte ich alle drei im Präsidium haben«, sagte Nyström, dennoch klang es wie ein Rückzug, fand sie. Hatte Forss da etwa wirklich ein schiefes Grinsen im Gesicht, oder bildete sie sich das nur ein?

»Haben wir Hammarskjölds Handy von der Spurensicherung eigentlich schon zurückbekommen? Wissen wir, mit wem sie telefoniert hat? SMS? Fotos?« Stina wechselte das Thema.

»Nein, noch nicht«, sagte Nyström. »Das wird wohl mindestens bis morgen dauern.«

»Das hättet ihr auch ruhig mir überlassen können«, beschwerte sich Delgado. »Wär deutlich schneller gegangen.«

»Ist aber nicht deine Aufgabe«, sagte Hultin spitz.

Nyström klappte ihre Notizen zu und gab damit das Signal für den allgemeinen Aufbruch. Erleichterung allenthalben. Bevor sie selbst jedoch endgültig Feierabend machte, ging sie noch einmal in ihr Büro, setzte sich an den Schreibtisch und begann die Protokolle zu sortieren, die sich im Laufe des Tages angesammelt hatten. Sie war so müde, dass die Schrift auf den Blättern vor ihren Augen verschwamm. Das bringt doch alles nichts mehr, dachte sie nach wenigen Minuten. Morgen mache ich weiter. Morgen. Sie ließ die Papiere an Ort und Stelle liegen, stand auf, zog ihre Jacke über und griff nach ihrer Handtasche.

18

Die Welt von Pontus Palmgren war ins Wanken geraten und das hatte nichts mit dem stürmischen Wetter, dem Seegang auf dem Vännern und dem schwankenden Deck der *Ebba Brahe* zu tun. Dennoch ging es um ein Schiff, um ein Schiffsmodell, um genau zu sein, ein Spielzeugschiff, das in einer Nacht vor zwanzig Jahren mitsamt seinen Eltern verschwunden war. Es gab keinen Zweifel, es war *sein Schiff*. Er hatte die Eleganz des langen Metallkörpers wiedererkannt, die kleine Aufschrift am Bug und die große an der Seite, den verstümmelten Schornstein, von dem die Spitze abgebrochen war, ja, selbst die zwei Bissspuren im weißen Lack, für die der Hund ihrer damaligen Nachbarn, ein Pudel namens Bellmann, verantwortlich gewesen war.

Es war das Schiff.

Jemand hatte es in seinen Briefkasten gelegt.

Aber was hatte das zu bedeuten?

Dass seine Eltern lebten?

Waren sie zurückgekehrt?

Oder erlaubte sich jemand einen grausamen Scherz mit ihm? Aber wer sollte das sein? Wer konnte überhaupt von diesem Spielzeug wissen? Niemand, außer seinen Eltern. Oder?

Es sei denn, sie hatten ihn damals nicht freiwillig zurückgelassen. Es sei denn, ihnen war etwas angetan worden, ein Doppelmord, eine Entführung, ein schreckliches Unglück. Und das Schiff hatten sie mitgenommen, vielleicht ein Zeichen, eine Spur, ein Hinweis für ihren kleinen, schlafenden Sohn?

Wie oft hatte er diese Szenarien durchgespielt, durchgeträumt, zusammenfantasiert. Wilde Geschichten von Räubern und Mördern, von Erpressern und Geheimagenten. Dramatische Kampfszenen im Wohnzimmer, sein starker Vater, der heldenhaft das Leben seiner Familie verteidigte. Seine arme Mutter, die verzweifelt um sich schlagend in einen Sack gesteckt und aus dem Haus getragen wird. Er hatte sich seine Eltern als Spione vorgestellt, dazu verdammt, nun mit anderen Namen in einem anderen Land zu leben. In einem neuen Haus mit einem neuen Kind. Vielleicht würde es auch Pontus heißen, oder Frederik oder Madeleine. Seine Therapeutin hatte gesagt, dass diese Fantasien ganz normal seien. Dir ist etwas ganz und gar Unfassbares widerfahren, hatte sie gesagt. Eltern verlassen ihre Kinder nicht. Das ist gegen die menschliche Natur. In deinen Tagträumen versuchst du, das Unfassbare fassbar zu machen.

Die Therapeutin hatte natürlich recht. Eltern verlassen ihre Kinder nicht. Eltern passen auf ihre Kinder auf. Sie im Stich zu lassen, ist genau das Gegenteil von dem, wofür Eltern da sind.

Und doch war es geschehen.

Das war der Punkt, an dem er jedes Mal für Tage in seiner Traurigkeit versunken war. Auch das sei ganz normal, hatte die Therapeutin gesagt. So hatte er allmählich gelernt, damit zu leben. Die Pflegeeltern zu denen er kam, Kurt und Mona, waren immer lieb zu ihm gewesen, waren es auch heute noch. Er mochte sie wie zwei gute Ziffern, eine fünf und eine sieben, Primzahlen. Sie hatten für ihn gesorgt, für ihn gekämpft, wenn es in der Schule Ärger gab, sie hatten ihn bei seiner Berufsausbildung unterstützt und mit ihm vor dem Verwaltungsgericht gezittert. Als er das Kapitänspatent überreicht bekommen hatte, waren sie ihm vor Stolz um den Hals gefallen, und Mona hatte sogar ein bisschen geweint. Sie waren gute Menschen, die wichtigsten in seinem Leben. Aber sie waren nicht die Zahlen eins und zwei. Deswegen war tief in ihm ein großes Loch, auch nach all der Zeit noch, die vergangen war. Und ein grausamer Verdacht, den auch die langjährige Therapie nicht hatte ausräumen können: Was, flüsterte die Stimme in seinem Herzen leise, was, wenn sie dich verlassen haben, weil sie dich nicht mehr wollten?

Was, wenn sie dich verlassen haben, weil du anders warst als die anderen Kinder. Weil du ein Autist bist, ein verdammter Asperger?

Den ganzen Tag über, auf der Brücke der *Ebba Brahe*, hatte er das kleine Schiff in seiner Hosentasche gehabt. Immer wieder befühlte er das kühle Metall, aber es brachte seinen Gedanken keine Ruhe. Im Gegenteil, jede Berührung schien seine Nerven zu infizieren, schien ihn elektrisch aufzuladen wie das Streichen über eine Kunststoffmatte. Dennoch konnte er nicht davon lassen. Als Feierabend war, schlugen die Kollegen vor, noch ein Bier in der Hafenbar trinken zu gehen, aber er sagte wie meistens ab und machte sich auf den Heimweg. Er spürte, dass er nachdenken musste und sehnte sich nach der Ruhe seines Wohnzimmers. Nachdem er die Haustür aufgeschlossen und seine Schuhe und Regenjacke ausgezogen hatte, blieb er wie angewurzelt stehen. Etwas war anders als sonst. Ein ganz leicht veränderter Geruch, eine andere Molekülzusammensetzung der Luft, eigentlich nur ein Gefühl. Dennoch war er sich vollkommen sicher. Es war jemand während seiner Abwesenheit in der Wohnung gewesen.

DONNERSTAG, 16. OKTOBER

1

Das ist ja wie in Hollywood, dachte Ingrid Nyström, als sie an dem großen Panoramafenster des Besprechungsraums stand und auf den Parkplatz hinabschaute. Es war kurz vor zehn, einige Minuten vor dem Termin, zu dem sie Stefan Hammarskjöld und seine Freundin Malin Wihlborg ins Präsidium bestellt hatte. Der Morgen war trüb, der Wind hatte über Nacht nachgelassen, auf dem Dachfirst des nahen Imbisses *Oxgrillen* saßen die Krähen und ein Stück weiter östlich ragte die Doppelspitze des Växjöer Doms in den diesigen Himmel. Unter ihr, auf dem Parkplatz, waren die zwei identischen Mercedeslimousinen dicht hintereinander zum Stehen gekommen. Nyström sah vier Anzugträger und eine Frau im Kostüm ins Gebäude huschen, während ein bulliger Mann im Jackett vor dem Eingangsbereich stehen blieb und sich fortwährend ans linke Ohr fasste. Dezent war etwas anderes, dachte sie. Aber darauf kam es Hammarskjöld hierbei wohl kaum an, im Gegenteil. Sein Auftritt würde eine Demonstration werden, eine Inszenierung. Die beiden großen Autos sprachen Bände. Sie musste an die Worte von Stina Forss denken. Theater hatte sie gesagt. Vielleicht hatte die junge Kommissarin damit recht. Gestern hatte Hammarskjöld viel von der Ehe gesprochen. Von Respekt und Fürsorge. Er hatte dabei nicht Forss angesehen, die die Fragen gestellt hatte, sondern sie. Als habe er etwas an ihr gerochen. Gewittert. Etwas, das mit ihr und Anders zu tun hatte. Es war unheimlich gewesen. Als besäße Hammarskjöld den Instinkt eines Raubtieres. Dann gab sie sich einen Ruck. Sie straffte sich innerlich. Das Letzte, was sie in den nächsten Stunden zeigen durfte, war Verletzlichkeit oder gar Angst. Die Tür des großen Raums öffnete sich und Delgado und Hultin traten ein. Obwohl sie das Dauergeplänkel der beiden manchmal nervte, war sie froh, die erfahrenen Kollegen an ihrer Seite zu haben.

»Was ist denn hier los?«, fragte Delgado mit Blick auf den Besprechungstisch. »Sieht ja aus wie bei einer Aufsichtsratssitzung.«

»Schick sieht's aus!«, lobte Hultin. »Die Marimekko-Servietten und diese ganzen kleinen Fläschchen! Mineralwasser und Orangensaft!«

»Das war Edman«, erklärte Nyström. »Der will einen guten Eindruck machen.«

»Der Schleimer tigert schon seit einer halben Stunde nervös unten am Empfang herum. In seinem besten Anzug«, sagte Delgado.

»Würde dir auch mal gut stehen, so ein Anzug«, sagte Hultin.

»Nicht bevor ich im Sarg liege«, entgegnete Delgado.

Erneut ging die Tür auf. Edman strahlte wie ein Honigkuchenpferd. Mit einer einladenden Geste wies er Hammarskjöld, Wihlborg und ihre Entourage in den Raum.

»Und hier ist unser bescheidenes *headquarter of communications*.«

Yes, dachte Nyström, *und du mich auch*.

2

Stina Forss folgte der Landstraße 27 in südöstlicher Richtung. Kurz hinter Tingsryd endete die Region Kronoberg und sie überquerte die Bezirksgrenze nach Blekinge. Links und rechts der Fahrbahn stand dichter Nadelwald, der nur hin und wieder von Weiden und Wiesen unterbrochen wurde. Erst nach einer knappen Stunde Fahrt, kurz vor Ronneby, lichtete sich der dichte Baumbewuchs und sie bog auf die viel befahrene Küstenstraße E 22 ab. Rechts von ihr lag nun die Ostsee und spiegelte einen bleichen Himmel. Kurz darauf erreichte Forss die Hafenstadt Karlskrona. Sie fand einen Parkplatz in der Nähe der Adresse der Kanzlei Berghagen & Hammarskjöld. Am Vortag hatte sie bereits mit Anna-Lenas Teilhaber Ed Berghagen telefoniert. Der Anwalt hatte sich überaus betroffen gezeigt und sofort angeboten, nach Växjö zu kommen, um die Ermittlung zu unterstützen, aber Forss hatte das Angebot abgelehnt. Sie wollte Anna-Lena Hammarskjölds Arbeitsplatz sehen, außerdem musste die Zweitwohnung der Toten gründlich untersucht werden und diese Aufgabe wollte sie nicht den Kollegen aus Karlskrona übertragen.

Die Kanzlei lag in einem restaurierten Altbau mit Meerblick und hohen Decken. Auch wenn Karlskrona sicherlich nicht das Preisniveau von Stockholm hatte, musste die Miete für ein Büro in einer solchen exklusiven Immobile beträchtlich sein, dachte Forss. Ein geräuschloser Fahrstuhl brachte sie in weniger als fünf Sekunden in den vierten Stock. Als sich die Fahrstuhltüren öffneten, stand sie direkt vor einem Empfangstresen, hinter dem eine hübsche Sekretärin mit zurückgebundenen Haaren saß und sie anlächelte. Zwei Minuten später stand sie mit einem dampfenden Latte Macchiato in einem Konferenzraum und genoss die Aussicht auf die Schäreninseln.

»Ein bisschen trüb heute, aber an sonnigen Tagen ist der Blick wirklich atemberaubend«, sagte der Pferdeschwanz. »Ed Berghagen ist gleich für dich da.«

Nachdem sie die Türe hinter sich geschlossen hatte, sah Forss sich in dem Raum um. Modernes skandinavisches Design, helles Holz und Stahl, schlicht und viel teurer, als es aussah. Forss musste nicht lange auf Berghagen warten. Ein schlanker, sportlicher Mann um die sechzig. Er trug einen schwarzen Anzug und eine schwarze Krawatte. Sein Händedruck war fest, sein Gesicht war von einer auffälligen Pigmentstörung gezeichnet, die seinem kantigen Antlitz etwas Asymmetrisches verlieh.

»Natürlich sind wir zutiefst schockiert«, sagte er.

Er sprach von Fassungslosigkeit und Entsetzen, von Trauer und einem nicht zu bemessenden menschlichen Verlust. Forss löffelte Milchschaum. Wahrscheinlich empfand der Mann wirklich so. Sein verunstaltetes Gesicht machte ihn ihr irgendwie sympathisch. Vielleicht, weil sie etwas von sich selbst in ihm wiedererkannte. Sie nickte viel und beantwortete seine Fragen, so gut es ging. Dann trank sie den Kaffee aus. Nun war sie an der Reihe.

»Seit wann kennst du Anna-Lena?«

»Wir haben uns während des Studiums in Stockholm kennengelernt. In einem Kurs über Seefahrtsrecht. Todlangweilig. Sie war damals die einzige Frau in der Vorlesung, ich weiß es noch wie heute.« Er lächelte kurz. »Das ganze Seminar hat sie angeschmachtet.«

»Und ausgegangen ist sie dann mit dir?«

»Eine Zeit lang«, gab er zu. »Dann haben wir uns lange aus den Augen verloren. Sie ist in den höheren Dienst gegangen und hat in der Behörde für Schifffahrt Karriere gemacht, erst später haben wir uns zufällig auf einer Tagung wiedergetroffen, da war sie gerade kurz vor dem Sprung in die Privatwirtschaft.«

»Wann war das?«

»Das müsste irgendwann im Herbst 1995 gewesen sein. Zum 1. Januar 1996 ist sie hier eingestiegen.«

»Als Teilhaberin.«

»Genau. Wir haben schnell gespürt, dass wir uns noch immer gut verstehen und ich habe schon während des Studiums bemerkt, dass sie eine brillante Juristin ist. Klug, taff, durchsetzungsstark. Du musst wissen, dass die Schifffahrtsbranche noch immer eine Männerbastion ist. Sich dort als Frau durchzusetzen, dazu gehört schon einiges. Anna-Lena hat mir imponiert.«

»Warum hat sie ihre Karriere in der Behörde aufgegeben?«

Wieder lächelte Berghagen kurz.

»Sieh dich hier um. Eine tollere Aussicht, eine bessere Bezahlung, mehr Eigenverantwortung, flexiblere Strukturen. Anna-Lena war jemand, der etwas vom Leben gewollt hat. Dafür war sie auch bereit, eine Menge zu tun.«

»Warum war sie mit Stefan Hammarskjöld zusammen?«

Zum ersten Mal zögerte Berghagen. Einen Moment zu lange, fand Forss.

»Eine gute Frage«, sagte er schließlich. Er rieb einen der großflächigen violetten Flecken in seinem Gesicht. »Sie haben sich schon irgendwie geliebt.«

»Irgendwie? Im Sinne von *ein bisschen*?«

»Irgendwie im Sinne von *eine Zeit lang*.«

»Und dann?«

Er zuckte die Schultern.

»Wie so etwas halt so läuft. Irgendwann ist die Leidenschaft weg, man bekommt Kinder, arrangiert sich.«

»Hast du dich arrangiert?«

»Womit?«

»Ich weiß nicht. Damit, dass Anna-Lena einen anderen geheiratet hat?«

Seine Hautflecken wurden noch dunkler.

»Ja. Das heißt, nein! Das brauchte ich gar nicht. Ich bin glücklich verheiratet! Ich habe ihr nicht hinterhergetrauert!« Er klang aufgebracht. »Wir waren seit zwanzig Jahren gute Freunde. Geschäftspartner. Mehr war da nicht! Was sollen diese Anspielungen?«

Er rieb wieder in seinem Gesicht herum, schneller und fester als vorher. Aber die Flecken blieben, wo sie waren.

»Wo warst du eigentlich gestern Vormittag?«

»Hier natürlich! In der Kanzlei! Das können alle Mitarbeiter bezeugen!«

Forss nickte und machte sich Notizen in ihrem Block.

»Du hast eben von Kindern gesprochen. Dass die Leidenschaft abkühle, wenn erst einmal Kinder da seien. Anna-Lena und Stefan hatten keine. Warum nicht?«

»Was weiß ich? Sie wollte keine, nehme ich an. Sie hat nie davon gesprochen, Kinder zu haben.«

»Trotzdem ist sie bei Stefan geblieben.«

»Ja. Sie wollte das so. Es hatte Vorteile. Es war stabil und praktisch. Auch wenn sie einander nicht mehr viel zu sagen hatten.«

»Waren das ihre Worte?«

»Ja. So oder so ähnlich.«

»Sie hatte einen Liebhaber.«

»Ja, diesen jungen Künstler, Emanuel.«

»War es ihr ernst?«

»Ich glaube schon. Wobei sie nicht vorhatte, bei Stefan auszuziehen. Das auf keinen Fall. Auch wenn diesen Emanuel das wohl gestört hat. Aber sie wollte nicht noch einmal ihre Unabhängigkeit aufgeben, hat sie gesagt.«

»Deshalb wollte sie verheiratet bleiben, mit einem Mann, den sie nicht mehr liebte?«

»Ja, genau so.«

Berghagen lehnte sich in seinem Stuhl zurück. Er schien froh, dass sich das Gespräch von ihm wegentwickelt hatte.

Forss stellte ihr leeres Kaffeeglas auf den Tisch.

»Was macht ihr hier eigentlich genau in der Kanzlei?«

Bei der Frage atmete Berghagen endgültig auf.

»Der Schwerpunkt unserer Tätigkeit liegt in der umfassenden Interessenvertretung im Zusammenhang mit Streitigkeiten aus Charterpartien, Pfandrechten, Havarien, insbesondere bei Kollisionen und Umweltverschmutzungen sowie Haftungsbeschränkungsverfahren. Wir unterhalten Kontakte zu namhaften Großverladern, Versicherern, Reedereien, Schiffsmaklern und Dispacheuren.«

»Was ist ein Dispacheur?«

»Eine Art Sachverständiger oder Interessenvertreter bei einer großen Havarie.«

Forss dachte einen Augenblick über seine Worte nach.

»Wenn irgendwo Öl ausläuft, verdient ihr einen Haufen Geld?«

Berghagen nestelte an dem Knoten seiner Krawatte herum.

»In erster Linie bescheren uns solche internationalen Unglücke viel Arbeit. Oft können wir auch den betroffenen Küstenregionen und Ländern helfen, zu ihrem Recht zu kommen.«

»Schon klar«, sagte Stina Forss. »Übrigens, wirklich eine tolle Aussicht hier. Wenn die Sonne scheint, muss der Blick über die Schären atemberaubend sein.« Sie stand auf und lächelte ihr schiefes Lächeln. »Der Kaffee war ganz ausgezeichnet.«

3

Die Blicke von Evelin Brorsson machten Göran Lindholm nervös. Sie wirkte auf eine Weise selbstbewusst, die ihn verwirrte. Es fiel ihm schwer, ihr Alter einzuschätzen. Auf jeden Fall über vierzig. Vielleicht sogar schon fünfzig? Aber anderseits sah sie alles andere als alt aus. Er musste sogar zugeben, dass sie ausgesprochen gut aussah. Nein, nicht gut, sondern scharf. *Hot*, hätte sein Kumpel Anton gesagt. Anton sagte immer solche Sachen.

Hot, horny, MILF.

MILF war eine Abkürzung, es stand für etwas Despektierliches: *Mother, I Like to Fuck*. In Antons Sprache bezeichnete es ältere Frauen mit Sexappeal. Wobei es schon ausreichte, etwas älter als der Teenager oder der junge Mann zu sein, der den Begriff verwendete. Er hatte keine Ahnung, woher Anton diese Ausdrücke immer hatte, wahrscheinlich von irgendwelchen Pornoseiten aus dem Internet, meistens nervten sie ihn auch, weil er sie pubertär fand und ziemlich peinlich, trotzdem hatten sie sich in seinem Kopf festgesetzt. Nach Antons Definition wäre Evelin Brorsson jedenfalls einhundertprozentig der Kategorie MILF zuzuordnen.

Die zu einem festen Dutt gesteckten Haare.

Die Art, wie sie ihre Beine in den schwarzen Strumpfhosen übereinanderschlug.

Der strenge Blick, mit dem sie ihn durch ihre bis auf die Nasenspitze herabgerutschte Brille musterte.

Sekretärinnenlook, hätte Anton gesagt. Dabei war Evelin Brorsson alles andere als eine Sekretärin. Sie war die Sorte Frau, die selbst Sekretärinnen hatte. Oder Sekretäre.

»Du bist also der Polizist, der Anna-Lenas Tod untersucht?«, fragte sie.

Irgendwie klang es, als sei sie enttäuscht, fand er. Als habe die Växjöer Polizei in einem Mordfall nichts Besseres zu bieten als einen unerfahrenen zweiundzwanzigjährigen Knilch, einen kleinen Bubi, der gerade mal der Mutterbrust entwöhnt worden war. Mutterbrust. Wie kam er jetzt nur um Gottes willen auf solche Wörter? Vielleicht lag es an der engen Bluse von Evelin Brorsson.

»Ich ... wir sind im Grunde ein Team ...« Er holte tief Luft. Scheiß drauf, dachte er und blickte ihr fest in die Augen. »Ja, ich bin der Polizist, der Anna-Lenas Mörder fassen wird.«

Brorsson nahm ihre Brille ab. Sie sah ihn lange an, nachdenklich, so kam es ihm vor und auf einmal sehr traurig. Dann kamen ihre Tränen, erst langsam, dann immer mehr. Ein Beben erfasste ihren Körper.

»Sie war meine beste Freundin«, schluchzte sie.

Auf einmal wusste Lindholm genau, was zu tun war. Er stand auf, nahm ihr behutsam die Brille aus der Hand und legte ihr den Arm um die Schulter. Tränen durchweichten den Stoff seines Sweatshirts. Plötzlich kam er sich sehr reif und erwachsen vor und auch ein bisschen männlich.

4

Das Drehbuch zu Hammarskjölds Inszenierung sah so aus, dass er und seine Freundin Malin Wihlborg sich im Hintergrund hielten, während die zwei Rechtsanwälte und der Sicherheitschef des konzerneigenen Werkschutzes in die Offensive gingen.

»... befinden sich unsere Mandanten wahrscheinlich ebenfalls in Gefahr.«

»... betrifft der Tod von Anna-Lena Hammarskjöld indirekt auch die Sicherheit der Firma und ihrer Mitarbeiter.«

»... hat es in der Vergangenheit wiederholt Drohungen gegen hochrangige Mitarbeiter und ihre Angehörigen gegeben.«

»... Verdächtigungen unserer Mandanten wären in diesem Zusammenhang absurd.«

»... nicht den Bock zum Gärtner machen.«

Polizeichef Edman nickte beflissen.

Hammarskjöld nippte an seinem Mineralwasserfläschchen.

Wihlborg zwirbelte eine der geblümten Servietten zu einer unförmigen Papierwurst.

Ingrid Nyström hörte eine halbe Stunde höflich zu.

»... und deshalb denken wir, dass die gerade verlesene eidesstattliche Erklärung unserer Mandanten keine Fragen offen lässt. Damit dürften sie dann ihren staatsbürgerlichen

Pflichten Genüge getan haben und wir können alle wieder unserer eigentlichen Arbeit nachgehen. Deshalb wollen wir nicht weiter eure Zeit verplempern, ihr habt schließlich einen Mordfall zu lösen, oder?«

Die beiden Anwälte legten synchron ihre Unterlagen zusammen und sahen Edman erwartungsvoll an. Der zuckte mit den Schultern und grinste.

»Ich sehe nach dieser umfassenden Selbstauskunft eigentlich wenig, was dem entgegensteht. Oder was meinst du, Ingrid?«

Nyström blickte in die Runde. Anwalt eins hatte selbstzufrieden seine Unterlippe vorgeschoben. Anwalt zwei ließ die Mine seines silbernen Kugelschreibers raus und rein klicken. Der Sicherheitschef sah gelangweilt aus dem Fenster. Edman gefiel sich noch immer in der Rolle des gönnerhaften Gastgebers. Dabei ist das hier immer noch ein Polizeirevier und kein Tagungshotel, dachte sie. Hultin und Delgado hatten die Arme vor der Brust verschränkt, sie waren vom bisherigen Verlauf der merkwürdigen Veranstaltung sichtlich enttäuscht. Hammarskjöld schaute sie offen an. Musterte sie. Um seine Mundwinkel lag ein feines Lächeln. Wihlborg hatte die Serviette vor sich auf der Tischplatte zu Krümeln zerrieben. Mit den Fingern harkte sie Muster in die feinen Papierfetzen. Sie war eine attraktive Frau. Glänzende schwarze Haare, volle Lippen, ein warmes Leuchten in den Augen, ihr weiblicher Körper, dessen ausladende Rundungen auch die weit geschnittene Kleidung nicht verbergen konnte … Und dann verstand Nyström.

»Ich sehe das ein bisschen anders, Erik«, sagte sie. »Ich würde mich gerne mit Malin Wihlborg unterhalten. Unter vier Augen.«

5

Die Wohnung von Anna-Lena Hammarskjöld in Karlskrona, die sie wochentags zum Übernachten und Arbeiten genutzt hatte, wirkte auf Stina Forss vom ersten Moment an praktischer und bewohnter als die repräsentative Villa in Växjö. Sie wirkte normaler. Auf dem Laminatfußboden unter dem Briefkastenschlitz in der Wohnungstür hatten sich Zeitungen und Werbebeilagen angesammelt. Forss hob die Zeitungen auf und legte sie auf die Garderobe. Mehrere Ausgaben der *Blekinge Läns Tidning*, dem örtlichen Lokalblatt, die neueste trug das Datum von heute, die älteste war vom vergangenen Samstag. Das stimmte mit den Aussagen von Stefan Hammarskjöld, Emanuel Pribb und Ed Berghagen überein, dass sich Anna-Lena seit dem Wochenende freigenommen hatte. Vergangenen Freitag war der letzte Tag gewesen, an dem sie in Karlskrona gearbeitet hatte, am späten Freitagnachmittag war sie direkt von der Arbeit aus nach Växjö gefahren, wo sie gemeinsam mit ihrem Mann bei einem von der Anwaltskammer organisierten Abendessen im Restaurant *PM* gewesen war. Am Samstag war das Ehepaar zur Eröffnung einer Bootsmesse nach Stockholm geflogen, hatte im ehrwürdigen *Grand Hotel* übernachtet und am Morgen an einem Jazzfrühstück auf einem Dampfer teilgenommen, das vom Interessensverband der schwedischen Luftfahrtindustrie ausgerichtet worden war. Am Sonntagabend waren sie nach Växjö zurückgekehrt und am Montagmorgen war Anna-Lena Hammarskjöld zu Emanuel Pribb nach Lammhult gefahren, wo sie sich bis kurz vor ihrem Tod am Mittwochmorgen aufgehalten hatte.

Zwischen den Zeitungen fand Forss ein englischsprachiges Magazin, welches das Bild eines riesigen Tankers auf dem

Cover hatte, sowie zwei Rechnungen, die eines Stromanbieters und die eines Mobilfunkunternehmens. An der Garderobe neben der Tür hingen Sommer- und Herbstgarderobe. Zwei leichte Mäntel, einer in Hellgrau, einer in Blau. Eine Filzmütze und ein Schal. Ein weißer Baustellenschutzhelm, der zwischen den modischen Sachen wie ein Fremdkörper wirkte. Forss dachte darüber nach, dass es wohl zum Berufsbild der Fachanwältin gehört hatte, dann und wann auch einmal die Maschinenräume von Schiffen zu betreten. Trotzdem konnte sie sich Hammarskjöld schwer in einem ölverschmierten Blaumann vorstellen. Unter der Garderobe standen fünf Paar Schuhe, vier davon waren Pumps, Forss erkannte die Label teurer italienischer Firmen. Der Flur führte sie weiter in die Küche. Helle, funktionale Möbel, über dem Küchentisch die berühmte Ufolampe von Poul Hennigsen. Auf dem Tisch selbst ein Brettchen mit Brotkrümeln, ein vertrocknetes Stückchen Käserinde. Im Kühlschrank zwei Joghurt, ein schlaffes Bund Möhren und eine geöffnete Flasche Weißwein, im Tiefkühlfach mehrere Fertiggerichte. Die Spülmaschine war mit sauberem Geschirr gefüllt, größtenteils Teller und Kaffeebecher. Die Kaffeemaschine funktionierte mit Einlegpads. Im Badezimmer fiel ihr ein riesiges Keramikregal voller Kosmetikutensilien auf. Sie schätzte den Einkaufswert der Menge an Lippenstiften, Make-up-Tiegeln und Tuben namhafter Hersteller auf weit über zehntausend Kronen. Sie widerstand dem Impuls, einen Dior-Lippenstift in einem tollen Rotton einfach einzustecken. Im Waschbecken klebten Puderreste.

Der Eindruck von nachlässiger Ordnung, die viele Single-Haushalte auszeichnete, wiederholte sich im Wohnzimmer. Auf dem niedrigen Couchtisch standen ein halb volles Wasserglas und ein Schälchen mit Chipskrümeln. Eine aufgeschlagene TV-Zeitschrift und ein Tablet-PC. Eine Wolldecke war vom Sofa auf den Boden gerutscht. In einer Steckdose war ein Handyladegerät eingestöpselt, der Fernseher stand auf Stand-by. In einer Obstschale lagen drei Äpfel mit Druckstellen, die Luft im Raum war ein wenig abgestanden. Übrig blieb noch das Schlafzimmer. Das Bett war ungemacht, über der Lehne eines Holzstuhls baumelte ein BH. Auf einem Fransenteppich lag ein auberginefarbenes Nachthemd. An den Wänden gerahmte Kunstdrucke, nicht Pribb, sondern Monet. Seerosen und Klatschmohn. Auf dem Nachttisch ein Wecker und ein Taschenbuch, *Fifty Shades Of Grey,* Softporno als Einschlaflektüre, in der Schublade darunter der dazu passende Vibrator, allerdings nicht in Grau, sondern in knalligem Rosa. Im Kleiderschrank Kostüme und Blusen und noch mehr Pumps. Ein Paar Lederstiefel und Arbeitsschuhe mit Stahlkappen. In einer Plastiktüte tatsächlich ein gefalteter Blaumann, allerdings ohne Ölflecken. Eine leere Laptoptasche, ein eingedellter Kunststoffglobus, eine alte Spiegelreflexkamera. Ein Schuhkarton. Noch mehr Pumps? Forss hob den Deckel ab. Doch es waren keine Schuhe darin, sondern etwas Schweres, Rundliches, in einen Bogen altes Zeitungspapier eingeschlagen. Sie wickelte es aus. Es war ein Totenschädel, den zweiten, den sie innerhalb von ein paar Tagen in der Hand hielt. Aber dieser Schädel war nicht echt, sondern aus Zucker, wie sie verwundert feststellte. Er war mit buntem Zuckerguss verziert, mit Ornamenten, Blumen und Blüten. Auf der Stirn stand etwas.

Ein Name.

Laili.

6

Nach einer Weile hatte sich Evelin Brorsson gefangen. Sie tupfte sich mit einem Taschentuch die Tränen von den Wangen. Göran Lindholm nahm wieder auf seinem Stuhl Platz.

»Es tut mir leid«, sagte Brorsson. »Dein Pullover ist ganz verschmiert.«

»Macht doch nichts«, sagte Lindholm und seine eigene Großzügigkeit berauschte ihn ein wenig. »Kann man ja waschen.«

»Danke, jedenfalls. Es ist so schwer zu verstehen, dass sie jetzt tot ist. Dass jemand sie ermordet hat. Es ist so unglaublich sinnlos. Sie war doch so ein guter Mensch.«

»Sie war deine beste Freundin«, soufflierte Lindholm. Emotionale Unterstützung, dachte er. Emotionale Unterstützung ist wichtig. So lernte er es auf der Polizeihochschule.

»Sie war wie eine ältere Schwester für mich. Sie war immer für mich da.«

Brorsson quetschte das Taschentuch in ihrer Hand.

»Wo habt ihr euch denn kennengelernt?«

»Vor Ewigkeiten bei einem Tanzkurs. Das muss länger als fünfzehn Jahre her sein. Die Typen da waren alle Trottel, aber wir haben uns von Anfang an super verstanden. Sie war so weltgewandt, fand ich. So selbstbewusst und souverän.«

»Sie ist schon vor fünfzehn Jahren ohne ihren Mann tanzen gegangen?«

»Mit Stefan war ja nie viel los«, sagte Brorsson. »Der hatte ja immer nur seine Arbeit im Kopf.«

»Und das hat Anna-Lena nicht ausgereicht?«

»Anna-Lena wollte leben.«

»Und das schloss andere Männer mit ein?«

Brorsson zuckte mit den Schultern.

»Sie war nicht gerade mannstoll, wenn du das meinst. Aber sie war auch keine Kostverächterin. Sie wollte ihren Spaß haben. Man lebt nur einmal, hat sie immer gesagt. Und sie war eine attraktive Frau.«

Noch eine MILF, dachte Lindholm, aber das sagte er natürlich nicht laut. Stattdessen stellte er etwas anderes fest: »Trotzdem hat sie sich nicht von ihrem Mann getrennt.«

»Nein, natürlich nicht. Warum hätte sie das auch tun sollen? Auf einer anderen Ebene waren die beiden ja ein funktionierendes Team. Sie haben sich gegenseitig in ihren Karrieren unterstützt, sie hatten ein gesellschaftliches Leben, sie hatten Anerkennung und sie hatten das gemeinsame, tolle Haus. Wofür sollte Anna-Lena das aufgeben?«

»Ich weiß nicht. Für die große Liebe?«

Brorsson lachte auf.

»Ach, Junge. Du bist süß. Aber du bist auch noch sehr jung. Die Dinge ändern sich, wenn man älter wird. Die Prioritäten verschieben sich. Anna-Lena hatte es sich mit Stefan gut eingerichtet. Die Dinge funktionierten.«

Lindholm versuchte, nicht rot zu werden. Das mit dem Kompliment musste er unbedingt Anton erzählen. Süß! Ein Kompliment von einer echten ... tollen Frau.

»Auch wenn sie selbst einen Freund hatte und Stefan Hammarskjöld eine Freundin?«, fragte er und versuchte seiner Stimme möglichst viel Bass zu verleihen.

»Sie war schon in Emanuel verliebt. Aber sie war 57 und Realistin. Sie hätte nie ihre Zukunft darauf aufgebaut. Was will Emanuel in zehn Jahren mit einer Oma wie mir, hat sie gesagt. Und glaub mir, sie hätte damit wahrscheinlich recht gehabt. Auch wenn Emanuel eifersüchtig war und ihr ständig damit in den Ohren gelegen hat, dass sie bei Stefan ausziehen solle, dass sie einen echten Schlussstrich ziehen solle – sie hätte das nie getan. Und ebenso wenig hätte sie zugelassen, dass Stefan zu seinem Ingenieursmäuschen nach Linköping zieht.«

»Wie hätte sie das denn verhindern können?«

»Da gab es schon Mittel und Wege«, sagte Brorsson und richtete sich in ihrem Stuhl auf. »Ich weiß nicht, wie gut du dich auf unser Gespräch vorbereitet hast und was du von mir weißt, aber ich darf wohl in aller Bescheidenheit sagen, dass ich in leitender Position für eine sehr große PR-Agentur arbeite.«

»Was heißt das?«, fragte Lindholm.

»Das heißt, dass ich Leute fertigmachen kann«, sagte Brorsson. »Ins Scheinwerferlicht zerren, in die Schlagzeilen bringen, die sozialen Netzwerke mit *gossip* fluten kann, mit Geschwätz.«

»Und das wäre nicht in Stefans Sinn.«

»Genau, Junge. Das wäre ganz und gar nicht in Stefans Sinn. Für jemanden in seiner Position wäre das sehr, sehr ärgerlich.«

»Anna-Lena hat ihn quasi erpresst?«

Brorsson lächelte jetzt, ein bitteres Lächeln.

»Auch wenn du ganz schön aufgeweckt bist, Junge, die richtige Fachterminologie beherrschst du noch nicht. Sagen wir so: Anna-Lena und Stefan hatten ein Arrangement.

7

Malin Wihlborg fixierte einen Punkt irgendwo zwischen ihren Knien. Sie schwieg beharrlich, seit mehreren Minuten.

Die Stimmen von Stefan Hammarskjöld, der Anwälte, der Kollegen waren für Nyström nur ein Brummen, irgendwo hinter der Tür im Besprechungszimmer. Ihre ganze Konzentration war hier, in dem kleinen Nebenraum, in dem Wihlborg saß und auf den Boden starrte. Der Pony ihres glänzenden Haars hing wie ein Vorhang vor ihren Augen. Nyström musterte die Frau. Sie war sich sicher. Sie hatte einen Blick für weibliche Körper entwickelt. Das hatte weniger mit dem vor Kurzem erfolgten lesbischen Outing ihrer jüngsten Tochter zu tun als mit ihrer tödlichen Krankheit. Der Körper von Malin Wihlborg war prall und reif wie eine Pflaume im Spätsommer.

»Du bist schwanger«, sagte Nyström schließlich.

Ganz langsam hob Wihlborg den Kopf. Ihr Make-up war tränenverschmiert.

»Ja«, sagte sie.

8

Im Laufe des Nachmittags hatte es zu nieseln begonnen. Der Wald roch nach Pilzen und nassen Blättern. Knutsson stapfte hinter Örkenruds breitem Rücken her den Weg hinunter. Die Sohlen seiner ausgelatschten Halbschuhe schmatzten im Matsch, einmal wäre er beinahe über eine Wurzel gestolpert. Sie waren erst einige Hundert Meter gegangen, aber Knutsson kam es bereits wie eine Ewigkeit vor. Vor ihnen überquerte ein aufgescheuchter Hase den Pfad.

»Wir hätten auch das letzte Stück mit dem Wagen fahren sollen«, motzte er. »Meine Kiste hat fast 300 PS.«

»Und die gesamte Spurenlage zerstören, oder was?«, blaffte der muskulöse Rücken zurück.

Knutsson brummte etwas in seinen Bart.

Minuten später erreichten sie die Lichtung, die ihnen der Förster telefonisch beschrieben hatte. Wilde Gräser und Farne standen nach dem langen Sommer hüfthoch und erschwerten das Vorankommen. Dann entdeckten sie die Furche, die der Wagen in das wilde Grün geschlagen hatte. Das Wrack des verkohlten Saabs stank trotz des Regens stark nach verkohltem Gummi und übertünchte den Waldgeruch. Das Auto war vollkommen ausgebrannt.

»Ein 900er«, sagte Örkenrud.

»Aber von der Farbe ist nichts mehr zu erkennen«, stellte Knutsson trocken fest.

9

Nach dem Manager und seiner Freundin war der Maler an der Reihe. Delgado und Hultin hatten dafür gesorgt, dass sich Hammarskjöld und Pribb nicht in den Fluren des Reviers begegneten. Nyström bat den jungen Mann Platz zu nehmen. Dann kam sie schnell zur Sache.

»Ja«, sagte Pribb. »Ich wollte, dass sie bei Stefan auszieht. Dass sie zu mir zieht.«

»Weil du eifersüchtig warst«, stellte Nyström fest.

»Was heißt schon eifersüchtig? Ich wusste ja, dass zwischen ihr und Stefan nichts mehr läuft. Im Bett jedenfalls.«

»Aber es hat dir nicht gepasst, dass sie noch zusammen unter einem Dach gelebt haben?«

»Sie waren halt ständig gemeinsam unterwegs. Gesellschaftliche Anlässe, Benefizessen, Spendengalas, dieser ganzer High-Society-Mist. Das hat Anna-Lena eine Menge bedeutet. Ich habe einfach nicht verstanden, was ihr an diesem oberflächlichen Quatsch so wichtig war.«

»Wusstest du, dass Stefans Freundin Malin schwanger ist?«

Pribb starrte sie an, ungläubig.

»Nein«, sagte er schließlich.

»Ist sie aber.«

»Das ... das hätte alles auf den Kopf gestellt.«

10

Der Regen war fein und es wurde windiger und kühler. Am Himmel türmten sich Wolkenschichten in verschiedenen Grautönen. *Fifty Shades Of Grey*, dachte Forss, als sie aus dem Panoramafenster des Besprechungszimmers im dritten Stock des Polizeipräsidiums blickte. Draußen kämpften die Krähen mit dem böigen Wind. Vor ihr auf dem Tisch stand zwischen den zerfledderten Marimekko-Servietten und leeren Mineralwasserflaschen der buntverzierte Totenschädel aus Zucker, der den Transport im Auto gut überstanden hatten. Auf dem alten Bogen Zeitungspapier, in den der Totenkopf eingeschlagen gewesen war, lagen nur einige silbrige und blaue Zuckerperlen, die abgesprungen waren. Ingrid Nyström, Göran Lindholm und Hugo Delgado kamen ins Zimmer und setzten sich zu ihr an den Tisch.

»Hier sieht es ja aus wie nach einem Kindergeburtstag«, sagte Lindholm. Er griff nach einer der wenigen Servietten, die Malin Wihlborg in ihrer Nervosität unversehrt gelassen hatte, und putzte damit seine Designerbrille. Mit mäßigem Erfolg.

»*Días de los Muertos*«, sagte Delgado.

»Was?«, fragte Nyström.

»Der Schädel da. Die Tage der Toten. Feiert man jedes Jahr in Mexiko. So eine Mischung aus Allerheiligen, Allerseelen und altem Aztekenglauben. Am Tag der Toten kommen die Verstorbenen zu ihren Angehörigen zurück. Man schmückt die Häuser und Straßen mit Blumen und in allen Bäckereien gibt es diese *Calaveras de Dulce*, solche Totenschädel wie deinen da, aus Zucker oder Schokolade. Die Namen der Toten werden auf die Stirn geschrieben.«

»Hier steht Laili drauf«, sagte Forss.

»Klingt nach einem Hund«, sagte Lindholm. »Diesem russischen Weltraumhund.«

»Der hieß Laika«, sagte Forss.

»Die Nacht des Hundes gibt es während der Tage der Toten auch«, sagte Delgado. »Hat aber nichts mit Hunden zu tun, sondern mit toten Kindern. Die Nacht des Hundes wird an Allerseelen gefeiert. Man erwartet die Ankunft der verstorbenen Kleinen. Am nächsten Abend erscheinen dann die toten Erwachsenen. Man feiert und isst miteinander, anschließend werden die Dahingeschiedenen auf dem Friedhof verabschiedet. Bis zum nächsten Jahr.«

»Hört sich ja gruselig an«, sagte Anette Hultin, die sich gerade zu ihnen an den Tisch setzte.

»Der Schädel lag ganz unten im Schrank von Anna-Lena Hammarskjölds Wohnung in Karlskrona.«

»Vielleicht ein Reisesouvenir?«, schlug Nyström vor.

»Mit einem Namen darauf?«, fragte Forss. »Ich weiß nicht recht. Ich möchte gerne wissen, wer dieser oder diese Laili ist.«

»Ich war vor einigen Jahren in Mexiko«, sagte Lindholm. »Mit einem Kumpel nach dem Abitur. Diese Totenkultaccessoires sind echt abgefahren. Ich habe mir ein Schokoskelett gekauft. Ist aber auf der Rückreise ziemlich geschmolzen. Außerdem gab es dort Tequila mit echten Maden drin.«

»Wie lecker!«, sagte Hultin und verzog das Gesicht.

»Andere Länder, andere Sitten«, lachte Lindholm.

Días de los Muertos, dachte Forss. Die Tage der Toten. Plötzlich musste sie an ihren Vater denken.

»Ich glaube, ich muss heute ein wenig früher los«, sagte sie tonlos.

»Ich räume dann hier mal ein bisschen auf«, sagte Lindholm, fegte mit der Hand die Serviettenkrümel zusammen und machte Anstalten, den Zuckerschädel wieder in die Zeitungsseite zu wickeln. »Krass«, sagte er. »Eine Titelseite von *Aftonbladet*, fast genauso alt wie ich.«

»Geradezu historisches Material«, spottete Hultin.

»Total wertvoll. Du kannst es ja im Internet verkaufen. Startgebot eine Öre«, lachte Delgado. »Andererseits handelt es sich um wichtiges Beweismaterial. Konfisziertes Staatseigentum. Schließe es lieber sicher in der Asservatenkammer weg.«

»Ha, ha«, sagte Lindholm, knüllte die Zeitungsseite zusammen und warf sie mit den Serviettenschnipseln in den Papierkorb.

11

Tõnu Puusta.

Nyström starrte auf die Notizen, die sie sich während des Gesprächs mit der Verwaltung des Krankenhauses in Helsinki gemacht hatte. Man war tatsächlich fündig geworden und nach Rücksprache mit der örtlichen Polizei und angesichts des langen Zeitraums, der seit der Behandlung des Patienten vergangen war, hatte man sich entschieden, die Informationen weiterzugeben. Das Plastikarmband hatte einer alten Patientenakte zugeordnet werden können. Nicht Rinaldas Kleiza. Sie gehörte einem Mann namens Tõnu Puusta. Ein Este, der im September 1994 wegen Unterkühlung und eines gebrochenen Handgelenks behandelt worden war, bevor er sich selbst entgegen dem Rat der Ärzte wieder entlassen hatte.

Tõnu Puusta.

Ein Este, kein Lette.

Was hatte das zu bedeuten?

Vielleicht gar nichts. Puusta konnte ein weiteres Zahnrad in Mizgaitis' kleinem osteuropäischen Schmuggelunternehmen gewesen sein. Wahrscheinlich war er in die Auseinandersetzung um die Lkw-Ladung Wodka zwischen Mizgaitis und Kleiza verwickelt. Womöglich hatte Kleiza diesem Puusta das Armband in einer Kampfsituation vom Handgelenk gerissen. Konnte dieser Puusta vielleicht sogar Kleizas Mörder sein? Ein Handlanger von Mizgaitis oder irgendeinem lettischen, estnischen oder russischen Oberboss im Hintergrund? Nyström knetete ihre Wange. Es ärgerte sie, dass der Anruf aus Helsinki sie aus ihren Gedanken gerissen hatte. Seit gestern ging es nicht mehr um einen jahrzehntealten Todesfall aus der baltischen Halbwelt, sondern um einen neuen, einen echten Mord. Einen schwedischen Mord an einer schwedischen Frau. Einer Frau, beinahe im selben Alter wie sie. Ein Tod, der ihr naheging. Auch wenn sie so nicht denken sollte. Nicht als Chefin zweier gleichberechtigter Mordermittlungen. Da spielte es keine Rolle, dass die eine Tat zwanzig Jahre her war. Eine Verjährungsfrist für Mord hatte man vor einigen Jahren abgeschafft, als das Attentat auf den ehemaligen Ministerpräsidenten Olof Palme zu verjähren drohte. Mord verjährt nie, war die Botschaft gewesen. Außerdem sollte man die Menschen gleich behandeln, auch im Tod, dachte sie.

Trotzdem fühlte es sich nicht so an. Der Tod von Anna-Lena Hammarskjöld hatte für sie absolute Priorität. Vor einer Stunde hatte sie die Besprechung mit dem Team beendet, nur Knutsson hatte gefehlt, weil er zusammen mit Bo Örkenrud irgendwo im Wald umherstapfte. Warum eigentlich? Sie wartete immer noch auf Bos Abschlussbericht vom Tatort am See in Lädja. Was tummelte er sich also im Wald herum, statt seine Berichte zu schreiben? Sie waren doch schließlich alle ein Team und jeder hatte seinen Teil zum Ganzen beizutragen. Dazu gehörte auch, dass man sich an die Anweisungen hielt. Immerhin hatten sie vorhin alle gemeinsam zusammengefasst, was sie im Laufe des Tages herausgefunden hatten und als sie am Ende das vollgekritzelte Whiteboard betrachtet hatten, waren sie sich weitgehend einig gewesen, ein ganzes Stück weitergekommen zu sein. Die privaten Beziehungen um Anna-Lena Hammarskjöld waren in Bewegung und es gab durchaus einiges, was auf eine Beziehungstat hinwies, egal, was Stina Forss dazu sagte. Ein brüchiges Beziehungsgeflecht und ein ungeborenes Kind können eine explosive Mischung ergeben, dachte Nyström.

Da war der eifersüchtige Maler Emanuel Pribb.

Der aalglatte Manager Stefan Hammarskjöld.

Die werdende Mutter Malin Wihlborg.

Die tote Anna-Lena.

Nyströms Rechner piepte. Eine neue E-Mail war eingetroffen. Wahrscheinlich endlich die schriftlichen Unterlagen aus dem finnischen Krankenhaus. Kiitos, dachte sie. Sie klickte die E-Mail an. Nein, sie war nicht aus Finnland.

Sie war von Interpol.

Interpol?

Ein estnischer Kollege schrieb ihr aus Lyon, wo die internationale Polizeibehörde ihren Sitz hatte. Sein schlichtes Englisch war selbst für sie leicht verständlich. Man hatte das Zahnregistrat identifizieren können, das Ann-Vivika sichergestellt hatte. Es gab eine 98,7-prozentige Übereinstimmung mit Unterlagen einer zahnärztlichen Klinik in Tallinn. Der Tote vom Golfplatz war nicht Rinaldas Kleiza.

Der Tote vom Golfplatz war ein Mann namens Tõnu Puusta.

Der Este aus dem Krankenhaus in Helsinki.

Dann stand da noch ein Geburtsdatum und dass Puusta im Dezember 1994 von seinem Bruder als vermisst gemeldet worden war. Nyström sah auf ihren Notizblock. Die Frau aus Helsinki hatte ihr am Telefon gesagt, der Patient Tõnu Puusta habe das Krankenhaus am Abend des 28. September 1994 verlassen. Sie blätterte in ihrem Block weiter zurück. Die Betonverschalung des Golfhindernisses war von der Firma Mizgaitis am 30. September gegossen worden. Irgendwann in den zwei Tagen dazwischen musste Puusta von Helsinki nach Växjö gekommen sein. Trotz Unterkühlung und gebrochenen Handgelenks. Und dann hatte man ihn erschossen.

Nyström zog ihren neuen ergonomischen Superstuhl an den Schreibtisch heran. Sie folgte einem simplen Impuls. Sie gab den Namen Tõnu Puusta und das Datum bei Google ein. Man konnte schließlich nie wissen, auch wenn der Mann seit zwanzig Jahren tot war und vor zwanzig Jahren das Internet noch nicht ...

47 Treffer.

Sie las.

Und schluckte.

Und las.

Vieles war auf Estnisch und Englisch, manches auf Deutsch, aber das meiste auf Schwedisch. Ihr stockte der Atem. Da war das Wort, immer dasselbe Wort.

Sieben Buchstaben.

Ein großes Wort.

Ein nasses, ein kaltes, ein eisiges Wort.

Das Wort, das für das schwerste Unglück der schwedischen Nachkriegsgeschichte stand.

ESTONIA

Der Untergang des Schiffes *Estonia*.

Tõnu Puustas Name stand auf der Liste der Besatzungsmitglieder der *Estonia* und auf der Liste der Geretteten. Er hatte im Gegensatz zu den beinahe tausend Opfern die Havarie der Todesfähre in der Nacht vom 27. auf den 28. September 1994 in der Ostsee überlebt. Und keine drei Tage später war er ermordet und auf einem Golfplatz im kleinen Småland verscharrt worden.

Gegen die Scheibe ihres Büros klatschte der Regen. Auf einmal war ihr kalt, eine Kälte, die nicht von ihrer Brust ausging, sondern ganz tief aus ihren Knochen kam.

12

Sie waren die Lichtung Meter für Meter abgeschritten. Örkenrud hatte Verstärkung angefordert, irgendwelche Schnüre gespannt und Abstände vermessen, Planquadrate nannte er das. Knutssons Laune näherte sich dem Nullpunkt. Seine Füße waren feucht, er fror und außerdem lief ihm Wasser in den Kragen. Dabei hatten sie ihm in dem Trekkingladen versichert, dass die Jacke zu einhundert Prozent wasserdicht sei. Und atmungsaktiv. Von wegen. Er war klitschnass und schwitzte wie ein Schwein. Dabei hatte er viertausend Kronen für die Jacke bezahlt. In Hellgrün und Leuchtorange. Er sah aus wie einer dieser deutschen Touristen, die im Sommer in Scharen in Småland einfielen. Oder wie eine quietschbunte Leberwurst. Außerdem hatte er Hunger und Durst. In der Herrenhandtasche in der Seitentür seines Pick-up-Trucks waren eine Thermoskanne Kaffee und ein Schokoriegel, aber der Truck stand nun einmal zwei Kilometer entfernt den Waldweg hinunter, weil Örkenrud so viel Wert auf die verdammte Spurenlage legte. *Die Spurenlage!* Wütend stapfte er durch das hohe Gras. Noch eine Viertelstunde, dachte er. Dann ist es zu dunkel, um noch etwas zu erkennen. Außerdem: Was sollten sie hier schon finden? Okay, er musste zugeben, dass Örkenrud dank der systematischen Suche auf den weißen Kotflügel gestoßen war. Sie konnten sich jetzt ziemlich sicher sein, dass das ausgebrannte Wrack der alte Saab war, mit dem Anna-Lena Hammarskjöld in den Tod gejagt worden war, auch wenn die Labortests natürlich noch ausstanden. Die Wucht des explodierenden Autos musste das Teil der Metallverkleidung mehr als zwanzig Meter weit ins Unterholz geschleudert haben. Dabei explodierten Autos ja eigentlich nur in Filmen, dachte Knutsson. Es sei denn, man benutzte eine große Menge Brandbeschleuniger, Benzin oder noch besser Kerosin ... Was zum Teufel ...? Er wäre fast über das komische Ding gestolpert. Es sah aus wie eine Art zerfetzter Fußball, nur aus Eisen statt aus Leder, verbranntes, verrußtes und vollkommen in sich verdrehtes Metall. Wahrscheinlich ebenso über die Lichtung geschleudert wie der Kotflügel des Saabs. Knutsson bückte sich. Er erkannte etwas. Eine Öffnung, ein Gewinde. Das war kein metallener Fußball, kein Teil der Autokarosserie. Das, was da vor ihm lag, war ein explodierter Benzinkanister. Ein Rest davon. Mit einem Kugelschreiber kratzte er etwas Ruß beiseite. Darunter kam gelber Lack zum Vorschein.

»Auweia«, sagte er. Und dann noch einmal. »Auweia!«

13

Das Autoradio spielte Magnus Ugglas neuesten Hit, schleimiger Schrott, dachte Forss, trotzdem drangen die Textstrophen in ihr Bewusstsein und hakten sich dort fest: *Obwohl ich keinen Mut fand, Abschied zu nehmen, dachte ich nie, dass du aufhören solltest zu leben ...* Uggla sang über seinen verstorbenen Vater. *Ich wünsche, ich wäre geblieben, den letzten Moment ...*

Es hörte sich so liebevoll an. So eindeutig und selbstverständlich. Es war unerträglich. Sie schaltete das Radio aus und drückte das Gaspedal noch einen Tick weiter durch, sodass die Tannen am Straßenrand zu einer grünen Wand verwischten. Ihr Magen knurrte. Sie hätte etwas essen sollen, bevor sie losfuhr, aber nach der Besprechung hatte sie nicht daran gedacht. Im Handschuhfach fand sie eine halbe Tüte Weingummi und stopfte sich das süße Zeug in den Mund.

Abschied nehmen.

Wie viel Zeit hatte sie wohl noch? Wie lange könnte sie die Fragen, die schon so lange in ihr brannten, noch aufschieben?

Ich dachte nie, dass du aufhören solltest zu leben.

Vielleicht war es immer so. Für die Lebenden ist der Tod unvorstellbar. Auf einer rationalen Ebene war die Sache klar. Die Aussagen der Ärzte und die schlechten Werte ließen keinen Zweifel. Ihr Vater würde sterben. Bald. Aber wie sollte sie Abschied nehmen, ohne sich darüber im Klaren zu sein, von wem sie sich verabschiedete? Gewiss, sie war seine Tochter. Er war ihr Vater. Aber, was hieß das schon bei dem, was zwischen ihnen, was in der Familie Forss passiert war?

Eine echte Beziehung hatten sie nicht mehr gehabt, seit Stina 13 Jahre alt gewesen war. Nach dem Tag, der alles verändert hatte, war sie mit ihrer Mutter weggezogen, nach Berlin, zu den Eltern ihrer Mutter. Stina war älter geworden, hatte begonnen, auf eigenen Beinen zu stehen, aber sie hatte nie wieder mit ihrem Vater zusammengelebt. Nicht einmal für kürzere Phasen. Als sie in den Jahren nach der Scheidung ihre Ferien in Schweden verbracht hatte, war sie meistens bei ihren Onkeln und Tanten, Cousins und Cousinen gewesen. Ihren Vater hatte sie äußerst selten besucht. Sie hatte ihn gemieden.

Ignoriert.

Mit Abwesenheit bestraft.

Liebesentzug, das war ihre einzige Waffe gewesen. Bis du

krank wurdest, Papa, dachte sie. Und jetzt stirbst du und bist für immer weg.

Forss bog auf den Parkplatz vor dem Krankenhaus ein und brachte das Auto in einer freien Nische zum Stehen. Sie schloss die Augen und atmete tief ein und aus. Wie es ihr der Therapeut beigebracht hatte. Sie versuchte an Wellen an einem warmen Sandstrand zu denken. Draußen regnete es und war vier Grad.

Vor dem Eingang standen zwei Krankenpfleger und rauchten. Forss nickte ihnen zur Begrüßung zu, aber die weiß gekleideten Männer schienen keine Notiz von ihr zu nehmen. Dann fickt euch doch ins Knie, dachte sie und schritt durch die automatische Schiebetür.

Ihre Absätze klackerten im Krankenhausflur, als sie auf den Fahrstuhl zuging. Sie drückte den Knopf und wartete. Tief ein- und tief ausatmen. Sie suchte nach einer Gästetoilette. Vor dem Spiegel holte sie ihren Lippenstift heraus und zog ihre Lippen nach. Ich mache mich hübsch wie ein kleines Mädchen, dachte sie bitter. Trotzdem fühlte es sich richtig an. Vor der Zimmertür, hinter der ihr Vater lag, blieb sie kurz stehen und atmete tief ein. Wellen am Strand. Nun komme ich zu dir, Papa, dachte sie. Nun ist es endlich Zeit zu reden. Ihre Hand lag auf dem Türgriff. Von drinnen drang lautes Lachen heraus. Ein fröhliches, helles Gelächter, das sich mit dem rauen, krächzenden Lachen ihres Vaters vermischte. Das Geräusch hatte sie Jahrzehnte nicht gehört. Ja, ihr Vater lachte. Forss' Hals schnürte sich zu. Neid stieg in ihr auf. Sie erkannte die andere Stimme. Sie gehörte ihrer Cousine Maj. Die Wellen am Strand türmten sich auf, hoch, immer höher. Sie wusste, was jetzt kam, und doch konnte sie nichts dagegen tun. Wenn der Tsunami losbrach, war sie am besten allein. Sie wollte niemanden mehr verletzten. Weder körperlich noch seelisch. Sie drehte sich um und ging.

14

Schritte auf dem Flur holten Nyströms Gedanken zurück in die Gegenwart. Seit über zwei Stunden saß sie wie festgeklebt vor ihrem Computerbildschirm, ihre Hände waren eiskalt und die Muskulatur ihres Kiefers spannte. Es war bereits nach sieben Uhr. Eigentlich hätte sie längst zu Hause sein wollen, aber die neuen Fakten zu der Identität der Leiche hatten sie in ihren Bann gezogen. Je mehr sie über die Fährkatastrophe der *Estonia* gelesen hatte, desto komplizierter schien ihr die Sachlage zu werden. Es war ihr immer klarer geworden, dass sie den mythenumrankten Untergang des Schiffs in ihrer Ermittlung kaum ignorieren konnten, zumindest nicht, solange es kaum andere Hinweise bezüglich des Todes Puustas gab.

Warum hatte der Este es so eilig gehabt, das Krankenhaus in Helsinki zu verlassen?

Wie kam es, dass er einen oder zwei Tage später tot auf dem Golfplatz von Växjö lag?

Konnte sein Tod tatsächlich etwas mit dem Schiffsunglück zu tun haben?

Sie seufzte.

Dann erhob sie sich, nahm ihre Jacke und Tasche und verließ den Raum. Hinten im Flur, wo Delgado sein Büro hatte, stand eine Tür offen. Sie hörte das Klappern einer Tastatur. Offensichtlich gab es außer ihr noch jemanden, der Probleme hatte, sich von der Arbeit zu lösen. Sie ging den Flur hinunter und blieb im Türrahmen stehen.

»Was machst du denn noch hier?«

»Die Daten aus Hammarskjölds Handy sind eben gekommen. Telefonlisten, Fotos, ihr Terminkalender …«

»Und, hast du schon etwas Interessantes gefunden?«

»Ehrlich gesagt, habe ich keine Ahnung. 678 Bilder im Fotostream, davon gefühlt die Hälfte mit diesem Pribb darauf, auf einigen ist er nackt. Hat eine makellos unbehaarte Brust, der Knabe. Irgendwelche Schiffe im Hafen, von außen und von innen. Maschinenräume und solches Zeug. Essensszenen in Restauants, ein Stadtbummel durch Stockholm. Was Menschen halt so auf ihren Smartphones haben. Der Terminkalender ist ziemlich voll, Privates und Berufliches sind farblich fein säuberlich getrennt. Aber ob da für uns irgendetwas von Bedeutung bei sein könnte, ist schwierig zu sagen, vor allem, solange wir nicht wissen, wonach wir suchen sollen.«

»Stimmt schon.« Nyström zögerte. »Es gibt wichtige Neuigkeiten. Ich habe mit dem Krankenhaus in Helsinki telefoniert und mit Interpol in Lyon.«

»Aha. Und?«

»Der Tote vom Golfplatz ist nicht Rinaldas Kleiza. Der Fall ist also keineswegs gelöst. Der Mann hieß Tõnu Puusta, ein Este. Zwei Tage, bevor er begraben wurde, hat er das Schiffsunglück der *Estonia* überlebt. Daher der Krankenhausaufenthalt in Helsinki. Er wurde mit Unterkühlungen und einer Handverletzung aus dem Wasser gezogen.«

Delgado starrte sie an. Er setzte an, etwas zu sagen, aber es kamen keine Worte aus seinem Mund.

»Er war ein Besatzungsmitglied«, fügte Nyström an.

Delgado sagte nichts, sondern nickte nur nachdenklich. Es

kam nicht oft vor, dass es dem sonst so schlagfertigen Mann die Sprache verschlug.

Hinter sich im Flur hörte Nyström jemanden aus dem Fahrstuhl treten und ohne sich umzudrehen, wusste sie, wer es war. Nur Knutsson trampelte derartig.

»Ingrid! So ein Glück, dass ich dich noch sehe!«

»Wo warst du denn vorhin bei der Besprechung?« Nyström sah ihren Kollegen fragend an.

»Ich war mit Bo draußen im Wald. Hast du die SMS nicht bekommen?« Sie hatte seit Stunden nicht auf ihr Handy gesehen. Knutsson atmete heftig vor Aufregung. »Hallo, Hugo.«

»Hi.«

»Ingrid, der Saab von Hammarskjölds Mörder ist gefunden worden. Angezündet und in die Luft gejagt.« Knutssons Blick wanderte schell zwischen Nyström und Delgado hin und her, er schluckte hörbar, als nehme er Anlauf für das, was er noch zu sagen hatte. »Erinnert ihr euch an die gelben Metallkanister vom Brand in der Pathologie? Wir haben bei dem verbrannten Autowrack wieder genau so einen gefunden. Die Fälle gehören zusammen! Der Leichendieb und der Mörder von Hammarskjöld sind identisch!«

Nyström starrte erst Knutsson an, dann sah sie rüber zu Delgado. Im Raum stand ein großes, pulsierendes Fragezeichen.

»Die Kanister, die in der Pathologie gefunden worden sind, gibt es nicht an jeder Tankstelle zu kaufen und auch nicht im Supermarkt«, sagte Delgado. »Es wäre schon ein großer Zufall, wenn dieselben Dinger beim Verbrennen des Wagens, den der Täter im Fall Hammarskjöld gefahren hat, von verschiedenen Personen verwendet worden wären. Und das so kurz hintereinander. Nein!«, er schüttelte den Kopf, »daran glaube ich nicht.«

»Und das ausgebrannte Auto, das ihr im Wald gefunden habt, lässt sich zweifelsfrei dem Mord an Hammarskjöld zuordnen?«, fragte Nyström skeptisch.

»Bo ist gerade dabei, es zu überprüfen, aber höchstwahrscheinlich hat er gesagt, höchstwahrscheinlich.«

»Das heißt, dass es wahrscheinlich auch eine Verbindung zwischen Hammarskjöld und diesem *Estonia*-Überlebenden gibt«, sagte Delgado.

»Tõnu Puusta«, sagte Nyström tonlos.

»Wieso denn jetzt *Estonia*?«, fragte Knutsson.

Nyström fasste zusammen, was sie über die Identität des Leichnams auf dem Golfplatz herausgefunden hatte.

»Ach, du heilige Scheiße!«, sagte Knutsson. »Was soll das denn jetzt schon wieder zu bedeuten haben? Erst machen wir einen großen Schritt nach vorne, finden diesen Kanister ... und dann kommt ihr mit der *Estonia* an.«

»Ich kann mir bis jetzt auch keinen Reim darauf machen, Lasse«, sagte Nyström.

»*Estonia, Estonia* ...«, Delgado dachte laut. »Hammarskjöld hat doch früher einmal für die Seefahrtsbehörde gearbeitet?«

»Ja«, bestätigte Nyström. Soweit sie sich erinnerte, hatte die schwedische Seefahrtsbehörde vor und nach dem Untergang der *Estonia* mit dem Schiff zu tun gehabt. Manchmal wunderte sie sich über die schnellen Gedankengänge ihres Kollegen. Ihr eigener Kopf fühlte sich gerade nur zäh und matschig an. Trotzdem fiel ihr eine Sache dazu ein. »Mitte der Neunzigerjahre hat Hammarskjöld dort gekündigt. Die Frage ist: War das vor oder nach dem Fährunglück?«

15

Seine liebste Kollegin, die Erste Offizierin Rosmari Sten hatte heute etwas Bemerkenswertes getan. »Pontus«, hatte sie gesagt, »du bist heute irgendwie völlig neben der Spur.«

Völlig neben der Spur. Er hatte lange über den Satz nachgedacht. Wie ein Zug, der sich auf einem falschen Gleis befand. Der nicht die richtige Weiche genommen hatte und nun in eine falsche Richtung fuhr und den gesamten Fahrplan durcheinanderbrachte. Rosmaris Metapher passte, befand er, sie passte in jeder Hinsicht. Er hatte heute tatsächlich den Fahrplan der *Ebba Brahe* durcheinandergebracht, und das gleich in mehrfacher Hinsicht. Er, Pontus Palmgren, hatte verschlafen! Das Pendel, das Metronom hatte verschlafen! So etwas hatte es in seinen dreißig Lebensjahren noch nicht gegeben, nicht soweit er sich erinnern konnte jedenfalls. Er hatte die ganze Nacht wach gelegen und nachgedacht, er hatte versucht, eine Logik in die Dinge zu bringen. Aber die Dinge hatten keine Logik. Wie konnte das Schiff wieder auftauchen, sein Spielzeug, das vor so langer Zeit verschwunden war? Warum brach jemand in seine Wohnung ein? Warum beobachtete ihn jemand aus der Dunkelheit? Das ergab alles keinen Sinn! Stunde um Stunde hatte er sich das Hirn zermartert, aber er war zu keiner Lösung gekommen. Die Gleichung ging nicht auf. Und das war etwas, was Pontus Palmgren wütend machen konnte. Wütend und unruhig. Dazu kam natürlich die Angst. Alles, was er sich in den vergangenen Jahren aufgebaut, alles, wofür er so hart gekämpft hatte, drohte in sich zusammenzufallen. Aber wenn er etwas brauchte, dann war es Sicherheit. Verlässlichkeit. Stabilität. Die nagende

Unruhe hatte ihn bis in die frühen Morgenstunden wach gehalten, und als er endlich Schlaf gefunden hatte, musste er das Klingeln seines Weckers überhört haben. Oder hatte er vor lauter Aufgekratztheit gar vergessen, die altmodische Uhr mit dem Schlüssel aufzuziehen? Er wachte vom Signalton seines Handys auf. Es war Rosmari. »Bist du krank, oder hast du tatsächlich verschlafen?«, hatte sie gefragt. Dann hatte sie gelacht. »Wir warten schon auf dich. Das Schiff ist abfahrbereit.« Und so war die *Ebba Brahe* zum ersten Mal in seiner Amtszeit mit einer zwanzigminütigen Verspätung auf den großen See hinausgefahren. Aber das war noch nicht alles gewesen. Bei der dritten Tour des Tages hatte er beim Anlegemanöver im Hafen von Visingsö den Wendekreis des Schiffes falsch kalkuliert und die *Ebba Brahe* war mit einem ordentlichen Rumms gegen die Poller des Anlegers gekracht. Zum Glück war nichts Ernstes passiert, es hatte sich niemand verletzt und es war auch nichts kaputtgegangen, trotzdem entgingen ihm weder die Seitenblicke seiner Crew noch die Gesichtsausdrücke der Passagiere, die beim Aussteigen zur Schiffsbrücke hochschauten. Eine Frau, die ein weinendes Kleinkind auf dem Arm hatte, sah besonders verärgert aus. Das war der Moment, in dem Rosmari ihren Satz gesagt hatte: »Pontus, du bist heute irgendwie völlig neben der Spur.« Was sollte er dem entgegnen? Worte waren nicht gerade seine Stärke, erst recht nicht in solchen Situationen. In zwischenmenschlichen Situationen, wie es seine Therapeutin ausdrückte. Er sagte nichts. Er wühlte in seiner Hosentasche. Nicht nach dem verdammten Spielzeugschiff. Das hatte er heute wohlweislich zu Hause gelassen, nachdem es ihn gestern den ganzen Tag über nervös gemacht hatte. Nein, in seiner Tasche war etwas anderes. Rosmaris Geschenk. Ein fabelhafter Kompass. Einen Kompass konnte man immer im Leben gebrauchen. Man fand seine Richtung wieder und konnte weitermarschieren. Wenn es sein musste, bis zum Nordpol.

FREITAG, 17. OKTOBER

1

Forss stand früh auf und machte sich ein kleines Frühstück aus Müsli und Orangensaft. Dann joggte sie eine knappe Stunde durch den Wald um Moheda. Aber weder die körperliche Anstrengung noch die anschließende heiße Dusche brachten ihrer aufgewühlten Seele Erleichterung. Das Lachen ihres Vaters gestern hatte ihr Herz versteinert, dabei sollte sie sich doch darüber freuen, dass er wenigstens noch vereinzelte schöne Momente hatte. Nur hatte er die leider nicht mit ihr, sondern mit ihrer Cousine, ihrer ach so tollen Cousine. Vielleicht wurde es Zeit, dass sie bei den Lundins auszog. Oder gleich ganz weg aus diesem dummen grauen Schweden. Wenn ihr Vater tot war, was hielt sie dann noch hier?

Sie fuhr mit ihrem Polo in die Stadt. Der Wagen war so

langsam und reagierte so träge auf der nassen Landstraße, dass ihre Wut in offene Aggression umschlug. Als sie von einem Lkw überholt wurde, zeigte sie dem Fahrer den Mittelfinger, auch wenn sie sich unschlüssig war, ob der Typ am Steuer das überhaupt wahrgenommen hatte; das Spritzwasser des Riesenlasters nahm ihr sekundenlang die Sicht und die kläglichen Scheibenwischer ihres Wagens kamen kaum gegen die Wassermassen an. Ich brauche ein neues Auto, dachte sie. Ein schnelles, großes Auto. Und eine neue Wohnung. In Växjö oder in Deutschland oder sonstwo. In der Nähe des Präsidiums fand sie keinen freien Parkplatz. Sie war kurz davor zu platzen. Ihr könnt mich alle mal, dachte sie. Dann stellte sie den Wagen am Eingang der Fußgängerzone ab und legte ein Schild hinter die Windschutzscheibe.

Polizei im Einsatz.

Sie klackerte ins Gebäude und nahm den Fahrstuhl nach unten, in den Keller, wo Örkenrud mit seiner Forensischen Abteilung saß. Aber sie war nicht auf der Suche nach Fingerabdrücken oder DNA-Analysen. Ihre eigene DNA-Situation war kompliziert genug. Sie ging eine Tür weiter. Dorthin, wo der Schießstand untergebracht war. Sie ließ sich zweihundert Schuss Trainingsmunition aushändigen und schoss innerhalb einer halben Stunde vierzehn Pappmänner in Fetzen. Anschließend war sie nassgeschwitzt und es ging ihr ein wenig besser.

2

»Die beiden Fälle sollen zusammengehören?«, fragte Anette Hultin. Sie hatte die Ärmel ihres weiten Wollpullovers über ihre Fingerknöchel gezogen. So als suche sie Schutz vor der Kälte. Dabei war es im Besprechungszimmer über zwanzig Grad. Auf die Panoramascheibe legte sich feiner Regen.

Nyström sah in die Gesichter der Anwesenden. Sie sahen alle blass aus: Bo Örkenrud und Hugo Delgado, die beide die ganze Nacht hindurch gearbeitet hatten. Lindholm und Hultin, aus deren Mimik Abwehr, vielleicht sogar Entsetzen sprach. Knutsson sah erkältet aus. Forss roch scharf nach Schießpulver und hatte blutunterlaufene, verkrustete Augen, beinahe als habe sie geweint. Seltsam. Bisher war ihr die taffe Deutschschwedin nicht gerade als sentimental aufgefallen. Wahrscheinlich war es nur die Übermüdung oder eine Bindehautentzündung.

»Es sieht so aus«, antwortete Örkenrud. »Die gelben Metallkanister sind tatsächlich identisch und es handelt sich zweifelsfrei um den alten Saab aus Lädja. Auf dem Kotflügel, den die Explosion ins Unterholz geschleudert hat, konnten wir Lackspuren von Hammarskjölds BMW nachweisen.«

»Jemand stiehlt die sterblichen Überreste eines ermordeten *Estonia*-Überlebenden und tötet kurz darauf eine erfolgreiche Rechtsanwältin. Und das alles bei uns im beschaulichen Växjö!«, knurrte Knutsson. »In was für einer Welt leben wir mittlerweile eigentlich?«

»Bei Hammarskjöld bin ich heute Nacht auf etwas gestoßen, das auf eine mögliche Verbindung zur *Estonia* hinweist«, sagte Delgado, während er ein Foto auf seinem Rechner öffnete.

»Was ist das? Wo steht sie da?«, fragte Hultin.

Sie sahen Anna-Lena Hammarskjöld in einem schicken Herbstmantel an einen Baum gelehnt stehen. Links und rechts von ihr standen Mauern aus groben Granitsteinen, im Hintergrund sah man undeutlich, dass Namen in die Mauern eingelassen waren. Die Mauern bildeten ein offenes Dreieck um den Baum herum. Anna-Lena Hammarskjöld stand in einer Art Mahnmal.

»Das habe ich mich zuerst auch gefragt. Bis ich mich an die Namen rangezoomt habe. Ich brauchte nur drei, um fündig zu werden.« Er guckte triumphierend in die Runde. »Das ist die *Estonia*-Gedenkstätte in Stockholm.«

»Da war ich schon mal«, sagte Knutsson. »Das liegt auf Södermalm. Da kommt doch beinahe jeder Tourist vorbei. Das muss doch nichts bedeuten.«

»Das Foto wurde am 28. September aufgenommen«, konterte Delgado.

»Na und?«

»Das ist der Jahrestag des Untergangs«, sagte Nyström leise.

»Sie hat jemanden gekannt, der auf dem Schiff war«, stellte Forss fest.

»Das habe ich mir auch gedacht«, sagte Delgado. »Die Aufnahme ist mir schon beim ersten Durchsehen aufgefallen, da es beinahe das einzige Foto ist, auf dem Anna-Lena Hammarskjöld selbst zu sehen ist. Sonst scheint sie immer diejenige zu sein, die die Bilder gemacht hat«, erklärte Delgado.

»Wir müssen herausfinden, mit wem sie dort war. Wahrscheinlich mit Pribb. Oder ihrem Mann. Ich werde beide damit konfrontieren«, sagte Nyström. »Was ist mit ihrem Kündigungsdatum bei der Schifffahrtsbehörde? Hast du auch dazu etwas gefunden?«

»Bis jetzt noch nicht. Ich habe eine Anfrage an die Behörde geschickt. Vielleicht melden sie sich im Laufe des Tages.«

»Nach Aussagen ihres Geschäftspartners wollte sie Ende 1995 in die freie Wirtschaft wechseln. Demnach könnte sie noch etwas mit der Untersuchung des *Estonia*-Untergangs zu tun gehabt haben.«

»Auch das werde ich ihren Mann fragen müssen.« Nyström erhob sich und griff nach einem Whiteboard-Stift. »Erst einmal haben wir hier einen Mann«, sagte sie und kritzelte ein Strichmännnchen auf das Whiteboard, »Tõnu Puusta, einen 43-jährigen, estnischen Reedereiangestellten, der am 27. September 1994 auf der *Estonia* Dienst hat. Der das schwerste Schiffsunglück der europäischen Nachkriegsgeschichte überlebt, aus dem Wasser gezogen und wie die meisten der anderen Überlebenden in ein finnisches Krankenhaus gebracht wird. So weit, so gut. Allerdings verschwindet er noch am selben Tag von dort und keine vierzig Stunden später liegt er erschossen in einer betonierten Grube auf unserem Golfplatz.«

»Eingewickelt in Star-Wars-Bettwäsche«, flüsterte Lindholm.

»Zum zweiten haben wir hier und heute, zwanzig Jahre später, eine Frau, Anna-Lena Hammarskjöld, 57 Jahre alt, eine erfolgreiche Anwältin für Seefahrtsrecht und Ehefrau eines Topmanagers aus der Rüstungsindustrie, die am Jahrestag des Schiffsunglücks einen Strauß Blumen vor dem *Estonia*-Denkmal niederlegt.« Noch ein Strichmännchen, diesmal mit Rock. »Zwei Tage nachdem Puustas verrotteter Leichnam durch einen Zufall entdeckt wird, wird Hammarskjöld ermordet, augenscheinlich von demselben Mann, der Puustas Leichenüberreste aus der Pathologie geraubt hat. Daraus ergibt sich die Frage: Womit haben wir es hier zu tun? Mit einem komplexen Beziehungsdrama? Mit einer unglaublichen Verknüpfung blöder Zufälle? Mit einer internationalen Verschwörung?« Sie atmete für die anderen hörbar aus. Ihr Kopf glühte, ihre Brust brannte. »Warum wird Puustas Leichnam gestohlen? Ich denke, jemand wollte um jeden Preis die Enthüllung seiner Identität verhindern. Was ihm ja auch beinahe gelungen wäre, wenn Ann-Vivika nicht so schnell auf die Idee mit dem Zahnregistrat gekommen wäre, irgendeine estnische Klinik nicht noch ein Röntgenbild von seinem *Radiogebiss* besessen und Bos Leute nicht dieses finnische Krankenhausarmbändchen gefunden hätten.«

»Radiogebiss«, wiederholte Lindholm grinsend, was ihm einen genervten Seitenblick von Nyström einbrachte.

»Warum musste Anna-Lena Hammarskjöld sterben? Was hatte sie mit der *Estonia* zu tun? Beruflich? Privat? Wie hängen diese beiden so unterschiedlichen Taten zusammen? Oder ist es tatsächlich Zufall, dass in beiden Fällen Benzin aus gelben Metallkanistern gebraucht worden ist, um Spuren zu verwischen? Dass bei beiden dieses verfluchte, versunkene Schiff auftaucht?« Sie legte den Stift aus der Hand und setzte sich wieder zu den anderen an den Tisch.

»Ich habe heute Nacht zur *Estonia* recherchiert«, sagte Delgado. »Wollt ihr's hören?«

Nyström nickte und schluckte.

Die *Estonia*.

Das klang so groß in Nyströms Ohren. So bedeutsam. Ein Teil der schwedischen Geschichte. Geschichte, die sie erlebt hatte, wenn nicht am eigenen Leib, so doch als Zeitzeuge. Im Gegensatz zur ersten Mondlandung oder der Kennedy-Ermordung oder *Nine-eleven* war es aber etwas Greifbares und Reelles. So viele kannten jemanden, der in der Unglücksnacht auf dem Schiff gewesen war. Oder jemanden, der auf einer früheren Fahrt einmal auf dem Schiff gefahren war, wie zum Beispiel ihr Bruder, drei Wochen vor dem Unglück. Vor zwanzig Jahren war das kalte Wasser bis ins beschauliche Växjö gedrungen. Sie schloss die Augen. In ihrer Brust spürte sie die Kälte. Die *Estonia* ist zu groß für uns, dachte sie. Diese Empfindung hatte sie im vergangenen Jahr gespürt, als sie es mit ehemaligen deutschen RAF-Mitgliedern zu tun gehabt hatten. Aber das war vor ihrer Erkrankung gewesen. In einer anderen Zeit, in einem anderen Leben.

3

Es war die große Delgado-Show. Nyström war jedes Mal aufs Neue fasziniert, welche Informationsmengen er in kürzester Zeit in einer präsentablen Form zusammenfassen konnte. Sie selbst hatte für Tagungen schon öfter Powerpoint-Präsentationen erstellen müssen, sie hatte jedes Mal Stunden dafür gebraucht. Obwohl Delgados Gesicht blass wirkte, war sein Blick wach. Er wirkte aufgekratzt. Nyström sah, dass er seine Rolle genoss. Sie gönnte sie ihm. Delgado war ihr Weg, ihre Abkürzung ins Internet und Intranet, in alle digitalen Archive. Alle Dinge, die moderne Polizeiarbeit ausmachten, die sie eine so große Mühe kostete, schienen ihm unendlich leichtzufallen. Vielleicht würde er irgendwann ein guter Nachfolger für sie werden. Er passte in die neue Zeit. Irgendwann, wenn sie in Rente ging oder an Krebs starb und er seine kindliche Seite abgelegt hatte und bereit war, Verantwortung zu tragen. Oder auch nicht. Irgendwie konnte sie sich Delgado ohne seinen Hang zu

Computerspielen, scherzhaften Sticheleien und pathetischen Schwärmereien nicht vorstellen. Manchmal ging es so weit, dass bei ihr das Gefühl aufkam, einen dreißigjährigen Teenager im Team zu haben. Dagegen wirkte selbst der junge Göran Lindholm erwachsen. Vielleicht habe ich neben meinen drei Töchtern manchmal doch so eine Art Sohn, dachte sie.

Mit einer Fernbedienung machte Delgado das Licht im Besprechungszimmer aus und der Beamer, der an seinen Laptop angeschlossen war, projektierte das Bild eines großen weißen Passagierschiffs auf eine von der Decke herabgelassene Leinwand.

»Der Untergang der *Estonia* war der tragische Höhepunkt einer Folge mehrerer gravierender europäischer Schiffsunglücke, der gekenterten *Herald Of Free Enterprise* 1987 mit 193 Toten, der havarierten *Jan Heweliusz* 1993 mit 55 Ertrunkenen, beide Schiffe, genau wie die *Estonia* sogenannte RoRo-Fähren.«

»Was ist eine RoRo-Fähre?«, wollte Knutsson wissen.

»*Roll On, Roll Off.* Die Autos fahren selbstständig auf das Schiff drauf und später wieder hinunter. Dazu wird der Bug, beziehungsweise das Heck dieser Schiffe wie eine Verladerampe aufgeklappt. Ihr werdet es gleich in meiner Grafik sehen. Als drittes großes Schiff folgte dann schließlich in der Nacht vom 27. auf den 28. September 1994 die Ostseefähre *Estonia*. Sie sank auf ihrer Fahrt von Tallinn in Estland nach Stockholm in der Nähe der finnischen Insel Utö. Wie viele Tote es gab, ist bis heute umstritten, da damals noch keine vollständig umfassenden Passagierlisten geführt wurden, offizielle Zahlen gehen heute jedoch von 852 Menschen aus, die in dieser einen Schicksalsnacht ihr Leben verloren.«

Er legte eine wirkungsvolle Pause ein.

»852 Tote. Im Verhältnis dazu scheint die Zahl der Überlebenden relativ klein zu sein, nur 137 Menschen konnten sich retten, einer davon war unser Tõnu Puusta. Es gab eine ganze Kette von unglücklichen Umständen, die zu diesen vielen Toten geführt haben, zum Beispiel das stürmische Wetter, der schwere Seegang oder die skandalöse Tatsache, dass auf dem Schiff überhaupt kein hörbarer oder sichtbarer Alarm ausgelöst wurde, aber vor allem scheint die hohe Opferzahl mit der Geschwindigkeit zu erklären sein, in der das Schiff sank. Es dauerte nur eine knappe halbe Stunde vom Moment an, als die erste Schlagseite registriert wurde, bis zum Zeitpunkt, an dem das Schiff vollständig in der tosenden, eiskalten Ostsee verschwand.«

Auf dem Bild des riesigen Schiffes erschien eine von Delgado erstellte Zeitleiste der letzten 30 Minuten vor dem endgültigen Untergang.

»Um kurz vor ein Uhr nachts wurden von vielen Passagieren laute Knallgeräusche registriert und Zeugen sprachen von einer starken Erschütterung, Vibrationen, oder auch Explosionsgeräuschen, die im ganzen Schiff zu spüren gewesen waren. Knappe zehn Minuten später kippte die Fähre 40° bis 50° nach Steuerbord, richtete sich danach aber wieder auf. Eine Schlagseite von etwa 10° blieb jedoch bestehen und nahm danach langsam aber kontinuierlich zu. Um 1.15 Uhr gingen die Maschinen aus und um 1.20 Uhr wurde der erste Hilferuf der *Estonia* von anderen Schiffen auf der Ostsee registriert. Die *Silja Europa* und das Viking-Line-Schiff *Mariella*, die sich in der Nähe befanden, wurden von der *Estonia* angefunkt und um sofortige Hilfe gebeten. In diesem Funkkontakt ist bereits von einer kontinuierlichen Schlagseite von 20° bis 30° die Rede. Um 1.31 Uhr meldete die *Estonia* folgenden bekannt gewordenen Funkspruch.«

Delgado spielte mit einem Knopfdruck ein Tondokument ab: *Es sieht jetzt schlecht aus hier, wirklich schlecht.*

Eine kratzige Stimme aus dem Jenseits, vollkommen unwirklich. Nyström schüttelte es.

»Wie bist du denn da rangekommen?«, fragte Forss.

»Vieles ist frei zugänglich in Archiven. Anderes dagegen ... Aber dazu später mehr. Jedenfalls brach der Funkverkehr danach ab. Eine Viertelstunde später lag die Fähre bereits mit dem Kiel nach oben und begann über das Heck in der Ostsee zu versinken. Um 1.55 Uhr verschwand sie von den Radarschirmen. Das Schiff war vollständig gesunken.«

Delgados Worte hingen in der Luft. Nyström sah die Blicke ihrer Kollegen, die alle auf das Bild der Fähre starrten. Das Schiff wirkte so unfassbar groß, hatte Platz für über 1000 Passagiere an Bord. Alle schienen sich dasselbe zu fragten: Wie konnte ein so riesiges Schiff in so kurzer Zeit sinken? Wie war das möglich?

»Das Bugvisier ist abgebrochen, oder? Es konnte dem starken Wellengang nicht standhalten, oder wie war das noch mal?«, fragte Nyström. Ohne eine Antwort abzuwarten setzte sie fort: »Auch wenn es zwanzig Jahre her ist, kann ich mich noch gut an die Fährkatastrophe erinnern, an den Schock und das Entsetzen. Die Sprachlosigkeit darüber, dass so etwas in den Gewässern vor Schweden passieren konnte.«

»Es hat damals lange die Nachrichten dominiert und ich habe unzählige Extrasendungen und Sondernachrichten über die *Estonia* im Fernsehen gesehen«, sagte Knutsson. »Es hat mich nicht losgelassen. Es hat damals keinen losgelassen. Es war ja eine nationale Katastrophe, die meisten Passagiere waren Schweden gewesen. Der Cousin unseres damaligen Nachbarn zum Beispiel war auch an Bord und ist ertrunken. Es gab von Anfang an so viele Ungereimtheiten und irgendwann schien die ganze Sache so unübersichtlich und kompliziert zu werden, dass ich den Überblick verloren habe.«

»Ja, den Überblick habe ich heute Nacht auch verloren«,

gab Delgado mit einem schmalen Lächeln zu. »Es gibt zur *Estonia* unzählige Verschwörungstheorien. Das abgebrochene Bugvisier war jedenfalls die offizielle Erklärung der Untersuchungskommission, die unter Führung der Schifffahrtsbehörde direkt nach dem Unglück von den schwedischen, estnischen und finnischen Regierungen einberufen wurde, um den Untergang aufzuklären. Es halten sich aber auch hartnäckige Spekulationen, dass das Visier weggesprengt worden sei, von irgendwelchen Geheimdiensten oder der Russenmafia oder dass die *Estonia* von ehemaligen sowjetischen U-Booten versenkt worden sei.«

»Schon wieder diese Russen«, sagte Hultin.

»Nach Auffassung der Aufklärungskommission verlor die *Estonia* ihr Bugvisier, als sie in voller Fahrt war und durch die ebenfalls abgerissene Autorampe konnten so in kürzester Zeit Unmengen an Wasser in das Autodeck eindringen. Die Ursache war demzufolge ein Totalversagen aller Verriegelungen. Als sie brachen, hat sich das 55 Tonnen schwere Visier durch die hohe Wellenbelastung geöffnet und eine Zeit lang schwankte es noch unkontrolliert hin und her. Dann zerschlug es die Scharniere, bewegte sich nach vorne und riss die Autorampe ab, bevor es nach vorne über Bord fiel. Das Autodeck füllte sich in kürzester Zeit mit Wasser und in dem hohen Wellengang schlug das Schiff über und sank.« Delgado tippte etwas in seinen Computer und an der Wand erschien ein Querschnitt des Schiffs. »Hier können wir das genau sehen.« Er umkreiste den Bereich des Bugs mit seinem Lasermarker.

»Bis hierhin Fragen?« Er sah seine Kollegen auffordernd an. Da niemand sich meldete, wechselte er das Bild an der Wand und ein Schwarz-Weiß-Foto des abgebrochenen Bugvisiers bei der Bergung erschien.

»Vier Wochen nach der Katastrophe wurde das Visier

auf der Position 59° 23' Nord und 21° 39' Ost, das heißt rund zwei Kilometer südwestlich vom Wrack, gefunden und geborgen. Es wurde ins finnische Hangö gebracht und dort untersucht. In ihrem Bericht stellte die Kommission große Mängel an der Konstruktion des Schiffes fest, vor allem im Bereich des Bugs. Die Verantwortung und damit indirekt auch die Hauptschuld am Unglück, wurde auf die deutsche Meyer-Werft geschoben, die das Schiff 1980 gebaut hatte.«

Forss verzog ihren Mund. »Ja, wie praktisch, nicht wahr, wir Deutschen sind ja sowieso an allem Möglichen schuld, ein Fährunglück mit ein paar Hundert Toten mehr oder weniger macht da auch nicht mehr viel aus.« Sie verschränkte die Arme vor ihrer schmalen Brust.

Nyström und die anderen guckten sie verwundert an. Auch wenn Forss' Stimme vor Ironie tropfte, wusste Nyström nicht, ob da persönliche Betroffenheit mitschwang. Stina Forss war zwar in Schweden geboren und groß geworden und war väterlicherseits auch Schwedin, trotzdem hatte Nyström oft das Gefühl, dass sich die junge Frau von ihnen abgrenzte und nicht zugehörig fühlte. Oder fühlen wollte.

»Entschuldigung, ist mir nur so rausgerutscht.«

»Du bist nicht die Erste, die darüber stolpert«, fuhr Delgado fort. »Man muss nämlich fairerweise sagen, dass das Schiff, das ursprünglich gar nicht *Estonia* hieß, sondern *Viking Sally*, dann *Silja Star* und schließlich *Wasa King*, von der Meyer-Werft überhaupt nicht für die offene Ostsee konzipiert worden war, sondern für den Fährverkehr im beschaulichen bottnischen Meerbusen zwischen Schweden und Finnland. Sie wurde also im Grunde zweckentfremdet eingesetzt. Dazu trat in der Nacht Murphys Gesetz in Kraft: Alles, was schiefgehen kann, wird auch schiefgehen. Das findet man aber nur am Rande des offiziellen Berichts. Die

Kommission hat die These aufgestellt, dass das Schiff wegen technischen Versagens und Konstruktionsfehlern gesunken ist und dies dann nach allen Kräften zu belegen versucht. In der Kommission saßen ja praktischerweise nur Schweden, Finnen und Esten, aber keine Vertreter der deutschen Werft. Wie sollten sie sich also zur Wehr setzen? Vorgegeben wurde diese Linie übrigens von unserem heutigen Außenminister und damaligen Ministerpräsidenten Carl Bildt. Im Grunde ging es wohl wie immer darum, möglichst viel politische Verantwortung abzuwälzen, den Schwarzen Peter weiterzuschieben und daran hat sich bis heute wenig geändert.«

»Aber gibt es auch etwas, das für uns interessant sein könnte?«, wollte Nyström wissen.

»Frag eher, was für uns nicht interessant sein könnte. Momentan ist es doch so, dass wir viel zu wenig über die beiden Toten und ihre Beziehung zu dem Fährunglück wissen. Wenn es denn überhaupt eine solche Beziehung gibt und nicht alles nur ein Zufall ist. Aber irgendeine Auswahl müssen wir ja trotzdem treffen und so habe ich mich zunächst einmal auf zwei Aspekte konzentriert. Der erste trägt die Überschrift *Die Schifffahrtsbehörde*, für die Anna-Lena Hammarskjöld bis 1994 gearbeitet hat. Den zweiten bündele ich unter der Bezeichnung *Die Crew*, zu der Tõnu Puusta gehört hat.«

In dem beleuchteten Rechteck auf der Leinwand schossen Wörter von rechts und links, die Delgados gedankliche Struktur verdeutlichen sollten.

»Fangen wir mit der Schifffahrtsbehörde an. Ihr Aufgabenbereich ist grob umrissen die schwedische Seefahrt, die Seewege und die Seesicherheit. Wenn man auf ihre Homepage geht, wird man leider nicht sehr schlau, da sie wie ein einziger Werbespot für die Segen der Wasserwirtschaft aufgebaut ist und eigentlich nur aus modischen Schlagwörtern wie *Kundenorientierung, Produktmanagement* und *Dienstleistung* besteht. Ich frage mich, wo ein Staat hingekommen ist, wenn man sachliche Informationen eher bei Wikipedia suchen muss, als bei den staatlichen Behörden selbst.«

»Nun übertreib es mal nicht!«, unterbrach ihn Hultin. »Zufälligerweise weiß ich, dass die Seefahrtsbehörde zu den wenigen staatlichen Institutionen gehört, die keine Steuergelder verschlingen, sondern sich über die Gebühren ihrer Dienste selbst finanzierten. Aber so eine moderne und dem Allgemeinwohl dienende Gewinnorientierung passt wohl nicht in dein sozialistisches Weltbild!«

»Ganz richtig, das gefällt mir ganz und gar nicht! Auch wenn deren Finanzierungsform in Ordnung sein sollte, verlange ich, dass eine staatliche Behörde mehr Seriosität ausstrahlt als eine Versicherungsagentur oder ein Telefonanbieter!«

»Du bist so dermaßen zukunftsfeindlich! Warum sollten die staatlichen Behörden nicht dem allgemeinen Trend folgen und sich der Zeit anpassen? Am liebsten hättest du wohl die verstaubten, staatlichen Behördenklötze aus den Siebzigerjahren zurück?«

»Ich habe nichts gegen Behördenklötze. Dich mag ich ja auch, jedenfalls manchmal ...«, grinste er.

»Du bist so ein Arschloch.«

»Leute, Schluss jetzt! Es nervt! Kannst du bitte mit der *Estonia* fortfahren?«, sagte Nyström in barschem Ton. Die Luft im Zimmer war schlecht und sie merkte, wie ihre Konzentration allmählich nachließ. *Estonia*. Sie konnte kaum glauben, dass sie allen Ernstes hier saßen und sich mit einem solchen Politikum wie dem vor zwanzig Jahren versunkenen Schiff beschäftigten. Das Thema war ein nationales Trauma. Ein Berg aus Schuld, Trauer, aberwitzigem technischem und behördlichem Versagen und wilden Theorien. Was sollte eine tote Frau aus Växjö damit zu tun haben? Eine soeben ermordete Anwältin und ein seit Jahrzehnten vermoderter Leichnam? Sie rieb sich mit den Handballen die Schläfen. Sie waren alle müde, dabei war es noch nicht einmal zehn Uhr am Morgen.

Delgado warf einen Blick auf seinen Bildschirm und nahm den Faden wieder auf.

»Da die *Estonia* unter estnischer Flagge fuhr, war die schwedische Seefahrtsbehörde eigentlich gar nicht für sie zuständig. Estland, das erst seit seiner Unabhängigkeitserklärung 1991 ein souveräner Staat war, hatte aber in der Tat weder das Know-how noch die erforderlichen Ressourcen, um den internationalen Sicherheitsstandard seiner Schifffahrtlinien zu garantieren. Als die *Estonia* 1993 für die Strecke zwischen Tallinn und Stockholm in Betrieb genommen wurde, unterzeichneten die Regierungen beider Länder ein Abkommen, nach dem die schwedische Schifffahrtsbehörde verpflichtet wurde, der estnischen Inspektion Fachleute als Ausbilder zu Verfügung zu stellen. Bei der Zertifizierung des Schiffs für die Ostseelinie zwischen Stockholm und Tallinn wurden dabei offensichtlich beide Augen zugedrückt. Wie eben schon angedeutet, war die Fähre von der deutschen Werft eigentlich nur für geschützte Gewässer gebaut worden.«

An der Wand erschien eine Karte der Ostsee, auf der die Fährstrecken aufgezeichnet waren. Sie stellte deutlich dar, was mit geschützten Gewässern gemeint war. Die Strecke zwischen Stockholm und Helsinki war im Grunde nichts anderes als ein weitläufiger Schärenparcours, während das Meer vor Estland offen dalag.

»Im Einklang mit dem internationalen Regelwerk der *Safety Of Life At Sea Convention* war das Schiff mit eingeschränkten Sicherheitsauflagen gebaut worden. Was auch kein Problem war, solange sie dort verkehrte, wo sie hingehörte, nämlich in den ruhigen bottnischen Meerbusen. In Schweden und Estland wurde diese Tatsache aber bewusst ausgeblendet. Für Estland war es Anfang der Neunzigerjahre ein großes nationales Anliegen, sich nach Westen zu orientieren und gerade ein Schiff mit Destination Stockholm wurde so zu einer Art nationalem Freiheitssymbol. Allein die Umbenennung von *Wasa King* in *Estonia*, also *Estland*, spricht Bände. In Schweden gab es einen politischen Willen, dem neuen Nachbarland zu helfen, und in dem Eifer wurde einiges möglich gemacht, als das Schiff 1993 von der estnische Rederei *Estonia Shipping Company Ltd.* übernommen wurde: die Umgehung der richtigen Zertifizierung zum Beispiel.«

»Mit anderen Worten: Die *Estonia* hätte eigentlich niemals auf der Strecke Stockholm-Tallinn eingesetzt werden dürfen?«, fragte Forss.

»Ganz genau«, antwortete Delgado.

Knutsson pfiff durch die Zähne.

»Hat man so auch noch nicht gewusst.«

»Das ist aber längst nicht alles. Die Seefahrtsbehörde hatte damals Leute in Tallinn, die im Rahmen der Ausbildung der Esten Schiffsinspektionen durchführten. Am 27. September, also am Tag vor der Unglücksnacht, kurz vor dem Auslaufen des Schiffs, war eine Gruppe von neun estnischen Inspektionsanwärtern unter der Leitung schwedischer Inspekteure und mit dem ranghöchsten Vertreter der estnischen Abteilung für Schiffssicherheit an Bord des Schiffs, um eine praktische Übung durchzuführen. Sie sollten eine vollständige Untersuchung, ein sogenanntes *Port State Control,* durchführen und eventuelle Mängel dokumentieren.«

Delgado ließ ein Bild eines mit Hand ausgefüllten Formulars der *National Maritime Administration* auf der Leinwand erscheinen.

»Hier auf der Kopie des Originaldokuments können wir sehen, dass die Inspektion sehr viele Mängel fand. Für einen Laien ist es nicht ganz einfach durchzublicken, ich habe aber herausgefunden, dass die dritte Spalte, die wir hier sehen«, Delgado zeigte mit seinem Laserstrahl auf das Dokument an der Wand, »nur ausgefüllt wird, wenn dem Schiff das Auslaufen wegen gravierender Mängel komplett untersagt wird.«

An der Wand fuhr der Laserstrahl über die mit Hand geschriebenen Einträge in der dritten Spalte des Berichts.

»Was heißt das? Fuhr die *Estonia* in jener Nacht ohne Zulassung?«, fragte Hultin.

»Das ist wie so oft alles eine Frage der Interpretation. Der Vertreter der estnischen Schiffssicherheit widersetzte sich der Beurteilung der Inspekteure und bekam nach Rücksprache mit seinem Vorgesetzten für diese Linie Deckung. Während des Nachmittags wurde zwischen Estland und Schweden hin und her telefoniert und angeblich soll es der damalige schwedische Transportminister Mats Odell gewesen sein, der schließlich grünes Licht für eine planmäßige Abfahrt des Schiffes gab.«

»Mats Odell? Wollte der nicht neulich Vorsitzender der liberalen Volkspartei werden?«, fragte Lindholm aus der hinteren Ecke des Raumes, von wo er bis jetzt stillschweigend der Sitzung gefolgt war.

»Mats Odell, der ist doch Christdemokrat«, meinte Hultin.

»Ja, glaube ich auch. Er war auf jeden Fall Minister unter Reinfeldt nach der Wahl 2006, aber er musste aus irgendeinem Grund gehen«, erklärte Delgado. Er war heute der Allwissende. Wie ein Lehrer, der seine Schüler unterrichtet, dachte Nyström. Sie wurde zunehmend müde und merkte, wie schwer es ihr fiel, immer weitere Informationen aufzunehmen. Auf ihrem Notizblock waren schon mehr als zehn Seiten vollgekritzelt mit Dingen, die sie kaum noch entziffern konnte. Später musste sie Delgado bitten, ihr seine Unterlagen auszudrucken.

»Also hat die *Estonia* am 27. September, obwohl sie im Grunde seeuntauglich war, den Hafen verlassen können?«, fragte Forss.

»Ganz genau«, bestätigte Delgado. »Die Offiziere an Bord weigerten sich sogar, den Prüfbericht der Inspekteure gegenzuzeichnen, und so musste der Vertreter der estnischen Seesicherheitsbehörde dies selbst tun.«

»Aber das musste doch alles die deutsche Werft entlasten? Wenn es klar war, dass das Schiff dringend überholt und repariert gehörte?«, sagte Forss.

»Ja, hätte man denken können. Damit wäre nicht die Meyer-Werft verantwortlich, sondern die schwedisch-estnische Reederei *Estline*, die schwedische Reederei *Nordström & Thulin* in ihrer Eigenschaft als *technical manager* des Schiffes, die schwedische Seefahrtsbehörde und die französische Klassifizierungsgesellschaft *Bureau Veritas*, die der *Estonia* kurz vor ihrer letzten Reise einen Freifahrtschein ausstellten. Nun ist aber diese Inspektion vom 27. September im Abschlussbericht der Untersuchungskommission überhaupt nicht vollständig berücksichtigt worden. In ihrem Anhang liegt eine veränderte Kopie des Inspektionsberichts, in dem die entscheidende dritte Spalte, in der die massiven Mängel aufgelistet sind, die zu einem Auslaufverbot geführt hätten, leer gelassen ist. Da das Originaldokument aber bei der Kommission registriert und abgelegt worden ist, sind Journalisten dahintergekommen und wenn man tief genug im Internet wühlt, findet man beide Fassungen, die manipulierte ohne Mängel und die echte, die ihr da an der Wand seht.« Delgado hob die Schultern und lächelte. »Ihr merkt, wir bewegen uns hier in einem Sumpf von Unwahrheiten und Vertuschungen. Angeblich soll es wenige Tage nach der Katastrophe in der schwedischen Behörde eine Sitzung hinter verschlossenen Türen gegeben haben, bei der die *Estonia*-Inspekteure ihren Bericht auf Anweisungen von oben überarbeitet haben. Deshalb die beiden voneinander abweichenden Fassungen ihres Berichts. Daher meine Frage: War unsere Anna-Lena Hammarskjöld vielleicht dabei? Hatte sie überhaupt etwas mit der *Estonia* zu tun? Bei der Reederei war es ein offenes Geheimnis, dass das Schiff nicht vorschriftsgemäß gewartet wurde und nach Aussagen überlebender Besatzungsmitglieder war das Bugvisier und die Autorampenkonstruktion schon im Winter davor vom Packeis der Ostsee so schwer beschädigt worden, dass der Bolzen des sogenannten Atlantikschlosses, der das Bugvisier festhält, bei jeder Fahrt, auch am 27. September, von einem Matrosen mit einem riesigen Vorschlaghammer bearbeitet werden musste, um überhaupt gelöst und bewegt werden zu können, so verbogen war das Ding!«

»Das heißt, die zuständigen Behörden wussten allesamt, dass das Schiff im Grunde eine marode Klapperkiste war, die da jede Nacht über die offene Ostsee Hunderte von unwissenden Passagieren hin- und herfuhr?«, fragte Nyström.

»Ja, das ist jedenfalls mein Eindruck nach einer Nacht Recherche«, sagte Delgado. »Und es gibt Journalisten, die sich seit zwanzig Jahren mit dem Thema beschäftigen und immer neue Ungereimtheiten ans Licht bringen. Einige behaupten sogar, es hätte während ihrer Recherche massive Drohungen gegen sie, ja sogar Mordanschläge gegeben. Zum Beispiel ist von einem manipulierten, feuerspuckenden Haarfön die Rede. Ob dass Paranoia ist, Wichtigtuerei oder bittere Realität – wer kann das beurteilen? Auf jeden Fall gibt zu dem Untergang Material ohne Ende, man könnte Wochen damit verbringen, die gesammelten Berichte zu lesen. Es gibt ja nicht nur den offiziellen Abschlussbericht der schwedisch-estnisch-finnischen Untersuchungskommission, sondern auch eine Gegendarstellung von Experten, die von der Werft beauftragt worden waren. Dazu eine riesige Menge journalistischer Beiträge, Internetseiten von Verschwörungstheoretikern, Materialsammlungen von Angehörigen der Unglücksopfer. Es gibt Krimis zu dem Thema, einen Hollywoodfilm, ja, sogar ein Theaterstück. Unsere Priorität sollte meiner Meinung nach darin liegen, herauszufinden, ob Anna-Lena Hammarskjöld in irgendeiner Art und Weise in die Geschehnisse verstrickt war und warum sie kurz nach dem Zeitpunkt des Untergangs der *Estonia* in der Schifffahrtsbehörde aufgehört hat und in die Privatwirtschaft wechselte.«

»Darum müssen wir uns unbedingt kümmern«, sagte Nyström, die froh war, in diesem Informationsmoloch und Ausflug in die jüngere Geschichte einen konkreten Anhaltspunkt zu finden, der in eine Mordermittlung hingehörte: das konkrete Umfeld der Toten. »Und um die Frage, warum sie am Jahrestag des Unglücks die Gedenkstätte in Stockholm besuchte.«

»Dann kommen wir zum zweiten Punkt: Die Crew der *Estonia*, zu der Tõnu Puusta gehörte«, sagte Delgado.

»Können wir vorher nicht eine Pause machen?«, fragte Knutsson. »Mir brummt schon jetzt der Schädel, außerdem knurrt mir der Magen.«

»In Ordnung«, befand Nyström. »Ich denke, wir sind alle nicht mehr aufnahmefähig und ein bisschen frische Luft und etwas zu essen könnte auch nicht schaden.«

»Aber, es ist gar nicht mehr so viel an Information«, wandte Delgado ein, verstummte aber, als er die Blicke sah, die seine Kollegen ihm zuwarfen. Nyström bemerkte, dass die anderen auch in ihre Richtung blickten und ihr wurde klar, dass es auch um eine unausgesprochene Rücksichtnahme auf sie ging. Die kranke Ingrid. Die schwache Ingrid. Es fiel ihr ein, dass sie früher, als sie neu in ihrer Chefrolle gewesen war, selten Pausen eingefordert hatte und viel zu oft die Sitzungen in die Länge gezogen hatte, obwohl allen längst die nötige Konzentration ausgegangen war. Nun ja, sollen die anderen doch denken, dass es am Krebs liegt und nicht an der Führungsqualität, die ich mir in den letzten anderthalb Jahren erarbeitet habe, dachte sie resigniert.

4

Vielleicht geht Liebe ja doch durch den Magen, überlegte Stina Forss und beobachtete nicht ohne eine gewisse Faszination, wie sich Delgado und Hultin in wenigen Minuten eine riesige Portion Pommes frites und zwei Hamburger teilten. Knutsson war zum Imbiss *Oxgrillen* marschiert und hatte das Team mit Essen versorgt. Er selbst machte sich an einem gigantischen Cheeseburger zu schaffen. Lindholm aß ein Würstchen mit Kartoffelpüree und tippte auf seinem Smartphone rum, Nyström hatte in ihrer Tasche einen angestoßenen Apfel gefunden. Forss verspürte keinen Hunger, sie hatte Lust auf ein Bier. Oder etwas Härteres.

»Also, die Besatzung«, schmatzte Delgado. »Auch da gab es Versäumnisse ohne Ende. Abgesehen vom Kapitän und der Führungscrew war der Rest der Mannschaft größtenteils nicht gut ausgebildet und sehr unerfahren. In der Unglücksnacht wurde deutlich, dass viele von ihnen mit einer ernsthaften Seenotsituation überfordert waren und nicht wussten, wie sie agieren sollten. Es gab viele Rettungsboote, die nicht ordnungsgemäß zu Wasser gelassen wurden und so nutzlos auf der See herumtrieben, während die Menschen im eiskalten Wasser ertranken. Nach Zeugenaussagen wurden die Passagiere überhaupt nicht über die lebensbedrohliche Situation informiert, es gab keine verständlichen Durchsagen, keine Alarmsignale. Einige Zeugen erinnern sich, um kurz nach eins die kryptische Lautsprecherdurchsage *Mister Skylight* gehört zu haben. Das war der verschlüsselte Befehl an die Besatzungsmitglieder, ihre Positionen an den Feuerlösch- und Rettungsstationen einzunehmen, dem aber nur wenige von ihnen nachkamen. Laut der Crewliste befanden sich in der Nacht 162 Besatzungsmitglieder an Bord, dazu kamen 27 Personen des Entertainmentbereichs, Tänzerinnen, eine Band und so weiter. Die meisten waren in der Gastronomie beschäftigt. Die gesamte Besatzung setzte sich aus 174 Esten, 13 Schweden sowie einem Finnen und einem Russen zusammen. Nach dem Bordrettungsplan hatten sie in einer Notsituation alle feste Positionen und Verantwortungsbereiche einzunehmen, um die Sicherheit der Passagiere zu gewährleisten. Die meisten von ihnen haben diese Verantwortung in der Unglücksnacht wohl sträflich vernachlässigt, vielleicht, weil sie eingesehen haben, dass es aussichtslos war, in der kurzen Zeit etwas anderes zu tun, als seine eigene Seele zu retten. Auffällig ist in jedem Fall, dass unter den Überlebenden bemerkenswert viele Besatzungsmitglieder waren: Während im Schnitt nur etwa einer von acht Passagieren überlebte, hat es immerhin jedes dritte Crewmitglied geschafft, sich zu retten. In dem offiziellen Kommissionsbericht wird der Mannschaft jedoch keine Schuld zugesprochen.«

»Trotzdem kaum vorstellbar, dass Tõnu Puusta wegen unterlassener Hilfeleistung erschossen und auf unserem Golfplatz verscharrt wurde«, murmelte Forss.

»Glaub ich auch nicht«, sagte Delgado.

Lindholm meldete sich zu Wort. Er hatte sein Smartphone in der Hand.

»Sobald man *Estonia* googelt, stößt man auf abgefahrenes Zeug. Hier zum Beispiel schreibt ein Journalist, dass bei den ersten offiziellen Tauchgängen festgestellt wurde, dass bereits andere Taucher unten beim Wrack gewesen sein sollen. Es waren Löcher in Außenwände geschnitten worden, an Stellen, die dafür bekannt waren, dass dort regelmäßig Schmuggelgut versteckt worden war.«

»Taucher der Russenmafia?«, fragte Forss. »Das klingt nun wirklich sehr abenteuerlich.«

»Na ja, so unrealistisch ist das Szenario vielleicht gar nicht«, sagte Delgado. »Es ist heute erwiesen, dass das Schiff regelmäßig für diverse Schmuggeltransporte benutzt worden ist. Es ging vor allem um organisierte Kriminalität. Ich weiß, das Phrasenschwein! Ich zahle auch gerne. Aber es gibt ja schließlich Gründe, warum Klischees entstehen. Auf der *Estonia* wurden Drogen, Waffen, Menschen, Metalle geschmuggelt. Denkt doch nur an Mizgaitis und seine unverzollten Baustoffe. Vor zwanzig Jahren waren unsere östlichen Nachbarländer in einem enormen Umbruch und Unmengen an Waren wurden ausgeführt, legal und illegal. Die kürzesten Wege hierher waren halt die Fähren aus Polen und dem Baltikum. Bei dem großen Umfang der Schmuggelaktivität geht man davon aus, dass auch viele Besatzungsmitglieder daran beteiligt waren. Womöglich auch Puusta.«

»Also doch die russische Mafia?«, wollte Hultin wissen.

»Wir sollten der Sache auf jeden Fall nachgehen«, sagte Nyström. »Falls wir irgendwo in Schweden ein überlebendes

Crewmitglied ausfindig machen können. Am besten natürlich jemanden, der Puusta kannte. Und wir sollten die estnischen und vielleicht auch finnischen Kollegen um Unterstützung bitten.« Sie blätterte in ihren Unterlagen. »Der Kontakt zu einem estnischen Kommissar bei Interpol ist ja immerhin schon mal hergestellt. Vielleicht kommen wir auf diesem Weg weiter.«

»Wahnsinn«, sagte Knutsson und schüttelte energisch den Kopf. »Das ist doch alles der reine Wahnsinn. Dieser alte *Estonia*-Scheiß! Wenn ihr mich fragt, sollten wir uns erst einmal mit aller Macht auf Anna-Lena Hammarskjöld und ihr Leben hier in Växjö konzentrieren. Der Fall ist frisch. Der Fall ist gut. Der Fall ist wahrscheinlich mit einfacher, ehrlicher Polizeiarbeit zu lösen. Wem gehörte der weiße Saab? Wer ist der Mann, der ihn gefahren und dann angezündet hat? Wo kommen die gelben Benzinkanister her?«

»Du hast ja recht, Lasse«, sagte Nyström. »Mir ist bei der *Estonia*-Sache auch alles andere als wohl. Natürlich müssen wir hier bei uns vor der Haustür beginnen. Zeugen befragen, Spuren auswerten, gute, ehrliche Polizeiarbeit, wie du es nennst. Aber wenn es Zusammenhänge mit der *Estonia* gibt, wenn es tatsächlich Zusammenhänge geben sollte, dann dürfen wir sie nicht ignorieren.«

So gerne ich das täte, dachte sie. Aber sagte sie nicht laut. Sie stand auf, ihr Stuhl quietschte über den Holzboden.

»Und um Gottes willen: bis auf Weiteres kein Sterbenswort zur Presse! Wenn auch nur eine Silbe von dem Wort *Estonia* nach außen dringt, haben wir morgen fünfhundert Journalisten in Växjö. Mir hat ehrlich gesagt schon der Ötzi von Araby gereicht!«

5

Lars Knutsson saß am Steuer eines Dienstwagens. Er war wütend. Sein Pick-up-Truck war nicht angesprungen und der Cheeseburger vom Mittagessen lag ihm quer im Magen. Dabei hatte ihn sein Arzt bei der letzten Untersuchung gewarnt. Er musste besser aufpassen, was seine Ernährung und sein Gewicht anging. Cholesterin, Blutdruck, das Herz. Leider schmeckte ihm alles so gut! Seine schlechte Laune lag dennoch nicht am ungesunden Essen, sondern am Gequatsche der anderen. Vor allem an Hugos wichtigtuerischem Vortrag. Powerpoint und bunte Bildchen, das war ja alles schön und gut, und wenn sich der Chilene mit seinem Computerzeug freiwillig die Nächte um die Ohren hauen wollte – bitte sehr –, sein Problem. Aber mit solider Polizeiarbeit hatte das Ganze herzlich wenig zu tun. Die *Estonia*, so ein Blödsinn! Dass der marode Kahn damals untergegangen war, war natürlich eine Tragödie, annähernd tausend Tote, die allermeisten davon Schweden, schlimm, wirklich schlimm – aber meine Güte, das Ganze war zwanzig Jahre her! Ihm war schleierhaft, warum die Regierung damals nicht ihre ursprünglichen Pläne verfolgt hatte und einen meterdicken Betonsarkophag über dem Wrack errichtet hatte. Klappe zu, Affe tot. Dann hätten alle wirren Theorien über den Untergang, über die Bergung der Verstorbenen oder gleich des ganzen Schiffes für immer ein Ende gehabt. Stattdessen gab es seit zwei Jahrzehnten Spekulationen, Gerüchte und immer neue Untersuchungskommissionen. Konnte man den Toten nicht einfach ihre Ruhe lassen? Ihre Würde?

Delgado konnte die Sache drehen und wenden, wie er wollte: Dieser Puusta war ja gar kein *Estonia*-Toter. Er war einer der glücklichen Überlebenden. Gewesen. Jemand, den höchstwahrscheinlich krumme Schmugglergeschäfte ins Grab gebracht hatten. Das heißt, der Typ wäre wegen der Verwicklungen in seine dunklen Machenschaften wahrscheinlich sowieso gestorben, auch wenn die *Estonia* bis zum heutigen Tage noch friedlich auf der Ostsee hin und her pendeln würde. Sein Tod zwei Tage nach dem Untergang war in Knutssons Augen reiner Zufall. Eine Abrechnung in der schwedisch-baltischen Unterwelt, die in einem Golfplatzwassergraben ihr Ende gefunden hatte, weil es sich praktischerweise so anbot. Mizgaitis' Bauunternehmen ließ grüßen. Und die Verbindung zu dem Tod von Anna-Lena Hammarskjöld? Nachdem er eine Nacht darüber geschlafen hatte, sah er die Dinge ein wenig anders als Bo und die anderen. Zugegeben, im ersten Moment hatte es ihn auch verblüfft, dass in beiden Fällen die gleichen Metallkanister verwendet worden waren. Ja, er war aufgeregt gewesen. Ihn hatte das Jagdfieber gepackt. Aber ein Beweis waren die Kanister noch lange nicht. Genauso wenig wie das Touristenfoto von Hammarskjölds Handy. Noch während ihrer albernen *Estonia*-Marathon-Sitzung am Vormittag hatte einer von Bos Mitarbeitern herausgefunden, dass man diese Kanister bei einem Automobil- und Freizeitausstatter kaufen konnte, einer Kette, die mehrere Filialen in Schweden hatte. Nicht gerade ein exklusives Einkaufsgut, wenn man ihn fragte. Und dann die Tatsache, dass Hammarskjöld irgendwann einmal bei der Schifffahrtsbehörde gearbeitet hatte: Meine Güte, das traf auf Tausende zu. Deshalb musste die Frau ja nicht gleich die *Estonia* versenkt haben. Wenn man ihn fragte – aber das tat ja keiner –, war der Mörder von Hammarskjöld in ihrem direkten Umfeld zu suchen. Und genau das hatte er auch vor. Und weil er wirklich miese Laune hatte, brauchte er jetzt dringend zwei Dinge. Zucker und freie Fahrt. Er kramte in seiner Herrenhandtasche nach einem Schokoriegel und schaltete das Blaulicht und das Martinshorn an.

6

Stina Forss sah sich die E-Mail an, die der estnische Beamte an Ingrid Nyström geschickt hatte. In der Signatur stand eine Telefonnummer mit französischer Vorwahl. Richtig, der Mann saß bei Interpol in Lyon. Sie wählte die Nummer. Der Polizist hieß Ats Vunk und sein Englisch wurde von einer leutseligen Stimme mit einer merkwürdigen Metrik getragen. Es erinnerte Forss ein wenig an das rhythmische Finnlandschwedisch, wenn auch hüpfender und mit einer anderen Melodie. Sie bedankte sich für das schnelle Ermittlungsergebnis bei dem Zahnregistrat von Tõnu Puusta und erfuhr, dass die Registrierung des Gebisses Puustas auf die Vermisstenanzeige seines Bruders zurückzuführen sei. In offenen Vermisstenfällen würden, wenn vorhanden, zahnärztliche Röntgenaufnahmen nach einem standardisierten Verfahren gespeichert, um später, wenn möglich, Identifizierungen vornehmen zu können. Was ja nun im Falle von Tõnu Puusta auch gelungen sei. Zwar mit zwanzig Jahren Verspätung, aber immerhin! Ein gelöster Fall mehr, freute sich Vunk. Ein Hoch auf Interpol und die internationale Zusammenarbeit! Er lachte schallend. Dann fragte Forss nach Puustas Arbeit auf der *Estonia*, was zunächst ein Missverständnis auslöste.

»Of course he was from Estonia«, sagte Vunk zweimal.

»No, I mean *Estonia* the ship. Not your country. The sunken ferry in 1994.«

Lange blieb es in der Leitung still.

»I didn't know about that«, sagte Vunk schließlich. Von einer Beschäftigung Puustas auf der Fähre wusste er nichts. Auch hatte er die Vermisstenakte nicht vorliegen. Von Lyon aus hatte er lediglich einen Abgleich des Gebissregistrats mit dem estnischen Vermisstenregister vornehmen können. Er schlug vor, sich mit seinen Kollegen in Tallinn in Verbindung zu setzten. Möglicherweise könnte er dort mehr erfahren. Er versprach sich zu melden, falls er weitergehende Informationen zu Tõnu Puustas Vorleben, zu einem möglichen Vorstrafenregister oder Verstrickungen in die baltische Unterwelt bekommen könnte. Möglicherweise könnte er auch einen direkten Kontakt zu den estnischen Kollegen herstellen.

»But don't ask too much about the *Estonia*. A lot of our people don't like these questions!«

Dann legte er mit seinem tiefen, rhythmischen Lachen auf.

7

Das Letzte, was Nyström an diesem Tag noch gebrauchen konnte, war eine Begegnung mit Erik Edman und eine stundenlange Diskussion über die Konsequenzen des aktuellen Ermittlungsstands. Im Grunde hätte sie ihren Chef bereits am gestrigen Abend über die Indizien informieren sollen, dass die Fälle Hammarskjöld und Puusta miteinander zu tun hatten. Zumindest zu tun haben konnten. Dass Puusta zwei Tage vor seiner Ermordung den Untergang der *Estonia* überlebt hatte und aus einem finnischen Krankenhaus getürmt war. Dass Hammarskjöld bis vor ihrem beruflichen Wechsel Mitte der Neunzigerjahre in die Wirtschaft für ebenjene Behörde gearbeitet hatte, die sowohl für den fahrlässigen Einsatz der *Estonia* auf der Ostsee mitverantwortlich, als auch bei der Aufklärung ihres Untergangs federführend war. Fakten, die den Ermittlungen unter Umständen eine völlig andere Richtung gaben und über die sie Edman allerspätestens heute in Kenntnis setzen müsste. Nur: Sie hatte dazu überhaupt keine Lust. Sie war sich völlig unsicher, wie ihr Chef auf die neue Faktenlage reagieren würde. Panikartig jede Nachforschung in Richtung *Estonia* unterbinden? Die Reichskrim oder gleich die Säpo einschalten? Kamerateams von CNN bis Al Dschasira ins Präsidium nach Växjö lotsen? Wahrscheinlich würde er ihr einfach einen Vogel zeigen und Feierabend machen, denn dafür war er ja bekannt, fürs frühe Feierabendmachen, dieser Halbvier-Erik. Wobei der Golfplatz dank des *Ötzis von Araby* im Moment kein so gutes Terrain für einen Polizeichef abgab.

Nyström entschied, dass der beste Ort, um Edman wenigstens für den Moment noch aus dem Weg zu gehen, die Pathologie war. Sie zog ihren Herbstmantel über und ging durch die kaum belebte Fußgängerzone hinunter zum Växjösee, an dem das Krankenhaus lag. In der Pathologie roch es noch stark nach Rauch und verbranntem Kunststoff, trotzdem waren die Renovierungsarbeiten bereits in vollem Gange. Sie wich einer Malerkolonne aus, die sich an einer verrußten Wand zu schaffen machte und schlängelte sich zu Ann-Vivika Kimsels Büro durch, das vom Brand unversehrt geblieben war. Ihre Freundin saß am Schreibtisch über Papiere gebeugt und begrüßte sie mit einem Stoßseufzer.

»Entschuldigung, Ingrid, hier ist noch alles durcheinander. Ich weiß, dass ich mit dem Abschlussbericht über Hammarskjöld hinterher bin, aber wir haben hier wirklich einen Haufen Probleme. Heute mussten wir eine Leiche bis nach Ljungby auslagern, wir haben gerade schlicht und ergreifend zu wenig Kühlkapazitäten. Aber setz dich doch erst einmal.«

Nyström lächelte knapp, zog ihren feuchten Mantel aus und nahm Platz. Wie jedes Mal fühlte sie sich in dem behaglichen Büro ihrer Freundin sofort wohl. Die warmen Holztöne und gedeckten Farben bildeten einen angenehmen Kontrast zu der sachlichen Edelstahleinrichtung, die den Großteil der pathologischen Abteilung ausmachte. Der Brandgeruch war hier nur noch ganz schwach auszumachen.

»Keine Angst, ich bin nicht gekommen, um mit dir zu schimpfen.«

»Das wäre ja auch noch schöner. Möchtest du etwas zu trinken?«

»Für einen Roibuschtee mit Honig könnte ich töten.«

»Irgendwie ist dein Humor ein bisschen morbider und spitzer geworden in letzter Zeit. Kann das sein?«

Kimsel lächelte. Die beiden Frauen kannten sich seit vielen Jahren.

»Meinst du? Ist mir nicht aufgefallen.« Es war ihr wirklich nicht aufgefallen. Doch dann musste sie an ihren Spruch über Edmans Krawatte denken. Ein Witz auf Kosten ihres Chefs. Vor versammelter Journaille. Hätte sie sich früher nie getraut. Vielleicht hatte Ann-Vivika gar nicht mal so unrecht. »Eigentlich ist mir im Moment gar nicht so sehr zum Lachen zumute.«

»Die beiden Toten?«

»Auch.«

Nyströms Blick fiel auf das Bild über dem Schreibtisch ihrer Freundin. Ein Druck eines bekannten Miró-Gemäldes. Vor etwas mehr als fünfhundert Tagen hatte sie hier gesessen und zum ersten Mal mit einem anderen Menschen über den Knoten in ihrer Brust gesprochen. Über die Angst und den Tod. Ann-Vivika hatte ihr umgehend einen Untersuchungstermin bei einem befreundeten Krebsspezialisten besorgt.

»Ich bin gekommen, um mich bei dir zu bedanken. Dank deines Zahnabdrucks konnten wir die Identität des Golfplatztoten klären.«

»Dieser lettische Kleinganove, wie ihr vermutet habt?«

»Nein, die Dinge liegen wohl etwas komplizierter.«

Nyström berichtete ausführlich, während Kimsel ihnen einen Tee zubereitete.

»Ein *Estonia*-Überlebender?«, fragte sie schließlich ungläubig. »Und kurz darauf wird er in Växjö erschossen?«

»Zumindest in Växjö beerdigt. Oder wie man das nennen soll, wenn jemand unter einer Betonverschalung und drei Meter Wasser verscharrt wird.«

»Und der Leichenräuber und Brandstifter meiner geliebten Abteilung soll der Mörder von dieser Hammarskjöld sein?«

»Das ist noch unbewiesen. Anscheinend sind diese gelben Metallkanister doch nicht ganz so selten, wie wir zuerst gedacht haben. Trotzdem wäre es ein seltsamer Zufall. Zwei gelegte Brände in zwei Tagen. Beide augenscheinlich, um Spuren zu verwischen.«

»Was nicht geklappt hat.«

»Nein, nicht richtig. Hier hat er nach Widmans Aussagen viel zu wenig Brandbeschleuniger verwendet, um ernsthaften Schaden anzurichten. Wenn die Abteilung vollständig ausgebrannt gewesen wäre, hättest du das Fehlen von Puustas Skelett schließlich erst viel später bemerken können.

Und was den ausgebrannten Saab angeht, da hat er nach Bo Örkenruds Analyse viel zu viel Benzin verwendet. Der Wagen ist regelrecht explodiert und hat einen Teil der Fahrzeugverkleidung weggesprengt. Nur deshalb hat ein Kotflügel den Brand überhaupt so unbeschadet überstanden, dass er dem Tatfahrzeug im Fall Hammarskjöld zugeordnet werden konnte.«

»Ein Amateur also?«

»Bo nennt ihn einen *beknackten Amateur*.«

Kimsel lächelte.

Die Frauen tranken von ihrem Tee.

»Was wäre denn überhaupt das Gegenteil von einem Amateur«, fragte Nyström.

»Na, ein Profi. Klingt aber alles nicht nach Profi, nach irgendwelchen Geheimdiensten oder was man sich so darunter vorstellt«, sagte Kimsel.

»Wie bitte? Wie kommst du denn jetzt auf Geheimdienste?«

»Na ja.« Kimsel vollführte mit ihrer Tasse eine vage Geste in der Luft. »Was die *Estonia* angeht, da gibt es doch so einiges an Theorien. Die CIA, die Säpo, der KGB ...«

»Jetzt fang du nicht auch noch mit diesem Verschwörungsquatsch an. Außerdem gab es 1994 den KGB schon gar nicht mehr.«

»Dann eben nicht. Was ich eigentlich sagen wollte: Der Autopsiebericht von Hammarskjöld liegt morgen auf deinem Schreibtisch. Aber erwarte keine Überraschungen. Die arme Frau ist an einem schlimmen Schädeltrauma gestorben und nicht an einer exotischen Giftdosis.«

»Ann-Vivika!«

Kimsel lachte. »Ist ja schon gut, war nur ein Witz.«

»Wie gesagt, mir ist gerade nicht so zum Lachen zumute.«

Nyström stellte die leere Tasse auf den Schreibtisch, dann

kratzte sie sich am Kopf. Benetzte sich die Oberlippe mit der Zunge.

Wippte in dem Freischwingerstuhl.

Sie bemerkte, dass Kimsel sie beobachtete. Die Augen ihrer Freundin verengten sich. Sie war eine Frau, die sich mit den Toten auskannte. Aber ebenso gut mit den Lebenden. Zumindest mit denen, die ihr lieb und teuer waren.

»Ingrid, was ist eigentlich los?«

»Was?«

Nyström änderte die Position ihrer Beine. Zum zweiten Mal innerhalb von einer Minute.

»Veräppel mich nicht! Was in Wirklichkeit los ist, habe ich gefragt. Mir dämmert nämlich langsam, dass du gar nicht für ein polizeiliches Plauderstündchen vorbeigekommen bist.«

Nyström sah zu Boden. Dann zu dem Bild an der Wand. Der schöne Miró mit den roten Linien. Wie klaffende Wunden. Schließlich blickte sie ihrem Gegenüber in die Augen.

»Du bist doch Ärztin«, presste sie heraus.

»Ach, darum geht es«, sagte Kimsel und schaute kurz, aber deutlich genug auf Nyströms Brust. Alle Schärfe in ihrer Stimme hatte sich in Fürsorge und Weichheit aufgelöst. Wie Butter in einer warmen Pfanne. »Sag das doch gleich. Es ist völlig normal, wenn man in deiner Situation noch Ängste und Sorgen …«

»Es geht um Viagra«, sagte Nyström schnell.

Kimsel klappte der Mund auf. Und wieder zu. Kurz sah sie wie ein Karpfen aus. Aber sie fing sich wieder.

»Ist es weil Anders …«

»Nein«, sagte Nyström. Die Bestimmtheit in ihrer Stimme überraschte sie selbst. »Nein. Ich will wissen, ob es so etwas auch für Frauen gibt.«

8

Das Erste, was Knutsson auffiel, waren die Flickenteppiche. Es mussten mehrere Hundert sein, einige waren auf dem Fußboden ausgebreitet, andere über die Streben des alten Gebälks drapiert, die meisten lagen zusammengerollt in den mannshohen Regalen, die die Wände des großen, offenen Raums beherrschten. Der Geruch, der von den Teppichen ausging, erinnerte ihn an seine Kindheitsferienbesuche in Arvika: feuchte Baumwolle, Seife, die muffige Gemütlichkeit von altem Stoff; seine Großmutter hatte solche Teppiche gewebt, an den langen, värmländischen Winterabenden. Wie fasziniert er damals gewesen war, dass aus den armselig wirkenden Stoffstreifen und ein paar Kettfäden unter den geschickten Fingern seiner Oma Ida diese bunt leuchtenden Prachtexemplare entstanden. Eine beinahe vergessene schwedische Tradition, glaubte er.

»Viele glauben, das Teppichknüpfen sei eine beinahe vergessene, schwedische Tradition«, sagte Ola Henriks, »aber diese Einstellung finde ich sehr ignorant. Meine Frau webt, seit ich sie kenne. Ich bin für die Vermarktung zuständig. Die Nachfrage steigt seit Jahren kontinuierlich. Im Sommer verkaufen wir hier im Showroom viel an Touristen, vor allem während der Bergveckan, aber am meisten Umsatz beschert uns das Internet. Noch letzte Woche haben wir drei Teppiche nach Übersee verkauft. Massachusetts!«

»Messerschuh-Sets?«, knurrte Knuttson. Er hatte den Faden verloren. »Sagt mir nichts.«

»Liegt in den USA«, erklärte Hendriks. »Ein Bundesstaat. Aber du bist wohl kaum wegen meiner Teppiche hier, sondern wegen des Todesfalls.«

»Richtig«, sagte Knutsson. »Wegen dem, was du gesehen und gehört hast.«

»Ja, sicher«, sagte der hagere Mann und rieb seine große Nase. »Aber das habe ich ja eigentlich schon deiner Kollegin alles erzählt. Gleich an dem Tag, als das mit der armen Frau passiert ist.«

»Ich weiß, ich weiß. Eine präzise Aussage übrigens«, schmeichelte Knutsson. »Ich habe die Akten gelesen. Wir haben nur sehr selten Zeugen, die sich so genau erinnern. Und deshalb bin ich ja auch hier. Weil du ein guter Zeuge bist, ein besonderer Zeuge. Und manchmal fällt gerade diesen ganz besonderen Zeugen mit ein bisschen zeitlichem Abstand noch etwas ein. Ein kleines Detail. Ein besonderer Umstand. Etwas, das zunächst unwichtig erscheint, aber dann von unserem Unbewussten wieder an die Oberfläche gespült wird. Das menschliche Hirn ist ein erstaunliches Organ, musst du wissen.«

Knutsson hatte die Sätze geübt, schon vor langer Zeit, seit er sie zum ersten Mal in einer amerikanischen Detektivserie gehört hatte. Die hatte allerdings nicht in diesem Massachusetts gespielt, sondern in Miami. Bisweilen wirkten sie Wunder.

»Vielleicht setzen wir uns rüber in die Küche und ich mache uns erst einmal einen schönen Kaffee«, schlug Henriks vor.

Er schlurfte voraus, dabei zog er ein Bein nach, wie Knutsson auffiel.

»Was für eine ausgezeichnete Idee!« Knutssons Miene hellte sich auf und der Kummer über seine mangelnden internationalen Geografiekenntnisse verflog so schnell, wie er gekommen war.

»Was kostet eigentlich so ein handgewebter Teppich?«, fragte er.

9

Als Stina Forss Delgados Büro betrat, tauchte er auf. In mehrfacher Hinsicht. Er hatte die letzten Stunden in den Tiefen des Internets verbracht. Und zwischendurch, um sich wachzuhalten und vielleicht auch um sich von dem ganzen Leid und Elend um die Fakten und Gerüchte um das große, versunkene Schiff abzulenken, bei einem Online-Rollenspiel. In einem U-Boot-Simulator kommandierte er als deutscher Kapitänleutnant seinen *Grauen Wolf* durch die Tiefen des Atlantiks und versenkte amerikanische Geleitzüge. Die fragwürdige Ideologie seines Kampfauftrags ignorierte er dabei geflissentlich.

»Setz dich doch«, sagte er und klappte den Deckel seines Laptops zu. Seine Augen waren rotgeädert. Er war jetzt seit 32 Stunden auf den Beinen.

»Ich warte noch auf ein paar Antwortmails«, sagte er und griff nach einem Energydrink. Neben seinem Rechner stand eine ganze Batterie von leer getrunkenen Dosen. »Dann mach ich für ein paar Stunden Feierabend.«

»Das war ein guter Vortrag heute«, sagte Forss.

»Vielen Dank für die Blumen!« Er lächelte. »Hast du morgen zufällig Lust auf einen Ausflug nach Stockholm?«

»Ist das ein Angebot für ein Date?«

»Schön wär's. Aber Stockholm ist zu dieser Jahreszeit nicht besonders romantisch. Außer wir hätten eine Suite im Grand Hotel. Der Blick auf die Altstadt und Skeppsholmen soll in der Abenddämmerung atemberaubend sein.«

»Lass das nicht Anette hören.«

»Themawechsel.« Er warf ihr einen merkwürdigen Blick zu. »Jedenfalls würde es ein Einzelausflug werden. Ich habe einen ehemaligen Arbeitskollegen von Puusta ausfindig gemacht. Ebenfalls ein Überlebender des Unglücks. Ein Schwede, der im Hafen von Stockholm arbeitet. Wir könnten natürlich die Kollegen vor Ort hinschicken. Aber ob das so ertragreich wäre?«

Forss rieb ihr Ohrläppchen, was sie oft tat, wenn sie nachdachte.

»Was sagt Ingrid dazu?«, fragte sie.

»Im Prinzip genehmigt. Auch wenn sie sich noch nicht mit Erik Edman abgesprochen hat. Ich glaube, sie geht ihm aus dem Weg. Vielleicht ist das auch im Moment am besten so. Bevor wir ein klareres Bild haben jedenfalls.«

Forss massierte immer noch ihr Ohr.

»Ich habe eben mit einem estnischen Polizeibeamten telefoniert. Der Kontakt kam über diesen Interpolbeamten zustande, mit dem Ingrid bereits korrespondiert hatte. Tõnu Puusta hat einen Bruder, der in Tallinn lebt. Wenn wir uns mit ihm unterhalten wollen, sind wir dort herzlich eingeladen, sagte der Kollege. Ich glaube, die sind froh und dankbar, wenn sie ihren alten Vermisstenfall endlich zu den Akten legen können.«

»Von Stockholm aus fährt täglich eine Fähre nach Tallinn«, sagte Delgado.

»Dasselbe habe ich gerade auch gedacht.«

»Auf den Spuren der *Estonia*. In ihrem Fahrwasser sozusagen.«

»Nur mit zwanzig Jahren Verspätung.«

»Zurück würdest du fliegen, sonst wärst du ja tagelang unterwegs.«

»Sonst wäre ich ja tagelang unterwegs.«

10

»Anette, kann ich dir etwas zeigen?« Nyström blieb abwartend auf die Türschwelle zu Hultins Büro stehen.

»Ja, klar komm rein.«

»Ich habe ein aktives Mitglied einer Angehörigenvereinigung der Todesopfer der *Estonia* ausfindig gemacht. Eine Frau. Sie wohnt in Värnamo und sagte am Telefon, dass sie bereit sei, mit uns zu sprechen.«

Auf dem Schreibtisch leuchtete das Display von Hultins Smartphone auf und das Gerät gab einen piependen Ton von sich. Zerstreut griff Hultin danach, tippte zweimal mit den Daumen, las und grinste.

Nyström wartete ab, aber die jüngere Kollegin machte keine Anstalten ihr mitzuteilen, worum es in der Nachricht ging, wahrscheinlich war sie privater Natur. Die Situation kam Nyström absurd vor. Da stand sie, die Chefin, und wurde in einem Dienstgespräch unterbrochen, weil die Kollegin anscheinend lieber mit jemandem kommunizierte, der nicht anwesend war. Dieses nonchalante Auftreten passte gar nicht zu Hultin. Sie ist heute wohl mit dem falschen Fuß aufgestanden, dachte Nyström und ahnte auch, warum.

»Anette, ich brauche jemanden, der das Feingefühl hat, mit dieser Frau zu sprechen, da kann ich nicht Lasse oder Hugo hinschicken.« Nyström sah ihre Kollegin auffordernd an. »Du bist darin sehr gut!« Sie ließ ihre Wörter kurz wirken, bevor sie fortfuhr: »Und dann gibt es da noch einen Blogger aus Vetlanda, der seit Jahren eine Internetseite zur *Estonia* betreibt, die meist besuchte *Estonia*-Seite Schwedens. Neben den offiziellen Berichten kennt er auch die inoffiziellen Versionen, Aussagen von Überlebenden, Beobachtungen bei Tauchunternehmungen ...«

»Ein Verschwörungstheoretiker«, unterbrach Hultin.

»Wahrscheinlich.« Nyström zögerte. »Aber das macht ihn für uns nicht von vornherein uninteressant, wir müssen vielleicht nur herausfiltern, was von seinen Geschichten für uns relevant sein könnte. Dabei darf man nicht voreingenommen sein. Anette, dir traue ich das zu. Du hast die erforderliche Distanz und noch wichtiger, deine Erfahrungen vom Militär.« Wie das Letzte zu verstehen sein sollte, wusste Nyström selbst nicht, aber sie kannte ihre Kollegin gut genug, um zu wissen, dass es magische Wörter waren. Sie sah, wie sich der trainierte Körper Hultins straffte. Ganz die ehemalige Soldatin. Es fehlt nur noch, dass sie die Hacken zusammenschlug und salutierte.

»Es wäre gut, wenn du dich gleich morgen der beiden annehmen könntest, auch wenn es Samstag ist. Die Überstunden kannst du dir anrechnen.«

»Mache ich«, sagte Hultin. »Selbstverständlich. Soll ich Göran mitnehmen? Er könnte von den Gesprächen noch etwas lernen.«

Nyström lächelte.

»Das würde er mit Sicherheit, aber wie ich sagte, bei solchen Leuten braucht man Erfahrung, da darf nichts schiefgehen. Ich habe ein besseres Gefühl, wenn du mit deiner Routine allein hinfährst.«

11

»Ein ausgezeichneter Kaffee«, lobte Knutsson und schwenkte seine Tasse anerkennend durch die Luft. »Und Peinrich mit Marmelade dazu liebe ich wirklich.«

»Das *pain riche* hat meine Frau gestern gebacken, ich werde das Kompliment an sie weitergeben. Den Kaffee bestelle ich bei einer Stockholmer Röstmanufaktur. Das Zeug aus dem Supermarkt kann man nicht trinken, finde ich.«

»Wohl wahr, wohl wahr«, sinnierte Knutsson, der seinen Kaffee immer im Supermarkt kaufte. Von seiner Frau kaufen ließ.

»Also dieser Fahrer vorgestern. Der hier mit seinem Saab vorbeigefahren ist. Wie genau hast du den eigentlich gesehen?«, fragte er und biss von dem süßen Hefegebäck ab.

»Du meinst den Mörder der Frau?«

»Genau, den mutmaßlichen Täter.«

»Gut habe ich den gesehen. Genau in die Augen geblickt, hab ich dem. Es gab da ja diesen Moment. Ich bin auf die Straße gehinkt und er hat gebremst und ist zum Stehen gekommen. Ich wusste ja nicht, was da überhaupt los war. Ob jemand Hilfe brauchte oder was. Keine drei Meter vor mir stand der dann mit seinem Auto da. Wir haben uns angestarrt, Auge in Auge.«

»Wie lange war das?«

Henriks zuckte mit den Schultern.

»Was weiß ich? Einen Moment lang. Dann hat er wieder Gas gegeben und ich habe zugesehen, dass ich mit einem Satz von der Straße gekommen bin. Erwischen können hätte er mich trotzdem, aber darauf hatte er es nicht angelegt. Er ist mit einem Schlenker an mir vorbei. Der wollte nur so schnell wie möglich weg. Trotzdem ist mir das Herz in die

Hose gerutscht. Ich bin ja nicht mehr der Schnellste mit meinem schlimmen Bein.«

»Mmh«, machte Knutsson. »Schlimm, so ein schlimmes Bein. Hat mein Schwager auch. Eine ganz arme Sau.«

»Bitte?«, fragte Henriks und sah leicht irritiert aus.

»Also mein Schwager ...«, stotterte Knutsson. »Er ... Nicht wegen des Beins! Ich meine ... Du kennst meine Schwester nicht«, sagte er schnell.

»Nee«, sagte Henriks. »Kenne ich nicht.«

Er schenkte sich Kaffee nach, Knutssons leere Tasse ignorierte er.

»Also, der Fahrer des Wagens ...«, wechselte Knutsson das Thema.

»Der Mörder.«

»Genau. Der vermeintliche Täter. Kannst du beschreiben, wie der aussah?«

Henriks nippte an seiner dampfenden Tasse.

»Ja«, sagte er nach einer Weile. »Ich denke schon. Ziemlich genau sogar.«

»Ach?«, sagte Knutsson verwundert und auch mit einer gewissen Portion Skepsis. Das gab es wirklich selten. Zeugen, die sich so gut an das Aussehen eines Menschen erinnerten, dass man ein brauchbares Phantombild erstellen konnte, existierten eigentlich nur in den amerikanischen Serien, aus denen er so gern zitierte. Unter den Palmen von Miami, nicht unter den Tannen in Lädja.

»Der Mann hatte überhaupt keine Haare.«

»Ein Glatzkopf?«

Na toll, Glatzen gibt es wie Sand am Meer, dachte Knutsson enttäuscht.

»Ja. Auch. Aber der Mann hatte überhaupt keine Haare. Nicht auf dem Kopf, keinen Bart, keine Augenbrauen. Ich könnte schwören, dass er noch nicht einmal Wimpern hatte.

Meine Augen sind nämlich im Gegensatz zu meinem Bein noch ganz gut in Schuss.«

»Aha«, sagte Knutsson.

Wir suchen also einen vollkommen haarlosen Mann, dachte er. In seinem Kopf formte sich sofort ein deutliches Bild. Wie der Bösewicht aus Harry Potter. Der Boss dieser Totesser. Lord Voldemort. Haarlos, blass, schlangennasig.

»Eine riesige Nase hatte der Kerl«, sagte Henriks. »Und einen ganz dunklen Hauttyp.«

»Ein Ausländer?«, entfuhr es Knutsson. Er biss sich auf die Lippe. War das jetzt ein politisch korrekter Ausdruck gewesen? Egal. Die Dinge wurden zunehmend interessanter.

Wieder nippte Henriks an seinem Kaffee.

»Nein, würde ich nicht sagen. Eher wie ein Schwede, der lange Zeit im Urlaub war. Irgendwo, wo ständig die Sonne scheint.«

12

Nyström konnte nicht einschlafen. Zu viel ging ihr durch den Kopf. Schwappte umher wie eisiges Ostseewasser. Wahrscheinlich hatte Lasse recht. Dieser Fall brauchte solide Polizeiarbeit. An Türen klingeln, Zeugen befragen, Akten fressen. Vielleicht brachte sie auch das Phantombild weiter, das Knutsson morgen mithilfe des Lädja-Zeugen und einer Zeichnerin, die eigens aus Malmö kommen würde, anfertigen würde. Auf jeden Fall musste sie erneut mit Stefan Hammarskjöld, Malin Wihlborg und Emanuel Pribb sprechen. Es gab da noch immer etwas in dieser Viererkonstellation, das sie irritierte. Außerdem wollte sie wissen, ob einer der beiden Männer am 28. September mit Anna-Lena in Stockholm gewesen war und etwas zu dem Foto von ihr in der *Estonia*-Gedenkstätte sagen konnte. Womöglich konnte ihr Ehemann auch etwas Genaueres zu ihrer ehemaligen Tätigkeit bei der Schifffahrtsbehörde sagen. Seit der Besprechung am Vormittag hatte sie ununterbrochen versucht, Hammarskjöld und Pribb ans Telefon zu bekommen, aber beide nicht erreicht. Sie ducken sich, dachte sie, sie ducken sich weg, anstatt zu helfen. Morgen würde sie auch die beiden Schwestern von Anna-Lena Hammarskjöld treffen, die nach Växjö kamen, um die Bestattung der Ermordeten vorzubereiten. Ergab es also wirklich Sinn, Zeit, Geld und Ressourcen für eine Reise in die Vergangenheit zu verschleudern und Anette quer durch Småland und Stina gar bis nach Stockholm und Tallinn zu schicken? Aber was war die Alternative? Es hatte zwei Morde gegeben, wenn auch mit zwanzig Jahren Abstand, aber die Kanister und der nahe zeitliche und räumliche Abstand zwischen dem Fund des Skelettes, dem Diebstahl, der Brandstiftung in der Pathologie und dem Tod der Anwältin deuteten darauf hin, dass die beiden Taten miteinander zu tun haben konnten. Und dann war da ja dieses Bild auf ihrem Handy, aufgenommen am Jahrestag der Katastrophe. Wahrscheinlich hatte Forss recht. Hammarskjöld hatte jemanden gekannt, der auf dem Schiff ums Leben gekommen war. Jemand, der ihr etwas bedeutet hatte.

Sie lauschte ihrem Atem in der Dunkelheit. Das Bett neben ihr, das ganze große Haus war leer, Anders war noch immer auf seinem Lehrgang und würde erst morgen zurück sein. Auf dem Nachttisch lag eine Schachtel mit Tabletten und wartete auf ihn.

13

Der Polo stand mit laufendem Motor auf dem Parkplatz des Krankenhauses in Ljungby. Im Licht der Scheinwerfer schimmerten die Stämme der nassen Kiefern, als wären sie aus Bronze. Auch die Beine von Stina Forss fühlten sich an wie Metall. So schwer, so unbeweglich. Das mochte an ihrem langen und ungewohnten morgendlichen Joggingausflug liegen. Oder es hatte ganz andere Gründe. Es gelang ihr nicht aufzustehen. Sie wollte so sehr, aber dennoch ging es nicht. Als wäre sie festgeschraubt. Lange saß sie so da. Das Autoradio spielte einen Popsong nach dem anderen.

Don't look back in anger, sangen Oasis.

Wenigstens hat jemand die tote Elster vom Parkplatz weggeräumt, dachte sie. Schließlich legte sie einen Gang ein und setzte mit dem Wagen zurück. Der Nachtzug nach Stockholm fuhr in weniger als einer Stunde.

14

Pontus Palmgren erfasste die Angst, sobald er seine Wohnung betrat. Dabei sollten Asperger doch angeblich kaum Gefühle empfinden, wurde immer gesagt. Wie lächerlich, dachte er. Ich habe so viel Angst, dass mein Herz zu zerspringen droht. Er tastete nach dem Lichtschalter im Flur, drückte, doch es blieb dunkel. Ein Stromausfall? Eine defekte Sicherung? Er fasste in die Tasche, dorthin, wo heute morgen noch der Kompass mit den scharfen Kanten gewesen war. Er hatte das Gefühl, etwas zu brauchen, mit dem man sich im Notfall wehren konnte. Denn wenn ihn sein Bauchgefühl nicht vollständig trog, dann war hier etwas, in seiner Wohnung, hier war jemand Unbekanntes, ein Eindringling, ein Fremder in der Dunkelheit. Doch der Kompass war nicht mehr da. Den hatte er ja Rosmari geschenkt.

Der Schlag war heftig und kam von hinten. Palmgren hatte nicht den Hauch einer Chance. Er kippte bewusstlos nach vorne.

SAMSTAG, 18. OKTOBER

1

Der Zug raste durch die Nacht. Forss hatte keine Schlafkabine gebucht, trotzdem dämmerte sie in ihrem Sitz immer wieder weg. Sie träumte von toten Vögeln und einem Rasierapparat. Als der Zug um kurz nach sechs die Hauptstadt erreichte, war es noch dunkel. Forss fühlte sich wie gerädert. Sie nahm ein Taxi zum Hafen. Die Adresse, die ihr Delgado ausgedruckt hatte, lag mitten in einem riesigen Containerterminal. In einem Bürogebäude fragte sie nach Klas Lagerkvist. Sie hatten sich für sieben Uhr, zum Ende seiner Nachtschicht verabredet. »Auf keinen Fall später«, hatte der Mann am Telefon gesagt. »Nach der Schicht gehe ich trinken und dann lege ich mich für acht Stunden ins Bett, bevor die nächste Schicht beginnt.« Lagerkvist wartete bereits in einer Halle auf sie. Ein Mann um die fünfzig mit verlebtem Gesicht. Er trug einen fleckigen Arbeitsoverall in Orange, in der Hand hielt er einen weißen Schutzhelm, ähnlich wie der, der bei Anna-Lena Hammarskjöld im Schrank gelegen hatte, allerdings war seiner schmutzig und abgenutzt. Um seinen Hals hing ein Paar Ohrenschützer.

»Ganz schön laut hier«, rief Forss zur Begrüßung.

»Ist halt Hafen«, dröhnte Lagerkvist und hielt ihr zur Begrüßung seine Pranke hin. Ein Händedruck wie ein Schraubstock.

»Gehen wir doch in die Kantine«, schlug er vor. »Dort gibt es Kaffee und es ist ein bisschen ruhiger.«

Die Kantine war ein Backsteinbau, in dem drei Tische und einige billige Plastikstühle standen. Auf einer Art Theke stand eine Kaffeemaschine und daneben lagen in Zellophanfolie eingewickelte Brötchen.

»Hunger?«, fragte Lagerkvist.

»Nein, danke«, sagte Forss, ihre Absätze klackerten über den schlierigen Fliesenboden. »Ein Kaffee reicht mir völlig.«

Lagerkvist schenkte ihnen zwei Plastikbecher ein und ließ sich an einem der Tische nieder. Forss folgte ihm und setzte sich ebenfalls. Lagerkvist öffnete die Schnürsenkel seiner derben Arbeitsschuhe, streifte sie ab und wackelte behaglich mit den Zehen.

»Auf die Dauer sind die Stahlkappentreter ein bisschen unbequem«, erklärte er. »Nicht so wie deine Schuhe.« Er grinste sie an. »Sind geil! Stehen dir! Die Absätze betonen deinen Arsch.«

Er schlürfte seinen Kaffee.

Die Absätze treten dir gleich in den Arsch, dachte sie.

»Prada«, sagte sie und schlürfte ihren Kaffee. Und dann: »Tõnu Puusta.«

»Ich geb dir zehn Minuten«, sagte er. »Dann bin ich hier weg.«

»Das sagtest du bereits. Einen saufen gehen.«

»Hilft beim Einschlafen.«

»Was machst du hier eigentlich genau?«

»Siehst du die Kräne da drüben, mit denen die Container entladen werden?« Er wies durch das dreckstarrende Fenster in die Containerlandschaft, in der sich bunte Stahlquader stapelten. Wie riesige Legosteine. Darüber thronten Kräne.

»Meiner ist der größte.«

Das hättest du wohl gerne, dachte Forss.

»Klaro. Aber vor zwanzig Jahren lief das hier doch noch alles anders?«, fragte Forss. »Da war doch noch mehr Handarbeit angesagt, oder?«

»Jep. Das war eine andere Zeit. Vor der totalen Globalisierung oder wie man das nun nennen will. Aber auch ein anderes Geschäft. Tõnu Puusta und ich haben damals im Personenfährverkehr gearbeitet.«

»Auf der *Estonia*.«

»Jep. Unter anderem.«

»Und ihr wart beide in der Unglücksnacht an Bord?«

»Jep.«

»Herzlichen Glückwunsch, dass ihr überlebt habt.«

»Ich bin ein zäher Hund.«

Er schlug die Beine übereinander. Einer seiner besockten Füße wippte einen knappen halben Meter von Forss' Nase herum.

Du riechst wie ein nasser Hund, dachte sie.

»Was war denn damals eure Aufgabe auf dem Schiff?«

»Das Übliche. Die Autos einweisen. Kontrollieren, ob die Handbremsen angezogen und Gänge eingelegt waren, die Ladung verstauen und sichern. Kontrollgänge. Leichtmatrosenzeug.«

»Und nebenbei ein bisschen schmuggeln?«, schlug Forss vor.

Lagerkvist verzog keine Miene. Er antwortete, als sei er auf die Frage vorbereitet. Wahrscheinlich war sie ihm schon öfter gestellt worden.

»Damit hatte ich nie etwas zu tun.«

»Aber andere?«

»Jep.«

»Puusta auch?«

Lagerkvist zögerte eine Weile, dann nickte er.

»Und was?«

Er grinste. »Das waren wilde Zeiten damals. Such es dir aus: Wodka und Waffen. Drogen und heiße Pornos. Zigaretten und Parfüm. Alles, was unser Schwedenherz begehrte. Die Balkanmafia hat's besorgt, transportiert und alle haben sich gefreut. Manche haben auch schön daran verdient.«

»Außer dir natürlich.«

Wieder grinste er.

»Außer mir natürlich.«

»Musste Puusta deshalb sterben? Weil er darin verwickelt war?«

Lagerkvist zuckte die Schultern.

»Keine Ahnung. Vom Schmuggel auf den Ostseefähren wussten bis rauf zum Kapitän alle. Sonst hätte es doch gar nicht funktioniert. Puusta war da nur ein kleines Zahnrad im Getriebe. Bis gestern Abend wusste ich noch nicht einmal, dass er tot ist. Nach dem Unglück ist er nicht wieder in Stockholm aufgetaucht, aber darüber habe ich mir auch nicht besonders viele Gedanken gemacht. Dafür konnte es schließlich viele Gründe geben. Ehrlich gesagt dachte ich, er sei nach der Unglücksnacht nach Estland oder sonst wohin zurückgekehrt. Mich jedenfalls haben nach dem Untergang keine zehn Pferde mehr auf ein Schiff bekommen. Ich habe deshalb auf Kranfahrer umgesattelt. Es war mir auch relativ egal, was aus Puusta geworden ist, wir waren schließlich nicht die dicksten Kumpel oder so.« Er sah auf seine Armbanduhr. »Die Zeit ist um«, sagte er.

»Sagt dir der Name Saulius Mizgaitis etwas?«

»Nein.«

»Oder Rinaldas Kleiza?«

»Nie gehört.«

»Schade.«

»Ich geh jetzt los.«

»Die Kneipe wartet«, sagte Forss.

»Jep«, machte Lagerkvist. Dann grinste er zum dritten Mal. »Kannst ja mitkommen. Hast wirklich einen geilen Arsch. Gleicht irgendwie deine schiefe Fresse aus.«

Forss stand auf.

»Danke«, sagte sie lächelnd. Sie machte einen Schritt auf ihn zu, wie um ihm zum Abschied die Hand zu geben. Sein linker Stinkefuß schaukelte noch immer in der Luft. Der rechte aber nicht. Der stand auf dem Boden. Sie zielte mit ihrem spitzen Absatz genau auf den großen Zeh und legte ihr ganzes Gewicht in den Schritt. Der Schuh war zwar secondhand, aber er tat seine Wirkung zur Genüge.

2

Während Ingrid Nyström zum Frühstück ihr Müsli aß und die Lokalnachrichten im Radio verfolgte, blätterte sie in einer der Frauenzeitschriften, die Marie bei ihrem letzten Besuch dagelassen hatte. In den Radionachrichten war bis jetzt nichts über den Tod von Anna-Lena Hammarskjöld gebracht worden und zum Glück hatte weder *Smålandspos-*

ten noch eine der überregionalen Zeitungen vom Mordfall erfahren. Stefan Hammarskjöld und sein Anwaltsteam hatten größte Diskretion eingefordert und Erik Edman hatte sie ihnen natürlich widerstandslos zugesagt. Bisher war Nyström diese Vorgehensweise ganz recht, vor allem vor dem Hintergrund der neuen Ermittlungsergebnisse. Wilde Schlagzeilen über einen Zusammenhang zweier Todesfälle mit dem Untergang der *Estonia* war das Letzte, was sie gebrauchen konnte. Dennoch konnte es Entwicklungen geben, die eine Einbeziehung der Öffentlichkeit bei der Fahndung nach dem Mörder Hammarskjölds notwendig machten. Wenn es Lars Knutsson tatsächlich gelang, ein brauchbares Phantombild des flüchtigen Fahrers in dem Saab erstellen zu lassen, zum Beispiel. Wobei: Ob ein Phantombild brauchbar war oder nicht, zeigte sich natürlich immer erst im Nachhinein. Aber jenseits von Presse und öffentlicher Fahndung – Nyström war klar, dass sie dem Gespräch mit Edman nicht länger aus dem Weg gehen konnte. Da die Chance, ihn an einem Samstag im Präsidium anzutreffen gleich null war, beschloss sie, ihn zu Hause aufzusuchen. Vielleicht war ein formloses Gespräch in seinem schönen Haus am Helgasee gar nicht so schlecht, um ihm von vornherein den Wind aus den Segeln zu nehmen. Ihr war schon bei verschiedenen Anlässen – zuletzt beim großen Polizeigrillfest im Sommer – aufgefallen, dass Edman im Kreise seiner Familie ein anderer Mensch war. Irgendwie sympathischer. Aber vielleicht denken die Kollegen über mich ebenso, ging ihr durch den Kopf. Die Nachrichten im Radio endeten mit einem trostlosen Wetterbericht. Mehr Wind, mehr Regen. Die Frauenzeitschrift zeigte das Übliche: die Bilderstrecke einer Prominentenhochzeit und eine Homestory einer bekannten Politikerin einer Partei, die sie nicht mochte. Weder die Partei noch die Politikerin. Viel Mode und noch mehr Werbung. Einrichtungstipps. *So gestaltest du deine Küche herbstlich*. Kochrezepte. Ein Wort sprang ihr ins Auge: *aphrodisierend*. Lustmachende Rezepte sollte das wohl bedeuten. Sie las:

Jakobsmuscheln in der Schale überbacken mit Reistimbale.

Cavaillon-Melone mit Crevetten an leichter Cocktailsauce.

Avocadofächer mit Shrimps an Mangovinaigrette.

Seezungenröllchen an Weißweinschaum mit feinen Gemüsenudeln.

Selleriepiccata mit Orangenrisotto.

Von der Hälfte der Sachen hatte sie noch nie gehört. Was war Reistimbale? Cavaillon-Melone? Selleriepiccata? Gab es das überhaupt im Supermarkt zu kaufen? Es wäre ja eigentlich eine schöne Idee für heute Abend. Falls sie die Zeit dazu finden würde. Sie riss die Seite mit den Rezepten aus und stopfte sie zusammen mit zwei Bananen und einer Tupperdose voller geschälter Möhren in ihre Handtasche. Vor ihr lag ein langer Tag.

3

Kristina Magnusson wirkte auf Anette Hultin vom ersten Moment an wie eine wache, kluge Frau Anfang vierzig. Das Einfamilienhaus in Värnamo hatte einen großen Garten, in dem unter Obstbäumen Spielgeräte standen.

»Du hast Kinder?«, fragte Hultin.

»Ja«, sagte Magnusson, die Hultins Blick in den Garten bemerkt hatte. »Joakim und Elin. Sie sind 13 und elf. Zu alt für die Schaukel da draußen. Aber irgendwie bleibt sie doch Jahr für Jahr stehen. Nostalgie nehme ich an.«

»Also hast du noch einmal geheiratet? Nach dem ...«

»Nach dem Unglück, genau. Du kannst es ruhig aussprechen. Ich kann gut damit umgehen. Das habe ich gelernt in der langen Zeit.«

»Trotzdem engagierst du dich immer noch. Obwohl du ein neues Leben hast. Einen neuen Mann. Kinder.«

Magnusson lachte.

»Einen neuen Mann. Wie das klingt! Ich kenne Tomas seit 18 Jahren und 15 davon sind wir verheiratet. Trotzdem gehört Johan noch zu meinem Leben. Zu unserem Leben. Tomas versteht das und die Kinder auch. Für sie ist er so etwas wie ein Onkel, den sie nie getroffen haben. Wir zünden gemeinsam jedes Jahr am 28. September in der Kirche eine Kerze an. Wir beten für ihn.«

»Ist das sein Bild dort an der Wand?«

»Genau.«

Die gerahmte Fotografie zeigte einen jungen Mann in einem Polohemd und einer unmodischen Frisur.

»Das wurde kurz nach unserer Hochzeit aufgenommen. Ich mochte sein Lachen so gerne. Sogar, wie er sein Haar trug. Auch wenn es heute komisch wirkt.«

»Du gehst so gut damit um.«

In Hultins Stimme lag Bewunderung.

»Vielleicht«, sagte Kristina Magnusson. »Aber was hast du erwartet? Eine weinende Witwe in Schwarz? Das Leben geht weiter. Irgendwie. Die einen kommen besser damit klar, die anderen weniger gut. Ich habe viele Kontakte über unseren Verein. Ich kenne Eltern, die ihre Kinder verloren haben und Kinder, denen Elternteile genommen wurden. Ein Mann aus Gävle hat seine ganze Familie verloren. Schwer war es für alle und manche sind nie darüber hinweggekommen, bis heute nicht. Vergessen kann keiner. Da ist es besser, sich auseinanderzusetzen, zu kämpfen. Deswegen tut mir der Verein gut. Auch wenn ich ein neues Leben lebe, wie du es nennst, ohne Johan. Trotzdem wird er immer ein Teil von mir sein.«

Hultin wusste nicht, was sie erwartet hatte. Wahrscheinlich eine gebrochene, trauernde Frau.

»Du hast gerade kämpfen gesagt. Wie meinst du das?«

Magnussons dunkle Augen fixierten sie.

»Es ist ein Kampf für uns alle. Emotional sowieso. Aber auch gegen die Behörden. Die Lügen und Halbwahrheiten. Die Vertuschungen.«

»Was wurde vertuscht? Wo wurde gelogen?«

Magnusson verzog die Mundwinkel.

»Wir Hinterbliebenen wurden von Anfang an verarscht. Tut mir leid, aber anders kann ich das nicht ausdrücken. Von der schwedischen Regierung, von der Untersuchungskommission, von Anwälten und Journalisten. Wusstest du, dass sie uns sogar bei der offiziellen Trauerfeier auf See hinters Licht geführt haben? Das Schiff, von dem aus wir Angehörigen unsere Kränze und Blumen ins Wasser werfen durften, hatte an völlig falschen Koordinaten gestoppt. Die Paranoia der Regierung, ihr Geheimhaltungswahn waren so groß, dass sie uns an einer falschen Stelle haben weinen lassen. Stell dir das vor! Das ist, als stehst du auf einem Friedhof vor einem falschen Grab!«

»Du meine Güte«, sagte Hultin. Sie musste schlucken. »Das wusste ich nicht.«

»Das weiß kaum jemand. Und trotzdem ist es wahr. Dann ist da die Sache mit der Bergung der Toten, für die wir seit zwanzig Jahren kämpfen. Zuerst hieß es, das Schiff würde geborgen werden. Dann der plötzliche Kehrtwechsel, das Schiff und alle Verstorbenen sollten mit einem Mal unter einem Betonsarkophag begraben werden. Angeblich um die Würde der Toten zu wahren. Was wir uns unter der Würde unserer Verstorbenen vorstellten, das wurden wir natürlich nicht gefragt. Gottseidank ist der Plan dann auch bald wieder verworfen worden. Seine Umsetzung hätte übrigens ein Vielfaches der Bergung der Leichen durch Taucher gekostet. Dann hieß es, man könnte keinem Taucher die grauenhafte Aufgabe zumuten, die Toten nach oben zu bringen.«

Magnusson griff nach einem Wasserglas und trank es aus. Sie sprach jetzt schneller als vorhin, aufgebrachter.

»Dabei gab es mehrere Unternehmen, die sich für diese Aufgabe angeboten hatten. Natürlich kein leichter Job, aber meine Güte, Massengräber im ehemaligen Jugoslawien oder in Kambodscha zu öffnen ist nun auch nicht gerade eine schöne Sache, trotzdem wird es getan. Manche Dinge müssen gemacht werden. Später hieß es dann immer wieder, eine Bergung sei uns Hinterbliebenen nicht zuzumuten. Es würde alte Wunden aufreißen. Pah! Alte Wunden!« In ihrem Blick lag Verachtung. »Wie sollen Wunden überhaupt zuwachsen, wenn man ihnen keine Möglichkeit zur Heilung gibt? Stattdessen schwimmen die Leichen, oder das, was von ihnen übrig ist, immer noch da unten herum, zum Teil sogar außerhalb des Schiffswracks, wie Tauchbilder belegen. Viele sind längst Fischfutter. Und da spricht man von der Würde der Toten? Wie zynisch ist das denn? Und selbst heute noch lässt man uns nicht die Leichen bergen, dabei würden wir die Tauchgänge sogar selbst finanzieren. Aber die Genehmigung der zuständigen Behörden wird Jahr für Jahr verweigert. Das Wrack der *Estonia* ist eine offizielle Grabstelle und jede Annäherung an das Schiff unter hohen Strafen verboten.«

»Ach?«

»Wundert sich da noch ernsthaft jemand über die ganzen

Verschwörungstheorien? Ich selbst glaube an überhaupt nichts mehr, ich will einfach nur eine faire und vorurteilsfreie Untersuchung des Untergangs. Der Havariekommission ging es von Anfang an jedoch nur darum, die Schuldfrage weit von sich zu schieben. Weit weg von Schweden, Estland oder Finnland. Wenn man mal überlegt, was allein bei der Rettungsaktion alles nicht funktioniert hat. Finnische Seenotrettungshubschrauber, die nicht betankt waren. Die schwedische Küstenwache, die nicht rechtzeitig informiert worden ist, weil jeder dachte, sie wüsste längst Bescheid und die mehr als eine halbe Stunde verspätet von dem Untergang erfahren und deshalb ihre Rettungskette viel zu spät in Gang gesetzt hat. Eine schlecht ausgebildete Crew auf dem Schiff, die kaum wusste, wie sie die Rettungsboote zu Wasser lassen sollte ... Einige Angehörige sind der Argumentation der Untersuchungskommission gefolgt und haben versucht, die deutsche Werft als Hauptschuldigen zu verklagen. Andere haben es mit Sammelklagen gegen die Regierungen, die Werft, die Zertifizierungsgesellschaften versucht. Alles erfolglos. Bis heute hat sich niemand je zu seiner Schuld bekannt, es ist niemand verurteilt worden, es hat sich niemand entschuldigt.«

Ihre Mundwinkel zuckten. Dann eine Bewegung, als riebe sie sich etwas aus dem Auge.

»Darum kämpfe ich. Darum zünde ich mit meinen Kindern an jedem Jahrestag eine Kerze an. Darum unterhalte ich mich zwei Jahrzehnte später an einem Samstagmorgen mit einer Polizistin, anstatt mit meiner Familie ins Schwimmbad zu fahren.«

Ihr Blick fixierte etwas draußen, hinter dem Fenster, vielleicht die nutzlos gewordene Schaukel. Vielleicht etwas, das viel weiter entfernt lag. Die Möglichkeit eines ganz anderen Lebens. In einem anderen Haus, mit einem anderen Mann.

Aber von ihm gab es nicht mehr als Erinnerungen und ein altes Foto an der Wand.

»Entschuldigung«, sagte Hultin leise.

»Es gibt nichts, wofür du dich entschuldigen müsstest. Das alles haben andere, mächtigere Menschen zu verantworten.« Sie sah Hultin eindringlich an. In ihren Augen standen jetzt Tränen. »Denn darum geht es am Ende doch irgendwie immer. Um Macht.«

4

»Das ist ja der helle Wahnsinn«, freute sich Lars Knutsson und klatschte vor Eifer die Hände zusammen. Fasziniert beobachtete er, wie aus den Erinnerungen des Teppichverkäufers Ola Henriks auf dem Block der Polizeizeichnerin nach und nach ein plastisches Gesicht entstand.

»Die Augen waren vielleicht noch einen Tick größer«, gab Henriks an. »Und sie standen enger zusammen.«

Der weiche Bleistift flog über das Papier.

»So! Ja, genau so!«

Olas Frau, Maja Henriks, die talentierte Bäckerin des *pain riche*, das Knutsson am Vortag goutiert hatte, servierte Kaffee für alle.

»Ah, der gute Schwarze aus der Stockholmer Röstmanufaktur!«, schmeichelte er. Was kulinarische Genüsse anging, hatte er ein ganz ausgezeichnetes Gedächtnis.

»Mit der Hand aufgegossen«, schmunzelte Maja Henriks. Sie sah der Zeichnerin über die Schulter. Mit Aquarellstiften und einem Pinsel legte die junge Frau letzte Hand an.

»Das ist der Knilch! Das ist der Mörder!«, stellte Ola Henriks zufrieden fest.

»So ein haarloses Monster!«, kommentierte seine Frau. »Der hat ja noch nicht mal Augenbrauen!«

»Kommt gar nicht so selten vor, wie man denken mag«, dozierte Knutsson, der sich am Vorabend im Internet ein wenig informiert hatte. »Kann erblich bedingt sein, muss aber nicht. Manchmal hat es auch was mit Testosteron zu tun.«

»Stimmt das so?«, fragte die Zeichnerin. »Und könnte ich etwas Milch in den Kaffee bekommen?«

»Wirklich, wie aus dem Gesicht geschnitten«, bescheinigte ihr Henriks.

»Sehr schön!«, sagte Knutsson. »Damit schnappen wir den Kerl!«

Er trank von dem tollen Kaffee, dann wandte er sich der Zeichnerin zu.

»Ich hätte da noch eine Frage. Eine kleine Bitte vielmehr. Wo du doch so schön und so schnell malen kannst ...«

»Zeichnen. Nicht malen. Ich zeichne.«

»Meine ich ja. Also ich wollte fragen ...«

»Halbprofil oder *en face*?«, fragte sie lächelnd.

»Was ist *ohfahs*?«

»Das ist französisch. Es heißt so viel wie Gesicht von vorne.«

»Dann bitte *ohfahs*«, sagte Knutsson mit einem aufgesetzten französischen Akzent und spreizte übermütig den kleinen Finger von der Kaffeetasse ab. Eigentlich hasste er es, am Wochenende zu arbeiten, aber dieser Vormittag entwickelte sich zunehmend erfreulich. »Und noch ein klitzekleines Stückchen von diesem ausgezeichneten *Peinrich* wäre auch nicht zu verachten.«

5

Erik Edman stand in einer Schürze in seiner hellen Küche und filetierte ein Stück Wild. Seine Tochter, ein siebenjähriges Mädchen, hatte Nyström die Tür geöffnet.

»Ingrid ... Ich hatte gar nicht die Klingel gehört.«

Wie auch, dachte Nyström. Zwei Regalboxen spielten softe Jazzmusik in hoher Lautstärke.

»Norah Jones«, rief er gegen die samtene Frauenstimme an. Dann wischte er sich die Hände an der Schürze ab und griff nach einer Fernbedienung. Sofort wurde die Musik leiser. Edman war nicht nur passionierter Golfer, sondern auch ambitionierter Hobbykoch, wie ihr in diesem Moment wieder einfiel. Vor zwei Jahren hatte sie ihn zu Hause in einer ähnlichen Situation angetroffen, nur die Schürze war damals eine andere gewesen, es hatte irgendein witzig gemeinter Spruch darauf gestanden, während die heutige geblümt war. Marimekko, dasselbe Muster wie die Papierservietten beim Treffen auf dem Präsidium mit Stefan Hammarskjöld. Auch die hatte Edman besorgen lassen. Offenbar hatte er einen Fimmel, was finnisches Design anging. Er lehnte sich unnatürlich schräg an die Arbeitsplatte, und sofort begriff Nyström warum: Die offene Weißweinflasche und das gefüllte Glas sollten möglichst aus ihrem Blickwinkel verschwinden, was allerdings nur bedingt gelang.

»Was kann ich für dich tun?«

Sie lächelte ihr einnehmendes Lächeln.

»Was genau ist eigentlich eine Selleriepiccata?«, fragte sie.

6

Um neun Uhr morgens war Stina Forss auf der großen weißen Fähre, um zehn legte das Schiff ab. Zwischen den Stockholmer Schären lag schwerer Nebel. Über ihr krächzten Möwen und stießen aufs Oberdeck hinab, um nach den Kräckerkrümeln zu picken, die ihnen ein Kind hinwarf. Irgendwo da draußen lag Lidingö, eine Insel, auf der in einem großen Haus eine einsame, alte, reiche Frau lebte. Wenn sie denn noch lebte. Vor etwa anderthalb Jahren war in der Nähe von Växjö der Bruder dieser Frau gewaltsam ums Leben gekommen und Stina Forss hatte maßgeblich dazu beigetragen, den komplizierten Fall zu lösen. Vom Wintergarten der imposanten Villa aus hatte sie damals auf den Sund geblickt und den großen Fähren hinterher. Jetzt war sie selbst auf so einem Schiff. Es roch nach Diesel und nach Meer. Als das Kind seine Kräcker verfüttert hatte, verschwanden die Möwen. Im Nebel vor ihnen tauchte ein Containerschiff auf, blau mit weißen Aufbauten. *MS Gesa*, las Forss während das Schiff vorbeizog. Was wohl in all diesen Containern ist, fragte sie sich. Fernseher? Autoersatzteile? Handbemalte Dalarna-Pferde? Dann war der Frachter wieder im Nebel verschwunden. Ihre Haare waren feucht geworden, sie fror, außerdem war sie hundemüde. Sie ging hinunter in ihre Kabine. Vor ihr lagen 15 Stunden Fahrt. Sie zog sich aus, legte sich aufs Bett und schlief sofort ein.

7

Örkenrud platzte wie immer ohne anzuklopfen in Delgados Büro. Er knallte einen Zettel auf den Schreibtisch. Delgado warf einen flüchtigen Blick darauf.

»Was ist das? Die Telefonnummer einer schönen Frau?«

»Ich bin seit Jahren verheiratet.«

»Sage ich ja.«

»Das ist die Nummer vom Motorblock des verbrannten Saab.«

»Was du nicht sagst.«

»Kannst du mal gefälligst den Blick von deinem verdammten Bildschirm nehmen, wenn ich schon extra hier hochstiefele, um dir relevante Ermittlungsergebnisse persönlich mitzuteilen?«

»Du bist doch nur bei mir, weil Ingrid noch nicht da ist.«

»Stimmt. Aber was machst du da überhaupt so wichtiges am Computer?«

»Schiffe versenken«, sagte Delgado. »Diese verdammten Amis und ihre Seeminen machen es mir nicht gerade leicht, den Atlantik freizuhalten.«

»Spielst du etwa, dass du ein Sowjet bist?«

»Nee, ein Kapitänsleutnant der deutschen Wehrmacht.«

»Na dann, du Nazi. Aber jetzt gib endlich mal die verdammte Motorennummer in deinen schlauen Kasten ein, verbinde dich mit der Zulassungsstelle und vielleicht haben wir dann unseren Mann.«

»Jawohl, mein Führer!«, bellte Delgado. Er grinste. »Aber dass es so leicht ist, glaubst du doch wohl selbst nicht, oder?« Er griff nach dem Zettel und hackte in seine Tastatur. Nach einer Minute war er tatsächlich fündig geworden. »Bingo«, sagte er langsam und überrascht. »Der Wagen ist vor zwei

Wochen als gestohlen gemeldet worden. Die Halterin wohnt in Trelleborg. Geklaut worden ist die alte Kiste auf einem Supermarkt-Parkplatz, ebenfalls in Trelleborg. Zumindest hat es die Besitzerin bei der örtlichen Polizei so angezeigt. Wenn die Daten hier stimmen, ist die Alte 82.«

»Mmh«, machte Örkenrud. »Klingt nicht gerade nach dem Glatzkopf, den Knutssons Zeuge gesehen haben will. Ich bin mal gespannt, was bei diesem Phantombild herauskommt. Fällt dir irgendwas Gescheites zu Trelleborg ein?«

»Klar. Haben ein Scheiß-Fußballteam. Dritte Liga.«

»Jetzt mal ernst.«

Delgado überlegte.

»Fähren«, sagte er schließlich. »In Trelleborg kommen viele Fähren an.«

8

Göran Lindholm war früh aufgestanden, hatte eine Kanne Kaffee aufgesetzt und sich zu den Fachbüchern an den Schreibtisch gesetzt. Er machte sich Notizen, arbeitete mit drei verschiedenfarbigen Textmarkern, schrieb Fachbegriffe auf Karteikarten. In der nächsten Woche stand die theoretische Abschlussprüfung seines Teilzeitaufbaustudiums in Kriminologie an. Bald würde er ein richtiger Kriminalpolizist sein. Zumindest wenn er diesen ganzen Kram irgendwie in seinen Schädel bekam. Nach einer guten Stunde hörte er seine Freundin in der Küche werkeln. Sonja brachte ihm einen Teller mit zwei Käseschnitten und Kresse obendrauf.

»Gehirnfutter«, sagte sie und massierte seine Schulter. »Wo bist du gerade?«

»*Kohärente Intervention in Konflikten in unteren sozialen Schichten schwedischer Großstädte mit Migrationshintergrund*«, zitierte Lindholm.

»Schwedische Städte haben Migrationshintergrund?«

»Nee, damit sind wohl eher die sozialen Schichten gemeint.«

»Ja, ich weiß!« Sonja lachte. »Husby und Rosengård. Die brennenden Autos und die Perspektivlosigkeit der Jugendlichen dort. Es ist nur so komisch verklausuliert formuliert.«

»Das ganze Lehrbuch ist dämlich geschrieben!«, sagte Lindholm. »Ich lern diesen Stuss nie! Außerdem bin ich weder in Stockholmer noch in Malmöer Vororten im Einsatz, sondern in Downtown Växjö. Oder kannst du dir vorstellen, dass es in Araby Aufstände gibt und massenhaft Autos angezündet werden?«

Wieder musste Sonja lachen. »Ja, warum nicht?« Dann wurde sie plötzlich ernst. »Ist es eigentlich schon sicher, dass du hier die Stelle bekommst?«

Lindholm drehte sich auf seinem Schreibtischstuhl zu ihr um.

»Ziemlich, glaube ich. Meine Chefin macht jedenfalls solche Andeutungen. Wenn es hier nicht klappt, müsste ich mich wohl woanders bewerben. Es gibt landesweit einige offene Stellen. Sogar in Kiruna.«

»Kiruna? Das sind mehr als 1500 Kilometer von hier! Was wird denn dann aus uns?«

»Dann kommst du halt mit mir!« Er griff nach ihren Händen, doch sie entzog sich ihm.

»Spinnst du? In Kiruna ist es neun Monate im Jahr dunkel und kalt und beschissen! Und es gibt dort noch nicht einmal eine richtige Uni!«

»Aber eine kleine technische Hochschule.«

»Und auf der soll ich dann meinen Abschluss in französischer Literatur machen, oder was?«

»Ich werde schon nicht nach Kiruna gehen und auch nicht nach Sundsvall oder Gävle. Ich kann bestimmt hierbleiben.«

»Aber wissen tust du's nicht.«

»Nein, wissen tu ich's nicht.« Er zögerte. »Aber meine Chefin ist in Ordnung. Sie wird sich bestimmt für mich einsetzen.«

»Mmmh«, machte Sonja. »Vielleicht solltest du dich für sie unentbehrlich machen.«

Sie griff nach einem der Brote, die sie eigentlich für ihn geschmiert hatte, und biss hinein.

»Und wie das, bitte schön?«

»Zum Beispiel, indem du diesen Mordfall löst, von dem du erzählt hast. *Der Ötzi von Araby*. Und diese tote Anwältin.«

Lindholm griff nach dem anderen Brot. Gehirnfutter.

»Und du denkst, das versuche ich nicht die ganze Zeit?«, kaute er. »Aber was soll ich tun, wenn sie mich nur die Laufburschenarbeit machen lassen? Einer meiner Kollegen, Hugo, hat sein Computerding am Laufen und Lasse lebt noch im vorigen Jahrhundert. Anette, diese Exsoldatin, mit der sie mich meistens losschicken, läuft irgendwie auf Autopilot und diese seltsame Deutschschwedin begreift sowieso kein Mensch. Alle düsen durch die Weltgeschichte und ich darf hier die Lehrbücher wälzen.«

»Wenn du ein richtiger Kriminalpolizist werden willst, musst du die Lehrbücher wälzen. Also hör auf zu jammern! Gestern hast du immerhin eine Freundin der ermordeten Anwältin verhören dürfen.«

Die MILF. Aber diesen Spitznamen hatte er Sonja natürlich verschwiegen.

»Das war ja eher ein Gespräch als ein Verhör.«

»Trotzdem. Und davor warst du bei dieser Baufirma Lund und davor auf dem Golfplatz und ...«

»Stopp!«, sagte Lindholm. »Du hast ja recht.« Er griff erneut nach ihren Händen und diesmal ließ sie es zu. Er zog sie zu sich heran, schob ihr Sweatshirt hoch und legte seinen Kopf auf ihren weichen Bauch. Sie streichelte sein Haar. Nahm ihm seine Brille ab und legte sie auf den Schreibtisch. Ging vor ihm in die Knie und gab ihm einen Kuss auf den Mund. Auf seiner Lippe klebte ein Blättchen Kresse. Sie spürte seine Zunge in ihrem Mund. Ihr Unterleib wurde warm. Dann war die Zunge plötzlich weg.

»Warte mal kurz«, sagte er. »Was du eben gesagt hast. Diese Baufirma Lund AB und der Golfplatz.«

»Was war damit?«

»Da war so eine etwas durchgeknallte dicke bunte Tante, die Chefin dieses Bauunternehmens. Die hat was von zwei ehemaligen Mitarbeitern erzählt, die ...« Er sah Sonja an. Ihr offenes, fröhliches Gesicht. Ihre tollen Haare, das Grübchen im Kinn. Nein, er wollte nicht nach Kiruna oder Sundsvall. Er wollte hierbleiben, in Växjö. Bei ihr.

»Was hältst du von einem spontanen Samstagausflug nach Tingsryd?«, fragte er.

»Bei dem Wetter?«, fragte sie ungläubig. »Wollen wir nicht lieber ...« Ihre Kopfbewegung ging Richtung Schlafzimmer.

Lindholm straffte sich.

»Ein echter Polizist muss auch Opfer bringen können. Ich habe schließlich einen Fall zu lösen!«

9

»*SDI*« sagte der Jüngling, sobald er Hultin die Tür aufgemacht hatte.

»Wie bitte?«

»*Strategic Defense Initiative*«, erklärte Tomas Lennartsson ungeduldig. Er hatte einen Fusselbart und deutlich sichtbare Fingerabdrücke auf den Gläsern seiner randlosen Brille. »*SDI* wurde im Kalten Krieg unter Reagan in den USA initiiert. Sollte so eine Art Star Wars werden, Krieg der Sterne. Nur halt in echt. Hat 29 Milliarden Dollar gekostet, Clinton und später auch Bush haben das Programm mit kleinerem Budget und unter anderem Namen fortgeführt. Aber 1994 hieß es noch *SDI*. Deshalb bist du doch hier?«

Er nahm seine Brille ab und polierte sie an einem Zipfel seines T-Shirts. Es trug den Aufdruck der Piratenpartei.

»Ich bin wegen deines Internetblogs über die *Estonia* hier«, sagte Hultin.

»Eben. Sag ich ja. *SDI*. Oder was glaubst du, warum das Schiff sonst versenkt worden ist?«

Auweia, dachte Hultin. Soll ich sofort wieder umdrehen oder mir die nächste halbe Stunde den Schmonz anhören? Den Schmonz anhören, entschied sie. Schließlich war sie eine halbe Ewigkeit bis Vetlanda rausgefahren. Und Ingrid hatte ihr einen klaren Auftrag gegeben. Das Letzte, was sie sich vorwerfen lassen wollte, war fehlende Loyalität gegenüber ihrer Chefin.

»Vielleicht bittest du mich erst einmal hinein?«, schlug Hultin vor. »Immerhin regnet es in Strömen.«

»Aber leise, meine Mutter schläft noch«, sagte der junge Mann. Hultin schätzte ihn auf Ende zwanzig.

»Versprochen«, sagte sie. Solange wir uns drinnen keine

spitzen Hüte aus Aluminiumfolie aufsetzen müssen, damit die NSA unsere Gedanken nicht lesen kann, dachte sie.

»Nicht so schnell! Hast du ein Handy dabei?«

»Ja, klar.«

»Das musst du natürlich in deinem Auto lassen. Genau wie andere Überwachungstechnik.«

»Ich habe überhaupt keine Überwachungstechnik!«, protestierte sie.

»Das haben mir schon ganz andere Leute erzählt.«

Er griff hinter sich und hatte ein fiependes Gerät in der Hand, wie Hultin es von Flughafenkontrollen kannte.

»Arme zur Seite!«, verlangte er. »Oder wir brechen das Ganze auf der Stelle ab.«

10

Das Gespräch mit Edman verlief besser, als Nyström es befürchtet hatte. Tatsächlich schien die häusliche Umgebung andere Seiten an ihm zum Vorschein zu bringen. Und damit meinte sie nicht die blumige Marimekko-Schürze. Sie hatten sich ins Wohnzimmer gesetzt. Nyström erzählte. Von Tõnu Puusta und seinem Überleben der *Estonia*-Tragödie. Von dem verbrannten Saab und den gelben Kanistern. Von Anna-Lena Hammarskjöld, dem Foto auf ihrem Handy und ihrer Vergangenheit beim Schifffahrtsministerium. Edman blieb überraschenderweise relativ ruhig und besonnen.

»Es war richtig, dass du jemanden aus dem Team nach Stockholm und Tallinn geschickt hast. Wenn die ehemalige

Arbeitskollegen beziehungsweise unsere estnischen Kollegen Informationen über diesen Puusta und seine Vergangenheit haben, sollten wir davon wissen. Wer ist denn gefahren? Lars, Anette oder Hugo Delgado?«

»Stina Forss.«

»Oh.«

»Ich weiß, sie neigt zu Alleingängen.«

»Was sich schon mehrfach gezeigt hat.«

»Aber sie ist effektiv.«

»Es ist deine Entscheidung, Ingrid. Die habe ich zu akzeptieren. Hoffen wir mal, dass sie auf *internationalem Parkett* keinen Mist baut.«

Nyström schluckte. Bei ihrem letzten Auftritt auf internationalem Parkett hatte Forss einen ehemaligen Stasi-Offizier überwältigt, entwaffnet und ihm die Nase gebrochen. Einige Monate zuvor hatte sie einer Verdächtigen mit einer nicht registrierten Waffe einen Finger von der Hand geschossen. Zugegeben: Beide Grenzüberschreitungen hatten zur Lösung schwieriger Fälle beigetragen. Forss war effektiv. Aber sie war ebenso unberechenbar.

»*Estonia*«, sagte Edman. »Das ist ein großes Fass. Das ist das größte anzunehmende Fass überhaupt. Sollen wir das öffnen? Können wir das öffnen? Wollen wir das öffnen? Haben wir überhaupt die Mittel dazu?«

»Nein«, sagte Nyström. »Nicht im Ansatz. Sobald man beginnt, sich nur ein wenig damit zu befassen, wird einem schwindelig. So viel Geschichte. So viele Geschichten. Beinahe tausend Tote und Ungereimtheiten über Ungereimtheiten. Wir können dieses Fass nicht öffnen. Aber wir müssen einige kleine Löcher hineinbohren und schauen, was für eine Brühe uns entgegenquillt. Fragen stellen, nachbohren, in Archiven wühlen. Und das alles unter dem Radar der Presse.«

»Um Gottes willen, ja!« Edman raufte sich die Haare. »Wenn auch nur ein einziger Journalist das Wort *Estonia* zugeraunt bekommt, bricht hier die Hölle los. Für uns alle, Ingrid! Dann können wir unsere Karrieren gemeinsam beerdigen.«

»Natürlich. Dennoch: Wir brauchen Zugang zu Informationen der Schifffahrtsbehörde. Die haben sich noch immer nicht gemeldet, obwohl ihnen seit zwei Tagen unsere Anfrage vorliegt.«

»Die Mühlen der Behörden mahlen langsam.«

»Ich weiß. Aber es eilt. Es gibt zu viele offene Fragen: Hatte Hammarskjöld irgendetwas mit der Aufklärung des Untergangs zu tun? Saß sie gar in der Havariekommission? Warum ist sie kurz nach dem Unglück in die Privatwirtschaft gewechselt? Geht es bei den beiden Morden um irgendeine Art von Vertuschung? Und dann dieser Puusta: Wieso überlebt jemand die schwerste europäische Seekatastrophe der Nachkriegszeit und liegt dann zwei Tage später erschossen unter der Betonverschalung eines Golfplatzhindernisses in Växjö?«

Edman drehte sein Weißweinglas versonnen in der Hand. Das mit dem Verstecken hatte ja nicht geklappt, dachte Nyström, außerdem durfte er zu Hause schließlich machen, was er wollte. Auch samstagsvormittgs Wein trinken, wenn ihm danach war. »Kochwein«, wie er erklärte. Auf dem Glas war ein kleiner Aufkleber mit rotem Punkt, Iittala, erkannte Nyström. Edman hatte wirklich einen finnischen Designfimmel.

»Aber nicht in dem Sinne, dass man mit ihm kocht, sondern dass man ihn beim Kochen trinkt. Ein ausgezeichneter *Meursault*. Kommt aus dem Burgund. In Schweden schwer zu kriegen und wenn, dann unbezahlbar. Habe ich aus dem letzten Frankreichurlaub mitgebracht. Die guten Jahrgänge der Premier-Cru-Lagen kosten weit über tausend Kronen.«

»So viel Geld für eine Flasche Wein?«

Edman lächelte.

»Alles was ich über Weine und Kochen weiß, hat mir mein Vater beigebracht.«

Nyström war überrumpelt von Edmans ungewohnter Offenheit. Ob ihm der Wein die Zunge gelockert hatte?

»Meine Golfleidenschaft habe ich ebenfalls von ihm. Ein toller Mann übrigens. Gebürtiger Finne. Wurde als Fünfjähriger in eine schwedische Familie geschickt, ein Kriegskind. Die Jahre haben ihn stark geprägt und er hat sich später nie wieder richtig in Finnland zu Hause gefühlt. Die einfachen Verhältnisse, die Armut ... Als Siebzehnjähriger ist er zurückgekommen, hat meine Mutter kennengelernt, geheiratet und ihren Namen angenommen.« Edman lachte. »Zum Glück! Sonst würde ich heute Erik Honkavaara heißen.«

Nyström lächelte.

Edman wurde wieder ernst.

»Mein Vater hat sich hier durchgeboxt. Entgegen aller Vorbehalte bis ziemlich weit nach oben. Er war Staatssekretär im Gesundheitsministerium. Und deshalb komme ich überhaupt auf ihn zu sprechen. Einer seiner besten Freunde war jahrelang stellvertretender Abteilungsleiter in der Schifffahrtsbehörde, bevor er in Pension gegangen ist. Ich werde ihn anrufen. Wenn uns jemand inoffiziell Informationen über Hammarskjölds Karriere in der Behörde geben kann, dann er.«

»Danke«, sagte Nyström. Sie wusste nicht, was sie sonst sagen sollte. Ihr Handy brummte. Sie warf einen Blick darauf. Knutsson. Sie nahm das Gespräch an, Edman gurgelte seinen Wein. Nach einer Minute legte sie auf.

»Es gibt anscheinend ein brauchbares Phantombild von

Hammarskjölds Mörder«, sagte sie. »Wir sollten damit an die Presse! Trotz deiner Zusagen gegenüber Stefan Hammarskjöld.«

Edman ließ die bernsteinfarbene Flüssigkeit in seinem Glas kreisen. Ein ehrgeiziger finnischer Vater, eine finnische Schürze, ein finnisches Glas. Krawatten mit Golfmotiven und eine Karrierefixierung. Manchmal war Psychologie so einfach.

»Am Montag«, entschied er. »Zeig vorher Hammarskjöld und seiner Freundin und auch diesem Pribb das Bild. Vielleicht war es ja doch jemand aus dem Umfeld der Familie.«

»Das hatte ich vor.«

»Gut«, sagte er. Dann trank er den Rest Wein im Glas in einem Zug aus. Nyström stand auf. »Übrigens«, sagte er, als sie nach ihrem Mantel griff, den sie über die Sofalehne gelegt hatte, »Selleriepiccata sind eine Art panierte Schnitzel. Nur dass man statt Fleisch blanchierte Selleriescheiben nimmt. Ich würde dazu einen leichten Chardonnay empfehlen.«

11

Wie die Zwerge in den Minen von Moria, dachte Delgado. Auf der ewigen Suche nach Mithril, dem wertvollsten aller Metalle in Mittelerde, hatten sie in ihrer Gier so tief gegraben, dass sie einen grauenhaften Dämon, den Balrog, befreit und damit ihren eigenen Untergang beschworen hatten. So ähnlich erging es ihm im Internet. Je tiefer er nach den seltsamen Geschehnissen rund um den Untergang der *Estonia* grub, desto mehr Dämonisches kam ans Tageslicht. Noch riss es seinen Verstand nicht mit in die Tiefe, aber es verwirrte ihn zunehmend. Vorgestern Abend, zu Beginn seiner Recherche, hatte er sämtliche Verschwörungstheorien für reinen Nonsens gehalten, aber Fakt war, dass er seitdem auf immer mehr Ungereimtheiten stieß. Was hatte es zum Beispiel mit der merkwürdigen Funkstörwelle auf sich, die es den alarmierten Schiffen im Umkreis der *Estonia* unmöglich gemacht hatte, Kontakt zum Land herzustellen und einen Alarm für den gesamten Ostseeraum auszulösen? Radio Helsinki und auch die Telefongesellschaft Telia berichteten über dieses Phänomen und Jahre später wurde bekannt, dass vermutlich der russische Marine-Überwachungssender auf der Insel Gogland dafür verantwortlich war. Bemerkenswert war allerdings, dass der Sender auf Gogland eigentlich nur dann aktiv wurde, wenn sich Schiffe oder U-Boote der russischen Flotte in diesem Sektor der Ostsee bewegten. Schon am 28. September, dem Tag des Untergangs, hatte Russland in einem offiziellen Fax an Schweden, Finnland und Estland mitgeteilt, dass es keine Schiffe oder U-Boot-Bewegungen in der Nähe des Unglücksorts gegeben hätte, dabei hatte sie überhaupt niemand danach gefragt. Unweigerlich kamen Delgado Bilder aus dem Kalten Krieg in den Sinn; sowjetische U-Boote, die in den schwedischen Schären auf Grund gelaufen und internationale Krisen heraufbeschworen hatten.

Dann war da die Sache mit den geheimen Militärtransporten. Angehörigenverbände hatten dies von Anfang an vorgetragen, ihre Behauptungen waren aber lange Zeit als Spinnereien abgetan worden, bis 2004 die zuständigen Zoll- und Militärbehörden nach Recherchen des öffentlich-rechtlichen Fernsehsenders SVT zugeben mussten, dass die *Estonia* mindestens zweimal kurz vor dem Unglück, am 14. und

20. September, für Militärtransporte genutzt worden war. Das hatte der von der schwedischen Regierung beauftragte Richter Johan Hirschfeldt in einer darauffolgenden Untersuchung bestätigt. Angeblich sollte es sich bei diesen Lieferungen allerdings nur um ungefährliches Ausrüstungsmaterial gehandelt und am Unglückstag selbst sollte sich kein Militärgut an Bord befunden haben. Aber wie glaubwürdig waren solche Aussagen der Behörden, wenn sie vorher die Wahrheit zehn Jahre lang vertuscht hatten und es Journalisten brauchte, um die Lügen und Lügner zu überführen? Plötzlich musste er an Stefan Hammarskjöld und den Rüstungskonzern Saab denken, für den der Manager in leitender Funktion tätig war. Saab stellte auch Waffen her, für Schweden, für die ganze Welt. Erst vergangenen Monat hatte die Meldung für Furore gesorgt, dass die Schweiz 22 Kampfflugzeuge vom Typ *Gripen* bei Saab geordert hatte. Das Gesamtvolumen des Auftrags umfasste mehr als 20 Milliarden Kronen und die Aktien des Konzerns hatten einen satten Sprung nach vorne gemacht. Eine Milliarde Kronen für ein einziges Flugzeug! Das klang nach einem sehr lukrativen Geschäft. Hatte es Rüstungsexporte bei Saab schon Anfang der Neunzigerjahre gegeben? Mit Sicherheit. Vielleicht auch Auslieferungen in Staaten, die weniger demokratisch aufgestellt waren als die Schweiz, und mit denen schwedische Rüstungsfirmen offiziell keinen Handel betreiben durften? Illegale Ausfuhr von Rüstungsgütern? Oder umgekehrt: Konnte ein Konzern wie Saab Interesse an Material oder an Forschungsergebnissen aus ehemaligen sowjetischen Militärbeständen gehabt haben? Flugzeugtriebwerke, Sprengköpfe, Waffenleitsysteme? Wusste Hammarskjöld davon? Hatte er etwas damit zu tun gehabt? War er damals überhaupt schon bei Saab angestellt? Konnte es einen Zusammenhang mit dem Tod seiner Frau geben? Hatte sie ihn er-

presst? Und Puusta? Ein Schmuggler, ein Mitwisser? Die Fratze des Balrogs in Delgados Kopf nahm immer wildere, immer groteskere Züge an. Beruhige dich, sagte er sich. Zügele deine Fantasie! Den Zwergen in Moria war das tiefe Graben nicht gut bekommen. Lass es dir eine Warnung sein! Dennoch hämmerte die Frage in seinem Kopf: Was war in der Unglücksnacht auf der *Estonia* wirklich passiert? Hatte sich etwas Verbotenes an Bord der Fähre befunden? Und wenn ja – was?

12

»Hightech-Scheiß! Hochentwickelte Laser. Spezielle nukleare Grundstoffe wie Plutonium 238. Sogar Material, aus dem sich biologische und chemische Kampfmittel herstellen lassen! Darum diese wahnwitzige Idee der Regierung mit dem Betonsarkophag! Schon mal an Tschernobyl gedacht?«

Die Augen hinter den verschmierten Brillengläsern funkelten Hultin an. Als wäre sie die Irre.

»Aha«, sagte sie. Sie sah sich in dem kleinen, muffigen Zimmer um. Die Rollläden waren heruntergelassen, die einzige Beleuchtung ging von den vielen Computermonitoren und den blinkenden LED-Schläuchen aus, die den unaufgeräumten Raum neben den Postern von Julian Assange und den Whistleblowern Edward Snowden und Bradley Manning sowie einer knapp bekleideten Angelina Jolie dekorieren sollten. Im Hintergrund schepperte Heavy-Metal-Musik. Dabei schlief doch angeblich irgendwo im Haus die

Mutter des Jungen. Hultin deutete auf das Assange-Porträt.

»Der wird übrigens wegen Vergewaltigungsvorwürfen gesucht.«

»Ihr glaubt auch wirklich alles!« Tomas Lennartsson schüttelte seinen schmalen Kopf. Wen er alles mit ihr meinte, war Hultin nicht ganz klar.

»Dieser Manning wird jetzt eine Frau«, stellte sie fest.

»Das wird ihn im Militärknast auch nicht viel glücklicher machen.«

»Vielleicht nicht.«

»Der Mann ist ein Held!«

»Oder eine Heldin.«

Ihre Strategie, Lennartsson von Anfang an zu provozieren, schien aufzugehen. Er plauderte nonstop. Allerdings hatte er das auch schon von dem Moment an getan, als er ihr die Türe geöffnet hatte. Und seltsamerweise war sie mindestens genauso stark von ihm provoziert. Vielleicht sogar noch stärker als umgekehrt. Zum Beispiel von der albernen Anonymus-Maske, die an seiner Schreibtischlampe baumelte. Von der Tatsache, dass sie nach einem entwürdigenden Durchsuchungsakt ihr Handy, ihren Tabletcomputer und ihre Handschellen im Auto hatte lassen müssen. Das alles machte sie wütend. Eigentlich stand diese Psychodynamik so nicht im Polizeihandbuch für strategisches Verhalten bei Verhören.

»Warum bist du eigentlich hier?«, fragte er zum wiederholten Mal. »Du machst dich innerlich über alles lustig, was ich sage.«

»Ich möchte nur wissen, warum deiner Meinung nach die *Estonia* untergegangen ist. Wo du doch dieses meistgelesene Blog zu dem Thema betreibst.«

»Und was glaubst du, warum mein Blog so erfolgreich ist?« Wieder dieser irre Blick.

»Sag du es mir.«

»Weil ich Fakten sammle!«

»Wie die über *SDI*?«

»Genau. Obwohl das Programm wie gesagt damals schon anders hieß. Aber das ändert nichts an der Intention. Die Amis waren heiß auf die Bestände aus der Sowjetunion. Nicht auf alles natürlich, das meiste war ja nur Schrott, aber es gab Perlen. Und Perlentaucher. Natürlich konnte das alles nicht offiziell laufen, sondern unter dem Radar der Öffentlichkeit. Zum einen wollte und durfte das Pentagon nicht die Rüstungsfirmen und Forschungslabore im eigenen Land verprellen. Da gab es ja auch Verträge und Abhängigkeiten. Zum anderen konnte die Army ja wohl kaum mit einem Flugzeugträger in Murmansk vorfahren und sagen: Leute, ladet den geilen Superscheiß mal auf!«

»Wohl kaum«, gab Hultin zu.

»Also bleibt nur ein Umweg.«

»Durch Estland und Schweden? Klingt ehrlich gesagt ziemlich kompliziert, wenn man mich fragt.«

»Dich fragt aber keiner. Zum Beispiel weil du nicht weißt, dass es ganz in der Nähe Tallinns ein Forschungsinstitut gab, das zu Sowjetzeiten jahrzehntelang mit der Entwicklung kleiner nuklearer Antriebswerke befasst war, wie man sie in Atom-U-Booten oder Satelliten benötigt. *SDI* lässt grüßen. Oder weil du nicht weißt, dass in der Nacht des 27. September ein leeres amerikanisches Transport- und Passagierflugzeug auf dem Flughafen Stockholm-Arlanda gelandet und am nächsten Morgen ohne Fracht wieder gestartet ist. Kein Linienflug, keine Chartermaschine wohlgemerkt. Worauf die wohl gewartet haben?« Er beantwortete seine Frage selbst: »Auf eine wertvolle, strahlende Fracht, die niemals ankam ...«

»... weil die *Estonia* im Sturm gesunken ist.«

Lennartsson sah sie an, als hätte sie endgültig den Verstand verloren.

»Das Schiff ist nicht wegen des Sturms gesunken.«

»Sondern?«

»Es wurde natürlich versenkt.«

»Natürlich«, sagte Hultin. »Und dafür hast du selbstverständlich auch Beweise.«

Lennartsson sah sie lange an. Zum ersten Mal schien seine Jungenhaftigkeit für einen Moment von ihm abzufallen. Er beugte sich ein Stück zu ihr vor. Überraschenderweise roch er gut. *Calvin Klein*, dachte sie. *Pour Homme*.

»Ich könnte dir vielleicht einen Kontakt herstellen«, sagte er leise.

13

Die Brüder Bengt und Hjalmar Åhlgren, die ehemaligen Baggerfahrer der Baufirma Lund, hatten es sich in Tingsryd wirklich schön gemacht. Im diesigen Herbstwetter strahlte der renovierte Bauernhof mit seiner rot getünchten Fassade und den weiß lackierten Ecken und Fenstern Gemütlichkeit aus. Aus dem Schornstein rauchte es und es roch angenehm nach brennendem Holz. Neben der gekiesten Auffahrt standen zwischen alten Weiden Gartenzwerge und geschnitzte Trolle. Um ein Vogelhäuschen, einer exakten Miniaturkopie des Hauptgebäudes, flatterten Meisen und pickten Futter. Göran Lindholm und seine Freundin Sonja parkten, stiegen aus und klingelten. Nach einem freundlichen Telefonat am Vormittag hatten sich die Brüder auf den Besuch gut vorbereitet und augenscheinlich freuten sie sich sehr, zwei junge Leute bei sich empfangen zu dürfen. Im Wohnzimmer duftete es nach Zimtschnecken und frisch aufgebrühtem Kaffee, in einem alten Kachelofen knisterte ein Feuer.

»Setzt euch, setzt euch«, sagte Hjalmar Åhlgren, der Ältere der beiden. Im Gegensatz zu seinem Bruder hatte er nur noch wenig Haare, dafür aber unglaublich viele Sommersprossen. Beide trugen Hemden, Strickpullunder und Hosen mit Bügelfalten aus Synthetikgewebe.

»Haut rein! Wir haben zufällig gerade gebacken«, fügte Bengt Åhlgren an. »Möchte jemand Milch in seinen Kaffee?«

Göran nickte. Die beiden alten Männer hatten offenbar nicht allzu häufig Besuch und empfanden die Ausnahmesituation anscheinend als sehr angenehm.

»Du bist also ein echter Polizist?«, fragte Hjalmar. »Sei mir nicht böse, aber irgendwie sahen Polizisten früher anders aus.«

»Wie Kling und Klang, die Büttel aus den Pipi-Langstrumpf-Büchern?«, hakte Sonja lächelnd nach.

»So alt sind wir nun auch wieder nicht!«, protestierte Bengt. »Aber Göran wirkt auf mich ebenfalls eher wie ein Student und nicht unbedingt wie ein Polizist.«

»Bin ich ja auch. Irgendwie. Ein Polizist, der ein Aufbaustudium macht. Und nächste Woche sind die letzten Prüfungen. Danach bin ich ein richtiger Kriminalbeamter.«

»Man gratuliert!«, beglückwünschte ihn Hjalmar.

»Und du bist auch noch Studentin?«, wandte sich Bengt an Sonja.

»Genau. Französische Literatur ist mein Hauptfach.«

»Was wird man denn damit?«, fragte Hjalmar.

»Wahrscheinlich Taxifahrerin«, sagte Sonja. »Oder schlimmstenfalls Schriftstellerin in Paris.«

Alle vier lachten. Kaffee wurde nachgefüllt, weitere Zimtschnecken wurden auf Teller geladen.

»Aber darum seid ihr ja nicht hier«, stellte Bengt schließlich fest. »Sondern wegen des Ötzis von Araby.«

»Genau«, sagte Göran Lindholm. »Sozusagen. Es geht natürlich um eure ehemalige Arbeit für die Lunds. Vor zwanzig Jahren gab es da diesen Auftrag auf dem Golfplatz in Växjö. Ein neues Wasserhindernis wurde gebaut und den Firmenunterlagen zufolge wart ihr beide für die Ausbaggerungsarbeiten zuständig.«

»Ich erinnere mich vage an die Arbeit dort«, sagte Hjalmar. »Gleich neben dem Helgasee.«

»Es war ein stürmischer Herbst, das weiß ich noch«, fügte Bengt an. »Ähnlich wie in diesem Jahr.«

»1994.« Lindholm versuchte der Erinnerung der beiden alten Knaben auf die Sprünge zu helfen.

»Das Jahr, nachdem Mutter gestorben ist.«

»Gott hab sie selig.«

»Jedenfalls habt ihr dort auf dem Golfplatz neben dem See gebaggert. Aber die Betonarbeiten, die Ausschalungen haben andere gemacht. Arbeiter einer anderen Firma, Mizgaitis AB aus Markaryd.«

»Jetzt, wo du es sagst.«

Hjalmar und Bengt nickten unisono.

»Und genau da setzt meine Frage an«, sagte Lindholm. »Könnt ihr euch womöglich noch an diese Betonarbeiter der Firma Mizgaitis erinnern?« Er sah von einem zum anderen. »Namen? Aussehen? Irgendwelche Eigenarten?«

Bengt nahm einen Schluck von seinem Kaffee.

Hjalmar biss von seiner Zimtschnecke ab.

»Na klar«, sagte Bengt dann. »Einer hieß Pelle. Er hatte vorher jahrelang mit uns bei den Lunds gearbeitet. Bis sie ihn wegen seiner ewigen Sauferei rauswerfen mussten. Er ist dann wohl sporadisch bei dieser ausländischen Firma untergekommen.«

»Bei Mizgaitis?«

»Genau. An seinen nüchternen Tagen war Pelle ein verdammt guter Arbeiter. Der konnte echt was wegschaffen.«

»Und dieser Pelle hat für Mizgaitis AB die Betonarbeiten am Golfplatz gemacht? Da seid ihr euch zu einhundert Prozent sicher?«

Lindholms Stimme überschlug sich fast.

Sonja kniff ihn diskret in den Oberschenkel.

Hjalmar und Bengt sahen sich an. Dann nickten beide wieder im Takt.

»Genau. Da gibt's kein Vertun. Pelle war ja vorher lange Zeit unser Kollege bei Lund gewesen. Peter Kjöller hieß er. Ein Trinker vor dem Herrn«, sagte Bengt. »Was aus dem wohl geworden ist?«

»Wenn der sich nicht totgesoffen hat, fress ich einen Besen«, sagte Hjalmar. »Möchte vielleicht noch jemand einen Kaffee?«

14

Nach ihrem Besuch bei Edman war Nyström beinahe beschwingt. So gut war bisher noch kein Treffen mit ihrem Vorgesetzten verlaufen. Vielleicht sollte sie ihn grundsätzlich nur noch bei ihm zu Hause aufsuchen. Am besten mit einer guten Flasche Weißwein im Gepäck. Sie war froh darüber, dass er ihre Entscheidungen unterstützte, einen Ermittler nach Stockholm und Tallinn zu schicken, immerhin riss ein solcher Ausflug ein ganz schön großes Loch ins Budget und in die dünne Personaldecke. Außerdem hatte sie Edman die Zusage entlockt, Knutssons Phantombild zu veröffentlichen und den Mord an Anna-Lena Hammarskjöld endlich öffentlich zu machen, obwohl die Publicity ganz ausdrücklich dem Diskretionsinteresse des mächtigen Saab-Konzerns widersprach. Aber wo kam man auch hin, wenn man auf solche Interessen Rücksicht nahm? Schließlich lebten sie hier immer noch in einem Rechtsstaat! Natürlich war ein Phantombild erfahrungsgemäß keine Garantie für Fortschritte in den Ermittlungen, manchmal konnte eine unscharfe, detaillose Zeichnung sogar zum Gegenteil führen, wenn irgendwelche Denunzianten behaupteten, den verhassten Nachbarn, die unsympathische Schwiegermutter oder den fiesen Chef im Fahndungsbild zu erkennen, aber immerhin war es einen Versuch wert. Es gab schließlich auch Fälle, in denen Hinweise aus der Bevölkerung dazu beigetragen hatten, schwere Verbrechen aufzuklären. Ihr Telefon klingelte. Sie sah aufs Display. Endlich rief Hammarskjöld zurück. Wurde aber auch Zeit, dachte sie.

Die Frage nach der *Estonia*-Gedenkstätte in Stockholm schien ihn zu überraschen. Ja, er kenne die Gedenkstätte. Nein, er sei nie mit Anna-Lena dort gewesen, auch vergangenen Monat nicht. Er sah in seinem Terminkalender nach. Der 28. September war ein Sonntag. Ja, er sei an diesem Wochenende mit seiner Frau in Stockholm gewesen. Am Samstagabend hätten sie gemeinsam das Eric-Clapton-Konzert im *Globen* besucht. Den Sonntag hätten sie allerdings größtenteils getrennt voneinander verbracht. Er selbst sei auf einem Treffen eines Industrieverbands gewesen, während Anna-Lena ins Spa gewollt hätte. Nein, seines Wissens nach habe seine Frau niemanden gekannt, der bei dem Schiffsunglück ums Leben gekommen war.

Nyström dachte einen Augenblick nach.

»Wann hat sie eigentlich genau bei der Behörde für Schifffahrt gekündigt?«, fragte sie.

In der Leitung blieb es einen Augenblick still.

»Das muss 1994 gewesen sein.«

»Vor oder nach dem Untergang der *Estonia*?«

»Ich weiß es nicht mehr genau«, sagte Hammarskjöld. »Es muss kurz davor oder danach gewesen sein.«

»Hatte sie beruflich etwas mit dem Unglücksschiff zu tun?«

Wieder ein längeres Schweigen.

»Nein, nicht direkt.«

»Was heißt das?«

»Sie hat nie von dem Schiff erzählt. Sie saß auch nicht in der Untersuchungskommission.«

»Aber?«

»Ich glaube, dass sie mit Zertifizierungen zu tun hatte. Nach dem ... Untergang hat sie manchmal so dunkle Andeutungen gemacht. Ich hatte das vage Gefühl, dass sie womöglich etwas mit der Lizensierung für die Strecke von Stockholm nach Tallinn zu tun hatte.« Nyström erinnerte sich an Delgados Vortrag. Das Schiff hätte niemals in der offenen Ostsee eingesetzt werden dürfen. »Ausgesprochen hat sie es nie. Aber da war ein Schatten auf ihrem Herzen.«

»Ein Schuldgefühl?«, fragte Nyström.

»Vielleicht«, sagte Hammarskjöld.

Das würde einiges erklären. Den Grund für ihre Kündigung. Warum sie noch Jahrzehnte später die Gedenkstätte besuchte. Aber erklärte das auch ihren Tod?

»Warum hat sie damals bei der Behörde gekündigt?«

»Ich weiß es bis heute nicht«, antwortete Hammarskjöld.

»Mmh«, sagte Nyström. Sie berichtete, dass es womöglich entscheidende Neuigkeiten in der Ermittlung gäbe.

»Was denn?«, fragte Hammarskjöld.

»So etwas machen wir lieber persönlich.«

Widerwillig ließ sich Hammarskjöld auf ein Treffen am nächsten Tag ein. Nyström beendete das Gespräch.

Bevor sie am Nachmittag die Schwestern von Anna-Lena Hammarskjöld treffen sollte, hatte sie noch zwei Stunden Zeit. Sie entschied sich dagegen, ins Büro zu fahren, sondern ging stattdessen einkaufen, außerdem wollte sie kurz bei ihrer Mutter vorbeisehen. Da konnte sie deren bescheidene Einkäufe gleich miterledigen. Am Fischtresen in dem riesigen Einkaufszentrum Samarkand fand sie sowohl Seezunge für die Röllchen als auch Jakobsmuscheln. Ein Risotto hatte sie noch nie gekocht, aber den Angaben auf der Packung zufolge konnte das nicht allzu schwer sein. Und Sellerieschnitzel klangen in ihren Ohren zwar ein bisschen überdreht, waren aber rein technisch betrachtet keine große Herausforderung. In einem Anflug von Übermut ging sie sogar in den staatlichen Alkoholladen, in dem sie bestimmt zwei Jahre nicht mehr gewesen war, und kaufte zwei Flaschen Chardonnay. Anschließend fuhr sie zu ihrer Mutter, die in einer kleinen Wohnung in der Stadt lebte und Nyströms Einladungen, zu ihr in das große Haus im Dörfchen Ör zu ziehen, seit Jahren widerstand.

Während Nyström Milch, Käse und Joghurt im Kühlschrank ihrer Mutter verstaute, unterhielten sich beide eine Weile, vor allem über das Schulproblem, das Marie mit Marcus und seinem besten Freund Emil und dessen Eltern hatte.

»Die jungen Leute heutzutage haben einfach keinen Respekt mehr«, befand Gullan. »Nicht vor Gott und der Welt.«

Nyström wusste nicht genau, ob ihre Mutter mit den *jungen Leuten* nun Marcus, Emil, Marie, Emils Eltern oder gar die umstrittene Lehrerin meinte, aber sie nickte dennoch. Nachdem der Einkauf verstaut war, setzte sie sich zu ihrer Mutter an den Küchentisch. Sie aßen eingelegte Birnen.

»Lecker!«, sagte Nyström. Sie liebte diesen Geschmack, immer schon. Ein Stückchen Kindheit, serviert in einem Glasschälchen. Sie schloss beim Kauen die Augen, strich mit beiden Händen über die schlichte Wachstuchtischdecke. Manchmal war sie erstaunt, wie glücklich sie die einfachen Dinge im Leben machten.

Ein Waldspaziergang.

Schwimmen im See.

Eingelegte Birnen.

Sie brauchte keine Jakobsmuscheln und keine Seezunge, keine Selleriepiccata und kein Orangenrisotto. Aber sie brauchte eine funktionierende Ehe. Sie wollte ihre Sexualität zurück, und wenn der Weg dahin über Meeresspezialitäten und italienische Reisgerichte führte, war sie bereit, ihn zu gehen.

»Die Birnen hat Anna gestern vorbeigebracht.« Anna war Nyströms jüngste Tochter. »Ihre Lebensgefährtin hat die gepflückt und eingemacht. Sie haben genau die richtige Süße.« Mit welcher Selbstverständlichkeit ihre beinahe achtzigjährige Mutter über die Homosexualität ihrer Enkelin sprach überraschte Nyström immer wieder aufs Neue. Dabei sollte sie selbst doch zur aufgeschlossenen Generation gehören. Trotzdem fiel es ihr manchmal schwer, Annas Leben vollständig zu akzeptieren, auch wenn sie sich dafür schämte. Du hast seit fast zwei Jahren nicht mit deinem Ehemann geschlafen und verurteilst innerlich noch immer die sexuelle Orientierung deiner Tochter, dachte sie bitter. Wie lächerlich das doch ist!

»Ja«, sagte sie. »Madeleine ist schon ein tolles Mädchen.«

»Anna wusste schon als kleines Mädchen, was gut für sie ist«, sagte ihre Mutter. »Sei so lieb und leg mir noch zwei halbe Birnen auf.«

Sie aßen schweigend zu Ende. Dann war es Zeit zu gehen.

»Wie geht's im Moment eigentlich deiner Gesundheit«, fragte Gullan zum Abschied im Türrahmen der Wohnung. In ihren Augen stand echte Sorge.

»Muss ja«, antwortete Nyström knapp. Dann zog sie die Tür hinter sich zu.

15

Knutsson war von Lädja aus gut gelaunt in sein Büro zurückgefahren, hatte das Phantombild bei Delgado abgeliefert und mit der alten Dame aus Trelleborg telefoniert, deren Saab gestohlen und verbrannt worden war. »Nein, ich glaube nicht, dass der Schaden zu reparieren ist. Am besten regelst du alles Weitere mit deiner Versicherung.«

Auf dem Flur tauschte er sich kurz mit Örkenrud über die aktuellen Eishockeyergebnisse aus und fragte, ob es beim lange geplanten Termin für die Elchjagd am übernächsten Wochenende bliebe. Das tat es, insofern ihre Arbeitsbelastung ein freies Wochenende zuließ. »Übrigens«, sagte Knutsson zum Abschied. »Der Parkplatz des Supermarkts in Trelleborg, von dem der Saab gestohlen worden ist, liegt in unmittelbarer Nähe des Fähranlegers.«

Fähren.

»Wie kommst du denn jetzt darauf?«, fragte Örkenrud, der sich sofort an sein Gespräch mit Delgado erinnerte.

»Ich habe eben mit der Besitzerin des Wagens telefoniert. Und unser Zeuge aus Lädja, der den Fahrer aus nächster Nähe gesehen hat, hat gesagt, dass der Mann eine gewisse Urlaubsbräune gehabt habe. Da habe ich mir überlegt, ob unser Täter vielleicht mit einer Fähre aus dem Ausland in Trelleborg angekommen ist und sich gleich dieses Auto geschnappt hat.«

»Die Fähren, die in Trelleborg anlegen, kommen aber nicht von den Bahamas oder den Kanaren, sondern aus Polen oder aus Deutschland. Klingt beides nicht gerade nach Sonnenbrand im Oktober, oder?«

»Nee«, sinnierte Knutsson. »Irgendwie nicht.«

16

Als Hultin ins Präsidium zurückkehrte, waren alle Büros der Abteilung leer. Bis auf Delgados. Die Tür stand halb offen und man sah, dass in dem Zimmer Licht an war. Es war später Nachmittag, draußen dämmerte es bereits. Na dann, dachte sie und trat ohne zu klopfen ein. Wie so häufig saß Delgado weit vor seine Monitore gebeugt. Der Desktoprechner allein reichte ihm meistens nicht aus, oft hatte er gleichzeitig noch seinen privaten Laptop auf dem Schoß oder strich auf seinem Tablet oder Smartphone herum. So auch jetzt.

»Bist du eigentlich kurzsichtig«, fragte sie statt einer Begrüßung.

»Gegenfrage: Kennst du die Zwerge von Moria?«

Delgado sah noch nicht einmal auf.

»Du weißt doch, wie sehr ich deinen ganzen Computerspielmist hasse! Werde endlich erwachsen, Hugo!«

»Die Zwerge, die ich meine, kommen nicht aus *World Of Warcraft*. Die kommen aus dem *Herrn der Ringe*.«

»Nie gesehen. Ist doch im Grunde alles dasselbe, dieser Fantasy-Mumpitz.«

»Quatsch! Du hast *Der Herr der Ringe* nicht gesehen? Die Bücher nicht gelesen? Jedes Kind kennt den *Herrn der Ringe*!«

Hultin seufzte. »Vielleicht ist genau das dein Problem, Hugo. *Jedes Kind*. Irgendwie erinnert mich hier sowieso einiges an den gruseligen Ort, an dem ich heute war.« Sie betrachtete die Fußballwimpel von *Östers IF* an der Wand und die Monsterfiguren auf dem Monitor. Den Kalender mit den gemalten Fünfzigerjahre-Pin-up-Models. Er war wohl irgendwie ironisch gemeint – aber trotzdem. Hugos innig geliebte Simpsons-Kaffeetasse. Sie hatte diese Dinge schon tausendmal gesehen, aber noch nie aus diesem Blickwinkel. Vielleicht lag es daran, dass aus ihnen nie ein richtiges Paar geworden war. Wohl auch nie werden würde. Ihr Kollege war im Grunde emotional nie aus der Pubertät herausgekommen. Wie sollte er dann jemals die Verantwortung für eine ernste Beziehung übernehmen? Für eine Familie? In diesem Moment war sie sich sicher: Die Abtreibung vor zwei Jahren war die richtige Entscheidung gewesen, auch wenn Hugo bis heute nichts davon wusste, dass sie von ihm schwanger gewesen war. Niemand wusste davon, bis auf Stina. Und sie bereute längst, es ihrer seltsamen Kollegin in einem schwachen Moment erzählt zu haben. »Du hast nicht zufällig noch ein Angelina-Jolie-Poster in deinem Schreibtisch?«, fragte sie. Sie erschrak darüber, wie brüchig ihre Stimme klang.

Endlich wendete er seinen Blick von den Monitoren ab und drehte sich zu ihr um. Sie hatte die Arme vor der Brust verschränkt und ihre Augenbrauen waren hochgezogen.

»Die ist nicht mein Typ«, antwortete er. »Zu dicke Lippen. Ist eigentlich heute irgendwas mit dir?«

Sie schüttelte den Kopf.

»Nee, nichts. Ich war bei diesem Mitglied der Angehörigenvereinigung. Eine taffe Frau. Ungeheuerlich, wie bei der Aufklärung des Untergangs geschlampt worden ist. Und wie mit den Angehörigen umgegangen wurde.«

»Behörden – ich sag's ja.«

»Und wir sind hier keine Behörde oder was?«

»Wir sind die Bullen.«

»Ach so. Jedenfalls war das eine interessante Begegnung. Respekt einflößend.«

»Und dieser Blogger?«

»Hör bloß auf! Ich sag nur *SDI*. Ein Verschwörungstheoretiker halt. Die *Estonia* wurde seiner Meinung nach von der Nachfolgeorganisation des KGB gesprengt, um zu verhindern, dass irgendwelche Weltraumlaser oder nukleares Material aus dem Land geschafft und in die USA gebracht werden konnten.«

»Auf so ein Prozedere weist tatsächlich einiges hin. Wenn man erst anfängt, die ganzen Ungereimtheiten zusammenzunehmen ...«

»Jetzt fängst du auch noch an! Bloß schade, dass es für diesen ganzen Quatsch nicht einen einzigen Beweis gibt. Geschweige denn einen Hinweis, dass dieses ganze Gerede irgendetwas mit unseren beiden Fällen zu tun hat.«

»Vielleicht sind Beweise nur eine Frage der Zeit.«

»Das hat dieser Lennartsson auch behauptet. Der wohnt übrigens noch bei seiner Mutter. Jedenfalls hat er etwas von Kontakten gefaselt, die er gegebenenfalls herstellen könnte.«

»Gegebenenfalls?«

»Es hängt wohl von dem Eindruck ab, den ich auf ihn

gemacht habe. Er sagte, er müsse darüber nachdenken.«

»Natürlich hast du einen guten Eindruck gemacht. Eine hübsche, kluge, einfühlsame Polizistin.«

»Ohne dicke Lippen?«

»Ohne dicken Lippen!«

»Danke für die Blumen, Hugo. Aber vergiss es. Von dem Typen hören wir nichts mehr. Auf jeden Fall nichts Sinnvolles!«

»Kennst du eigentlich die Geschichte von dem verschwundenen Zweiten Kapitän der *Estonia* und den anderen sieben Verschollenen?«

»Nein«, seufzte sie. »Und ich weiß auch nicht, ob ich sie hören will.«

Delgados Smartphone klingelte. Hultin konnte Göran Lindholms Konterfei auf dem Display erkennen. Ein Spaßfoto, bei dem Göran die Zunge rausstreckte und die Augen verdrehte. Teenagerhumor. Nur dass Hugo wie sie Mitte dreißig war. Er nahm das Gespräch an.

»Ja?«

Lindholm sprach, eine Minute, zwei.

»Noch mal«, sagte Delgado. »Wie heißt der Typ?«

Er hackte etwas in die Tastatur, dann las er, was sein Monitor anzeigte.

»Doch, doch, ein Peter Kjöller lebt in Växjö. Ist 66 Jahre alt. Kommt also altersmäßig hin. Der ist in einem Altersheim im Stadtteil Teleborg gemeldet.«

17

»Peter Kjöller? Meint ihr Pelle?«

Die Frau, die an einer Art Rezeption im Eingangsbereich der Seniorenwohnanlage saß, tippte etwas in ihren Computer.

»Der wohnt in der 17. Hier steht allerdings auch, dass die *Alten Hasen* samstagnachmittags bei der Wassergymnastik sind.«

»Und Peter Kjöller gehört zu den *Alten Hasen*?«, fragte Lindholm.

Die Frau sah ihn an, als wäre er ein Vollidiot.

»Zu den *Golden Girls* kann er ja wohl kaum gehören. Das sind ja unsere Frauen!«

»Ach so.«

Lindholm warf seiner Freundin einen Blick zu. Jetzt siehst du mal, womit ich es als Polizist tagtäglich zu tun habe, sollte dieser Blick sagen.

Die Frau sah auf die Uhr an ihrem Handgelenk.

»Das kann schon noch ein Weilchen dauern, bis die *Alten Hasen* zurück sind.«

»Dann warten wir.«

»Die *Golden Girls* sind im Fernsehraum«, erklärte die Frau. »Es gibt heute *Jenseits von Afrika*.«

»Ich mag Robert Redford«, sagte Sonja. Sie wollte schließlich auch etwas zu der Ermittlung beitragen. »Und Meryl Streep ist natürlich auch klasse!«

»Wir warten dann mal auf Peter Kjöller«, wiederholte Lindholm.

Sie nahmen in einer loungeartigen Sofalandschaft Platz. Die Sitzkissen waren weich und tief. Aus kleinen Boxen, die an den Wänden befestigt waren, perlte leise Drum'n'Bass-

Musik. Eine raffinierte Deckenbeleuchtung sorgte für farblich wechselnde Lichtstimmung. Insgesamt wirkte der gesamte Eingangsbereich eher wie eine exklusive Bar als ein Teil eines Växjöer Altenheims.

»Mit Arthritis kommt man aus diesen Möbeln wahrscheinlich nie wieder hoch«, sagte Sonja.

»Versprich mir, dass du mich spätestens an meinem 70. Geburtstag einschläfern lässt«, flüsterte Lindholm.

»Och«, sagte Sonja. »Die Musik hier ist gar nicht so schlecht. Es fehlen nur noch die richtigen Tabletten und ein schöner Tequila Sunrise.«

»Den wünscht sich dieser Trinker Pelle Kjöller wahrscheinlich auch.«

18

Knutsson fuhr nach Hause. An einem Samstag musste man sich ja nicht unbedingt totarbeiten. Als er die Haustür in Åby öffnete, kam ihm der Duft von gutem Essen entgegen. Sein Magen knurrte. Er zog sich Schuhe und Jacke aus. Wirklich gutes Essen, seine Frau Lisa war eine Meisterin in der Küche. Wenn sie wollte, jedenfalls. Heute wollte sie wohl. Er roch Wild. Wildragout. Mit Safranreis. Wildragout mit Safranreis! Sein absolutes Lieblingsessen!

Sein Herz setzte einen Schlag aus.

Aber das kochte Lisa doch sonst immer nur an ihrem Hochzeitstag …?

Du meine Güte!

War denn heute wirklich schon der 22.?

Aber ...

Verdammt, am Anfang der Woche hatte er doch noch daran gedacht, aber dann waren diese zwei verfluchten Toten aufgetaucht und bei dem ganzen Stress musste er irgendwie ...

Lisa kam ihm entgegen. Sie hatte ihr gutes Kleid an. Das grüne, das er so gerne mochte. Sie gingen ins Wohnzimmer. Auf dem Esstisch stand eine Vase mit frischen Blumen.

»Mein lieber, lieber Bär!«, sagte sie und nahm ihn in die Arme. Er drückte sie an sich. Was sollte er sonst auch tun? Ich brauche ein Geschenk!, dachte er. Ich brauche ein verdammtes Geschenk!

»Mein lieber, lieber Spatz!«, sagte er und küsste sie auf die Stirn. Sie lösten sich voneinander.

»Ich habe da eine Kleinigkeit für dich«, sagte sie und lächelte. Jetzt sah er das Geschenk, es lehnte am Esstisch. Es war groß und lang und in besonderes Papier gewickelt und hatte eine rote Schleife. Ihm wurde heiß. Ihm wurde kalt. Es stand ihm Schweiß auf der Stirn.

»Na, los! Nun pack es schon aus!«

»Aber ...«

»Ich weiß. Aber dieses Jahr bist du als Erster mit Auspacken dran«, lächelte sie.

Er machte drei Schritte auf den Tisch zu. Es war wirklich ein besonderes Papier. Sorgfältig befreite er es von der Schleife und entfernte die Tesafilmstreifen, die es zusammenhielten. Er faltete das Papier auf. Jetzt sah er, was darin war. Eine handgefertigte Fliegenrute.

»Zum Lachsangeln in Norwegen«, sagte Lisa. »So eine wie du dir seit so Langem gewünscht hast!«

Ihm blieb die Sprache weg. Das war nicht irgendeine Supermarktangel. Das war nicht irgendeine Angelladenangel. Das war eine handgefertigte Fliegenrute. Das war die Angel, von der er immer geträumt hatte. Er entdeckte seine Initialien in dem geschnitzten Schaft. Die besondere Spule. Die geflochtene Schnur. Ihm wurde warm ums Herz, seine Augen wurden feucht. Gleichzeitig stieg Panik in ihm auf. Wie hatte er nur ihren Hochzeitstag vergessen können? Nach all den Ehejahren wusste er, wie wichtig dieser Tag für Lisa war. Wie sie ihn jedes Jahr aufs Neue mit großen Erwartungen auflud und zu etwas ganz Besonderem machte.

Was war er für ein schlechter Ehemann!

Was war er für ein grausamer Unmensch!

Lisa sah ihn an.

»Ja, freust du dich denn gar nicht?«

»Doch«, beeilte er sich zu sagen. »Doch! Das ist das schönste Geschenk, das mir je ein Mensch gemacht hat, Lisa!« Er stockte. Es musste raus. Die Wahrheit musste raus. Auch wenn Lisa sie ihm nie verzeihen würde. Er war vielleicht ein schlechter Ehemann, ein grausamer Unmensch, aber er war kein Feigling. Und wenn der Haussegen für die nächsten Jahre schief hängen würde, es musste gesagt werden. Jetzt.

»Es ist nur so ...«, begann er. Welche Worte wählte man in einer solchen Situation? »Ich ...«

Und dann fiel es ihm ein.

Die Lösung.

Es war so simpel, dass ihm die Gesichtszüge entglitten.

Er fing sie wieder ein.

Und lächelte.

»Natürlich habe ich auch eine Kleinigkeit für dich, mein Spatz. Schließ die Augen!«

Er eilte zurück zur Garderobe, wo seine abgegriffene Arbeitstasche stand. Das Porträt, das die Zeichnerin von ihm gefertigt hatte, steckte in einer Klarsichthülle. Schnellen Schrittes ging er zurück ins Wohnzimmer, wo Lisa mit geschlossenen Augen auf ihn wartete.

»Jetzt darfst du sie wieder aufmachen.«

Ihre Augen öffneten sich, sahen, verstanden.

»Du weißt ja, wie ungeschickt ich mit Geschenkpapier bin.«

»Das ist so süß von dir«, flüsterte sie. »Das ist so unglaublich liebenswert und süß und wunderschön.«

Nun waren es ihre Augen, die feucht waren.

»Mit dem Rahmen wollte ich noch warten«, sagte er. »Den sollst du dir ganz allein aussuchen.«

19

Das Erste, was Ingrid Nyström auffiel, als sie die Schwestern von Anna-Lena Hammarskjöld begrüßte, war, wie sehr sich die beiden Frauen von der erfolgreichen Anwältin unterschieden. Von dem Bild, das sie sich von der Toten gemacht hatte, korrigierte sie sich. Hanna Landvall war Mitte vierzig und Typ Kunstpädagogin. Jedenfalls stellte sich Nyström so Kunstpädagoginnen vor. Hennarot gefärbte Locken, auffälliger Schmuck aus buntlackierten Holzperlen, Schuhe mit auffälligen, orientalisch anmutenden Spitzen. Später stellte sich heraus, dass sie in einem Stockholmer Blumenladen arbeitete. Ihre Schwester, Verena Ursjö, hatte kurzes, dunkles Haar und trug Jeans und Bluse, einzig ihre giftgrüne Kunststoffbrille setzte einen modischen Akzent. Sie war Kindergärtnerin, ebenfalls aus Stockholm, beziehungsweise aus einem der südlichen Vororte, wie ihr wichtig war, zu betonen. Nyström war nach einem kurzen Aufenthalt im Präsidium zur Villa der Hammarskjölds gefahren.

Delgado hatte ihr eine Kopie von Knutssons Phantombild gemacht. Die Zeichnung war im Gegensatz zu den meisten Fahndungsbildern dieser Art überraschend präzise. Stefan Hammarskjöld schien nicht zu Hause zu sein. Die drei Frauen setzten sich in das Wohnzimmer, das von Emanuel Pribbs großformatigen Aquarellbildern dominiert wurde. Die Schwestern bewegten sich in dem großen Haus wie Fremde.

»Wir waren hier nicht besonders häufig zu Besuch.« Hanna Landvall schien Nyströms Gedanken zu erraten. »Anna-Lena war deutlich älter als wir. Es gab keinen engen Kontakt. Sie ist ja praktisch schon zu Hause ausgezogen, als wir noch Kinder waren.«

»Ihre Karriere und Selbstständigkeit waren ihr immer sehr wichtig«, fügte Verena Ursjö hinzu. »Sie war kein sehr familienorientierter Mensch. Ob Geburtstage oder Weihnachten: Solche Dinge haben ihr wenig bedeutet.«

»Natürlich sind wir vollkommen geschockt«, sagte Landvall. Sie trug Anna-Lenas Mädchennamen, fiel Nyström ein, vielleicht hatte sie nie geheiratet oder war geschieden oder hatte ihren Namen trotz Ehe behalten. »Ein Mord? Wie kann so etwas passieren?«

»Ich hatte gehofft, dass ihr ...«

Nyström fehlten die Worte. Sie sah in zwei versteinerte Gesichter.

»Wir kannten sie doch kaum«, sagte Ursjö leise. »Sie hat ein so anderes Leben geführt. So weit weg von uns. Und damit meine ich nicht nur die Entfernung nach Stockholm. Dort war sie ja sogar recht häufig, beruflich oder mit Stefan. Termine, Kongresse, Kulturveranstaltungen. Aber bei meiner Familie zu Hause war sie das letzte Mal vor zwei oder drei Jahren.«

Ihre Mundwinkel bebten. Trauer und Bitterkeit vermischten sich. Landvall rieb sich Tränen aus den Augen. Nyström begriff, dass sich beide ihr Leben lang eine andere Art von großer Schwester gewünscht hatten. Eine kümmernde, interessierte Schwester. Das war Anna-Lena anscheinend nicht gewesen. Trotzdem traf die beiden Frauen der Verlust hart. Wie sollte man so etwas auch begreifen? Wie sollte man jemals damit umgehen? Dass jemand die eigene Schwester mit einem Wagenheber erschlägt.

»Wann habt ihr sie das letzte Mal gesehen?«, fragte Nyström.

Die Schwestern sahen einander an.

»Wie gesagt, das ist schon etwas her«, sagte Ursjö. »Zur Einzugsparty in unser neues Haus. Es passte wohl gerade in ihren Terminkalender, weil sie an dem Wochenende sowieso in Stockholm war. Vor zweieinhalb Jahren ungefähr.«

Sie hielt sich die Hand vor den Mund, als würde sie vor der langen Zeitdauer erschrecken.

»Ich war im Sommer einen Abend hier«, sagte Landvall. »Auf der Durchreise nach Dänemark. Wir waren gemeinsam essen. Anna-Lena, ihr neuer Freund und ich. Eigentlich ein schöner Abend. Ich fand diesen Maler ja etwas jung. Aber sie schienen so glücklich zusammen zu sein. Ich habe dann hier im Gästezimmer übernachtet und die beiden sind noch zu ihm gefahren, irgendwo raus aufs Land.«

»Nach Lammhult«, sagte Nyström.

»Kann sein. Ich habe das nicht so ganz verstanden, warum sie noch gefahren sind. Hier im Haus gibt es ja Platz ohne Ende. Und Stefan war wie immer in Linköping. Es war ein bisschen, als wäre das Haus hier eine Tabuzone für Emanuel.«

»Ging das von ihm oder von ihr aus?«

»Das weiß ich nicht.«

»Aber seine Bilder hängen hier überall«, sagte Nyström.

Die Schwestern sahen sich um, als bemerkten sie die Gemälde erst jetzt.

»Ach, die sind von ihm?«

»Stefan schien das nichts auszumachen«, stellte Nyström fest.

»Stefan war immer komisch«, sagte Ursjö. »Ich glaube, er mochte uns nicht besonders. Oder wir haben ihn schlichtweg nicht interessiert. In den dreißig Jahren, die er und Anna-Lena verheiratet waren, habe ich ihn vielleicht zehnmal zu Gesicht bekommen.«

»Er hat wohl auch eine Freundin. In Linköping. Das hatte Anna-Lena an dem Abend im Restaurant erzählt. Anscheinend haben die beiden im Laufe der Jahre ein Arrangement getroffen. Ein gemeinsames Haus, aber verschiedene Betten.«

»So kann man es wohl auch formulieren«, sagte Ursjö.

»Stefans Freundin heißt Malin Wihlborg«, sagte Nyström. »Glaubt ihr, dass Anna-Lena wusste, dass Malin schwanger ist?«

Wieder sahen sich die Schwestern lange an.

»Da weiß ich nicht«, sagte Ursjö. »Wir haben uns manchmal auf Facebook geschrieben, aber diese Schwangerschaft hat sie nicht erwähnt.«

»Ich glaube, wenn sie davon gewusst hätte, wäre es ihr auch egal gewesen«, sagte Landvall. »Anna-Lena hat sich nie etwas aus Kindern gemacht. Ich selbst habe zwei Kinder, Verena hat drei. Sie war auf keiner Taufe und keinem Geburtstag. Sie hat höchstens mal eine Karte geschickt.«

Da war wieder diese Mischung: Trauer und Bitterkeit.

»Ich möchte euch ein Fahndungsbild von einem Mann zeigen. Seid ihr damit einverstanden?«

»Anna-Lenas Mörder?«

Ursjö hielt sich wieder die Hand vor den Mund, Landvall riss die Augen auf.

»Es ist möglich, dass das Bild dem Täter ähnlich sieht.«

Die beiden nickten langsam.

»Wenn es nötig ist.«

»Wenn es hilft.«

»Wie gesagt, es ist eine Möglichkeit. Mehr nicht.«

Nyström holte die Kopie der Zeichnung aus ihrer Tasche. Die Schwestern betrachteten sie lange.

»Nein«, sagte Landvall schließlich.

»Nie gesehen«, sagte Ursjö. »Aber der Mann sieht unheimlich aus, so ganz ohne Haar.«

Landvall reichte Nyström das Bild zurück und sie verstaute es sorgfältig in ihrer Tasche.

»Ich muss euch leider noch eine Frage stellen, die sich vielleicht ein bisschen seltsam anhört.«

Nyström räusperte sich. Sie sah zu den Aquarellen auf. Tiefes Grün und kaltes Blau. Wasserfarben. »Hat Anna-Lena mit euch jemals über die *Estonia* gesprochen?«

20

»Tequila Sunrise?« Peter Kjöller lachte schallend. »Schwester Inge würde mir den Hals umdrehen. Nein, die Zeiten sind Gott sei Dank vorbei!«

»Aber es gab diese Zeiten?«, fragte Lindholm.

Sie saßen zu dritt in Zimmer 17. Es war klein, aber gemütlich. Ein Bett, eine Couch, ein Sessel, ein Tisch, ein Schrank. Ein Schallplattenspieler und ein Regal voller LPs.

»Oh ja«, sagte Kjöller. »Wobei ich nie so der Cocktail-Typ war. Viel zu teuer. Ich habe den billigsten Schnaps getrunken, den miesesten Wein, das schalste Bier. Alles, was ich in die Finger bekommen konnte. Ich bin Alkoholiker, anders kann man das nicht sagen. Endlich trocken, aber trotzdem ein Alki. Das bleibt man sein ganzes Leben. Und wäre ich nicht trocken, dann wäre ich längst tot!«

»Das haben deine ehemaligen Kollegen, die Åhlgren-Brüder, auch gesagt«, entfuhr es Sonja.

»Da haben sie wohl recht. Feine Kerle waren das. Haben mich nie angeschwärzt beim alten Lund. Aber irgendwann war's halt zu viel. Ich hab's übertrieben, bin blau zur Arbeit erschienen. Oder habe meinen Schnaps im Betonmischer versteckt. Der Alte hatte gar keine andere Wahl, als mich hochkant rauszuwerfen. War auch gut so. Ein Alki muss erst ganz unten ankommen, bevor er sich helfen lässt. Ein Alki muss knallhart auf die Fresse fliegen, sonst kann man ihm nicht helfen.«

»Aber es gab doch noch diese Zeit, wo du bei einer anderen Firma arbeiten konntest. Mizgaitis AB. In Markaryd.«

»Stimmt«, sagte Kjöller. »Jetzt, wo du es sagst. Das muss kurz vor meinem endgültigen Zusammenbruch gewesen sein. Die Zeit bei Mizgaitis. Daran habe ich ewig nicht gedacht. Ein ganz mieses Schwein war das, dieser Mizgaitis, ein Ausbeuter. Aber damals war ich froh, dass mich überhaupt noch jemand genommen hat. Das war ja mitten in der Wirtschaftskrise. Und ich als Säufer? Natürlich hat Mizgaitis gewusst, was Sache war. Der hat das eiskalt ausgenutzt. Für ein paar Kronen hab ich mir da den Arsch aufgerissen. An meinen guten Tagen zumindest. Wenn ich aus dem Bett kam. Aber das meiste aus dieser Zeit verschwindet im Nebel.«

»Kannst du dich an einen Auftrag auf dem Golfplatz erinnern? Ihr solltet da ein Wasserhindernis ausbetonieren. Die Åhlgrens haben für Lund die Baggerarbeiten gemacht, aber für die Betonverschalung war die Firma Mizgaitis zuständig.«

»Die *Firma*!«, lachte Kjöller. »Der war gut, mein Junge! Die Firma! Ragnar und ich waren die Firma! Mehr Leute gab's da gar nicht, zumindest nicht zu meiner Zeit! Oder glaubt ihr, dass sich der feine Herr Mizgaitis die Finger persönlich schmutzig gemacht hat? Der ist schön mit seinem Sportwagen rumgefahren, der alte Halsabschneider, aber der hat doch im Leben nicht mitangefasst. Der doch nicht!«

»Und dieser Ragnar?«, fragte Lindholm. »War der mit dir bei dieser Golfplatzarbeit?«

»Muss ja wohl«, sagte Kjöller. »Muss ja irgendwie wohl. An diesen Golfplatz erinnere ich mich wirklich kaum. Ragnar war ein feiner Kerl. Der ist oft für mich in die Bresche gesprungen. Wenn ich keinen guten Tag hatte. Wenn ich nicht aus dem Bett rauskam. Da hat der alles allein weggewuppt. Ein Arbeitstier war das! Der wusste genau, was mit mir los war, die Alki-Nummer und so, aber der hat mich nie dafür verurteilt. Der hat die Schnauze gehalten und meine Arbeit mitgemacht, wenn's mir nicht gut ging. Wirklich ein prima Kerl!«

»Der Golfplatz!«, erinnerte Lindholm.

»Ja, ja. Das waren harte Zeiten damals. Ich war ganz unten. Und Ragnar ist für mich in die Bresche gesprungen. Das Einzige, an das ich mich noch erinnere, ist, dass ich eines Morgens zur Arbeit kam und dann war alles schon gemacht. Das ganze, verfluchte Golfhindernisdings muss Ragnar ganz allein durchgezogen haben. So viel Arbeit in so kurzer Zeit. Und das alles nur, weil der alte Pelle mal wieder voll war wie eine Feldhaubitze!«

»Und dieser Ragnar«, fragte Lindholm aufgeregt, »der hat doch sicher einen Nachnamen?«

»Sicher. Sicher hat der einen Nachnamen, ich meine, irgendwie hat ja jeder einen Nachnamen, oder nicht?«

»Ja, klar«, sagte Lindholm. »Aber wie war der von diesem Ragnar?«

Kjöller blies seine Backen auf. Dann ließ er die Luft raus.

»Karlsson. Er hieß Karlsson mit Nachnamen.«

21

Forss erwachte in einem Niemandsland. Kein Licht, keine Uhrzeit, keine Orientierung, nur die Reste eines wirren Traums: Eiskaltes Wasser, das in ihre Kabine eindringt, Atemnot, Platzangst. Die schützenden Arme ihrer Mutter, nein, es ist Maj, die sie in ihren Armen hält, ihr Sauerstoff in den Mund bläst, sie vor dem Ertrinken und der Kälte rettet. Sie tastete nach einem Lichtschalter und plötzlich wurde es hell. Sie musste im Schlaf die Bettdecke zur Seite gestrampelt haben. Die Klimaanlage der fensterlosen Kabine war viel zu kühl eingestellt. Sie bibberte. Sie stieg aus dem schmalen Bett und duschte heiß. Langsam kehrte die Wärme in ihren Körper zurück. Sie trocknete sich ab, zog sich an und sah auf die Uhr. Es war Abend, sie hatte mehr als acht Stunden geschlafen. Sie spürte, dass sie hungrig war. Auf einem der oberen Decks fand sie in einem Restaurant einen freien Tisch. Sie bestellte ein Steak mit Pommes frites und trank dazu zwei Bier. Hinter den Fenstern war es schwarz. Sie bemerkte ein leichtes Zittern des Bodens, konnte aber kein Auf und Ab der Wellen spüren, dazu war das Schiff zu groß oder die See zu still. Sie setzte sich an eine Bar und trank noch ein Bier und einen Magenbitter. Eine Band spielte alte Rockhits, drei Paare tanzten. Anschließend drehte sie eine Runde durch den Duty-free-Shop. Kurz überlegte sie, Parfüm oder Spirituosen oder Toblerone für Lea und Tuva zu kaufen, dann fiel ihr ein, dass sie das auch noch genauso gut auf dem Rückweg machen konnte. Sie erstand lediglich eine Flasche Mineralwasser für die Nacht. Dann stieg sie kurz auf eins der Außendecks, aber der Wind war stark und kalt. Das Schiff pflügte eine weiße brodelnde Rinne in die dunkle Ostsee, ansonsten gab es nichts zu sehen. Bald ging sie wieder hinein. Drinnen blieb sie vor einem der zahllosen Spielautomaten stehen. Nach einigen Minuten war ihr Hundertkronenschein verbraucht, überraschend schnell, wie sie fand. Vielleicht hatte sie die falschen Knöpfe gedrückt oder die digitalen Trauben, Äpfel und Birnen hatten ihr kein Glück gebracht. Sie ging wieder in ihre Kabine, zog sich aus und las ihren John-Irving-Roman, bis sie müde wurde.

22

Delgado hatte Hultin auf ein Feierabendbier überredet. Rein kollegial, verstand sich. Er wollte ihr die Geschichte vom vermissten Zweiten Kapitän der *Estonia* erzählen. Das war doch allemal besser, als einfach so nach Hause zu gehen und sich allein vor die Glotze zu hängen. Schließlich war Samstagabend und sie hatten eine lange Arbeitswoche hinter sich. Trotzdem war ihm selbst nicht ganz klar, wie der Abend enden würde. Wie er wollte, dass der Abend endete. Wie Anette wollte, dass der Abend endete. Das letzte Mal, dass sie gemeinsam unverbindlich etwas trinken gewesen waren, hatte eine merkwürdig stürmische Nacht und ein sprachloses Frühstück zur Folge gehabt. Das war einige Monate her. Sie waren vom Präsidium den kurzen Weg durch die leere Fußgängerzone ins *Kafé de Luxe* gewechselt. Der Laden in seinem Retrolook, eine wilde, aber gelungene Mischung aus Bar, Café, Restaurant, Konzerthalle und Disco, war Delgados Stammlokal. Er kannte die Bedienungen in ihren Sgt.-Pepper-Fantasieuniformen mit Namen, er liebte das Essen – regionale Küche, modern interpretiert – und mochte die alte Musik, die im *de Luxe* gespielt wurde. Er wusste, dass Anette den Ort »irgendwie zu abgedreht« fand, sie bevorzugte das bodenständige *Bishop Arms*, einen English-Pub, der zu einer landesweiten Kette gehörte, die in mehr als zwanzig Städten Filialen hatte. Anette war im Grunde eine Spießerin, davon war er überzeugt. Sie bügelte ihre Unterwäsche – das hatte er mit eigenen Augen gesehen –, sie benutzte auf ihrem Smartphone eine Kalorienrechner-App, in die sie geflissentlich alles, was sie aß und trank, eintippte. Das, was ihn am meisten störte, war jedoch ihr politisches Weltbild. Aus einer selbst gewählten Opferposition heraus schob sie die Schuld aller Probleme, die das Land hatte, egal, ob es dabei um Pflegemangel in Altersheimen oder um häusliche Gewalt gegen Frauen ging, auf die Einwanderungspolitik, die ihrer Meinung nach Schweden in den Abgrund führte. Ihre gesellschaftlichen Analysen hatten den Scharfsinn eines hölzernen Buttermesserchens. Was sie ausgerechnet an ihm, dem Sohn chilenischer Einwanderer, fand, war ihm ein Rätsel. Genauso wenig hätte er allerdings die Frage beantworten können, was er an ihr trotz aller augenscheinlicher Differenzen so anziehend fand. Ihr ehrliches Lachen? Ihre sportliche Figur? Ihren Ehrgeiz bei der Arbeit?

»Ich sag doch, es läuft immer Scheißmusik hier!«

»Das sind *The Who*!«, empörte sich Delgado.

Ihr Musikgeschmack war es jedenfalls nicht.

Sie hatten an einem der nostalgischen Resopaltische Platz genommen. Die Bedienung, ein junger Mann, der Holger hieß und eine Prinz-Eisenherz-Frisur hatte, brachte ihnen zwei Bier.

»Wollt ihr auch etwas essen?«, fragte er.

Delgado bestellte Kalbsbraten mit Kürbispüree und Grünkohlsalat, Hultin entschied sich für eine Mangold-Pilz-Lasagne.

»Wusstest du eigentlich, dass Stina nach Tallinn fährt?«, fragte Hultin.

»Ja, wieso?« Delgado schaute sie fragend an. Eigentlich war ihm klar, dass Hultin sich übergangen fühlte, und er konnte ihre Verärgerung zum Teil sogar verstehen. Seine Bereitschaft, sich ihr Gejammer anzuhören, war aber gleich null und das Letzte, was er wollte, war, ihr Verbündeter in dieser Sache zu werden.

»Nee, nur ... ach, vergiss es.« Ihre sorgfältig manikürten Finger zeichneten imaginäre Muster auf die Tischplatte. »Der Zweite Kapitän ...«, sagte sie schließlich, um das Thema zu wechseln.

Delgado war erleichtert.

»Genau. Avo Piht. Der Untote.«

»Der Untote?«

Hultin nippte an ihrem Bier. Auf ihrer Oberlippe bildete sich ein Schnurrbart aus Schaum. Wenn sie nur nicht so süß wäre, dachte Delgado. Dann versuchte er seine Gedanken zu ordnen.

»Der Zweite Kapitän Avo Piht galt als besonnener, talentierter Mann. Immer korrekt gekleidet, immer ein Lächeln im Gesicht. Viele Zeugen beschwören, dass sie ihn in der Unglücksnacht oben, auf dem rettenden, siebten Deck gesehen haben. Er habe Schwimmwesten an die Flüchtenden verteilt, versucht, Ruhe ins Chaos zu bringen und das Zu-Wasser-Lassen der Rettungsboote koordiniert. Zum Schluss sei er als einer der Letzten von Bord gegangen und auf eine der Rettungsinseln gesprungen. Zwölf Stunden später sendet das estnische Radio eine Livedurchsage vom Terminal der verantwortlichen Reederei *Estline*; Pihts Name fällt, er ist auf der Liste der Überlebenden. Auch auf den ersten Listen, die die finnischen und estnischen Fernsehsender veröffentlichen, steht hinter Pihts Name ein O.K., das lapidare Kürzel für die Überlebenden. Später haben ihn Bekannte und Arbeitskollegen angeblich sogar auf Fernsehaufnahmen gesehen, in eine Decke gehüllt soll er neben einem Krankenwagen gestanden und in die Kamera geblickt haben. Und ein Sanitäter, das Besatzungsmitglied eines Rettungshubschraubers, gibt in einem Radiointerview an, er habe gerade mit dem Zweiten Kapitän der *Estonia* gesprochen.«

»Und wo liegt das Problem?«, fragte Hultin. Sie leckte sich den Bierschaum von der Lippe. »Wieso untot?«

»Weil Piht drei Tage später als bei dem Unglück verschollen gilt. Auf einer neuen Liste fehlt sein Name plötzlich. Die alten Listen werden einkassiert. Seinen Angehörigen wird erzählt, es handele sich um einen tragischen Irrtum, möglicherweise um eine Verwechslung. Avo Piht werde leider zusammen mit den anderen 851 Opfern des Untergangs vermisst. Alle alten Listen werden von der Polizei plötzlich als Verschlusssache behandelt.«

»Das kann doch nicht wahr sein!«

»Damit nicht genug. Piht teilt sein Schicksal mit sieben weiteren Besatzungsmitgliedern: dem Leitenden Ingenieur, dem 4. Ingenieur, dem 4. Offizier, dem Schiffsarzt, der Leiterin des Duty-free-Shops und zwei jungen Tänzerinnen. Alle sieben galten zunächst als gerettet, dann als vermisst. Natürlich haben sich die Angehörigen mit den widersprüchlichen Angaben nicht einfach so abgefunden. Viele haben Nachforschungen angestellt, sind in die Krankenhäuser nach Stockholm und Helsinki gefahren.«

»Wo sich auch Tõnu Puusta befand.«

»Genau. Jedenfalls erzählte man den geschockten Angehörigen alles Mögliche: Die Behörden hätten sich geirrt, das zuständige Personal habe in dem allgemeinen Chaos den Überblick verloren, es sei wohl leider zu Verwechslungen gekommen. Menschliches Versagen. Die Frau des vermissten Schiffsarztes bekommt von einem Vertreter der finnischen Behörden den merkwürdigen Satz zu hören, dass auch die Polizei ihre Geheimnisse haben dürfe. Ein anderes Besatzungsmitglied, das die Frau zuvor am Telefon mit den Worten »Dein Mann ist bei mir« beruhigt hatte, nahm seine Aussage zurück und begründete dies mit der großen Verwirrung, unter der er gestanden habe. Eine Interpolfahndung nach Avo Piht bleibt ergebnislos und verläuft im Sande. Bemerkenswert ist außerdem, dass alle dieser acht Vermissten gemeinsam in einem Rettungsboot gewesen sein sollen.«

»Du willst mir ernsthaft weismachen, dass diese acht armen Seelen tatsächlich den Untergang überlebt haben und danach aus dem Weg geräumt wurden? Warum denn? Und von wem? Einer bösen, dunklen Macht? Vielleicht Darth Vader?«

Hultin schüttelte den Kopf.

»Keine Ahnung, Anette. Ich suche schlicht und ergreifend

nach Fakten. Und natürlich nach einem Zusammenhang zu Puusta und Hammarskjöld. Viele der Angehörigen glauben an die Mafiatheorie.«

»Dass Puusta irgendetwas mit Schmuggel zu tun hatte, liegt ja wohl auf der Hand«, sagte Hultin. »Aber was besagt deine Mafiatheorie genau?«

»Lange kursierte in estnischen und auch russischen Medien der sogenannte Felix-Report. Angeblich von einem ehemaligen KGB-Mitarbeiter verfasst ...«

Hultin stöhnte auf.

»Angeblich. KGB. *SDI*.«

»Warte! Hör zu! Diesem Felix-Report zufolge ging es um eine Auseinandersetzung unter verschiedenen kriminellen Organisationen. Auf der Unglücksfähre befanden sich demnach auf zwei Lastern große Mengen Heroin sowie 40 Tonnen Kobalt. Die Rivalen der Schmuggler sollen Wind von der Aktion bekommen und den schwedischen Zoll informiert haben, um ihren Widersachern zu schaden. Der daraufhin durch dunkle Kanäle gewarnte Drahtzieher des Schmuggels, ein mächtiger Mafiaboss namens »Jurij«, soll dann dem Kapitän der Estonia, Arvo Andresson, telefonisch befohlen haben, die Bugklappe zu öffnen und die beiden Lkws über Bord gehen zu lassen.«

»Bei dem Sturmwetter?«

»Ja, ein selbstmörderisches Riskio, dem sich Kapitän Andresson aus Angst vor der Mafia nicht widersetzen mochte. So sei dann das Schiff gekentert.«

»Und du glaubst, dass ein Kapitän so verantwortungslos handeln würde?«

»Wenn er geschmiert war.«

»Und deine acht Untoten mussten verschwinden, weil sie diese Todesaktion des wahnsinnigen Kapitäns mitbekommen haben?«

»Na ja, nicht alle. Aber auf jeden Fall Piht, der Offizier und die beiden Ingenieure. Wahrscheinlich waren sie ja in den entscheidenden Momenten mit dem Kapitän auf der Brücke.«

»Und diese Tänzerinnen und der Schiffsarzt?«

»Die mussten sterben, weil sie mit den anderen im selben Rettungsboot saßen.«

»Und woher soll der ehemalige KGB-Mann in deiner Geschichte diese ganzen Informationen gehabt haben?«

»Als Kronzeuge wird ein estnischer Zollbeamter angeführt. Den man drei Wochen nach Bekanntwerden des Felix-Reports erschossen aufgefunden hat.«

»Wie praktisch, nicht wahr?«, sagte Hultin und trank ihr Bier aus.

»Was ist praktisch?«

Sie musterte ihn lange.

»Mich wundert, dass du es nicht merkst. Dabei habe ich dich immer für einen guten Polizisten gehalten.«

»Was nicht merkst?«

»Dass sämtliche Verschwörungstheorien genau so funktionieren. Dass man sie nie überprüfen kann. Seltsamerweise sind immer die entscheidenden Zeugen tot oder noch besser unter rätselhaften Umständen verschwunden, die wichtigen Beweise unter Verschluss oder gar gefälscht worden und statt den einfachen, plausiblen Erklärungen zu folgen, wird um drei Ecken irgendeine Räuberpistole konstruiert.«

»Apropos Räuberpistole: Die Waffe, mit der dieser estnische Zollbeamte erschossen wurde, war übrigens vom selben Typ wie die, mit der Tõnu Puusta ermordet wurde.«

»Na, klar. Und die Amis sind nie auf dem Mond gelandet.«

»Das habe ich nie behauptet!«

»Hugo, denk doch mal nach! Die Unterwelt ganz Osteuropas verwendet ehemalige sowjetische Militärwaffen. Was auch sonst? Wenn irgendwann irgendwo ein estnischer Zöllner erschossen wurde, dann wohl mit einer solchen Waffe. Was soll das mit Puusta zu tun haben? Was mit dem *Estonia*-Untergang?«

»Ich sammle doch nur die Ungereimtheiten.«

»Eben wolltest du noch Fakten sammeln.«

Prinz Eisenherz brachte ihr Essen an den Tisch.

»Wir hätten dann gerne noch zwei Bier«, orderte Delgado.

23

Ingrid Nyström hatte lange geduscht, sich die neue, schicke Unterwäsche angezogen und etwas getan, was sie selten tat: Sie hatte sich sorgfältig geschminkt. Die heiße Dusche hatte ihr gutgetan, sie hatte geholfen, die verspannte Muskulatur zu lösen und die Gedanken an ein vor langer Zeit gesunkenes Schiff zu verdrängen. Ihren Kopf brauchte sie für etwas anderes, wenigstens heute Abend. Sie öffnete die erste Flasche Chardonnay und schenkte sich ein Glas ein. Kochwein, dachte sie und spülte damit eine von Ann-Vivikas Tabletten hinunter. Die Fischgerichte gingen ihr gut von der Hand, das Risotto kochte sich von selbst und die Selleriepiccata waren ein Kinderspiel. Sie drehte das Radio lauter und sang die Schlagermelodien mit. Anders war wie immer pünktlich. Im ersten Moment wirkte er von der langen Reise müde, dann schien er überrascht und erfreut. Der üppig gedeckte Tisch im Kerzenlicht, die seltene Weinflasche, seine gut gelaunte, ja beschwingte Frau. Geschminkt!

Das Essen war ein Gedicht in fünf Gängen, vor dem Nachtisch öffneten sie bereits die zweite Flasche. Nyström war ganz warm in ihrer Brust, in beiden Brüsten, in ihrem Bauch und auch darunter. Da war so ein Kribbeln. Etwas, das sie lange nicht gespürt hatte, aber mächtiger, stärker als sie es von früher kannte. Ob das wirklich an den Medikamenten lag, die Ann-Vivika ihr verschrieben hatte? Dem aphrodisierenden Essen? Anders' Blicken auf ihren Körper?

»Und jetzt ist es Zeit für deinen Nachtisch«, sagte sie. Sie sagte es mit Absicht so, dass es zweideutig klang. Beinahe lasziv, wie sie fand.

Anders legte seine Hand auf ihren Oberschenkel. Wie groß, wie kräftig seine Finger waren. Wie hatte sie das so lange Zeit übersehen können? Seine Hand brannte, durch den Stoff ihres Kleids hindurch.

»Lass uns nach oben gehen«, sagte sie.

Anders lächelte.

Dann klingelte das Telefon.

Das, was Göran Lindholms quakige Stimme auf den Anrufbeantworter sprach, tat ihr in den Ohren, im ganzen Körper weh. Es war, als würde sie brutal aus einem schönen Traum gerissen. Einem feuchten Traum.

Der Anruf ruinierte den Abend. Natürlich war es wichtig. Natürlich rief sie zurück. Natürlich kam sie ins Präsidium, ein Streifenwagen holte sie ab, sie selbst konnte nach dem ganzen Alkohol ja nicht mehr fahren. Und ja, Lindholms hartnäckige Nachforschungen hatten etwas Wichtiges zutage gebracht, vielleicht sogar den Durchbruch der Ermittlungen. Sie hatten einen Namen. Und ein neues Rätsel. Einen Ansatzpunkt. Dennoch wusste sie, dass es die Sache nicht wert war. Nicht an diesem Abend. Sie hätte nicht zurückrufen sollen, sie hätte sich treiben lassen sollen. Die Morde und alles was daran hing, ausblenden sollen. Sich dem Augenblick, sich Anders hingeben sollen. Alles Konjunktiv. Sie hatte es nicht getan. Sie war die Hauptkommissarin. Sie hatte Verantwortung und eine Ermittlung zu leiten. Wen interessierte da schon ihr lächerliches, brachliegendes Sexleben? Den jungen Lindholm wohl kaum. Verliebt und stolz wartete er mit seiner kleinen Freundin im Besprechungsraum und präsentierte ihr einen Namen. Die beiden hatten auch gut lachen. So wie die sich ansahen, trieben sie es wahrscheinlich dreimal am Tag miteinander.

Sie versuchte, ihren Ärger hinunterzuschlucken. Die Wut. Die aufgestaute Lust. Lindholm berichtete. Ragnar Karlsson hieß der Mann, der nach Aussagen seines ehemaligen Arbeitskollegen für die Firma Mizgaitis die Betonarbeiten am Golfplatzhindernis ausgeführt hatte. Allein, die ganze Nacht hindurch. Das war ein Volltreffer. Er musste der Mann sein, der die Leiche von Tõnu Puusta verschwinden lassen hatte. Wahrscheinlich war er auch sein Mörder. Lindholm hatte mit dem Namen die Rechner gefüttert und noch einen Volltreffer gelandet. Es gab bereits einen polizeilichen Fall Ragnar Karlsson. Aus dem Jahr 1994. Es war eine Vermisstenanzeige. Ragnar Karlsson und seine Frau Yvonne waren aus ihrem Haus in Ingelstad, einer Ortschaft, die etwa 25 Kilometer östlich von Växjö lag, verschwunden. In der Nacht auf den 1. Oktober. Drei Tage nach dem Fährunglück, einen Tag, nachdem Puusta verscharrt worden war. Auf Nyströms Unterarm stellten sich die Härchen auf.

»Wo ist die Akte?«, fragte sie.

»Das ist das Problem«, hatte Lindholm gesagt und von dem Bildschirm aufgesehen. »Es gibt keine Akte. Dem Computer zufoge weder digital noch unten im Keller auf Papier. Es gibt nur diesen kurzen Eintrag im digitalen Archiv.«

»Steht dort, wer die Ermittlung damals geleitet hat?«

»Ja.«

»Und?«

Nyström war bewusst, dass sie barscher klang, als sie beabsichtigte. Dass ihr Atem nach Wein roch. Dass ihr ihre Verärgerung anzumerken war. Dass sie unerträglich war, anstatt ihren fleißigen, engagierten Mitarbeiter für seinen bemerkenswerten Ermittlungserfolg zu loben.

»Gunnar Berg«, hatte Lindholm geantwortet.

»Scheiße.«

Es rutschte ihr einfach so heraus.

24

Pontus Palmgren lag lange wach in der Dunkelheit. Auch wenn sich alles in ihm dagegen sträubte, begann er zu verstehen. Er begann zu begreifen. Schließlich überfiel ihn der Schlaf. Er träumte von einem Flug mit einem riesigen Ballon aus schwarzer Seide, tropfenförmig. Unter ihm war eine Ödnis aus schartigem Eis, weiß und blau und türkis. Dahinter lag offenes Wasser. Auf dem Eis bewegten sich in der Ferne drei schwarze Punkte. Drei Männer, die etwas hinter sich herzogen, vielleicht war es ein Schlitten oder ein Boot. Ein weißer Schatten bewegte sich auf sie zu. Schnell, unbarmherzig, der Tod auf vier Beinen. *Nanuk*. In der Sprache der Inuit bedeutete es *Eisbär*.

SONNTAG, 19. OKTOBER

1

Stina Forss aß am Büffet ein fettiges Frühstück aus Eiern, Würstchen und Speck, das sie in dem Moment bereute, in dem sie es hinuntergeschlungen hatte. Womöglich hätte sie sich doch lieber an Müsli und Joghurt halten sollen, aber irgendetwas, vielleicht ihr Bauch, hatte ihr gesagt, dass sie für diesen Tag eine solide Grundlage brauchte. Jetzt büßte ihr Bauch. Mit Magengrummeln ging sie zurück in ihre Kabine und räumte ihre Sachen zusammen. Bald darauf legte das Schiff an. Der estnische Kollege, mit dem sie telefoniert hatte, wartete in der Ankunftshalle auf sie. Toivo Bärengrub war jung, hatte einen festen Händedruck, eine flache Nase und sprach gut Englisch. Er führte sie zu seinem Dienstwagen. Draußen in der Morgendämmerung auf dem Parkplatz des Fährterminals wankte ihnen eine Gruppe betrunkener, grölender Schweden mittleren Alters entgegen. Einer hatte sich die rotgelbe Flagge Schonens wie einen Umhang über die Schulter gelegt.

»Bereiten die Partytouristen aus Skandinavien viele Probleme?«, fragte Forss.

»Kommt wohl darauf an, was man als Probleme definiert«, sagte er mit einem Seitenblick. »Zum einen ist da der billige Alkohol. Und auch die Frage der Prostitution wird bei euch natürlich strikter gehandhabt.«

»Natürlich«, sagte Forss unsicher.

»Beginnen wir den Tag mit einem Kaffee?«, fragte Bärengrub.

»Gerne«, sagte Forss.

Sie fuhren ein kurzes Stück, dann hielt Bärengrub an einer Uferpromenade.

»Vorletztes Jahr war Tallinn europäische Kulturhauptstadt. Auch wenn man davon im Stadtbild nicht allzu viel sieht. Hier allerdings ist ein bisschen was passiert.«

Sie betraten ein modernes Café und nahmen an einem der Tische Platz. Über der Ostsee ging die Sonne auf.

»Die Aussicht ist toll«, lobte Forss.

»Ich kann den Caffè Latte empfehlen«, sagte Bärengrub. »Mit Karamellsirup.« Es klang ein bisschen stolz. So als wolle er seine Stadt von der besten Seite zeigen. Trotzdem war da eine Spur von Ironie in seiner Stimme, fand Forss. Tatsächlich fühlte sie sich in ihren Vorurteilen ertappt. Sie war noch nie im Baltikum gewesen. Sie hatte sich alles karger, ärmlicher vorgestellt. Irgendwie stalinistischer.

»Gerne«, sagte sie. »Mit Karamellsirup.«

Eine bildhübsche, junge Frau nahm Bärengrubs Bestellung auf. Forss mochte die fremde, vokalreiche Sprache, in der sich die beiden kurz unterhielten. Einige Minuten später wurde ihnen der Kaffee gebracht, Forss bekam ihren süßen Caffè Latte, Bärengrub trank seinen schwarz.

»Ich mag die Dinge gerne einfach«, sagte er und lächelte.

Ich eigentlich auch, dachte sie.

Sie löffelte Milchschaum und Karamell und sagte: »Tõnu Puusta.«

»Ein alter Fall. Wir sind froh, wenn wir ihn schließen können. Und danach sieht es ja aus, da das Zahnregistrat, das wir haben, mit eurem schwedischen Abdruck übereinstimmt.«

Bärengrubs helle Augen fixierten sie.

Sie starrte zurück.

»Sicher, es scheint sich um denselben Mann zu handeln, der hier seit zwanzig Jahren als vermisst galt. Aber zu schließen gibt es an dem Fall nichts. Im Gegenteil. Fest steht doch jetzt nur, dass er gewaltsam zu Tode gekommen ist. Dass er mit einer ehemaligen sowjetischen Armeepistole erschossen worden und dann auf einem schwedischen Golfplatz verscharrt worden ist. Aber wir wissen nicht, wer sein Mörder ist. Geschweige denn, dass wir den Täter verhaftet haben und er rechtskräftig verurteilt ist. Dann wäre der Fall geschlossen.«

»Ja«, sagte Bärengrub und nickte. »Stimmt.«

»Was habt ihr also über Puusta in euren Akten?«

Bärengrub räusperte sich.

»Er war ein armes Würstchen mit wenig Schulbildung, das sich zur Zeit der Sowjetunion irgendwie über Wasser gehalten hat. In den Jahren nach der großen Wende hat er mal als Lagerarbeiter, mal als Hilfskraft im Hafen gearbeitet, für verschiedene Speditionen und Reedereien. In dieser Zeit ist er zweimal polizeilich auffällig geworden, einmal wegen versuchten Schmuggels unversteuerter Zigaretten, ein anderes Mal wegen Hehlerei. Er hat versucht, eine geklaute Uhr zu verkaufen.«

»Kleinkram also.«

»Genau. Er kam beide Male mit Bewährungsstrafen davon.«

»Kontakte zum organisierten Verbrechen?«

Bärengrub lächelte.

»Was?«

»Nichts. Es ist nur dieser Ausdruck. Organisiertes Verbrechen. Das klingt immer wie aus einem amerikanischen Actionfilm. Ich meine: Wären sie nicht organisiert, würden sie nicht besonders weit kommen, oder?«

»Hatte er nun welche oder nicht?«

Bärengrub zögerte.

Die Lichtreflexe der tief stehenden Sonne auf dem Wasser in der Bucht vor Tallinn waren spektakulär. Zwei Seevögel flogen auf.

»Wie man es nimmt.«

»Was heißt das?«

»Er hat für eine ziemlich heruntergekommene Spedition gearbeitet, kurz bevor er bei der *Estonia*-Reederei *Estline* anfing. Vielleicht auch parallel dazu. *Tallinn Worldwide Logistics*, heißt der Laden im Moment, er hat in den vergangenen zwanzig Jahren mindestens fünfmal den Namen gewechselt. Die Bezeichnung *worldwide* ist allerdings ein ziemlich anmaßender Euphemismus. *TWL* ist eine kleine, schmierige Klitsche, die Gebrauchtwagen importiert und exportiert, meistens über die Fähren nach Finnland. Früher einmal war es wohl auch einmal eine Lebensmittelspedition. Eigentlich nicht weiter erwähnenswert, wenn sie nicht zu einem größeren, bedeutenderen Firmengeflecht gehören würde, an dessen Spitze *Est Transnational Support* steht.«

»Weiter.«

»Wir assoziieren *ETS* mit dem organisierten Verbrechen, wie du es nennst.«

»Ihr assoziiert?«

»Man kann auch sagen, dass *ETS* ein Mafialaden ist.«

»Inwiefern?«

»*ETS* ist ein erfolgreiches Logistikunternehmen ...«

»So nennt man das hier?«

»Das ist ihre legale Fassade. Wie gesagt, wären sie nicht gut organisiert, würden sie es wohl nicht besonders weit bringen.«

»Ich will mit dem Chef von *ETS* sprechen.«

»Aber der nicht mit dir.«

»Es muss einen Weg geben.«

»Dieser Mann ist ...« Bärengrub setzte seine Kaffeetasse ab. »... ein gefährlicher Mann. Er wird keinen ausländischen Polizisten empfangen.« Sein Blick glitt an Forss hinunter und wieder hinauf, bis sie wieder Augenkontakt hatten. »Erst recht keine Polizistin.«

Sie schob ihr Kinn nach vorn.

»Hast du hier gar nichts zu sagen?«

Er kaute auf seiner Unterlippe. Draußen kreuzte ein Boot die Bucht. Das Wasser glitzerte im Licht des Herbstmorgens, Millionen Explosionen in Orange.

»Ich werde ein paar Telefonate führen müssen«, sagte er schließlich.

»Das wäre doch ein Anfang«, sagte Stina Forss und trank den Rest ihres viel zu süßen Caffè Latte.

2

Als Anette Hultin die Augen öffnete, wusste sie im ersten Moment nicht, wo sie war. Das Tageslicht schmerzte, ihre Schläfen dröhnten. Dann erkannte sie das Bild an der Wand neben dem Bett. Eine spärlich bekleidete Amazone mit üppigem Busen und einem flammenden Schwert in der Hand ritt auf einem Tiger.

Oh nein, dachte sie. Nein, nein, nein!

Es war schon wieder passiert.

3

Es ist der beste Sonntag seit Langem, dachte Lars Knutsson. Lisa hatte ihn mit einem üppigen Frühstück überrascht. Frisch gebackenes Brot, geräucherter Lachs und Dillsahnesauce, so etwas gab es nicht alle Tage!

»Und bald fängst du uns den Lachs selbst«, sagte sie.

»Vielleicht fahren wir beide bald mal für ein langes Wochenende nach Norwegen«, sagte er. »Ich habe gestern noch ein bisschen im Internet gesurft. Ist gar nicht so teuer, wie man denkt. Es gibt da Flüsse, aus denen man richtige Kawenzmänner ziehen kann, 22 Kilo und noch schwerer!«

»Das wäre doch romantisch«, sagte sie. »Ein Wochenende in einer Blockhütte.«

»Genau«, sagte er und strich sich über seinen beachtlichen Bauch.

»Raminholz«, sagte Lisa. »Ich denke, ich nehme für die

Rahmung deines Porträts Raminholz. Das kommt aus den Tropen und gilt als das beste Rahmenholz überhaupt. Aber es ist nicht gerade billig.«

»Geld spielt dabei keine Rolle«, sagte Knutsson zufrieden. »Hauptsache, es macht dich glücklich!«

4

Während der Autofahrt durch Tallinn sah Forss eine Stadt mit vielen verschiedenen Gesichtern. Die mittelalterliche Altstadt mit ihren robusten Türmen und Zinnen und hohen Bürgerhäusern wirkte hanseatisch, erinnerte sie an Viertel in Bremen oder Lübeck. Sie sah weitläufige Parks, ein Bankenviertel wie in Frankfurt, das von modernen Hochhäusern in Stahl und Glas dominiert wurde, altsowjetische Monumentalarchitektur wie in einer kleineren Ausgabe der Berliner Karl-Marx-Allee und in den Randbezirken der Stadt Plattenbausiedlungen. Hier lebte Marten Puusta, der Bruder von Tõnu.

»Arme-Leute-Gegend?«, fragte Forss.

»Nicht unbedingt«, antwortete Bärengrub. »Viele der Wohnungen sind renoviert und in einem besseren Zustand, als man vielleicht denkt. Seit in der Innenstadt die Preise anziehen, gewinnen Stadtteile wie Mustamäe auch bei Studenten an Attraktivität.«

Sie parkten den Wagen. Auf einem Spielplatz wuselten Kinder in bunten Anoraks herum, einige ältere Leute saßen auf Bänken und unterhielten sich. Sie klingelten an der Tür eines mehrstöckigen Wohnhauses, es folgte ein Brummen der Gegensprechanlage. Die Tür öffnete sich und sie erklommen drei Absätze in einem Treppenhaus, das intensiv nach Putzmitteln roch. Puustas Wohnungstür stand bereits offen. Sie traten ein. Marten Puusta, ein Mann um die sechzig mit grauem Vollbart saß in der Küche und schälte Kartoffeln. Er bot ihnen an, am Tisch neben ihm Platz zu nehmen. Sie setzten sich. Forss fragte, ob er Englisch spreche. Puusta schüttelte den Kopf.

»Eesti keel, vene keel, saksa keel«, zählte er auf.

»Estnisch, russisch, deutsch«, übersetzte Bärengrub.

»Deutsche Kehle?«, fragte Forss. Auf Deutsch.

Puusta nickte.

»Ja«, sagte er. »Als junger Mann habe ich zwei Jahre in Leipzig gearbeitet.«

Sein Deutsch leierte und schleifte wie eine alte Maschine, war aber gut zu verstehen.

Leipzig. Sachsen. Saksa keel. Irgendwie logisch, dachte Forss. Ob es okay sei, wenn sie Puusta auf Deutsch ein paar Fragen stelle? Bärengrub nickte, auch wenn er dabei einen etwas unbehaglichen Gesichtsausdruck machte.

»Dein Bruder ist tot«, sagte sie. »Man hat ihn vor zwanzig Jahren erschossen. Wir haben seinen Leichnam in Schweden gefunden.«

»Ich weiß«, sagte er. »Die Polizei hat mich gestern angerufen.« Er sah zu Bärengrub und ließ eine geschälte Kartoffel in einen Topf mit Wasser plumpsen. »Es war keine – wie sagt man – Überraschung. Ich habe damit gerechnet.«

»Damit, dass er tot ist oder dass er erschossen wurde?«

Puusta sah sie jetzt an. Er schien über ihre Worte nachzudenken. Vielleicht wog er eine Antwort ab, oder er suchte nach den richtigen deutschen Wörtern.

»Beides«, sagte er schließlich. »Mein Bruder ... Tõnu war

kein guter Mann. Er hat immer einen leichten Weg gesucht. Aber so ist das Leben nicht, leicht. Es ist schwer. Es braucht schwere Arbeit, um zu bestehen. Jedenfalls bei uns ist das so. Tõnu wollte das nicht begreifen. Er wollte den leichten Weg.«

»Was hat er geschmuggelt? Hat er für *Est Transnational Support* gearbeitet?«

»Das weiß ich nicht. Aber er hat einige dumme Dinge getan. Er hat seinen Tod selbst geschuldet. Sagt man das so?«

»Er hat ihn verschuldet.«

»Ja. Er hat ihn verschuldet.«

Wieder plumpste eine Kartoffel in den emaillierten Topf. In der Küche roch es nach Erde und nach Fisch. Forss sah auf einer Arbeitsfläche auf einem Brett zwei ungeschuppte Barsche liegen.

»Ich möchte Tõnu bald beerdigen, hier, in unserer Erde«, sagte Puusta. »Unsere Mutter hätte es so gewollt.«

Forss dachte an die gestohlenen sterblichen Überreste von Tõnu Puusta.

»Ich werde mich um die Überführung kümmern. Sobald es möglich ist«, sagte sie.

»Danke.«

Er wandte sich an Bärengrub. Ein kurzer Wortwechsel auf Estnisch, dann nickten beide Männer, der junge und der alte. Forss gab Puusta beim Aufstehen die Hand.

»Mein Beileid«, sagte sie.

Puusta brachte sie zur Tür. Bärengrub war so groß, dass er den Kopf neigen musste, um sich nicht am Türrahmen zu stoßen. Forss folgte ihm. Aber bevor sie aus der Tür war, spürte sie Puustas Hand an ihrem Arm. Sie drehte sich um. Das furchige Gesicht des Mannes war so dicht vor ihrem, dass sie eines seiner Barthaare auf ihrer Haut spüren konnte.

»Tõnu hatte etwas vor«, flüsterte er. »Etwas Großes. Etwas, das nicht gut war. Das habe ich gespürt.«

»Was war das?«

»Das weiß ich nicht.«

»Du musst doch einen Verdacht haben. Irgendetwas.«

»Einmal, als er betrunken war, hat er von einer Qualle in der Heimat gesprochen.«

»Einer Qualle?«

»Ja. Sagt man das so? Wo das Wasser sprudelt.«

»Eine Quelle.«

»Genau.«

»Eine Quelle in der Heimat? Was meinte er mit Heimat? Estland? Tallinn?«

»Ja, wir stammen aus der Stadt hier, aber ich weiß nicht, wie er es meinte.«

5

Als Nyström wieder aufwachte, war es bereits hell. Sie lag im Schlafzimmer in ihrem Bett, ihr Mund war trocken, ihr Kopf dröhnte. Von Anders keine Spur. Als sie gestern Nacht endlich nach Hause zurückgekehrt war, hatte er schon geschlafen. Sie sah auf den Radiowecker, der neben ihr auf dem Nachttisch stand. Kein Wunder, es war beinahe zehn, Anders war längst in der Kirche in Ormesberga, er hatte schließlich einen Gottesdienst zu leiten. Und sie eine Ermittlung. Sie stand auf, duschte und zog sich an. Sie führte ein Telefonat, aß ein schnelles Frühstück, räumte die Spülmaschine aus und dann fuhr sie in die Stadt.

Gunnar Berg freute sich wie immer sehr, sie zu sehen. Sie beugte sich weit zu ihm in dem Rollstuhl hinab, damit sie sich zur Begrüßung umarmen konnten.

»Das verfluchte Ding«, sagte er. »An guten Tagen funktioniert es auch mit einem Gehstock. Aber die schlechten Tage werden mehr. Gesund siehst du aus!«

Seine raue Hand strich ihr über die Wange.

»Und du erst«, sagte sie und lächelte. Wie alt er geworden ist, dachte sie. Wie grau und alt er in so kurzer Zeit geworden ist. Große Teile ihres Berufslebens als Kriminalpolizistin hatte sie Gunnar Berg als Vorgesetzten gehabt. Er war ein führungsstarker Chef und ein herausragender Polizist gewesen. Jeden einzelnen Tag hatte sie zu ihm aufgeschaut, bis ihn ein schwerer Unfall aus der Bahn geworfen hatte und sie unvermittelt zur Hauptkommissarin geworden war. Ob zu mir wohl auch jemand aufblickt, fragte sie sich manchmal.

»Wie geht es dir, Ingrid?«

»Gut«, sagte sie. »In jeder Hinsicht ausgezeichnet.«

»Das freut mich, das freut mich wirklich sehr!«

Sie plauderten. Es war Monate her, dass sie sich das letzte Mal gesehen hatten. Natürlich wusste Berg von ihrer Krankheit. Er hatte mehrmals Blumen geschickt und nette Karten.

»Was führt dich an einem Sonntagmorgen zu mir?«, fragte er, als sie mit dem Small Talk durch waren. Ein Teil von ihm war noch immer Polizist, würde es vermutlich immer sein. »Natürlich der Tote vom Golfplatz.« Er beantwortete die Frage selbst.

»Auch«, sagte Nyström. »Aber es ist nicht bei diesem längst verstorbenen Toten geblieben.«

Sie berichtete. Gunnar Berg war einer der wenigen Menschen, denen sie vollkommen vertraute. Alles, was sie über gute Polizeiarbeit wusste, hatte sie von ihm gelernt. Neben Anders und ihrem vor Langem verstorbenen Vater, war er die zentrale Männerfigur in ihrem Leben.

Nyström holte weit aus. Sie erzählte vom Mord an Anna-Lena Hammarskjöld. Von deren Freund, dem jungen Maler, ihrem Mann, dem Manager und dessen schwangerer Freundin. Vom ausgebrannten Saab und Tõnu Puustas gestohlenem Leichnam. Von gelben Metallkanistern und Knutssons Phantombild. Von der *Estonia* und ihrer Angst, sich in der Ermittlung zu verirren, zu verfranzen und falsche Prioritäten zu setzen. Von einem neuen Namen, einem alten Fall und einer fehlenden Akte: Ragnar Karlsson.

Sie saßen in Bergs Wintergarten. Draußen, hinter den Scheiben, war es feucht und windstill. Die Blätter der Linden in Bergs Garten hatten sich gelb gefärbt. Am Himmel stand eine blasse Sonne, zum ersten Mal seit Tagen etwas Sonnenlicht, dachte Nyström. Aber es war zu schwach, um die Farben der Lindenblätter zum Leuchten zu bringen.

»Die Karlssons«, begann Berg. »Ich erinnere mich gut, auch wenn es zwanzig Jahre her sein muss.«

»Ziemlich genau zwanzig Jahre.«

»Es ist ärgerlich, dass die Akte fehlt. Vor allem, da das kein Einzelfall ist, sondern viel häufiger vorkommt, als einem lieb sein kann. Gerade was Archivmaterial aus dieser Zeit angeht. Von Anfang bis Mitte der Neunziger wurde ja alles auf EDV umgestellt. Du weißt ja, wie das damals war: Papierordner wurden aufwendig digitalisiert. Das meiste nicht hier im Präsidium, sondern in einigen zentralen Sammelstellen. Teilweise waren das private Dienstleister, Outsourcing, nannte man das. Wir haben containerweise Akten nach Jönköping geschickt und Disketten zurückbekommen. Das war, bevor alles online lief.«

»Ich war damals eine kleine Landpolizistin in Ljungby. Da lief es ähnlich.«

»Ich weiß. Du bist im Sommer 1996 zu uns gekommen«, schmunzelte Berg. »Ganz grün hinter den Ohren. Jedenfalls ging bei diesem umfassenden Digitalisierungsprozess gerade am Anfang einiges schief. Akten gingen verloren, Dateien waren fehlerhaft, ältere Kollegen waren mit dem neuen System überfordert und konnten die Computer nicht richtig bedienen.«

»Lasse Knutsson ist das bisweilen heute noch.«

Beide mussten lachen.

»Der Fall Karlsson war unheimlich, vielleicht erinnere ich mich deshalb so genau an die Umstände. Ein Ehepaar, das über Nacht einfach verschwand.«

»Was war daran unheimlich? Anfang der Neunziger, in der großen Wirtschaftskrise, gab es doch eigentlich viele Vermisstenfälle. Jobsuchende, die woanders ihr Glück versuchten. Familien, die unter dem finanziellen Druck auseinanderbrachen. Damals in Ljungby hat es innerhalb von fünf Tagen zwei Selbstmorde gegeben, beides waren Männer, überschuldete Familienväter.«

»Das ist richtig, es waren andere Zeiten als heute. Dennoch war der Fall der Karlssons besonders. Ein Ehepaar, das spurlos verschwindet und dabei sein einziges Kind zurücklässt – das ist nicht normal. Das ist etwas, das gegen alle elterlichen Schutzinstinkte verstößt.«

»Sie haben ihr Kind zurückgelassen?«

Etwas in Nyström verkrampfte sich.

»Ja, einen zehnjährigen Jungen. Die Nachbarn haben den armen Wicht morgens weinend im Garten gefunden. Der Junge ist nachts aufgewacht, hat Angst bekommen, wollte wohl zu seinen Eltern ins Bett und hat dann gemerkt, dass das Haus leer ist.«

»Wie grausam! Wie können die …«

Sie musste an ihre drei Töchter denken. An ihre Enkelkinder. Niemals könnte sie …

»Das haben wir uns auch gefragt. Natürlich haben wir angesichts der Umstände die Möglichkeit eines Verbrechens in Betracht gezogen. Entführung, Mord, alles, was das Verschwinden der Eltern irgendwie erklären könnte.«

»Und?«

»Es gab tatsächlich eine merkwürdige Spurenlage im Haus. Blutflecken, die wir weder dem Vater noch der Mutter noch dem Kind zuordnen konnten. Und, was noch seltsamer war: In einem Kaminofen war Asche von Geldscheinen, die anscheinend in großer Eile und nicht besonders sorgfältig verbrannt worden waren. Eine große Menge Geld. Mindestens fünfhunderttausend Kronen, haben die Techniker damals geschätzt, wahrscheinlich aber viel mehr. Traurig, dass die Ermittlungen dabei stehen geblieben sind. Wir haben nie herausbekommen, was sich in dieser Nacht ereignet hat. Die Karlssons blieben trotz landesweiter Fahndung verschwunden, der Fall ist im Sande verlaufen. Zeugen gab es keine, die Nachbarn hatten nichts mitbekommen. Der traumatisierte Junge konnte uns auch nicht weiterhelfen.«

Sie hatte sofort das Bild ihres Enkels Marcus vor Augen. Die Vorstellung, dass der Kleine … Sein leeres, verlassenes Zimmer, seine Legosteine, die Science-Fiction-Poster.

»Der Arme! Was ist aus ihm geworden?«

»Die Dinge sind ihren üblichen Weg gegangen. Nahe Verwandte, die das Kind aufnehmen wollten, gab es nicht. Also hat das Jugendamt ihn zunächst in einer Pflegefamilie untergebracht, später wurde er dann wohl adoptiert, glaube ich.«

»Das Ehepaar Karlsson muss etwas mit dem Tod von Tõnu Puusta zu tun haben«, sagte Nyström. »In der Nacht, in der beide verschwanden, hat Karlsson wahrscheinlich Puustas

Leiche auf dem Golfplatz unter der Betonverschalung begraben. Er hatte den Zugang, er hatte das Know-how, es war sein Job, dieses Wasserhindernis auszuschalen. Die ideale Möglichkeit, eine Leiche auf Nimmerwiedersehen verschwinden zu lassen. Die Blutflecken, die ihr im Haus der Karlssons gefunden habt, könnten von Puusta stammen. Auch wenn er wahrscheinlich nicht im Haus erschossen wurde – das hätten wohl der Junge oder die Nachbarn mitbekommen – kann es dort zu einer gewaltsamen Auseinandersetzung gekommen sein, bei der Puusta überwältigt worden ist.«

»Und das verbrannte Geld im Kamin?«

»Mit Sicherheit kein legal erworbenes Vermögen.«

»Mmh.«

Beide beobachteten eine Biene, die sich in den Wintergarten verirrt hatte und immer wieder vergeblich gegen die Glasscheiben anflog.

»Der Sommer ist vorbei«, sagte Berg. »Aber es ist auch lange noch nicht Winter.«

Es klang bedeutungsschwanger, war aber vielleicht gar nicht so gemeint. Gunnar Berg war kein Mann, der zu Pathos neigte.

»Etwas muss in dieser Herbstnacht passiert sein«, sagte Nyström. »Etwas, das über den Tod Puustas hinausging. Etwas, das so groß und mächtig war, dass ein Vater und eine Mutter sich gezwungen sahen, ihr Kind im Stich zu lassen. Oder gezwungen wurden, es zurückzulassen.«

»Meinst du etwas so Großes und Gewichtiges wie eine gesunkene Fähre?«, fragte Berg.

Nyström antwortete nicht. Sie griff nach einem Fensterhebel, drückte ihn nach oben und stellte damit eins der Fenster des Wintergartens auf Kipp. Die Biene folgte ihrem Instinkt und dem Luftstrom und flog nach draußen. Nyström hielt ihr Gesicht in die schwachen Sonnenstrahlen, aber sie wärmten nicht richtig. Nach einer Weile drehte sie sich zu Berg um. Sie holte das Phantombild aus ihrer Handtasche und reichte es ihrem langjährigen Chef. Er betrachtete es lange. Schließlich schüttelte er den Kopf.

»Ich weiß es nicht, Ingrid. Es ist so lange her. Ragnar Karlsson hatte damals auf jeden Fall noch Haare. Er trug sogar einen dicken Schnäuzer, meine ich. So wie Magnum, dieser Privatdetektiv aus Hawaii.« Er lächelte.

»Sagt mir nichts.«

»Egal. Es ist nur eine alte Fernsehserie. Seine Frau hätte ich jedenfalls erkannt. Yvonne, oder so ähnlich hieß sie, sah sehr gut aus, zumindest auf den Fotos, die wir hatten.«

6

»Anette, ich brauche dich!«

Die Stimme in ihrem Handy klang fordernd und bestimmt. Hultin merkte, wie die Wut in ihr hochstieg. Sie verlangsamte ihre Schritte und blickte auf den Växjösee hinaus. Der Asphalt des Fuß- und Fahrradwegs war feucht, obwohl es ausnahmsweise einmal nicht regnete, es schien sogar eine fahle Sonne. Sie stellte fest, dass sie die einzige Fußgängerin war, die an diesem späten Sonntagmorgen den See umrundete. Sie hatte auf das Gespräch gewartet, sie hatte sich die Worte zurechtgelegt. Das Fass war endgültig übergelaufen und sie würde es nicht mehr tolerieren, in die zweite Reihe versetzt zu werden, um dann parat zu stehen, wenn sie für Kleinkram benötigt wurde. Sie hatte Besseres zu tun, als ihre

Zeit mit irgendwelchen Spinnern zu vergeuden, während Stina Forss den heißen Spuren nachgehen durfte. Danke, liebe Chefin, aber nicht so! Nicht mit mir! Sie beobachtete, wie eine Entenfamilie den Weg überquerte, dicht nacheinander, jede an ihrem Platz, dachte sie. Früher war sie die taffe Frau im Präsidium gewesen. Die, die nicht zurückschreckte. Die, die ihre Muskeln spielen lassen konnte und kein Problem damit hatte, die Dinge beim Namen zu nennen. Sie hatte sich Respekt erarbeitet, unter den Kollegen und bei den Menschen da draußen. Sie war keine sanfte, liebe und verständnisvolle Polizeitante. Sie war geradeaus und klar. Darauf war sie stolz gewesen. Das war ihre Stärke, ihr Alleinstellungsmerkmal gewesen. Bis die verdammte Deutsche aufgetaucht war und man sie in die Ecke gestellt hatte. Alles was sie war, schien Stina Forss zehnmal mehr zu sein. Harte Gesprächsführung in Verhören, körperlicher Einsatz, Umgang mit der Schusswaffe: Überall war Stina top. Deswegen war die Deutschschwedin nach Stockholm und Tallinn geschickt worden, während sie hier in Växjö festhing. Als Krönung ihrer Trostlosigkeit hatte sie den Samstagabend mit Hugo verbracht. Und auch die Nacht. Das war doch alles zum Heulen!

»Anette, bist du noch da? Wie es scheint, haben wir vielleicht einen kleinen Durchbruch in der Ermittlung und so leid es mir auch tut, ich muss dich bitten, heute zu arbeiten, auch wenn es Sonntag ist.«

Ingrid Nyströms Tonfall hatte sich geändert, eine Nuance von einem Flehen war darin zu erkennen. Aber was sollte das heißen, wir hatten einen Durchbruch? Wer war hier wir und warum war sie nicht längst darüber informiert worden? Ermittelten jetzt Stina und Ingrid schon als Duo, ganz ohne Team?

»Göran ist gestern auf den Mann gestoßen, der die Betonarbeiten am Golfplatz ausgeführt hat, oder besser gesagt, auf seinen Namen«, fuhr Nyström fort, als hätte sie Hultins Gedanken gelesen, »der Mann ist seit zwanzig Jahren mit seiner Frau zusammen verschwunden und es ist wahrscheinlich, dass die beiden etwas mit Puustas Tod zu tun haben.«

»Göran?«, fragte Hultin.

»Ja, er und seine Freundin waren anscheinend gestern gemeinsam unterwegs und haben mit den ehemaligen Arbeitskollegen von diesem Mann gesprochen. Er heißt Ragnar Karlsson und seine Frau Yvonne. Wichtig ist, dass wir jetzt eine Spur haben und dass es jede Menge Arbeit zu tun gibt.«

»Okay, wo soll ich hin?«

Hultin spürte sofort wieder den Ehrgeiz in sich aufflammen. Sie schluckte alle Dinge, die sie ihrer Chefin hatte an den Kopf werfen wollen, hinunter. Das spielte jetzt alles keine Rolle mehr. Sie war hier, bereit ihre Arbeit zu machen, bereit den Fall zu lösen. Tja, Stina, die Umstände sind nicht immer so, wie sie zuerst scheinen. Manchmal liegen die entscheidenden Beweise doch gleich um die Ecke. Warum in die Ferne schweifen, liegt das Gute doch so nah ...

Nyström berichtete, was sie von Berg erfahren hatte.

»Kein Problem«, sagte Hultin. »Ich fahre raus nach Ingelstad. Soll ich Göran mitnehmen?«

Früher hatte sie oft den jungen Kollegen an ihrer Seite gehabt, um ihn in die Arbeit einzuweisen. In letzter Zeit war es nicht mehr so häufig dazu gekommen und sie stellte fest, dass er ihr irgendwie fehlte.

»Nein, lass ihn. Er muss noch für seine Prüfung lernen, das ist für ihn jetzt wichtig.« Nyström klang wie eine Mutter, die sich Sorgen um ihre Kinder machte, fand Hultin.

»Alles klar. Gibt es heute noch eine Besprechung im Präsidium?«

»Gute Frage, schauen wir mal. Melde dich, wenn du etwas herausfindest. Ich muss jetzt Hugo anrufen, hoffentlich war er gestern nicht die ganze Nacht wach, bei ihm weiß man ja nie.«

Hultin wurde rot. Sie war froh, dass ihre Chefin sie nicht sehen konnte.

7

Forss war mit Bärengrub auf der Polizeiwache gewesen und hatte viele Hände geschüttelt. Die Akte, die es zu Puusta gab, war dünn. Hehlerei und versuchter Zigarettenschmuggel, übersetzte ihr Begleiter, die Bagatelldelikte, von denen er bereits am Morgen berichtet hatte. Dazu die Vermisstenanzeige des Bruders. Bemerkenswert war, dass Marten Puusta seinen Bruder erst im Dezember als vermisst gemeldet hatte, zu einem Zeitpunkt, an dem Tõnu bereits seit zweieinhalb Monaten tot war. Forss ärgerte sich, dass sie Marten Puusta nicht nach dem Grund für diese lange Zeitspanne gefragt hatte. Wahrscheinlich war, dass sich die Brüder nicht besonders nahegestanden hatten. Andererseits hatte Tõnu Marten gegenüber im Suff Andeutungen über einen großen Coup gemacht. Was immer das bedeuten sollte: *eine Quelle in der Heimat*. Weitaus interessanter fand Forss die Informationen, die die estnischen Kollegen zu der undurchsichtigen Firma *Est Transnational Support* zusammengetragen hatten. Hinter dem Logistikunternehmen verbarg sich eine gut getarnte, in halb Europa tätige, kriminelle Organisation, die mit Rauschgift-, Waffen- und Warenschmuggel, mit Prostitution und Schutzgelderpressung jährlich einen Millionengewinn generierte, ohne dass den führenden Köpfen etwas Handfestes nachzuweisen war. Im Laufe der Jahre hatte es einige Festnahmen und Verurteilungen gegeben, jedoch waren alle überführten Straftäter nur relativ kleine Lichter; Kriminelle, die bereit waren, lange Haftstrafen in Kauf zu nehmen, statt ihre Hintermänner zu verraten. Als oberster Chef und Lenker der Organisation galt der Geschäftsführer von *ETS*, Toomas Kagge. Ein Mann mit ausgezeichneten Verbindungen zur baltischen Politik, wie ein Kollege von Bärengrub betonte. Das kleine In- und Exportunternehmen *Tallinn Worldwide Logistics*, bei der Puusta vor zwanzig Jahren beschäftigt gewesen war, war lediglich ein Appendix von *ETS*, eine Tarnfirma, die nach Aussagen der Polizisten unter dem Deckmantel des Gebrauchtwagenhandels Alkoholschmuggel nach Finnland betrieb.

Zum Mittagessen brachte Bärengrub Forss in ein Restaurant in der Innenstadt. Das Kohvik Komeet hatte eine Dachterrasse mit Pool, die Aussicht auf die Altstadt mit ihren Kirchtürmen und geschwungenen Giebeln war beeindruckend, das Essen fantastisch. Wieder hatte Forss das vage Gefühl, dass Bärengrub sie beeindrucken wollte. Als Kollegin? Als Schwedin? Als Frau? Sie war sich unsicher.

»Nachtisch?«, fragte Bärengrub. »Der Kuchen hier ist gut.«

»Nein, danke«, sagte Forss. »Ich hatte bereits ein reichhaltiges Frühstück.« Sie betrachtete Bärengrub. Er war kein hübscher, aber ein markant aussehender Mann. Mit einem coolen Namen.

»Toomas Kagge«, sagte sie. »Ich will ihn treffen.«

Bärengrub winkte dem Kellner nach der Rechnung.

»Wir haben gleich einen Termin«, sagte er.

Offensichtlich hatte Bärengrub doch einiges zu sagen.

»Obwohl heute Sonntag ist«, stellte sie mit einem Lächeln fest.

»Kagge ist vieles. Aber mit Sicherheit kein religiöser Mensch.«

8

Nachdem Ingrid Nyström bei Gunnar Berg aufgebrochen war, fuhr sie aus dem schicken Stadtteil Öjaby hinaus, auf die Landstraße 30, nordwärts. Rechts von ihr lag der Helgasee als bleigraue Fläche unter der kraftlosen Sonne. Schaumkronen sah sie keine, auch die Wipfel der Fichten und Kiefern bewegten sich nicht – es war endlich einmal windstill. Nyström stellte das Autoradio an, bis nach Jönköping, wo sie mit Stefan Hammarskjöld und Malin Wihlborg in einem Tagungshotel verabredet war, lag eine lange, eintönige Fahrt vor ihr. Die heiteren Melodien, die ihr Stammsender spielte, mochten ihr Herz heute nicht zu rühren, ihre Stimmung war düster: Das, was Berg ihr über das verschwundene Ehepaar und ihr zurückgelassenes Kind erzählt hatte, bewegte ihr Gemüt. Ein zehnjähriger Junge, der von seinen Eltern verlassen wird, das war etwas, das außerhalb ihrer Vorstellungskraft lag, außerhalb ihres Imaginationsvermögens und des Erfahrungsschatzes einer Polizistin mit beinahe dreißigjähriger Dienstzeit. Was aus dem Kind wohl geworden war? Berg hatte von einer Pflegefamilie und einer Adoption gesprochen. Darum würde sie sich gleich morgen kümmern müssen. Vielleicht war es möglich, den Jungen aufzuspüren. Den jungen Mann, berichtigte sie sich. Er musste heute dreißig Jahre alt sein. Ein Mann, in einem Alter, in dem man mitten im Leben stand. Möglicherweise hatte er selbst bereits eine Frau und Kinder. Falls er es geschafft hatte, das Trauma seiner Kindheit zu überwinden. Oder er war längst gestorben, vielleicht mit einer Spritze im Arm, in einem leeren Lagerhaus in einem Vorort von Malmö oder Göteborg, dachte Nyström bitter. Oder war das zu klischeehaft? Sie stellte das Radio aus. Die Landstraße durchquerte ihr Heimatdorf Ör, links standen die stattliche, weiß getünchte Kirche, die Dorfschule und die alte Tankstelle, die seit einigen Jahren mit den Konterfeis der als Ölscheichs verkleideten Besitzer der Tankstellenkette, den Johnssons, warb. Dann kam die Abzweigung nach Lädja, dort, wo Anna-Lena Hammarskjöld ermordet worden war. Später folgten Lammhult und Rörvik. Der Wald stand links und rechts der Straße dicht wie eine grüne hohe Mauer. Ihr Handy klingelte. Es war Edman. Sie nahm das Gespräch an. Durch die Freisprechanlage ihres Wagens klang seine Stimme viel basslastiger als sonst. Reifer, dachte sie. Edman berichtete. Er hatte mit dem Jugendfreund seines Vaters gesprochen, dem ehemaligen stellvertretenden Abteilungsleiter in der Schifffahrtsbehörde in Stockholm. Der Pensionär hatte sich gut an Anna-Lena Hammarskjöld erinnern können. Er war Anfang der Neunzigerjahre eine Zeit lang gemeinsam mit Hammarskjöld in einer Kollegengruppe gewesen, die regelmäßig Tangoabende besucht hatte. Der etwa zehnköpfige Trupp hatte ein sogar einmal im Jahr einen mehrtägigen Segelausflug in den Schären organisiert. Die Argentinier, hatten sie sich scherzhaft genannt. Pär Roxberg hatte seine ehemalige Kollegin als attraktive, resolute und kluge Frau in Erinnerung. Er war sich damals sicher gewesen, dass sie eine große Karriere innerhalb der Behörde vor sich gehabt hatte. Ihre plötzliche Kündigung hatte ihn und die anderen Mitglieder

der Argentinier deshalb gleichermaßen überrascht. »Roxberg meinte, dass sie damals kurz vor ihrer Kündigung außergewöhnlich gute Laune gehabt hätte.« Edmans Stimme dröhnte aus dem Lautsprecher. »Aber von einem Wechsel in die Wirtschaft war nie die Rede. Ihm und den anderen gegenüber hat Hammarskjöld vage und sogar ein bisschen geheimniskrämerisch von einer Auszeit gesprochen. Roxberg sagte, er habe sich darunter irgendwie ein Sabbatical vorgestellt, ein Jahr im Ausland oder ein Seminar für Glasblasen oder Ausdruckstanz auf Gotland. Sie haben sogar darüber Witze gemacht, ob sich Hammarskjöld einen heimlichen Liebhaber halte, mit dem sie nach Neuseeland durchbrennen würde, um Schafe zu züchten. Ein Kollege aus der Gruppe hat sie dann einige Wochen nach ihrer Kündigung zum Kaffee getroffen. Er war erschüttert, wie niedergeschlagen, ja geradezu depressiv sie da gewesen sei. Natürlich hatte das die Gerüchte befeuert. Auf einmal klang die Geschichte mit dem Liebhaber gar nicht mehr so unsinnig, nur, dass sie anscheinend kein gutes Ende genommen hatte. In die freie Wirtschaft gewechselt ist Hammarskjöld schließlich erst ein gutes Jahr später, Ende 1995.«

»Und die *Estonia*?«, fragte Nyström ungeduldig. »Konnte Roxberg etwas dazu sagen, ob sie bei der Behörde mit der *Estonia* zu tun hatte?«

»Ja, konnte er.«

Sie spürte, wie sich ihr Puls beschleunigte.

»Und?«

»Hammarskjöld konnte überhaupt nichts mit der Untersuchungskommission zu tun haben. Roxberg war sich sicher, dass Hammarskjöld die Behörde bereits im Sommer 1994 verlassen hat, also Monate vor dem Unglück. Er erinnerte sich genau an ihre Abschiedsfeier auf der Terrasse eines Restaurants in Djurgården. Alle hätten bis weit in die Nacht hinein getanzt und Cocktails getrunken. Ein zauberhafter milder Sommerabend, wie er betonte. Er hat sie danach nur noch zweimal in Stockholm bei irgendwelchen Empfängen getroffen, jeweils in Begleitung ihres Manns. Ein bisschen Small Talk, das war's. Das letzte Mal sei allerdings auch schon über zehn Jahre her.«

»Und die Zertifizierungen für das Schiff«, fragte Nyström. »Ihr Mann sagte, sie habe womöglich etwas mit den Lizenzen für den Einsatz der Fähre auf der Strecke zwischen Tallinn und Stockholm zu tun gehabt?«

»Das kann ich mir nicht vorstellen. Roxberg zufolge hat sie durchgängig in der Abteilung für inländische Wasserwege gearbeitet. Sie war zum Beispiel für den Götakanal zuständig.«

Inländische Wasserwege. Der Götakanal. Nyström war genauso erleichtert wie enttäuscht. Erleichtert, weil das grauenhafte Phantom des untergegangenen Schiffs mit Edmans Bericht ein Stück weit in die Ferne rückte; enttäuscht, weil damit gleichzeitig ein weiterer Anhaltspunkt im Nebel verschwand. »Danke, Erik«, sagte sie. »Das hilft uns. Ich bin gerade auf dem Weg zu Stefan Hammarskjöld.«

»In Växjö oder nach Linköping?«

»Er ist eigentlich in Linköping, aber wir treffen uns auf halben Weg am Vätternsee. Ich zeige ihm Knutssons Phantombild. Und frage ihn, warum er über die Arbeit seiner Frau so wenig wusste.«

»Sei behutsam. Er ist ein, nun ja, wichtiger Mann.«

»Sicher.«

Von wegen, dachte sie.

»Da ist noch was, Ingrid. Roxberg hatte selbst auch nichts mit der *Estonia*-Kommission zu tun, aber er kennt natürlich Leute. Es gibt da einen Professor in Stockholm, der an dem aktuellen Untersuchungsbericht beteiligt ist.«

»Ich wusste gar nicht, dass es einen aktuellen Untersuchungsbericht gibt.«

»Ich auch nicht. Aber man lernt nie aus, oder?«

Edman lachte.

Nein, man lernt nie aus, dachte Nyström und beendete das Gespräch.

9

Erst nach dem dritten Klingeln hatte Anette Hultin Erfolg. In dem einstöckigen Backsteinhaus mit weißen Fensterrahmen, in dem die Familie Karlsson bis zum Herbst 1994 gewohnt hatte, lebte längst eine neue Familie. Sie waren, so erzählte der bärtige Vater, erst vor zwei Jahren eingezogen. Vor ihnen hatte ein Ehepaar aus dem Sudan hier gelebt. Von noch früheren Bewohnern wusste er nichts und von der Familientragödie, die vor zwanzig Jahren geschehen war, hatte er noch nie etwas gehört. Als er sie eingeladen hatte, das Haus zu betreten, um sich umzuschauen, war ihr klar geworden, dass sie auch kaum etwas über die Karlssons wusste. Sie hatte keinen Schimmer, wonach sie suchen sollte. Sie hatte sich bedankt und war weitergegangen. Auch die Nachbarn auf der gegenüberliegenden Straßenseite waren zu neu, sie wohnten zwar seit 13 Jahren in dem Haus, hatten aber von einer Familie Karlsson noch nie etwas gehört. Zwanzig Jahre sind eine halbe Ewigkeit, dachte Hultin.

Nun stand sie in der Tür vor einer älteren Frau, die ungeachtet der trüben Jahreszeit ein buntes Sommerkleid und eine Schirmmütze trug. Unter dem rechten Arm klemmte eine Strandmatte und in ihrer Hand schwenkte sie ein Longdrinkglas, in dem Eiswürfeln klirrten. Hultin roch den Gin und sofort wurde ihr schlecht. Verdammter Hugo, dachte sie. Sie musterte die Frau im Türrahmen und bemühte sich, die Situation einzuordnen. Es war Mitte Oktober, sechs Grad Außentemperatur und die Frau machte den Anschein, als wollte sie sich gleich in einen Liegestuhl an einen Pool setzen.

»Ich komme von der Polizei«, stellte sich Hultin vor.

»Polizei«? Die Frau zog sich einen Schritt zurück.

»Ja, es geht um deine ehemaligen Nachbarn. Die Karlssons.« Sie wies mit dem Daumen auf das Haus schräg gegenüber.

Ohne dass die Frau etwas gesagt hatte, wusste Hultin, dass sie diesmal die Richtige getroffen hatte. Etwas in den Augen der Frau reagierte.

»Meine Güte! Die Karlssons. Das muss eine Ewigkeit her sein!«

»Zwanzig Jahre«, sagte Hultin.

»Komm rein«, sagte die Frau ernst. »Darüber sollten wir nicht auf der Türschwelle reden.« Sie drehte sich um und ging in das Wohnzimmer. Dort stellte sie ihren Drink auf den Glastisch vor dem Sofa und wandte sich zum Fenster. Hultin nahm in dem Sessel daneben Platz und holte ihr Notizbuch raus. Auf dem Parkettboden hatten ihre Socken feuchte Abdrücke hinterlassen. Ich brauchte dringend ein paar neue Stiefel, in denen man nicht so schwitzt, dachte sie verlegen und stemmte ihre Fußsohlen verstohlen gegen den Sessel, in dem sie saß.

Die Frau drehte sich zu Hultin. Vielleicht hatte der Blick aus dem Fenster über die Straße auf das weiße Haus ihr geholfen, sich zu erinnern.

»Es ist so lange her. Damals hat mein Mann noch gelebt.«

Sie machte eine Pause. Hultin sagte nichts. Sie wartete. Die Frau schluckte, Hultin sah die Bewegung auf ihrem faltigen Hals. »Ragnar und Yvonne waren ganz feine Menschen. Sehr höflich und hilfsbereit. Bescheiden, arbeitsam. Sie hatten es nicht leicht. Erst die Schwierigkeiten mit ihrem Sohn und dann die Sorgen um das liebe Geld. Was willst du wissen? Wo soll ich anfangen?«

»Beim lieben Geld«, antwortete Hultin.

»Tja, über Geld redet man nicht«, lächelte die Frau schwach, »sagt man ja so.« Sie schaute Hultin an und fuhr fort. »Bei uns war es damals ständig ein Thema. Es hat unser Leben lange bestimmt. Die Krise und die Angst vor dem Absturz. Ragnar und Yvonne haben sich nie beklagt, aber ich habe verstanden, dass es auch bei ihnen nicht gut aussah. Ragnar war ja in der Baubranche und seine kleine Firma ist Anfang der Neunziger in die Pleite gegangen. Danach hat er bei anderen gearbeitet, geackert wie ein Gaul, aber das ganze Geld ist von den Schulden aufgefressen worden. Er hat schlecht verdient, das hat mir Yvonne erzählt. Vielleicht erinnerst du dich nicht, wie es damals war, du bist noch jung. Wer seine Stelle verlor, hat nicht so schnell eine neue gefunden und *arbeitslos* war das Wort des Jahrzehnts. Mein Karl war drei Jahre ohne Job. Ragnar war aber nicht der Typ, der die Füße hochlegte, um auf bessere Zeiten zu warten. Er war umtriebig, hatte viele Kontakte und immer irgendein Projekt am Laufen. Jeden Morgen ist er früh raus und kam erst abends zurück. Er sah müde aus in der Zeit. Und die arme Yvonne, die ja wegen des Kindes nicht voll arbeiten konnte, hatte es genauso schwer. Sie war viel allein und hat sich große Sorgen gemacht. Wie oft wir damals hier in der Küche gesessen und uns gegenseitig getröstet haben! Dabei war sie alles andere als eine Jammertante!«

Hultin bemühte sich das Wesentliche in Stichpunkten zu

notieren und ärgerte sich, das Aufnahmegerät nicht mitgenommen zu haben. Und der Akku ihres Smartphones war beinahe leer, darauf konnte sie auch nicht ausweichen, sie hätte es heute Nacht aufladen müssen. Dazu war sie aber aus bestimmten Gründen nicht gekommen.

»Was hat sie erzählt?«, wollte Hultin wissen.

Die Frau nahm ihr Glas und ließ sich auf dem Sofa nieder.

»Sie hatten sich hoch verschuldet. Da war der Kredit für das Haus und das viele Geld, das sie in die Firma gesteckt hatten. Zu Beginn lief alles gut, die Baubranche boomte, Ragnar war sogar am Bau des neuen Konzerthauses in Växjö beteiligt. Damals hatte das kostspielige Prestigeprojekt in der Stadt für viel Ärger gesorgt.« Die Frau nippte an ihrem Drink. »Statt ihre Schulden konsequent abzubezahlen, haben Ragnar und Yvonne Aktien gekauft«, fuhr sie fort. »Sie erlagen der Verlockung, auf der hohen Welle der Achtzigerjahre mitzusurfen. Und plötzlich war dann alles vorbei. Über Nacht ist alles wie ein Kartenhaus zusammengestürzt.«

»Die Finanzkrise?«, fragte Hultin.

»Ja, unter dem Namen kennt man es heute. Für Ragnar, Yvonne, auch für uns und tausend andere, die ihren Job verloren, war es eher eine Lebenskrise.«

Hultin erinnerte sich tatsächlich. Anfang der Neunzigerjahre war sie noch ein Kind gewesen. Trotzdem hatte sie die Krise ganz reell im Gedächtnis. Sie wusste von Schulfreunden, deren Eltern arbeitslos wurden und deswegen wegziehen mussten. In der Schule hatte alles unter dem Stern von Sparmaßnahmen gestanden. Überall wurde jede Krone zweimal umgedreht: Ihre Klassenreise nach Öland in der fünften Klasse musste ausfallen und im Kunstunterricht hatten sie auf altem Schmierpapier malen müssen. Sie war ein Kind der Krisenjahre. Beinahe musste sie bei dem Gedanken lachen. Heute gab es andere Kinder und andere Krisen.

»Was war mit ihrem Sohn? Du hast vorhin von Schwierigkeiten gesprochen.«

»Der kleine Pontus. Er war ganz oft hier bei uns. Karl und ich haben keine eigenen Kinder und so habe ich mich immer gefreut, wenn er an der Tür stand und reinkommen wollte. Ich hatte damals einen Hund, mit dem er so gerne gespielt hat, Bellmann. Ich habe Pontus Gebäck und Saft auf den Tisch gestellt und er hat sich hingesetzt und gegessen und getrunken, ohne viel zu sagen. Er war anders als andere Kinder, eigenwillig, aber lieb. Sehr, sehr lieb. Ich vermisse ihn immer noch, auch wenn es so lange her ist.«

»Und was war mit ihm los?«

»Er hatte Schwierigkeiten in der Schule, konnte nicht so gut mit anderen Kindern. Ein sehr scheuer Junge. Er wurde gemobbt, würde man heute wohl sagen. Seine Eltern haben ihn über alles geliebt. Yvonne hat mir anvertraut, dass sie ganz lange versucht hatten, ein Kind zu bekommen und fast aufgegeben hatten, als sie mit Pontus schwanger wurde. Dass er, nun ja, nicht ganz einfach war, das war für sie nicht von Bedeutung.«

»Was ist aus Pontus geworden? Wo lebt er heute?«, wollte Hultin wissen.

»Ich weiß es nicht. Er wurde in dieser schlimmen Nacht zurückgelassen«, sagte die Frau traurig. Sie stand auf und ging wieder zum Fenster, wo sie über ihren Vorgarten in Richtung des Nachbarhauses blickte.

»Ich glaube bis heute, dass Yvonne und Ragnar entführt worden sind. Oder noch schlimmer. Sie hätten Pontus niemals freiwillig allein gelassen. Niemals.« Sie wischte sich etwas aus dem Auge. »Ich wurde von seinen Schreien geweckt. Er stand barfuß in seinem Schlafanzug mitten auf dem Rasen, eine Taschenlampe in der Hand. ›Nein!‹, schrie er. Immer wieder. ›Nein, nein, nein!‹ Ich habe ihn hier hereingeholt und an den Tisch gesetzt. Habe ihm eine Decke umgelegt, eine heiße Milch gemacht und gefragt, was denn los sei.«

»Und? Was hat er gesagt?«

»Nichts. Er hat nichts mehr gesagt. Die Schreie im Garten waren das Letzte, was ich je von seinen Lippen gehört habe. Er hat sich in sich verschlossen und ...«

Die Stimme der Frau fiel in sich zusammen und Hultin sah, dass ihr Tränen über die Wangen liefen.

»Entschuldigung, ich habe so lange nicht darüber gesprochen. Ich hatte das alles vergessen. Pontus war so zerbrechlich. Er war so auf seine kleine Welt angewiesen und plötzlich war sie weg. Er konnte es nicht begreifen. Niemand konnte es begreifen.«

»Was hast du in der Nacht gemacht?«

»Ich habe Karl geweckt. Dann habe ich drüben angerufen. Ja, erst habe ich versucht anzurufen, aber als niemand ranging, bin ich natürlich rübergegangen. Ich habe die offene Tür gesehen ...« Sie machte eine Pause, als versuchte sie, ihre Gedanken zu ordnen.

»Ich bin reingegangen und habe im Kamin die Reste von verbranntem Geld gesehen. Das Geld, die Asche, alles durcheinander und dann die Blutspuren. Mein Herz ist fast stehen geblieben. Ich habe so einen Schreck bekommen. Nicht mal in Filmen kann ich solche Szenen vertragen, in denen Leute in Häusern sind und nicht wissen, wo die Gefahr lauert. Und da stand ich plötzlich selbst da. In dem Moment, war ich mir sicher, dass ein Mörder mit einem Messer hinter der Tür stand, bereit mich zu töten. Ich konnte mich erst mal gar nicht bewegen, war wie festgefroren. Bis heute weiß ich nicht, wie ich da wieder rausgekommen bin, nur dass ich später in meiner eigenen Küche stand und Karl die Polizei gerufen hat. Pontus saß daneben und hat ihn angesehen. Das hätte nicht passieren dürfen. Deswegen mache ich mir immer noch Vorwürfe. Er hätte unsere Angst nicht spüren dürfen. Aber was sollten wir tun?«

»Und was hat die Polizei herausgefunden?«

Die alte Frau sah Hultin an.

»Das musst du doch besser wissen als ich!«

Hultin biss sich auf die Zunge.

»Ja, selbstverständlich, Entschuldigung. Könntest du mir vielleicht sagen, wo ich diesen Pontus erreichen kann?«

»Nein, das kann ich nicht«, sagte die Frau mit fester Stimme und sah dabei Hultin direkt in den Augen.

»Nein? Warum nicht?«, wollte Hultin wissen.

»Weil ich ihn seit dem Morgen nie mehr gesehen habe«, antwortete die Frau.

»Aber du weißt vielleicht, was mit ihm passiert ist?«, versuchte es Hultin noch mal.

»Nein, ich war ja nicht mit den Karlssons verwandt und das Einzige, was ich erfahren habe, ist, dass Pontus, nachdem er ein paar Tage im Krankenhaus verbracht hatte, in eine Pflegefamilie gesteckt wurde.«

»Trotzdem danke. Du hast uns wirklich weitergeholfen«, sagte Hultin.

»Bitte. Darf ich dabei fragen, wofür das alles? Nach all den Jahren, ich meine, es ist so viel Zeit vergangen. Warum kommst du jetzt? Nach zwanzig Jahren?«

»Dazu kann ich leider nichts sagen«, entschuldigte sich Hultin und stand auf.

Im Flur zog sie ihre feuchten Stiefel an und reichte der Frau zum Abschied die Hand.

»Nochmals danke.«

»Bitte. Ich bin übrigens Solbritt. Solbritt Englund. Ich fahre morgen nach Jamaika, deswegen das Kleid.« Sie sah Hultin ernst an. »Ich bin mir sicher, dass etwas Schlimmes mit den

Karlssons passiert ist in dieser Nacht. Yvonne hätte niemals ihren Sohn allein gelassen. Da war etwas, etwas mit der Krise. Sie hat die Familie ruiniert. Ökonomisch, sozial, mental. Klär das auf! Ich bitte dich darum!«

»Ich tue mein Bestes«, sagte Hultin. Aber war ihr Bestes gut genug?

10

Toomas Kagge hatte sie in die Firmenzentrale von *Est Transnational Support* bestellt, die in einem der eleganten Hochhäuser aus Glas, Stahl und Sichtbeton lag. Prestigeträchtigere Adressen gab es in Tallinn kaum, erklärte Bärengrub. Im selben Gebäude waren die Niederlassungen großer amerikanischer, deutscher und schwedischer Banken sowie ein bekanntes internationales Pharmaunternehmen ansässig.

»*Big Player*«, kommentierte Stina Forss.

»Als genau das sieht sich Kagge, als *Big Player*.«

»Und? Ist er das?«

»Für estnische Verhältnisse auf jeden Fall.«

Der Empfangstresen in der weitläufigen und eleganten Lobby war mit drei Angestellten besetzt. Obwohl Sonntag war, kamen ihnen auf dem Weg zum Aufzug mehrere Geschäftsleute mit kleinen Rollkoffern in hektischem Stechschritt entgegen.

»Willkommen im Kapitalismus«, flüsterte Forss.

»Na, ja«, entgegnete Bärengrub. »Wir sind seit zehn Jahren in der EU, haben seit drei Jahren den Euro. So neu ist das hier nun auch nicht. Die Frage ist doch eher, ob sich Europa für die Esten überhaupt lohnt.«

»Und? Tut es das?«

»Ich weiß es nicht.« Bärengrub verzog den Mundwinkel. »Es bringt uns weiter weg von Russland. Das ist gut. Ob es uns zu glücklicheren Menschen macht? Ich habe da meine Zweifel. Andererseits kann man sich nicht von der Welt abschotten. Heutzutage ist alles miteinander verflochten. Die Finanzkrise hat hier einer Menge Menschen sehr vieles abverlangt.«

»Dafür habt ihr jetzt italienische Kaffeespezialitäten.«

Bärengrub lächelte kurz.

»Ja. Mit Karamellsirup.«

Sie betraten den Fahrstuhl.

»Warum empfängt uns Kagge?«, fragte Forss. »Du hast heute Morgen nicht daran geglaubt.«

»Es überrascht mich auch. Vielleicht ist er neugierig, warum sich die schwedische Polizei für ihn interessiert.«

»Reichen seine Geschäfte bis nach Schweden?«

»Wenn du das nächste Mal zu Hause synthetische Drogen oder Heroin beschlagnahmst, gibt es eine Eins-zu-fünf-Chance, dass sie durch Kagge über die Ostsee gekommen sind. Bei illegalen Prostituierten ist die Quote für Schweden etwa eins zu sieben, bei illegalen Waffen eins zu zehn.«

»Ein *Big Player*.«

Bärengrub drückte auf den Fahrstuhlknopf. In Sekundenschnelle waren sie im 17. Stock. Eine Sekretärin begrüßte sie und führte sie einen langen Flur hinunter. Aus den Augenwinkeln sah Forss gerahmte Aquarelle an den Wänden. Abstrakte Malerei. Kurz musste sie an die Bilder von Emanuel Pribb im Haus der Hammarskjölds denken. Aber natürlich stammten diese Gemälde von einem anderen Maler. Sie waren viel kleiner und weniger eindringlich. Gebrauchskunst. Die Sekretärin öffnete eine Tür. Sie traten in ein großzügig geschnittenes Büro. Der Mann, der hinter einem Schreibtisch saß, stand auf, schloss in einer fließenden Bewegung mit einer Hand einen Knopf seines Jacketts, umrundete den Schreibtisch, kam auf sie zu und gab nacheinander Forss und Bärengrub die Hand. Sein Händedruck war trocken und etwas zu fest. Eine dezente Machtgeste, wie alles hier, dachte sie, wie der beeindruckende Ausblick auf die Altstadt in der Nachmittagsdämmerung, die Philippe-Patek-Uhr an seinem Handgelenk, das makellose Lächeln in einem makellosen Gesicht. Forss schätzte ihn auf Mitte fünfzig. Bärengrubs Kollegen hatten ihr etwas über seinen Hintergrund erzählt: bis zur Wende Offizierslaufbahn beim Militärischen Geheimdienst, danach eine unternehmerische Blitzkarriere im Logistiksektor, beste Verbindungen zum neu gegründeten Handelsministerium, estnischer Vorzeigeunternehmer, CEO einer der finanzstärksten baltischen Logistikkonzerne. Und hinter dem weißen Zahnarztlächeln: Waffen, Drogen, Menschenhandel.

Sie lächelte zurück. Nahm Platz. Schlug die Beine übereinander.

»Darf ich Ihnen etwas anbieten? Kaffee? Wasser? Alkohol?«

Sie schüttelte den Kopf, Bärengrub ebenso.

Kagge hatte sich wieder hinter seinen Schreibtisch gesetzt. Er beugte sich vor und verschränkte die Finger.

»Nun, was kann ich für Sie tun? Was führt eine schwedische Polizistin in mein bescheidenes Reich?«

Er sah sie an. Grinste. Wölfischer als eben, dachte sie. Er hatte große Zähne. Sein Englisch war einwandfrei, auch wenn sich die Laute in seinem Hals zu reiben schienen, als bereite ihm das Reden Schmerzen.

»Ein Mann ist tot«, sagte sie. »Vor langer Zeit ermordet worden. Jetzt hat man ihn gefunden, auf einem südschwedischen Golfplatz verscharrt. Sein Name ist Tõnu Puusta, ein Este. Er hat für eine Ihrer Firmen gearbeitet, *TWL*. Damals hieß sie allerdings noch anders. Puusta hat gleichzeitig für *Estline* auf der Fähre *Estonia* gearbeitet. Er war einer derjenigen, die den Untergang des Schiffes überlebt haben. Tragischerweise hat man ihn zwei Tage später erschossen.«

»Tragischerweise«, wiederholte Kagge. Sein Gesicht hatte sich nicht geregt. Es muss anstrengend sein, die ganze Zeit so zu lächeln, dachte Forss. »Eine traurige Geschichte, zweifellos. Seien Sie bitte so freundlich und erklären mir, wie ich Ihnen und dem schwedischen Staat helfen kann, Licht in diese Angelegenheit zu bringen?«

»Nun«, sagte Forss und beugte sich vor. »Der Zusammenhang liegt doch auf der Hand. Puusta hat für eine Ihrer Firmen gearbeitet. Vielleicht gibt es noch irgendwo Unterlagen, die uns helfen zu verstehen, was dieser Mann für ein Mensch war. Alte Personalakten, Gehaltsabrechnungen, so etwas in der Art.«

Kagges Grinsen wurde noch ein Stück breiter.

»Wenn ich Sie richtig verstehe, sprechen wir hier über einen Mann, der seit zwanzig Jahren tot ist, richtig? Ich weiß nicht, ob Sie ein Verständnis von der Größe und Komplexität der Unternehmensgruppe haben, die ich leite. *ETS* besteht aus zweiundvierzig einzelnen Betrieben, die in den verschiedensten Logistiksparten tätig sind. Wir haben im Moment mehr als dreitausendzweihundert Mitarbeiter, Tendenz steigend. Wir sind ein Zylinder im Motor des estnischen Wirtschaftswachstums.«

»Der neoliberalen Durchdeklinierung«, sagte Bärengrub leise.

Kagge ging nicht darauf ein.

»Soweit ich mich erinnere, haben wir *Tallinn Worldwide Logistics* Anfang der 2000er-Jahre dazugewinnen können. Lange Zeit also, nachdem Ihr bedauerliches Mordopfer als Mitarbeiter ausgeschieden ist. Ich bezweifele deshalb sehr, dass sich noch irgendwelche Personalunterlagen dieses Mannes in Firmenbesitz befinden. *TWL* ist außerdem nicht gerade einer unserer größten und modernsten Unternehmenszweige, ich weiß nicht, ob die Firmen-EDV heutigen Anforderungen genügt, nichtsdestotrotz ist sie natürlich ein kleiner, dennoch wichtiger Bestandteil unserer Unternehmensstruktur.«

»Ein Schräubchen im Motor des estnischen Wirtschaftswunders«, schlug Forss vor.

»Genau«, lächelte er. Seine Gesichtsmuskeln spannten sich unter der Haut.

»Vielleicht könnten wir vor Ort nachsehen, um sicherzugehen? Direkt bei *TWL*, meine ich.«

Zum ersten Mal verschwand das Grinsen für einen Moment.

»Sicher«, sagte er. »Nur würde ich mir davon nicht allzu viel versprechen. Wie überhaupt von der Ermittlung in einem so alten Fall. Erfahrungsgemäß bleiben die Toten stumm.«

»Woher haben Sie diese Erfahrung? Aus Ihrer Zeit beim Geheimdienst oder eher aus Ihrer jetzigen Tätigkeit?«

Sein Grinsen verschwand ganz, aber er ging nicht auf ihre Bemerkung ein, sondern seinerseits in die Offensive.

»Was interessiert Sie überhaupt ein toter estnischer Hafenarbeiter? Der Umstand, dass er auf dem vermaledeiten Schiff gearbeitet hat? Wollen Sie den Untergang der *Estonia* aufklären? Sind Sie so eine tolle Polizistin?«

Der ausgestreckte Zeigefinger an seinem ausgestreckten

Arm berührte fast ihre Nasenspitze. Sie konnte sein Rasierwasser riechen und auch ein bisschen Schweiß.

»Ich mache hier nur meine Arbeit«, sagte sie.

Beide ließen sich in ihre Stuhllehnen zurückfallen, Kagge nahm seinen Arm herunter.

»Ich muss einen Anruf machen. Jemand wird Sie bei *TWL* empfangen.«

»Vielen Dank für Ihre Kooperationsbereitschaft.«

Forss erhob sich, Bärengrub ebenfalls.

»Internationale Zusammenarbeit liegt mir sehr am Herzen.« Da war das Lächeln wieder. Wie ein Wolf mit hochgezogenen Lefzen, dachte sie.

11

Das Motel an der Bundesstraße am Vätternsee in der Nähe von Jönköping war einfach, billig und zweckmäßig. Nyström hatte es bewusst ausgewählt. Stefan Hammarskjöld hatte angeboten, nach Växjö zu kommen, aber Nyström wollte das Gespräch mit ihm und seiner Freundin weder auf dem Präsidium noch in Hammarskjölds Villa führen. Einerseits sollte das Treffen nicht den Charakter eines offiziellen Verhörs haben, andererseits wollte sie dem eloquenten Manager nicht die Chance geben, sich noch einmal in seinem neureichen Ambiente zu produzieren. Bisher hatte sich Hammarskjöld auf beiden Bühnen wohlgefühlt wie ein Fisch im Wasser. Nun hatte sie vor, den Fisch an Land zu ziehen. Vielleicht konnte ihr dabei ein Motel helfen, das weit unter dem gewohnten Standard des Mannes lag.

Womöglich hätte ein Fast-Food-Restaurant ihr noch bessere Dienste geleistet, aber sie bezweifelte, dass Hammarskjöld sich auf ein Treffen in einem McDonald's oder Maxburger eingelassen hätte, so gern sie ihn auch mit Remouladeflecken am Aufschlag seines Tausendkronenhemds gesehen hätte.

Als sie in den kleinen, tristen Tagungsraum trat, den Delgado am Vortag für sie reserviert hatte, war das Paar bereits da. Hammarskjöld hatte eine Tasse Kaffee vor sich stehen, Wihlborg ein Glas Mineralwasser. Nyström begrüßte sie und setzte sich zu ihnen an den Tisch. Mit Befriedigung registrierte sie die unbequemen Kunststoffstühle. Das Zimmer war kaum geheizt und es roch, als sei lange nicht gelüftet worden.

»Schön, dass ihr es einrichten konntet.«

»Keine Ursache«, sagte Hammarskjöld. Er hatte die Arme vor der Brust verschränkt.

»Sicher doch«, sagte Wihlborg. Sie lächelte. »Eine praktische Idee, sich auf halbem Weg zu treffen.«

»Und noch dazu in einem so erlesenen Ambiente«, sagte Hammarskjöld.

»Wir tun weiterhin alles, um den Tod deiner Ehefrau aufzuklären«, erklärte Nyström und sah abwechselnd von Hammarskjöld zu Wihlborg, »und dazu gehört selbstverständlich auch, dass wir sonntags arbeiten müssen. Dabei sind wir manchmal – heute zum Beispiel – auf eure Kooperation angewiesen. Es tut mir außerordentlich leid, wenn es solche Umstände wie eine lange Autofahrt macht, noch dazu, wenn man in anderen Umständen ist, aber es gibt neue Erkenntnisse, die ein schnelles Handeln erfordern.«

Nyström war, als sei Wihlborg bei dem Wort *Ehefrau* leicht zusammengezuckt. Hammarskjöld hatte dagegen keine Miene verzogen.

»Und die wären?«, fragte er.

»Ein Phantombild des mutmaßlichen Täters.«

»Ein Bild des Mörders?«, fragte Wihlborg. Ihre Stimme vibrierte.

»Das man nicht hätte mailen oder faxen können?«, wollte Hammarskjöld wissen.

Natürlich hätte man können, dachte Nyström. Aber dann kann ich ja deine Reaktion nicht sehen, du Trottel. »So etwas machen wir immer persönlich«, sagte sie. »Vorschrift ist Vorschrift«, log sie. »Wenn ihr nun vielleicht getrennt voneinander einen Blick darauf werfen könntet?«

Sie schob zunächst Malin Wihlborg den Ausdruck über den Tisch hinüber. Ihre großen Augen musterten das Bild lange.

»Nein«, sagte sie schließlich. »Ich habe diesen Mann noch nie gesehen. Jedenfalls erinnere ich mich nicht.«

»Sicher?«, fragte Nyström.

»Sicher«, sagte Wihlborg.

Sie reichte das Blatt Papier an Hammarskjöld weiter, der neben ihr saß. Er nahm das Bild in beide Hände. Nyström, die ihm gegenübersaß, achtete auf seine Augen. Dass er ein ausgezeichneter Schauspieler war, ein Mann, der seine Gefühle hinter einer Maske verbergen konnte, wusste sie seit ihrem ersten Treffen. Er wäre ein exzellenter Pokerspieler, hatte sie gedacht, und in gewisser Weise war er das in seinem Beruf ja wahrscheinlich auch. Aber ganz perfekt war er dann doch nicht. Etwas in seinem Blick geschah. Da war ein Flackern, für den Bruchteil einer Sekunde, ein flüchtiges Vibrieren, bevor er die Nerven, Muskeln und Sehnen unter seiner Gesichtshaut wieder vollständig unter Kontrolle hatte. Nyström hatte die Irritation wahrgenommen, den blitzschnellen Seitenblick, und wenn sie sich nicht täuschte, dann hatte sie gesehen, wohin Hammarskjöld für die Länge eines

Wimpernschlags geschaut hatte. Auch wenn sie nicht verstand, was das zu bedeuten hatte.

»Nein«, sagte er. »Ich habe keine Ahnung, wer das sein könnte. Jedenfalls ist es nicht Emanuel Pribb, der hat mehr Haare auf dem Kopf.« Er zog einen Mundwinkel hoch.

»Der Freund deiner Ehefrau gehört ebenso wenig wie du oder Malin zum engeren Kreis der Verdächtigen«, entgegnete Nyström.

»Es gibt also auch einen weiteren Kreis«, höhnte Hammarskjöld. »Und in dem befinden wir uns, oder was?«

»Das habe ich nicht gesagt.«

»Das hört sich aber so an.«

»Dann hört es sich vielleicht so an, weil ich das Gefühl habe, dass du mir von Anfang an nicht die Wahrheit über die Beziehung zu deiner Ehefrau sagst!«

Endlich brach die Statik von Hammarskjölds Gesichtszügen in sich zusammen.

»Ich habe keine Ehefrau! Ich habe ... Malin!« Er legte einen Arm um seine Partnerin. »Wir ... bekommen ein Kind! Sie ist meine Frau! Anna-Lena war meine Frau! Ja, wir lebten auf dem Papier noch zusammen. Ja, wir haben uns gemeinsam in der Öffentlichkeit gezeigt. Aber das hatte doch längst nichts mehr zu bedeuten! Wir hatten doch nur noch ...«

»... ein Arrangement? So hat es Anna-Lenas beste Freundin jedenfalls genannt. Und deine Schwägerinnen auch.«

»Nenn es von mir aus so.«

»Evelin Brorsson hat angedeutet, dass Anna-Lena dich unter Druck gesetzt hat. Solltest du sie ganz verlassen und zu Malin ziehen, wollte sie dich öffentlich bloßstellen. Emanuel Pribb hat ausgesagt, dass Anna-Lena ausgeflippt wäre, wenn sie von Malins Schwangerschaft erfahren hätte.«

»Sie konnte nicht loslassen.« Hammarskjöld nestelte an

seinem Krawattenknoten herum. Obwohl es kühl in dem Raum war, bildete sich auf seiner Nase ein Schweißfilm. »Das war verrückt. Wir liebten uns schon seit Jahren nicht mehr, aber dennoch konnte sie einfach nicht loslassen. Das große Haus, die Veranstaltungen in Stockholm, vielleicht auch meine Stellung, was weiß ich? All das war ihr so gottverdammt wichtig, obwohl sie beruflich ja auf eigenen Beinen stand. Selbst noch, als sie sich diesen jungen Künstler geangelt hatte, hielt sie an unserer lächerlichen Ehe fest. Ich weiß nicht warum! Es gab ihr wahrscheinlich eine Art von Sicherheit, die ich nicht begriffen habe. Es ist noch nicht einmal so, dass sie Malin gehasst hätte, genauso wenig wie ich diesen Pribb gehasst habe. Ich meine, ich habe seine verfluchten, überteuerten Aquarellbilder in meinem Wohnzimmer hängen! Was für Signale sollte ich denn noch senden, dass wir unsere Beziehung endlich auf eine sachliche Ebene bringen sollten? Trotzdem wollte sie von einer Scheidung nichts wissen.«

»Ihr Tod kam dir recht«, sagte Nyström.

»Natürlich nicht! Wir wollten es ihr sowieso bald sagen, es war ja kaum noch zu verheimlichen. Außerdem hatten wir das Gefühl, ihr die Wahrheit zu schulden. Es war Zeit für sie, den Tatsachen endlich ins Auge zu sehen. Und was hätte sie auch groß tun können? Ihre alberne Drohung wahrmachen und mithilfe von Evelin eine mediale Hetzkampagne loszetteln? Ich bitte dich! Wen hätte das denn interessiert? In meiner Welt jedenfalls niemanden. Dieser Rachefeldzug hat doch nur in ihrer Fantasie funktioniert.«

»Es tut mir so leid für sie«, sagte Wihlborg. »So ein schlimmer Tod.« Sie hielt sich ihren Bauch, eine Schutzgeste. Das Leben schützen. »Aber wir haben nichts damit zu tun.«

Das klang alles schlüssig. Zum ersten Mal schien das, was Hammarskjöld sagte, wirklich zu stimmen. Wäre da nicht dieses Flackern in seinen Augen gewesen, als er Knutssons Phantombild betrachtet hatte, dieser merkwürdige, schnelle Seitenblick auf die Wölbung unter dem Pullover seiner Partnerin. Oder hatte Nyström sich das nur eingebildet? War sie wegen ihrer eigenen versehrten Körperlichkeit so indisponiert, dass sie anfing Gespenster zu sehen? Gesten, Mimiken, Blicke mit einer Bedeutung aufzuladen, die es gar nicht gab? Sie verdrängte den Gedanken an ihren Krebs. Sie musste sich auf das Hier und Jetzt konzentrieren.

»Anna-Lena hatte entgegen deiner Andeutungen beruflich nie etwas mit der *Estonia* zu tun«, sagte sie. »Sie hat den Götakanal betreut. Das musst du doch gewusst haben!«

»*Estonia*? Das Schiff, das untergegangen ist?«, fragte Wihlborg.

Sie sah Nyström an, als hätte die Polizistin den Verstand verloren.

»Genau. Das Fährunglück 1994.«

»Es war nur ein Gefühl. Sie hat, wie gesagt, nie viel von der Arbeit erzählt.«

Hammarskjöld wischte sich mit dem Ärmel seines Hemds Schweiß von der Nase. Keine Remouladensauce, aber immerhin, dachte Nyström.

»Und entgegen deiner Aussage hat sie bereits im Sommer 1994 gekündigt. Länger als ein Jahr, bevor sie als selbstständige Anwältin anfing.«

»Dann muss mich meine Erinnerung getäuscht haben.«

»Was war der Grund für ihre Kündigung? Ihre ehemaligen Kollegen sagen, sie habe die Behörde völlig überraschend verlassen. Außerdem habe sie in der Zeit auffällig gute Laune gehabt. Und Monate später sei sie ganz verändert gewesen. Am Boden zerstört.«

Sie fixierte Hammarskjöld.

Hinter der Kulisse seines Gesichts arbeitete es.

Wieder flackerte etwas in seinen Augen. Wieder warf er einen Seitenblick auf den Bauch von Malin Wihlborg.

»Sie ...« Er zögerte einen Augenblick. »Sie hatte eine Affäre«, sagte er schließlich.

»Wie bitte?«

»Ja. Sie war verliebt. Ihm zuliebe wollte sie sich räumlich umorientieren. Zu ihm ziehen. Unsere Ehe stand faktisch vor dem Aus. Bis zu dieser Schicksalsnacht. Er ... ist mit der *Estonia* untergegangen.«

»Wer war dieser Mann?«

»Ich weiß es bis heute nicht. Ich wollte es auch nie wissen.«

Wie praktisch, dachte Nyström. Damit war jede Überprüfbarkeit der Geschichte quasi unmöglich. Aber sie musste zugeben, dass sie plausibel klang.

»Warum hast du das nicht gleich gesagt?«

»Meinst du, dass es angenehm ist, über den Liebhaber seiner Frau zu sprechen?« Er sah seine Freudin an. »Was heute ist, ist heute. Aber damals habe ich sie geliebt.«

12

Wie Bärengrub und auch Kagge bereits angedeutet hatten, war *Tallinn Worldwide Logistics* nicht gerade das schillerndste Unternehmen im Portfolio von *ETS*. An den Glanz des Firmensitzes in dem modernen Hochhaus erinnerte in dem abgelegenen Hafenteil, in den sie gefahren waren, kaum mehr als die Lichtglocke über der Innenstadt am Horizont. Es war dunkel geworden. Bärengrub parkte den Wagen vor einem Rolltor, das genau wie der hohe Zaun, der das weitläufige Areal auf drei Seiten bis zum Hafenbecken umfasste, mit Stacheldraht bewehrt war. Scheinwerfer tauchten das schlecht asphaltierte Gelände, auf dem nach Forss' Schätzung gut hundert Autos standen, in ein weißes Licht. Sie stiegen aus. Ein böiger Wind zupfte an einer schlecht befestigten silberblauen Girlande, die kronenförmig über den Fuhrpark gespannt war. Forss musste an US-amerikanische Autohändler denken. Der Firmensitz schien aus einer niedrigen Baracke und zwei aufeinandergestapelten, ausgebauten Frachtcontainern zu bestehen. Hinter dem Rolltor näherte sich ein Schäferhund und begann zu bellen. Der Wind roch nach Salz, Tang und Öl, in der Dunkelheit auf dem Wasser tutete ein großes Schiff.

»Und jetzt?«, fragte Forss.

»Abwarten«, antwortete Bärengrub.

Nach einigen Minuten näherte sich ein Scheinwerferpaar. Vor ihnen hielt ein BMW. Zwei Männer stiegen aus, ein großer im Anzug, vom Typ her Toomas Kagge nicht unähnlich und ein gedrungener in einer verwaschenen Armeejacke. Der Anzugmann ging auf sie zu, gab ihnen die Hand und stellte sich als Sasu Muurinnen, Sicherheitsbeauftragter von *ETS*, vor. Der andere blieb stumm. Er hatte Pusteln im Gesicht. Er schloss das Tor auf, rollte es zur Seite und gab dem nun schwanzwedelnden Hund aus seiner Jackentasche eine Handvoll Trockenfutter zu fressen. Forss konnte es aus dem Maul des Schäferhunds knacken hören. Gemeinsam gingen sie dann zu viert zu der Baracke. Der Stumme, Pockennarbige schloss auch diese Tür auf. Muurinnen war über ihr Anliegen informiert. Er hatte einen starken finnischen Akzent.

»Es gibt einen Schrank mit alten Personalunterlagen. Wenn noch irgendetwas über euren Tõnu Puusta hier ist, dann werden wir es dort finden.«

Er gab dem Gedrungenen auf Estnisch eine knappe Anweisung. Der Mann verschwand durch einen Mauerdurchbruch in einem der angrenzenden Container. Sie konnten seine Schritte auf einer Metalltreppe federn hören. Forss sah sich in der karg eingerichteten Baracke um. Zwei verkratzte Schreibtische, alte Computer, durchgesessene Bürostühle, Metallregale voller Aktenordner. An der Wand ein Pin-up-Kalender von 2004. Im Februarmädchen steckten zwei billige Dartpfeile, in jeder ihrer Brüste einer. Man braucht wohl kein besonders modernes Equipment, um Autos voller unverzolltem Alkohol nach Skandinavien zu verschieben, dachte Forss. Muurinnen und Bärengrub wechselten einige Sätze auf Finnisch. Sie hörten wieder Schritte auf der Treppe. Der Mann in der Militärjacke erschien in dem Mauerdurchbruch. Er zuckte mit den Schultern.

»Das war wohl nichts«, sagte Muurinnen. »Tut mir leid!«

»Da kann man wohl nichts machen«, sagte Bärengrub.

»Trotzdem vielen Dank«, sagte Forss.

Nur der pockennarbige Tarnjackenmann sagte noch immer nichts. Er nahm Zigaretten und Streichhölzer aus seiner Jackentasche und zündete sich eine an. Das abgebrannte Streichholz legte er in einen abgestoßenen Glasaschenbecher. Der Werbeaufdruck auf dem braunen Glas war im Laufe der Jahre verblasst, aber dennoch konnte Forss ihn gut lesen.

Mizgaitis AB

»Dann gehen wir wohl mal wieder«, lächelte sie.

»Wir begleiten Sie nach draußen«, sagte Muurinnen und wandte sich zur Tür, die Tarnjacke folgte ihm durch den engen Raum, Zigarettenqualmschwaden hinter sich herziehend. Bärengrub, der hinter ihm ging, hustete demonstrativ. Niemand sah, wie Forss in die Tüte mit Trockenfutter griff, die auf der Fensterbank neben der Tür stand. Sie verließ das Bürogebäude als Letzte.

13

Bin zu den neuen Nachbarn (Davidssons? Danielssons? Didrikssons? jedenfalls Annelie und Tommy) in dem gelben Haus an der Kreuzung auf einen Kaffee eingeladen. Komm doch nach, wenn du Lust hast. (Es ist jetzt halb drei.) Dein Anders.

Ingrid Nyström nahm den Zettel in die Hand. Neben Anders' Namen war ein Herz gekritzelt. Mein lieber Anders. Sie atmete tief ein und spürte dabei, wie sich in ihr etwas rührte. So ein Mist, dachte sie und zerknüllte das Papier in ihrer Faust. Die Müdigkeit spannte unter ihrer Haut und in ihrem Kopf rauschte es. Sie hatte sich auf einen ruhigen Abend mit Anders eingestellt, hatte sich ausgemalt, wie er sie mit einem schönen Sonntagsessen erwarten würde und vor allem hatte sie sich vorgestellt, wie sie beide genau dort weitermachen würden, wo sie gestern Abend so jäh unterbrochen worden waren. Ihre Fantasie war idiotisch gewesen, das sah sie jetzt ein. In romantischen Momenten kann man nicht einfach wie bei einer DVD auf Pause drücken. Man kann nicht zwanzig Stunden später fortfahren, als hätte es die Zeit dazwischen nicht gegeben. Sie goss sich ein Glas Wasser ein und trank es in einem Zug leer. Es war jetzt beinahe fünf Uhr. Draußen legte sich bereits Dunkelheit über den nahen Waldrand. Bestimmt würde Anders bald wieder da sein. Im Kühlschrank fand sie die Schälchen mit den Essensresten von gestern, sorgfältig zugedeckt mit Klarsichtfolie. Darum hatte Anders sich gekümmert, als sie ins Präsidium weggefahren war. Ob sich die Jacobsmuscheln gehalten hatten? Es tat ihr weh, das ganze Essen zu sehen. Sie hatte sich solche Mühe gegeben und auch wenn sich das Ganze ein wenig aufgesetzt angefühlt hatte, war es ein sehr schöner Abend gewesen. Ein aufregender Abend. Der Anfang eines aufregenden Abends. Aber ohne das Finale, ohne Katharsis. Wie viel darf ich für meinen Beruf opfern, fragte sie sich. Manchmal macht er mich beinahe kaputt und zerreißt mich. Er macht mich unfähig, die Frau zu sein, die ich sein möchte. Ihre Enttäuschung über das leere Haus zerbrach unter dem Druck ihres schlechten Gewissens. Sie griff nach ihrem Handy und wählte Anders' Nummer.

»Ingrid, wie schön! Wo bist du?«

»Zu Hause, ich bin gerade angekommen und habe deinen Zettel gesehen.«

»Annelie und Tommy haben gefragt, ob ich, also wir, ob wir nicht bei ihnen zu Abend essen wollen. Es ist sehr nett hier! Andererseits haben wir so viele leckere Reste von gestern im Kühlschrank und du bist bestimmt müde nach dem langen Tag. Also, was meinst du?«

Ingrid Nyström musste unwillkürlich lächeln, Anders war echt ein Phänomen, wenn es darum ging, von einem zum anderen zu kommen. Aus einer Kaffeeeinladung ein Abendessen rauszuschlagen. Und das an einem Sonntag. Sie dachte an die Reste im Kühlschrank. Irgendwie hatten die Muscheln schon so einen seltsamen Geruch gehabt.

»Ich ziehe mich um und dann komme ich zu euch«, sagte sie und legte auf. Sie duschte, schminkte sich ein wenig, zog ein Kleid an, warf einen Mantel über und ging die hundert Meter bis zum Haus der neuen Dorfbewohner zu Fuß. Die Landluft war kühl und frisch und tat ihr gut.

»Wie schön, dass du auch dazukommst. Komm doch rein.«

Annelie, die ihr die Tür aufmachte, war Mitte dreißig. Schon bei den wenigen flüchtigen früheren Begegnungen war ihr die originelle, aber stilsichere Kleidung der brünetten Frau aufgefallen. Zu ihrem schwarzen Kleid trug Annelie heute senfgelbe, mit orangefarbenen Störchen gemusterte Strumpfhosen und einen algengrünen Schal, der farblich auf ihre dicken Wollsocken abgestimmt war und eine Brosche, die zu ihren roten Clogs passte. Lässig und schick zugleich.

»Ja, vielen Dank für die Einladung!« Nyström zog die Schuhe aus und folgte Annelie in die Küche. »Tolle Clogs hast du an! Aus Moheda?«

»Genau, lokale Produktion«, sagte Annelie. »Bestellen muss man sie allerdings im Internet. Wahrscheinlich kommt das Paket aus einem Logistikzentrum bei Stockholm.« Beide lachten.

»Wir haben heute Anders beim Spazieren unten am See getroffen und ihn spontan zum Kaffeetrinken eingeladen. Dann haben wir uns festgequatscht. Als Pastor kennt er hier in Ör ja Gott und die Welt. Das interessiert uns als Zugezogene natürlich brennend.«

»Gott oder die Welt?«

Wieder lachten beide.

»Er hat erzählt, dass du gerade viel um die Ohren hast.«

»Ja, so kommt es manchmal in meinem Beruf.« Sie sah auf ihre Armbanduhr, es war Viertel vor sechs. »Aber jetzt habe ich Wochenende!«

»Besser spät als nie.« Annelie zwinkerte und führte sie ins Esszimmer.

»Ach, Ingrid, wie schön, dass du kommst.« Anders, der mit Tommy, einem schlanken Mann mit modischem Bart und Seitenscheitel, am gedeckten Tisch saß, stand auf und nahm sie in den Arm. Seine Berührung ließ ihre Muskeln entspannen und sie spürte, wie Wärme ihren Körper durchfuhr. Das

Kribbeln unter ihrer Haut löste sich und Wohlgefühl breitete sich aus. Ich tanke auf, dachte sie, tanke mich mit Berührungen auf. Neulich hatte sie irgendwo gelesen, dass Säuglinge, die keine körperliche Nähe bekommen, bald wegen mangelnder Sinnesstimulanz sterben. Jetzt spürte sie, was damit gemeint war. Sie ließen sich los und Ingrid wandte sich Tommy zu. Anders stellte sie einander vor und nahm wieder Platz.

»So, hier ist sie, meine Frau! Ich habe gerade von unserem Kochprojekt erzählt.«

Nyström gab Tommy die Hand und ließ sie neben ihren Mann nieder.

»Kochprojekt?«

Anders hatte doch wohl nicht von ihrem erotischen Essen gestern erzählt? Wie konnte er so unsensibel sein und ...?

»Ha, siehst du, wir sind so selten dazu gekommen, dass du schon gar nicht mehr weißt, wovon ich überhaupt rede«, grinste Anders. »Unser Silvestervorsatz im vergangenen Jahr! Wir wollten doch jede Woche ein in Vergessenheit geratenes Hausmannskost-Gericht kochen.«

»Die Rettung der schwedischen Landküche. Ich hatte es tatsächlich vergessen. Das sollten wir bald wieder aufnehmen.«

»Ja, ein paar gute Sachen haben wir wirklich entdeckt. Die öländischen Knödel deiner Mutter waren fantastisch. Eigentlich ein ganz einfacher Kartoffel-Mehl-Teig mit Speckfüllung. Richtig raffiniert wurden sie dann aber erst mit Wacholderbeeren.«

»Tatsächlich? Ja, Wacholderbeeren mag ich auch sehr gerne. Zum Rind schmecken sie gut«, sagte Tommy. »Es ist interessant, wie die traditionelle Küche in letzter Zeit wieder an Popularität zunimmt, nachdem es jahrelang Trend war, exotisch klingende Fertigprodukte warm zu machen. Habt ihr diese Fernsehdoku gesehen? Im Land der braunen Sauce? Großartig!«

»Ja, die war gut! Da gab es etwas Besseres als diese pappigen Taco-Schälchen mit fertigen Mixsaucen oder dieses schlaffe tiefgefrorene Wok-Gemüse mit Kokosmilch! Als unsere Töchter noch Teenager waren, mussten wir jeden Trend mitnehmen«, lachte Anders. »Als Anna vierzehn war, hat sie sich monatelang von Pasta mit Pesto ernährt, wegen der guten Fette in den Pinienkernen. Bis sie sich dann einmal in Ruhe das Etikett durchgelesen hat. Pinienkerne: nullkommadrei Prozent.«

Nyström musste kurz an ihre Jakobsmuscheln und das Safranrisotto denken.

»Was haltet ihr von Spaghetti Bolognese? Das war vor fünfzig Jahren auch noch exotisch hier oben im Norden!« Annelie stellte einen duftenden, dampfenden Topf auf den Tisch.

»Oh, das riecht ja toll.«

»Mit frischen Pfifferlingen!«, lobte Anders.

»Dann können wir das Gericht als kulturell assimiliert betrachten«, befand Nyström. »Habt ihr sie selbst gesammelt?«

»Ja, wir waren gestern im Wald unterwegs und haben richtig viele gefunden.«

»Wie schön, ich gehe auch so gerne raus, es ist ein bisschen wie auf Goldsuche zu sein! Diesen Herbst bin ich aber kaum dazu gekommen.«

»Dann müssen wir ja kein schlechtes Gewissen haben, dass wir hier im Wald eure guten Stellen plündern«, scherzte Annelie.

»Nein, das sowieso nicht. Die Pilze sind ja für alle da.«

»Sehen das hier alle so? Meine Mutter war beinahe beunruhigt, als ich ihr am Telefon von unserem Schatzfund erzählt habe und sie hat uns eindringlich geraten, die vollen Tüten zu verstecken, sobald wir aus dem Wald kommen, damit die Nachbarn nicht mitkriegen, dass wir fündig geworden sind.«

»So ein Quatsch!«, sagte Anders mit vollem Mund.

»Na ja«, meinte Ingrid, »früher, als meine Eltern noch hier wohnten, haben sie es sehr ernst genommen mit ihren Geheimstellen und genau aufgepasst, wo und in wessen Wald wer zum Pilzesammeln gegangen ist. Sie konnten sich auch wahnsinnig aufregen, wenn die kleinen Sprösslinge zu früh verschwanden, das heißt, wenn irgendjemand vor ihnen kam und die Stellen leer räumte. Sie haben genau beobachtet, verdächtigt, ausspioniert und darüber gelästert. Das mit den Pfifferlingen war damals eine sehr heikle Nachbarschaftsangelegenheit, glaub mir.« Sie lächelte. »Und bisweilen ist es noch heute so.«

»Die Bolognese schmeckt himmlisch. Wenn ich von meinen Nachbarn zu so einem Sonntagsessen eingeladen werde, dürfen sie von mir aus alle Pilze sammeln, egal wie klein sie sind«, meinte Anders.

»Dann haben wir ja Glück!«, sagte Tommy.

Als alle ihre Teller geleert hatten, deckte Annelie das Geschirr ab und Tommy setzte Tee auf. Anders suchte Ingrids Hand unter dem Tisch und drückte sie fest. Ohne viel miteinander zu reden, blieben sie sitzen und ließen sich von ihren Gastgebern bedienen. Es war ein langer Tag gewesen und Nyströms Besuch bei Gunnar Berg fühlte sich bereits unglaublich lange her an. Morgen früh würde es weitergehen, das Hier und Jetzt war eine kleine Oase, ein zeitlicher Zwischenraum, in dem die Welt heil war und in dem sie Kraft sammeln konnte, für das Tote und Kaputte da draußen. Aber es gibt auch etwas Totes und Kaputtes in mir, dachte sie und fasste sich unwillkürlich an ihre linke Brust. Seltsamerweise fühlte sie sich nicht so kalt an, wie sie erwartet hatte. Vielleicht war das ein gutes Zeichen. Als sie Anders

Blick wahrnahm, zog sie ihre Hand schnell weg. Die Didrikssons kamen mit Tee und Gebäck ins Esszimmer.

»Schön habt ihr es hier. Sehr charmant eingerichtet«, lobte sie den Geschmack ihrer Nachbarn.

»Danke, das Haus macht es einfach. Die Holzdielen, die offenen Öfen. Für uns ist es ein Traum!«, sagte Tommy, wir wohnten jahrelang in Göteborg, aber schließlich haben uns die Enge, die hohen Immobilienpreise und der ganze Stress fertiggemacht.«

»Ich kann dir gerne die anderen Räume zeigen, Ingrid«, schlug Annelie vor.

»Sehr gerne.« Nyström stand auf.

Neben dem Esszimmer befand sich ein minimalistisch eingerichtetes Wohnzimmer. Die vielen Bücher und Zeitschriften waren in Stapeln und Reihen auf dem Boden entlang der Wände geordnet und auf der Fensterbank standen Töpfe mit Pflanzen, deren rote Schoten Nyström als Chili identifizierte. An der Wand führte eine Treppe nach oben, wo sich das Schlafzimmer, sowie ein Arbeits- und ein Gästezimmer befanden. Annelie ging vor ihr die Treppe hoch. Elegante, in die Wand eingelassene Holzstufen, die beinahe wirkten, als würden sie frei schweben. Ein Geländer zum Festhalten gab es nicht und Nyström drückte sich beim Hochgehen nah an die Wand. Im Schlafzimmer hob Annelie schnell die zerknüllte Bettdecke vom Boden und warf sie aufs Bett.

»Es ist nicht aufgeräumt, aber schau gerne mal rein«, entschuldigte sie sich.

»Toll, mit so viel Platz!«, bemerkte Nyström.

»Ja, das ist etwas anderes als ein Schlafzimmer in einem dieser neuen Häuser, das stimmt.«

»Ihr habt es so liebevoll eingerichtet, so viele Details. Die ganzen gerahmten Fotografien im Flur, diese schicken Lampen aus Holz und dann dieser aufwendig gebundene, getrocknete Kräuterstrauß da über dem Bett, eine sehr kreative Idee! Sind das Schafgarbe und Eisenkraut?«

»Ja«, sagte Annelie. Sie fuhr sich mit der Hand über die Wange, eine schnelle, unbewusste Geste, aber Nyström registrierte sie. Auf einmal war da etwas, eine Spannung in der Stimme oder im Körper der hübschen Frau, kaum merklich, aber dennoch da. »Kreativ ist eine schöne Bezeichnung«, lächelte Annelie. Sie schaute auf den Boden, befeuchtete mit ihrer Zungenspitze die Oberlippe. Sie hatte nach einem Kopfkissen gegriffen und schüttelte es zurecht. »Wir versuchen seit Langem ein Kind zu bekommen, diese Blumen und Kräuter sollen angeblich die Fruchtbarkeit stimulieren. Bestimmt nur ein dummer nordischer Aberglaube, es ist lächerlich, ich weiß, aber wenn man seit Jahren alle Behandlungen von A bis Z erfolglos durchmacht, bleibt einem nicht mehr viel anderes als heidnische Hausrezepte von alten Kräuterweibern. Auch wenn das dein Mann bestimmt anders sieht. So als Pastor, meine ich.«

»Oh, es tut mir leid, ich wollte nicht ...«

»Ist schon in Ordnung. Wir haben uns mittlerweile damit versöhnt. Soweit es geht. Der Umzug war ein ganz wichtiger Schritt für uns. Den Wunsch aufs Land zu ziehen, tragen wir schon sehr lange mit uns herum. Ohne Kinder fühlte es sich aber nur halb richtig an, denn was will man mit einem ganzen Haus zu zweit? Deswegen sind wir lange in der kleinen Wohnung in Göteborg geblieben und haben auf das Kind gewartet. Viel zu lange. Ich habe es am Schluss kaum mehr ausgehalten. Ich fühlte mich von der Stadt gefangen und wurde jeden Tag daran erinnert, dass ich noch nicht schwanger war. Es war schrecklich. Überall Mütter mit Kinderwagen und an jeder Ecke ein voller Spielplatz. Hier geht das Leben für uns endlich weiter.«

Nyström wusste nicht, was sie sagen sollte. Plötzlich musste sie aus irgendeinem Grund an ihre Kollegin Anette Hultin denken.

»Wollen wir wieder nach unten gehen?« Annelie brach das unangenehme Schweigen.

»Ja. Natürlich.«

Auf der Treppe verstand sie, warum ein Geländer in diesem Haus überflüssig war. Ein Haus ohne Kinder, dachte Nyström, ein schickes, ein stilles Haus. Junge Menschen, die auch an einem Sonntagabend die Muße haben, spontan Gäste zu empfangen. In einer Zeit, in der das Gelingen des Lebenspuzzles höchstes Gebot war und Eltern nicht nur ihre Kinder, sondern auch ihre Karriere, ihren Körper, ihren Intellekt, ihr Zuhause, ihre Freundschaften und alles andere pflegen und optimieren sollten, war das vielleicht gar nicht so schlecht, auch wenn es sich für sie sehr ungewohnt anfühlte.

14

Anette Hultin hatte den Abend über in der neuen Leichtathletikhalle Arenastaden trainiert, bis sich das Gefühl eingestellt hatte, dass der Kater ihren Körper verlassen hatte. Sie hatte anschließend zu Hause lange und heiß geduscht, sich ein proteinhaltiges Abendessen gemacht und surfte nun auf dem Sofa ausgestreckt im Internet. Seit sie sich vor einigen Wochen einen Tabletcomputer zugelegt hatte, konnte sie ihre Kommunikation auf Facebook und bei drei verschiedenen Dating-Portalen praktischerweise im Liegen verwalten. Leider gab es nicht viel Neues. Eine alte Schulfreundin stellte Apfelkuchenrezepte online, eine andere Babyfotos. Dem kleinen, speckigen Sohn hatte man eine Halloweenmaske aufgesetzt. Das sollte wohl irgendwie süß oder witzig sein, sah aber einfach nur total unheimlich aus, wenn man sie fragte. Ein Kollege von der Streife postete Urlaubsfotos aus Vietnam, die seine Bauchmuskulatur betonten. Er hatte einen Cocktail in der Hand. *Sex on the Beach*, kommentierte er das Bild. Wie zweideutig! Sie musste an Solbritt Englund, die ehemalige Nachbarin von Yvonne und Ragnar Karlsson, und an ihre bevorstehende Karibikreise denken. Solbritt war wahrscheinlich zu alt für Sex on the Beach. Oder war das nur ein dummes Vorurteil? Vielleicht fuhr sie gerade deshalb nach Jamaika? Man hörte ja so einiges über Sextourismus. Hultin schüttelte sich den Gedanken aus dem Kopf und loggte sich bei Facebook aus. Auf einer von ihren Dating-Seiten beschrieb *Zuchthengst79* seine körperlichen Vorzüge. Sie wollte keinen Zuchthengst. Sie wollte einen richtigen Mann. Das mit Hugo gestern war ein Fehler gewesen. Sie wollte jemanden, der der Vater ihrer Kinder sein würde. Sie wollte endlich auch Weihnachtskeksrezepte posten und drollige Pampersfotos. Sie wollte einen Mann und ein Kind.

Jemandem, der sich *LammhultFucker* nannte und ihr ein schlüpfriges Gedicht geschickt hatte, schrieb sie zurück. *Fuck Yourself.*

Zum Schluss checkte sie ihre E-Mails.

Werbung.

Eine Erinnerung, dass sie ihren letzten Online-Kauf noch nicht bewertet hatte.

Eine Mail von Hugo, die als Inhalt nur den Link auf ein Youtube-Video hatte, in dem es zwei Beutelratten miteinander trieben. Sollte das witzig sein? Oder war das tatsächlich seine Art von Romantik? Angewidert löschte sie die Mail sofort. Dann sah sie noch schnell in ihren beruflichen E-Mail-Account.

Eine Einladung zu einer Tagung.

Nyströms üblichen Protokolle.

Ein Dienstmemo von Edman.

Dann war da noch etwas.

Der Absender war merkwürdig. Eine wilde Ziffern- und Zahlenkombination. 5Gf76sxH@datajungle.dk

Eine Internetadresse aus Dänemark.

Irgendeine Junkmail. Eine Betreffzeile gab es nicht. Wahrscheinlich Pornoblödsinn oder Ähnliches. Das kommt davon, wenn man im Internet nach Männern sucht, dachte sie. Nach Vätern. Sie klickte auf Löschen. Fast. Dann hielt sie inne und öffnete die Mail.

Dort standen nur zwei Worte.

Firefox

Enigmail

Was sollte das denn? *Firefox* kannte sie, ein Webbrowser, den sie auf ihrem Laptop installiert hatte. Aber *Enigmail*? Sie googelte. *Enigmail* war ein populäres Programm zur Verschlüsselung von E-Mails. Klar, benannt nach *Enigma*, der Verschlüsselungsmaschine der Nazis im U-Boot-Krieg. Wie in Hugos doofen Computerspielen. Plötzlich wusste sie, wer ihr geschrieben hatte. Tomas Lennartsson, der *Estonia*-Blogger, hatte von einem Kontakt gesprochen, den er möglicherweise herstellen konnte. Von jemandem mit Beweisen. Sie stöhnte. Also noch so ein durchgeknallter Internetfreak mit ausgeprägtem Mitteilungsbedürfnis. Wieder ließ sie den Cursor über der Löschtaste schweben. Andererseits würde es ihr Ingrid schwerlich verzeihen, wenn sie einer Spur nicht bis zum Ende nachgehen würde. Und sie hatte nicht vor, bei der nächsten Beförderung Stina Forss an sich vorbeiziehen zu lassen. Oder den trägen Lasse. Geschweige denn eine gewisse Person, die ihr Videos von bumsenden Beutelratten mailte.

Sie holte ihr Laptop aus dem Nebenzimmer, lud *Enigmail* herunter und sah sich in einem Tutorial an, wie man es benutzte. Nach einer halben Stunde hatte sie im Groben begriffen, wie man mit dem Programm umging, wie man Schlüssel erzeugte, verwaltete und Texte chiffrierte und dechiffrierte. Anschließend antwortete sie der dänischen Internetadresse.

Und nun?

Das Programm tat seinen Dienst. Die Antwort ließ nicht lange auf sich warten.

Morgen 17.00 Uhr Hauptbahnhof Kopenhagen. O'Learys.

Noch eine sinnlose Dienstreise, dachte sie. Aber wenigstens gab es bei *O'Learys* ganz ordentliche Hamburger.

15

Als Bärengrub vor ihrem Hotel anhielt, zögerte Forss mit dem Aussteigen. Sie sah ihn an. Seine flache Nase war nicht besonders hübsch, aber sollte ausgerechnet sie über die Gesichter anderer urteilen? Sie mochte seine hellen Augen. In seinem Blick lag etwas, eine Möglichkeit. Eine Nacht, vielleicht sogar so etwas wie echte Nähe. Es tat ihr leid, dass sie ihn am Morgen provoziert hatte.

»Sollen wir vielleicht noch ein Getränk an der Hotelbar …?«, fragte er.

Sie hörte ihr Herz schlagen. Einmal, zweimal, dreimal.

»Ich denke, ich sollte jetzt lieber direkt …«, sagte sie.

»Sicher«, sagte er schnell. »Selbstverständlich.«

Sie öffnete die Wagentür, stieg aus und drehte sich zu ihm um.

»Danke«, sagte sie.

Er lächelte matt. Sie warf die Tür zu und das Auto fuhr davon. In der Lobby des Hotels ging sie direkt auf die Rezeption zu. Der Mann hinter dem Tresen fragte sie, wie er ihr helfen könnte.

»Ein Mietwagen«, sagte sie. »So schnell wie möglich.«

Der Rezeptionist führte ein Telefonat. Es war kein Problem, beim Bahnhof gab es einen 24-Stunden-Service. Es war gleich um die Ecke. Fünfundzwanzig Minuten später saß sie in ihrem Wagen, einem Škoda. Sie tippte die Adresse in das Bordnavigationsgerät. Die Fahrt durch die beinahe menschenleere Stadt war ein Kinderspiel, sie erkannte irgendwann sogar einige Straßen wieder. Schließlich parkte sie das Auto hinter einem Lkw-Anhänger und ging die letzten zweihundert Meter zu Fuß. Die Luft war feucht und roch nach Meer. Das Industriegebiet lag da wie ausgestorben. Der BMW des Sicherheitsmanns war verschwunden. Als sie vor dem Rolltor stand, hörte sie das Rascheln der silbrigen Girlande im Wind. Der Schäferhund kam über den Hof angelaufen. Er fing sofort an zu bellen. Stina Forss kniete sich hin. Sie griff in ihre Jackentasche und hielt dem Hund eine Handvoll von dem krümeligen Trockenfutter hin, das sie vor anderthalb Stunden eingesteckt hatte. Der Hund näherte sich ihrer durch die Gitterstäbe des Tores gestreckten Hand und schnüffelte misstrauisch. Aber er fraß nicht, sondern begann wieder zu bellen, sogar lauter als vorher, zumindest kam ihr das so vor. Sie stand wieder auf, biss auf ihre Unterlippe. Der Hund sprang hinter dem Gatter immer wieder hoch und kläffte sich in einen Rausch. Ich habe keine Wahl, dachte sie. Es ist alles andere als schön, aber ich habe keine andere Wahl. Sie nahm die Beretta mit der ausgefeilten Registriernummer aus ihrer Handtasche und entsicherte sie. Natürlich war es nicht legal, dass sie eine nicht registrierte Waffe mit sich führte, noch dazu im Ausland, aber was sie im Begriff war zu tun, wäre auch in Schweden und in keinem anderen Land erlaubt gewesen, wahrscheinlich noch nicht einmal in China, dachte sie bitter, und da essen sie doch Hunde. Sie visierte einen Punkt zwischen den glänzenden schwarzen Augen an und drückte den Abzug zweimal hintereinander durch. Aus so kurzer Distanz zeigten die Projektile verheerende Wirkung: Der Hund wurde mit Wucht nach hinten gerissen. Sein Kopf war aufgeplatzt und Blut und Hirn waren meterweit über den rissigen Asphalt gespritzt. Regungslos lag der haarige Körper auf dem Boden. So eine Scheiße, dachte sie. So eine verdammte Scheiße. Der Hall der Schüsse dröhnte noch immer in ihren Ohren. Sie stopfte die Waffe hinten in ihren Hosenbund unter den Gürtel. Sie konnte nur hoffen, dass das Gewerbegebiet wirklich so menschenleer war, wie es gewirkt hatte. Zumindest war es jetzt hundeleer, dachte sie. Mit ihren Dietrichen hatte sie das Schloss des Tores innerhalb von zwei Minuten geöffnet. Sie schob es gerade so weit zur Seite, dass sie hindurchschlüpfen konnte, fasste den toten Hund an den Hinterläufen und schleifte den schweren Kadaver aus dem Lichtkegel der Scheinwerfer in den Schatten. Das tote Tier zog eine blutige Spur hinter sich her. Beinahe hätte sich Forss' Magen umgedreht, aber sie konnte sich gerade noch beherrschen. Über dem Wasser hinter den Containern schrie eine Möwe. Hoffentlich sind hier keine Kameras, ging es ihr durch den Kopf. Sie huschte über den grell beleuchteten Hof. Auch das Schloss der Barackentür bereitete ihr keine Probleme. Sie ließ das Licht aus und orientierte sich mithilfe der Minitaschenlampe, die sie immer an ihrem Schlüsselbund hatte.

Ihr Herz klopfte viel stärker als vor dem Hotel. Sie durchquerte den kargen Hauptraum und ging durch den Mauerdurchbruch in den ausgebauten Container. Der Strahl ihrer Taschenlampe erfasste Regale voller Autoersatzteile: gebrauchte Scheinwerfer, Türgriffe, Rückspiegel. An einer Wand lehnten Motorhauben und rostige Kofferraumdeckel. Hier nicht, dachte sie. Dann fand ihr Lichtkegel die Metalltreppe. Sie führte in den zweiten Container. Hier oben waren keine Autoteile gelagert. Der Raum stand voller alter, zerkratzter Schubladenschränke aus Metall. Es gab keine Fenster. Sie traute sich, das Licht anzumachen, zwei schlichte Neonröhren unter der Decke, die mit einem Knacken ansprangen. Ich muss schnell sein, dachte sie, schnell, schnell, schnell. Die Schubladen waren beschriftet. Sie konnte keine drei Worte Estnisch, aber sie hatte Glück. Personal hieß augenscheinlich *personal*, es war das einzige Wort, das sie entziffern konnte. Sie zog die erste der beiden Schubladen mit der Aufschrift auf. Altmodische Hängeregister, alphabetisch sortiert, A – M. Sie schloss die Schublade wieder und riss die zweite auf, O–Y. Allzu viele Angestellte schien *TWL* im Laufe der Jahre nicht gehabt zu haben.

Ojamaa, Ragnar
Ojamaa, Mart
Puri, Erki
Purje, Mikhel
Puusta, Tõnu

Auf dem ausgeblichenen Karteireiter stand der Name in einer krakeligen Handschrift geschrieben. Sie griff das Hängeregister heraus. Die Enttäuschung folgte unmittelbar, der dünne Pappordner war leer. Forss schrie vor Wut auf, knallte das nutzlose Register auf den Boden. Natürlich hatte der Tarnjackenmann alle Unterlagen über Puusta entfernt und mitgenommen, wahrscheinlich unter seiner Tarnjacke versteckt, wo auch sonst? Fuck, schrie sie. Fuck! Fuck! Fuck! Das Blut in ihren Ohren rauschte. Sie war so nah dran gewesen, so nah dran! Sie sah sich in dem metallenen Raum um. Es gab mindestens dreißig weitere Schubladen, beschriftet mit Wörtern, die sie nicht verstand. Wenn es hier noch etwas von Interesse gab, wie um alles in der Welt sollte sie es finden? Wie sollte sie diese seltsame Sprache verstehen? Wie hatte sie so dumm sein können, hier ohne Bärengrub aufzukreuzen? Die Wut durchdrang sie in weißen Wellen, ein Gefühl, das sie von früher kannte. Nur war jetzt niemand da, an dem sie sie abreagieren konnte. Niemand, dem sie einen Stein, eine Glasvase, einen Suppenteller ins Gesicht knallen konnte. Sie griff in ihr Haar. Sie biss sich in die Faust. Sie trat gegen die Metallschränke. Dann begann sie wahllos Schubladen aufzuziehen, Register rauszugreifen, Unterlagen in die Luft zu schleudern. Sie entfachte einen sinnlosen Papiersturm. Der blöde Hund war umsonst gestorben, die ganze Reise hierher war vollkommen umsonst gewesen. Sie sah Kagges Wolfsgrinsen vor sich, Muurinnens Lächeln, den ausdruckslosen Tarnjackenmann. Diese Schweine, dachte sie, diese dummen Schweine kommen alle ungeschoren davon.

Fuck!

Fuck!

Fuuuuuuuck!

Unzählige Papiere segelten durch den Container, regneten auf sie herab. Heiße Tränen des Zorns ließen ihren Blick glasig werden. Schließlich hörte sie auf. Sie lehnte sich gegen die kühle Metallwand und ging in die Hocke, bis sie auf dem Hosenboden saß. Ihre Waffe drückte ihr unangenehm ins Kreuz. Dann sah sie die runde Papierscheibe. So etwas hatte sie schon einmal gesehen, vor vielen Jahren, in einem alten Polizeifahrzeug in Berlin. Das war eine Tachoscheibe, wie sie in mechanischen Fahrtenschreibern benutzt wurde. Der Tachograf zeichnete auf einer solchen Scheibe die Fahrtkilometer, die Geschwindigkeiten und die Ruhezeiten auf, während der Fahrer handschriftlich in die leeren Zeilen in der Mitte seinen Namen, sein Reiseziel und das Datum eintrug. Heute waren solche anachronistischen Geräte meistens längst durch digitale ersetzt worden. Forss fand noch mehrere solcher Scheiben auf dem Boden. Konnte tatsächlich …? Es war nur eine Idee, aber wenn sie recht hatte …

Sie suchte nach der Schublade, aus der sie die Dinger gezogen hatte. Dort! Wirklich, die Tachoscheiben steckten in den Hängeordnern, chronologisch geordnet. Es begann mit 1991 und ging bis 1998.

Sie brauchte 1994, den September.

Marten Puusta zufolge hatte sein Bruder betrunken von einer *Heimatquelle* gesprochen.

September 1994, ein ganzer Stapel, etwa hundert vergilbte, wellige Scheiben. Fein säuberlich hatten die Fahrer ihre Fahrten notiert. Daten, Orte, Namen. Wiederkehrende Ziffern- und Zahlenkombinationen. Forss begriff: Das mussten die Nummernschilder des ehemaligen Lkw-Fuhrparks von *TWL* sein, aus Zeiten, in denen der Betrieb noch eine echte Spedition gewesen war, mit echten Lastwagen, die von A nach B gefahren waren und dabei Güter transportiert hatten. Sie ging den Stapel durch. Scheibe für Scheibe. Und tatsächlich: Tõnu Puusta war damals einer der Fahrer gewesen. Lastwagenfahrer, Schmuggler, Leichtmatrose. Was für ein Multitalent. Sie fand eine zweite Scheibe mit seinem Namen, eine dritte, eine vierte. Er hatte im Monat September vier Touren durchgeführt. Einerseits ziemlich wenig, andererseits musste sie bedenken, dass er zu diesem Zeitpunkt ja auch bereits für *Estline* auf der *Estonia* gearbeitet hatte, lange Schichten, die viel Zeit in Anspruch genommen hatten.

Sie betrachtete die Papierscheiben genauer. Alle vier Fahrten hatten dasselbe Reiseziel gehabt, einen Ort namens Karksi-Nuia, dem Fahrtenschreiber nach etwa 200 Kilometer von Tallinn entfernt.

Karksi-Nuia.

Lag dort die Heimatquelle?

Hatten die vier Touren etwas mit dem Coup zu tun, den Tõnu Puusta seinem Bruder zufolge geplant hatte?

Hatte er von Karksi-Nuia etwas nach Tallinn gebracht, das er dann mit der *Estonia* weiter nach Schweden geschmuggelt hatte?

War diese Fracht der Grund, warum man ihn ermordet und in Växjö begraben hatte?

Stina Forss stopfte sich die vier Papierscheiben in die Jackentasche und sah auf ihre Armbanduhr. Sie war jetzt mehr als zehn Minuten in dem Container. Zehn Minuten nach dem Schuss, der kilometerweit zu hören gewesen sein musste. Höchste Zeit, um zu verschwinden, mehr Nützliches würde sie hier wohl kaum finden. Sie schaltete das Licht aus und ging die federnde Metalltreppe hinab, dann durchquerte sie den unteren Container und ging durch den Mauerdurchbruch in das niedrige Bürogebäude. Sie griff nach dem alten Aschenbecher mit dem Werbeaufdruck der Baufirma *Mizgaitis AB* und steckte ihn zusammen mit ihrer Beretta in die Handtasche. Für die Waffe hatte sie heute keine Verwendung mehr, stattdessen überlegte sie, Bärengrub anzurufen. Nicht, dass sie vorhatte, ihm von ihrem Ausflug in den Hafen zu erzählen. Sie dachte eher an etwas Physischeres: Adrenalinabbau durch Alkoholzufuhr und körperliche Ertüchtigung zum Beispiel. Sie warf die Eingangstür hinter sich ins Schloss. Den schnellen Schatten nahm sie nur aus den Augenwinkeln wahr. Dann explodierte etwas auf ihrem Hinterkopf. Alles um sie herum wurde schwarz.

16

Sie wollte. Sie wollte so gerne. Und Anders wollte es doch auch. Sie hörte seinen Atem in der Dunkelheit neben ihr. Die frisch bezogene Bettdecke raschelte. Wenn sie sich nur nicht so träge fühlen würde. Nicht ganz so satt und vollgegessen. Annelie und Tommy Didrikson hatten sie wirklich verwöhnt. Bolognese mit Pilzen, Spaghetti, frisch gebackenes Brot, zwölf Monate gereifter Cheddar, Nachtisch. Ja, das war wirklich lecker gewesen. Trotzdem hatte sie Hunger, anderen Hunger. Wären da nur nicht dieses Völlegefühl und diese Müdigkeit. Sie spürte ihren schweren Körper, ihre schweren Augenlider. Anders' Atemgeräusche verwandelten sich in ein leises Schnarchen. Morgen, dachte sie, bevor sie einschlief, dann eben morgen.

17

Stina Forss kam wieder zu sich. Die Schmerzen raubten ihr den Atem, gleichzeitig war da ein lautes Kreischen. Ganz nah. War das ihre Stimme? Sie schlug die Augen auf. Jetzt sah sie es, obwohl ihr Kopf unnatürlich verdreht war. Fixiert war. Aus den Augenwinkeln. Nein, es war nicht sie, die da schrie, sondern eine Bohrmaschine oder ein Akkuschrauber in, nein, neben ihrem Kopf. Oder beides? War das möglich? Der Schmerz fraß sich durch ihr linkes Ohr und ihren Kopf direkt in ihr Hirn. Sie sah den Ärmel einer Tarnjacke, das rote pockennarbige Gesicht. Jetzt verstand sie das Ungeheuerliche. Der Mann *schraubte* sie fest. Der Mann schraubte sie durch ihre Ohrmuschel an der Wand fest, an der sie lehnte. Sie erkannte aus den Augenwinkeln gemasertes Holz. Sie saß auf dem Boden und lehnte mit dem Rücken an der Kante eines Schreibtischs. Jetzt schrie sie doch. Blut spritzte. Der Mann setzte das Werkzeug ab. Forss konnte ihre eigene Stimme hören. Mit der freien Hand schlug ihr der Mann flach ins Gesicht. Er knurrte etwas, auf Estnisch. Wahrscheinlich bedeutete es, dass sie ruhig sein sollte. Während er immer noch ihren Kopf an die Schreibtischkante drückte, griff er mit der anderen Hand wieder nach dem Akkuschrauber, angelte mit der magnetischen Spitze eine zweite Schraube aus einem Kasten, der neben ihm auf dem Boden stand, und setzte sie an ihre Ohrmuschel. Er drückte den Power-Knopf voll durch. Forss' Schrei ging in dem Kreischen des elektrischen Werkzeugs unter. Heiß lief das Blut an ihrem Hals hinab in den Pullover. Sie versuchte, mit den Beinen nach dem Mann zu treten, aber ihre Schuhe mussten von ihren Füßen gerutscht sein, während der Kerl sie zurück in das Gebäude geschleift hatte oder er hatte sie ihr absichtlich ausgezogen. Ihre kleinen, bestrumpften Füße waren zu stumpf, zu harmlos, um dem Mann, der zudem noch in einem ungünstigen Winkel neben ihr hockte, ernsthaften Schaden zuzufügen, außerdem bestraften die Nerven in ihrem Ohr jede Bewegung mit Schmerzen, die ihr den Atem raubten. Das Gesicht in der Tarnjacke quittierte ihre hilflosen Befreiungsversuche mit einem anzüglichen Grinsen; für einen Moment beugte er sich ganz nah über sie, stieß den rotierenden, jaulenden Schraubaufsatz der Bohrmaschine in Richtung ihres Schritts und stoppte erst im letzten Augenblick auf dem Reißverschluss ihrer Jeans. Sie wollte ihm ins Gesicht spucken, aber sie konnte ihren verdrehten und fixierten Kopf nicht bewegen. Er musterte sie, wie man ein Tier in der Falle betrachtet. Kurz musste sie an den toten Schäferhund auf dem Hof denken. Der Mann verzog noch einmal die Mundwinkel, dann stand er ächzend auf, legte das Gerät außerhalb ihrer Reichweite auf die Schreibtischplatte über ihr und verschwand aus ihrem Blickfeld. Kurz darauf hörte sie, wie er mit jemandem sprach, da sie keine andere Stimme wahrnahm, vermutete sie, dass er telefonierte, wahrscheinlich mit Muurinnen, dem Sicherheitsmann. Oder direkt mit Kagge. Sie wusste nicht, welche Möglichkeit besser wäre. Wahrscheinlich waren beide gleich schlecht. Der Schmerz in ihrem Ohr vermischte sich mit der Wut auf sich selbst zu einem dumpfen, pochenden Etwas. Wie hatte sie nur so naiv und unvorsichtig sein können? Sie war wie eine blutige Anfängerin in ein offenes Messer gelaufen. Eine blutende Anfängerin, korrigierte sie sich. Die linke Seite ihres beigen Pullovers war bereits dunkelrot. Sie zwang sich dazu nachzudenken, ihre Situation zu analysieren. Es sah nicht gut aus. Niemand wusste, dass sie hier war, niemand würde kommen, um sie zu befreien. Bärengrub würde erst im Laufe des nächsten Vormittags misstrauisch werden, wenn er zum Hotel käme, um sie wie versprochen zum Flughafen zu bringen. Und die Chance, dass sie einfach wieder laufen gelassen würde? Dazu war der Tarnjackenmann bereits zu weit gegangen. Eine Polizistin, selbst eine ausländische, schraubte man nicht einfach so an einem Schreibtisch fest. Das hatte nichts mehr mit Notwehr zu tun, das war Freiheitsberaubung und Körperverletzung und würde eine langjährige Haftstrafe nach sich ziehen. Kagge und Muurinnen würden das genauso sehen. Eine grausam verletzte schwedische Polizistin, ein erschossener Wachhund, verschwundene Personalakten: Das waren keine Schlagzeilen, die *ETS* gebrauchen konnte. Sie werden mich töten, begriff sie, ihnen bleibt gar nichts anderes übrig, sie werden mich töten und dann verschwinden lassen, so wie Tõnu Puusta in seinem eiskalten, tiefen Grab verschwunden war. Sie hörte den Mann noch immer sprechen. Noch diskutieren sie, noch haben sie sich nicht entschieden, wie sie es tun sollen. Ich muss handeln, jetzt! Ich muss etwas tun oder ich werde in dieser Baracke sterben. Ihre Pupillen schnellten von links nach rechts und zurück. Von ihrer Handtasche war nichts zu sehen. Ihr festgeschraubter Kopf beschränkte ihr Blickfeld auf einen kleinen Teil des Raums: der Kalender mit den nackten Fotomodellen und den Dartpfeilen an der Wand, ein Regal voller Ordner, vor sich der blanke Betonboden. Sie tastete mit ihren Armen hinter und über sich. Da waren die Holzwände des Schreibtischs und die Kante der Tischplatte. Ihre Hosentaschen waren leer, in ihren Jackentaschen befand sich nichts außer ein paar Krümeln Hundefutter. Dann muss es anders gehen, dachte sie. Auf die harte Tour. Sie biss die Zähne zusammen und versuchte sich Bruce Willis vorzustellen. *Stirb langsam*. Ihren Vater, der die Ausbildung zu einem Elitesoldaten absolviert hatte. Jesus Christus am Kreuz. Keine Schmerzen, sagte sie sich, du empfindest keine Schmerzen. Sie spannte jeden Muskel an, stemmte sich mit den Füßen auf den Boden und dann, mit aller Kraft, die in ihrem dünnen, zähen Körper steckte, riss sie ihren Kopf nach rechts. Es war ein Gefühl, als häte man ihr einen glühenden Metallpflock seitwärts in den Schädel getrieben. Als wäre etwas Wichtiges von ihr abgerissen. Aber ihr Kopf war frei. Sie war frei. Aus der Hocke heraus sprang sie in den Stand und drehte sich noch aus derselben Bewegung um. Die Bohrmaschine mit dem Schraubaufsatz lag auf der Schreibtischplatte. Sie griff mit rechts danach. Ihre linke Hand langte nach einem der Dartpfeile aus dem Kalender. Alles eine einzige, fließende Bewegung. Der Tarnjackenmann, der am anderen Ende des Raums stand, wandte sich um, das Handy noch immer am Ohr. Er sah überrascht aus. Sie machte einen Satz nach vorne, zwei, drei, vier, dann war sie vor ihm und sprang. Alles ging blitzschnell. Er war zu perplex, um angemessen zu reagieren. Im Sprung riss sie ihren rechten Arm nach oben, drückte den Power-Knopf durch. Er streckte ihr seinen freien Arm in einer halbherzigen Abwehrgeste entgegen, aber sie erwischte genau die Lücke zwischen Hand, Arm und Hals. In dem Moment, als die Spitze des kreischenden Geräts auf die Kuhle in seinem Hals traf, weiteten sich seine Augen. Der rotierende Kreuzschlitzschraubaufsatz fraß sich mühelos durch die Haut, riss die Hauptschlagader auf und wickelte einen Strang der zerfetzten Arterie in unbegreiflicher Geschwindigkeit um die rotierende Spitze des Bohrers. Wie ein Schlauch, der sich aufrollte. Sein Blut schoss Forss mit dem Druck eines Wassersprengers entgegen. Eine pulsierende rote Dusche färbte den Bohrer, ihre Hand, ihren Arm, ihr Gesicht und mischte sich mit ihrem eigenen Blut. Ihre linke Hand schoss vor. Sie wollte ihm den Dartpfeil in sein rechtes Auge rammmen, traf aber nur seine buschige Braue. Trotzdem blieb der Pfeil stecken. Sein Schrei ging in ein Blubbern und Röcheln über. Forss ließ den schweren Bohrer und auch den Pfeil los. Vor ihr brach der Mann zusammen. Obwohl er jetzt eine Hand auf seinen Hals presste, war die pulsierende Blutung nicht ansatzweise zu stoppen. Sein Inneres ergoss sich nach außen. Es war so kalt in der Baracke, dass sein Blut dampfte. Forss konnte es riechen, Kupfer und Eisen. Seine Beine schlugen aus, einmal, zweimal. Noch einige Zuckungen, dann war der Mann tot. Ihr Atem hüpfte wie ein Rehkitz im Wald. Ihr war heiß. Ein gutes Gefühl. Sie griff nach dem Handy, das auf dem Boden lag. Sie hörte eine nervöse Männerstimme auf Estnisch reden. Kagge? Muurinnen? Und wenn es der Ministerpräsident persönlich wäre.

»Fuck you«, keuchte sie. »Fuck you very much!«

Dann ließ sie das Mobiltelefon fallen und spuckte dem Toten ins Gesicht. Diesmal traf sie das Auge.

Bulls-Eye, dachte sie.

18

Pontus Palmgren hatten den ganzen Tag über keinen klaren Gedanken fassen können und er wusste auch, woran das lag: In ihm wütete ein emotionales Chaos, ein Durcheinander, wie er es noch nie erlebt hatte. Dabei sehnte sich alles in ihm nach Ordnung, nach Struktur. Er brauchte für den Gast eine Zahl, erst dann würde er Ruhe finden. Eine Zahl hatte einen Platz, eine Zahl war eine feste Größe, eine Zahl brachte Ordnung. Nur war er sich zum ersten Mal in seinem Leben nicht sicher, was der Mensch, der da so hilflos in seinem Bett lag, *war*. Was für eine Ziffer, was für eine Zahl?

Eine 13?

Eine 666?

Oder wirklich die 2?

Ungläubig hatte er sich die Erklärungen angehört, die ganze vergangene Nacht hindurch. Er selbst hatte Kaffee gemacht und Fragen gestellt und versucht zu verstehen. Und er hatte verstanden, nicht alles, aber genug, damit die Welt, wie er sie bisher gekannt hatte, aus den Fugen geriet. Der

Gast setzte sie wieder zusammen, Puzzleteil für Puzzleteil. Mit jeder Tasse Kaffee entstand ein neues Stück vom wahren Bild seines Lebens. Wahr, aber neu und ungewohnt. Sie hatten geredet, bis sie vor Erschöpfung nicht mehr konnten. Dann, erst dann, hatte der Mann ihm seine Verletzung gezeigt, eine fürchterliche, eiternde und blutende Wunde im Bauch. Wo kommt das her, hatte er gefragt, während er ihm vorsichtig den Verband gewechselt hatte. Aber der Gast hatte geschwiegen. Erst da hatte er begriffen, dass sich der Mann in Gefahr befand.

Dann waren sie beide eingeschlafen.

Am Morgen hatte der Mann Fieber. Pontus machte ihm Tee und kalte Umschläge. In seinem Medizinschrank fand er Schmerztabletten und ein Breitbandantibiotikum, das er nach einer Zahnentzündung vor einigen Jahren nicht zu Ende genommen hatte, weil es nicht angeschlagen hatte und der Zahn letztendlich gezogen werden musste. Das Haltbarkeitsdatum war zwar schon abgelaufen, aber vielleicht wirkt es ja trotzdem noch, dachte er. Erneut wechselte er den Verband. Das Fleisch um die Wunde herum hatte einen ungesunden, dunklen Rotton. Wenn das Medikament nicht anschlägt, muss er bald ins Krankenhaus, war sich Pontus sicher. Der Mann fiel wieder in einen tiefen Schlaf, aber sein Fieber fiel etwas. Während der Kranke schlief, hatte Pontus Zeit, über die nächtlichen Gespräche nachzudenken. Wenn seine Schlussfolgerungen stimmten und sich der Gast wirklich in Gefahr befand, dann musste schnell gehandelt werden. Er konnte nicht hierbleiben. Hier würden sie ihn finden. Er brauchte ein Versteck. Einen Ort, an dem ihn niemand suchen würde. Einen einsamen Ort. Pontus kannte einen solchen Platz. Je länger er darüber nachdachte, desto besser gefiel ihm die Lösung. Sie war logisch. Er betrachtete den Schlafenden. Die harten Gesichtszüge, das gleichmäßige Auf und Ab des atmenden Körpers unter der Decke. Zuneigung erfasste ihn. Wenn nur die Medikamente helfen, dachte er, dann bringe ich dich in Sicherheit, Nr. 2.

MONTAG, 20. OKTOBER

1

Stina Forss taumelte aus der Baracke, von dem umzäunten Grundstück zum Mietwagen und zerrte den Verbandskasten aus dem Kofferraum. Notdürftig verband sie ihr zerfetztes Ohr und brachte die Blutung an ihrem Kopf halbwegs zum Stillen. Als sie sich im Autospiegel betrachtete, musste sie an eins der berühmten Selbstporträts von van Gogh denken. Und an Mike Tyson, der seinem Gegner im Boxring ein halbes Ohr abgebissen hatte. Mike Tyson war tot. Jedenfalls sein Bruder im Geiste, der Tarnjackenmann und dessen Hund. Weg hier, bloß schnell weg hier, dachte sie, weg hier, bevor Kagge oder sein finnischer Sicherheitsmann oder eine ganze Armee hier auftauchten. Sie fuhr zunächst Richtung Innenstadt. Auf dem Parkplatz eines Restaurants hielt sie an. Es war kurz nach zwei in der Nacht. Sie dachte nach.

Fummelte die Pappscheiben aus ihrer Tasche. Sie musste nach Karksi-Nuia, um jeden Preis. Wenn es für sie noch etwas in Estland zu holen gab, dann dort. Bis zu ihrem Flug nach Stockholm hatte sie noch gut zehn Stunden Zeit. Aber wonach sollte sie in Karksi-Nuia überhaupt suchen? Der Bruder von Puusta hatte von einer *Heimatquelle* oder *Quelle in der Heimat* gesprochen. Dabei war die Heimat der Puustas doch Tallinn. Oder war der Ausdruck metaphorisch gemeint? Hatte sich Marten Puusta in seinem eingerosteten Deutsch überhaupt richtig ausgedrückt? Jagte sie einem Luftschloss hinterher? Tõnu Puustas Fahrten im September 1994 konnten alles Mögliche bedeuten. Vielleicht hatte er Autoersatzteile transportiert oder Sägespäne oder eine Wagenladung Margarine. Meine Güte, sie wusste noch nicht einmal was *Heimat* oder *Quelle* auf estnisch hieß. Wie konnte sie hoffen, in Karksi-Nuia überhaupt irgendetwas von Bedeutung zu finden? Und dann war da der Faktor Zeit: Das Ganze – wenn es überhaupt etwas Ganzes oder Halbes oder überhaupt irgendetwas außer Margarine und Sägespänen gab – war zwanzig Jahre her. Und ihr blieben gerade einmal zehn Stunden ... Zehn Stunden, in denen sie hoffen musste, dass das Massaker in der Baracke im Industriegebiet für sie ohne Konsequenzen blieb. Dass Kagge sie nicht fand. Zehn Stunden, um etwas Wichtiges zu finden. Das war unmöglich zu schaffen, musste sie sich schließlich widerwillig eingestehen. Das war unmöglich – allein. Sie brauchte Hilfe. Jemanden, der Estnisch sprach und ihr Türen öffnen konnte.

Jemanden, der ihr half, das Unmögliche möglich zu machen.

Einen Helden.

Sie nahm ihr Handy und rief Bärengrub an.

»Ja«, gähnte er. »Ich komme.«

Zwanzig Minuten später tauchte er auf dem Parkplatz auf.

»Was ist mit deinem Kopf passiert?«, fragte er erschrocken.

»Ich musste zwei Hunde erschießen«, antwortete sie. Dann erzählte sie ihm, was passiert war. Er schwieg lange, bevor er sie ansah.

»Ich kümmere mich darum.«

»Danke«, sagte sie.

2

Als Ingrid Nyström früh am Morgen ins Besprechungszimmer kam, fielen ihr sofort drei Dinge auf.

Erstens: Hugo Delgado hatte ausgesprochen gute Laune. Er kaute ein Brötchen und summte gleichzeitig etwas vor sich hin, was sie als einen Beatles-Song identifizierte; *Helter Skelter*, wenn sie sich nicht irrte, aber da er beim Summen einen vollen Mund hatte, war das nicht eindeutig zu erkennen, obwohl sie sich normalerweise ein ganz ausgezeichnetes musikalisches Gehör attestierte; eine der wenigen Eigenschaften, auf die sie wirklich stolz war.

Zweitens: Anette Hultin hatte ausgesprochen schlechte Laune. Um ihren Mund war ein harter Zug, sie kaute lustlos ein Leberwurstbrot und nippte zwischendurch an ihrer Kaffeetasse. Dabei warf sie Delgado genervte Blicke zu und Nyström war sich nicht ganz sicher, ob sich Hultins Irritation allein auf Delgados halb melodisches Gebrumme bezog. Vielleicht war es einfach das Beste, die merkwürdige Beziehungsdynamik der beiden zu ignorieren, entschied sie.

Drittens: Der lange Konferenztisch war flächendeckend mit Schnellheftern und unterschiedlich hohen Papierstapeln bedeckt.

»Was ist das denn?«, fragte sie.

»Das«, strahlte Delgado kauend, »ist das Ergebnis einer Menge Überstunden, die ein intelligenter, gut aussehender, junger, internetaffiner Polizist an einem langen Sonntagabend in seinem unangemessen kleinen und kargen Büro geleistet hat. Ich habe am Drucker fast eine ganze Tonerkartusche verbraten.«

»Jedenfalls hattest du zwischendurch anscheinend noch genügend Zeit, eklige Videos zu verschicken«, bemerkte Hultin mürrisch.

Nyström ignorierte die Bemerkung. »Schön«, sagte sie. »Aber was ist das?«

»Das ist so ziemlich alles, was es zur *Estonia* im Internet zu finden gibt. Der erste offizielle Bericht der Untersuchungskommission, blaue Mappe. Der zweite offizielle Bericht, rote Mappe. Der dritte Bericht, orangefarbene Mappe. Der Gegenbericht einer Expertenkommission, die die deutsche Meyer-Werft zusammengestellt hat, grüne Mappe. Zeugenaussagen, Stapel eins, zwei und drei. Zeitungsartikel, Stapel vier und fünf. Pressemitteilungen verschiedener Opferverbände, Stapel sechs. Verschwörungstheorien, Stapel sieben. Eine Liste gängiger Literatur zum Thema, das Blatt da vorne rechts. Ach ja, und ein ziemlich schlechter Hollywoodfilm, *Baltic Storm*, den habe ich auf die DVD da gebrannt, obwohl das ja eigentlich illegal ist.« Er grinste stolz.

»Und wer soll das deiner Meinung nach alles lesen?«, fragte Nyström und griff nach der DVD. »Oder anschauen?«

Delgado zuckte mit den Schultern.

»Was weiß ich? Vielleicht kann Göran die Sachen ja mal durchgehen.«

»Der hat heute seine Prüfungen.«

»Ach so. Anette?«

Ihn traf ein Blick wie ein Schwerthieb aus den Computer-Fantasy-Spielen, die er so mochte.

»Ich mache gleich bis vierzehn Uhr Telefondienst wegen dieser sinnlosen Phantombildgeschichte, die Lasse angekurbelt hat«, ereiferte sich Hultin. »Da werden erfahrungsgemäß eine Menge Spinner anrufen, aber *vielleicht* ist ja etwas von Bedeutung dabei.« Sie kratzte imaginäre Anführungsstriche in die trockene Heizungsluft. »Danach fahre ich dienstlich nach Kopenhagen.«

»Kopenhagen?« Nyström zog die Augenbrauen hoch.

»Das wollte ich gerade mit dir besprechen.«

Sie berichtete von ihrem E-Mail-Kontakt.

Nyström überlegte. Sie hatte nicht das Gefühl, dass diese Dienstreise einen Ertrag bringen würde. Andererseits war sie selbst es gewesen, die Anette auf diesen Blogger angesetzt hatte. Wie konnte sie ihr jetzt verwehren, der Spur bis zum Ende nachzugehen? Außerdem hatte sie Stinas kosten- und zeitintensive Exkursion nach Tallinn unterstützt, da konnte sie Anette wohl kaum eine zweieinhalbstündige Zugfahrt und eine Spesenabrechnung über einen Hamburger verwehren. Obwohl die Preise in Dänemark ...

»In Ordnung«, entschied sie. Und an Delgado gewandt: »Ich schlage vor, dass du gemeinsam mit mir und Lasse die Papiere durchgehst. Er wird zwar nicht begeistert sein, aber schließlich hat er lauthals handfeste, bodenständige Polizeiarbeit gefordert. Was ist bodenständiger als Aktenfressen? Zwischendurch habe ich heute allerdings auch noch einige andere Termine.«

»Du kennst Lasses Lesetempo«, beschwerte sich Delgado. »Ist dir schon einmal aufgefallen, dass er manchmal beim

Lesen die Lippen bewegt? Das meiste wird mal wieder an mir hängen bleiben.«

Nyström sah auf die Berge aus Papier. »Wir können sowieso nur querlesen, solange wir gar nicht wissen, wonach genau wir suchen sollen. Nach Spuren von Tõnu Puusta, oder Anna-Lena Hammarskjöld? Den Aussagen ihrer ehemaligen Arbeitskollegen zufolge hatte sie überhaupt nichts mit der *Estonia* oder überhaupt mit Schiffen zu tun. Aber den Aussagen ihres Ehemanns zufolge hatte sie damals einen Liebhaber, der auf dem Schiff umgekommen ist. Einen Namen konnte er uns allerdings nicht nennen. Sollen wir nach Verbindungen zur Saab-Group suchen oder nach Ragnar und Yvonne Karlsson?« Sie musste plötzlich an das arme, verlassene Kind denken. Und an das verbrannte Geld im Kamin. »Das ist die Suche nach einer Nadel im Heuhaufen. Nein, eigentlich wissen wir noch nicht einmal, ob es überhaupt eine Nadel ist oder ein Knopf oder ein Faden.«

»Oder überhaupt etwas«, sagte Hultin.

»Oder überhaupt etwas«, wiederholte Nyström. »Mehr als zwei Tage können wir uns nicht damit beschäftigen. Vor allem nun, da immer fraglicher wird, ob Anna-Lena Hammarskjöld überhaupt etwas mit dem Fährunglück zu tun hatte. Wenn man einmal von ihrem angeblichen Liebhaber absieht.

Delgado stöhnte. »Nun dann, auf ins Gefecht.«

»Völker, hört die Signale!«, spottete Hultin.

Ein Telefon klingelte.

»Das wird der erste Spinner wegen des Phantombilds sein«, sagte sie. »Aber mit Sicherheit nicht der letzte.«

3

Obwohl ihr Kopf pochte, bestand Forss darauf zu fahren. Bärengrub führte lange Telefonate, von denen sie kein Wort verstand. Schließlich hielten sie an einer 24-Stunden-Tankstelle und tranken an einem Stehtisch unter grellem Neonlicht einen Kaffee und aßen dazu pappiges Gebäck. Bärengrub hatte ihr seine Wollmütze auf den Kopf gesetzt, sodass man ihren Verband kaum wahrnahm.

»Die Situation ist kompliziert«, sagte er schließlich, »aber vielleicht hast du Glück. Die Kollegen gehen im Moment von einem Raubüberfall oder einer Racheaktion aus. *TVL* ist für seinen Schnapsschmuggel bekannt. Das wissen auch die Konkurrenten. Es könnte offiziell bei einer Unterweltabrechnung bleiben. Kameras gibt es vor Ort glücklicherweise nicht. Anders sieht die Sache bei Kagge aus. Er wird natürlich wissen, dass du, dass wir dahinterstecken. Er bezahlt Männer – auch bei der Polizei. Ob es die richtigen sind, wird sich zeigen. Fest steht, dass du schnell hier wegmusst, zurück nach Schweden.«

Forss nickte.

»Danke«, sagte sie erneut. Sie wusste nicht, was sie sonst sagen sollte. Dann fiel ihr doch etwas ein. »Warum?«, fragte sie. »Warum hilfst du mir? Ich habe dich belogen. Ich habe Gesetze gebrochen. Warum bringst du dich in Gefahr?«

»Du bist eine Polizistin«, sagte er. »Ich mag dich. Und ich habe auch meine Kontakte.«

»Danke«, sagte sie.

Als sie die Gegend vor Karksi-Nuia erreichten, war es noch immer dunkel. Bärengrub hatte die vergangene halbe Stunde auf seinem Smartphone herumgewischt.

»Es gibt hier eine Mineralwasserquelle«, sagte er schließlich, »aber die wird Puusta wohl kaum gemeint haben und ein Thermalbad mit dem Namen *Quelle*. Scheint aber eher so ein modernes Spa zu sein, das erst vor wenigen Jahren eröffnet wurde.«

»Was ist mit *Heimat*?«, fragte Forss.

»Nun ja, es gibt einen Heimatverein. Und eine Art Bausparkasse, die Neue Heimat heißt. Ein Restaurant namens Heimatglück. Und dann wäre da noch eine alte Militärakademie und Kaserne der Sowjets. Родина. Ist Russisch und heißt *Vaterland* oder auch *Heimat*. »Bingo«, flüsterte sie. Sie dachte an die Saab-Group. An die Militärtransporte auf der *Estonia*, die die schwedische Regierung hatte zugeben müssen. An die wilden Verschwörungstheorien von radioaktivem Material auf dem Schiff.

»Родина wurde allerdings schon Anfang der Neunzigerjahre von den Russen aufgegeben. Danach wurde das Gelände mit seinen Gebäuden für alles Mögliche genutzt, als Schule, Seniorenheim, Waisenhaus, Jugendzentrum und Vereinsheim des Schützenclubs. Das Letzte wohl wegen der Schießanlage nehme ich an.«

»Steht das alles im Internet?«

»Klar. Auf Wikipedia.«

»Ich wusste gar nicht, dass es in Estland Wikipedia gibt.«

»Seit du hier bist, tust du die ganze Zeit so, als würden wir hier hinter dem Mond leben. Oder zumindest noch hinter dem Eisernen Vorhang. Irgendwie finde ich das arrogant.«

Er starrte sie an.

»Nein ... Ich ...«

Sie biss sich auf die Zunge. Es stimmte, was Bärengrub sagte. Er hatte sie in ihren dummen Vorurteilen ertappt.

»Es tut mir leid«, sagte sie.

»Ich kenne die ganzen Klischees. Wir sind der böse Osten. Hier gibt es die Russenmafia, billigen Schnaps und willige

Weiber. So seht ihr Schweden uns im Grunde doch. Ja, es gibt Männer wie Kagge und seine Handlanger, aber die gibt es anderswo in Europa auch.« Bärengrub schnaubte.

»Eigentlich fühle ich mich gar nicht so richtig als Schwedin«, sagte Forss leise, »sondern eher als Deutsche.« Es klang selbst in ihrem unverletzten Ohr ziemlich erbärmlich. Bärengrub warf ihr einen Seitenblick zu.

»Das ist ja noch schlimmer«, sagte er dann.

Draußen dämmerte es. Aus der Dunkelheit schälten sich Konturen. Die Landschaft war extrem hügelig und die Landstraße wand sich zwischen bewaldeten Buckeln hindurch. Forss sah helle Häuser mit roten Dächern. Sie fuhren an einer verfallenen Burg vorbei und an einer hübschen Kirche. Bärengrub tippte auf dem Navigationsgerät herum.

»Die ehemalige Kaserne liegt ein Stück außerhalb des Ortskerns«, sagte er.

Bald hatten sie das Gelände erreicht. Obwohl es noch nicht richtig hell war, war der Anblick enttäuschend. Ein Ensemble aus lang gezogenen Baracken mit Flachdach, von einem verbogenen Bauzaun umgeben. Selbst in der Dämmerung war der Anblick deprimierend. Die Fenster waren zum Teil eingeworfen, das Mauerwerk mit schlechten Graffiti verunstaltet worden. Das Eingangsportal des Hauptgebäudes wurde noch immer von Hammer und Sichel geziert, allerdings hatte irgendjemand im Laufe der vergangenen fünfundzwanzig Jahre mit schwarzer Farbe ein Hakenkreuz darübergesprüht.

»Hier hast du deine Heimat«, sagte Bärengrub trocken. »Dein Vaterland. Ich hoffe, es war den Tod eines Mannes wert.«

»Dulce et decorum est pro patrium mori«, dachte Forss bitter und in ihrer Erinnerung an Hunderte von Lateinstunden auf dem althumanistischen Gymnasium. Süß und ehrenhaft ist es, für das Vaterland zu sterben. Mit Sicherheit hätte das der Tarnjackenmann anders gesehen. Kurz schauderte es sie. Dann dachte sie an Tõnu Puusta. Auch er hatte sich wahrscheinlich nicht träumen lassen, dass er wenige Tage nach seinem letzten Besuch in der ehemaligen Kaserne den Tod finden würde. Wahrscheinlich wegen dem, was er von hier mitgebracht hatte. Eine tödliche Fracht. Wenn er denn überhaupt hier gewesen war.

»Lass uns hineingehen«, sagte sie.

Sie stiegen aus dem Wagen.

Der Bauzaun war so hinfällig, dass er selbst Kinder nicht aufgehalten hätte. Sie gingen durch das Hauptportal in das größte der Gebäude. Die Türen waren wahrscheinlich vom letzten Nutzer abgeschlossen worden, aber Kratz- und Bruchspuren im weichen Holz zeugten davon, dass das Schloss schon vor langer Zeit aufgebrochen worden war. Forss schaltete ihre Taschenlampe ein, Bärengrub hatte eine leistungsstarke Stablampe, lang wie sein Unterarm. Drinnen roch es nach Feuchtigkeit und Schimmel. Sie sahen einen leeren Flur, meterlange Reihen von Kleiderhaken, abgetretene Fußbodenbeläge. Seitenräume, die an Klassenzimmer erinnerten, mit Tafeln, Tischen, Stühlen. Eine Großküche, aus der alle Geräte bis auf eine riesige Abzugshaube entfernt worden waren. Fettflecken an den matten, gesprungenen Kacheln. Eine Aula ohne Stühle. Ein halb abgerissener Vorhang. Eine leere Bühne. Mit Sicherheit war hier einmal Brecht gespielt worden. Und vielleicht Tolstoi. *Die Macht der Finsternis*. Da war ein Schwalbennest unter einer Gardinenstange. Ein verblasstes Wandgemälde, das Marx, Engels und Lenin zeigte. Umkleideräume mit verbeulten Metallspinden. Waschräume mit zertrümmerten Waschbecken. Duschen ohne Duschköpfe. Blindes Glas, feuchte Tapeten, Linien aus aufgeplatztem Putz, aus dem vermutlich die Kabel gerissen worden waren. Kupferdiebe.

»Hier ist nichts«, sagte Bärengrub. »Schon lange nicht mehr.«

»Die Frage ist doch, was hier *war*«, entgegnete Forss.

»Was hoffst du denn zu finden? Den Bauplan der *Estonia*?«

Zum ersten Mal meinte sie so etwas wie Hohn in seiner Stimme zu hören. Erst schützt er mich, dann wird er wütend und nun macht er sich über mich lustig, dachte sie. Wahrscheinlich war er einfach nur Realist. In Hinblick auf die Situation und ebenfalls in Hinblick auf sie.

»Ich weiß es nicht«, gestand sie ein. »Lass uns trotzdem weitersuchen. Ich möchte die anderen Gebäude sehen.«

Sie fanden eine Turnhalle. Ein Nebenraum lag voller alter Medizinbälle aus Leder. Sie kannte Läden in Berlin, in denen so ein runzeliger schartiger Ball über hundert Euro kostete. Sie lächelte flüchtig. Jemand machte sich die Mühe und riss für ein paar Cent Stromkabel aus den Wänden und hier lagen zehntausend Euro auf dem Linoleumboden. Sie begutachteten die ehemalige Schießanlage. Im Gegensatz zu den anderen Gebäuden wirkte die flache Halle relativ gepflegt und vor allem roch es besser. Der Schützenverein. Wahrscheinlich lag es daran, dass der Bau von allen am längsten genutzt worden war. Sie betraten eine kleine Schwimmhalle. Jemand hatte Dutzende Stühle in das leere Bassin geworfen. Sie fanden eine Baracke mit Etagenbetten. Die Matratzen rochen modrig und starrten vor Schimmel, Forss sah eine Ratte unter einem der Betten verschwinden. Als Letztes gingen sie in ein ehemaliges Verwaltungsgebäude. Auch hier verlassene Räume, umgestürzte Schreibtische, leere Regale. In einem Flur hatte jemand irgendwann einmal ein Feuer auf dem Boden gemacht, daneben lagen leere Bier- und Konservendosen. An viele Wände waren Wörter und Sätze geschmiert, das meiste auf Estnisch, nur einmal konnte sie etwas lesen: *Tokio Hotel*.

Der Ort strahlte dieselbe seltsam faszinierende Niedergeschlagenheit aus wie der Teufelsberg in Berlin, auf dem die verlassene und verwahrloste Abhöranlage der US-Amerikaner aus dem Kalten Krieg stand. Vor vielen Jahren hatte sie dort einmal nachts mit ihrem damaligen Freund einen Joint geraucht. Die *Heimat* war ebenso wie der Teufelsberg einfach ein deprimierendes Überbleibsel eines längst vergangenen Zeitalters. Wenn Tõnu Puusta im Herbst 1994 tatsächlich etwas von hier geholt hatte, um es auf der *Estonia* nach Schweden zu schmuggeln, würde sie es wohl nie erfahren. Bärengrub hatte recht. Sie hatten mehr als zwei Stunden gebraucht, um alle Räume in allen Gebäuden zu untersuchen. Es war Zeit zu gehen. Es war Zeit, nach Schweden zurückzukehren. In die Gegenwart zurückzukehren. Plötzlich musste sie an ihren Vater denken, schmerzhaft und intensiv.

»Okay, lass uns gehen«, sagte sie.

Es war längst hell geworden. Die Sonne schien und es war unerwartet warm geworden. Im nahen Wald zwitscherten Vögel. Ihr verletztes Ohr pochte.

»Es tut mir leid, dass du nicht gefunden hast, was du finden wolltest«, sagte Bärengrub.

»Wenigstens wird es ein schöner Tag«, sagte sie. »Bevor wir fahren, muss ich allerdings noch mal auf die Toilette.«

»Keine schlechte Idee.«

Für einen Moment standen sie verlegen nebeneinander, dann gingen beide in verschiedene Richtungen über den Hof. Bärengrub verschwand hinter der Sporthalle. Sie selbst hatte auch keine Lust, eine der Toiletten in den Gebäuden zu benutzen. Die meisten Kloschüsseln waren zertrümmert oder ekelhaft verschmiert. Sie ging um die Ecke der Schwimmhalle. Hier waren alte, aussortierte Metallspinde zu einer asymmetrischen Pyramide aufgetürmt worden. Es sah ein bisschen so aus, als habe ein Riese Mikado gespielt. Sie zog ihre Jeans und ihren Slip runter und hockte sich hinter einen der Spinde. Während sie pinkelte, las sie die verblichenen Namenskärtchen, die noch in manchen der dafür vorgesehenen Halterungen der Spindtüren steckten.

Rauno

Jaak

Koit

Sie konnte noch nicht einmal sagen, ob es sich dabei um Vor- oder Nachnamen handelte. Wahrscheinlich wohl eher Nachnamen. In der Bundeswehr wurde man ja schließlich auch nicht geduzt. Sie fingerte in ihrer Handtasche nach einem Taschentuch. Unter der Beretta fand sie eins. Sie säuberte sich. Dann warf sie das Papiertuch in einen offenen Spind. Beim Aufstehen zerrte sie die Hosen hoch. Als sie den Reißverschluss zuzog, auf dem vor einigen Stunden noch der rotierende Schraubaufsatz eines Akkubohrers gedrückt hatte, sah sie es. Als hätte das wellige Namensschild des rostigen untersten Spinds ihren Blick magnetisch angezogen.

Laili.

Stand da.

Der Name klang fast wie der des berühmten Weltraumhunds. In ihrem verletzten Ohr rauschte es wie ein Wasserfall.

4

»Ich weiß wirklich nicht, was das hier noch soll«, sagte Emanuel Pribb. Er sah übermüdet aus, aber vielleicht war es auch die Trauer, die für die dunklen Ringe unter den Augen verantwortlich war. »Ich habe beileibe Wichtigeres zu tun, als hier im Polizeipräsidium permanent Fragen zu beantworten! Die Bestattung muss vorbereitet werden. Die Bestattung der Frau, die ich geliebt habe, falls ihr das immer noch nicht begriffen habt!«

»Ich dachte, Anna-Lenas Schwestern kümmern sich um die Beerdigung«, sagte Nyström.

»Niemand hat von einer Beerdigung gesprochen. Anna-Lena hat sich eine Feuerbestattung gewünscht und ich werde die Urne gestalten.«

»Sie hatte sich bereits Gedanken um ihre Beisetzung gemacht?«

»Offensichtlich. Es gibt Menschen, die haben nicht so einen engen Horizont wie andere.« Er stierte sie an. »Es stand so in ihrem Testament.«

»Ach«, sagte Nyström, der es nicht gelang, ihre Verwunderung zu verbergen. »Es gibt ein Testament?«

»Vielleicht solltet ihr erst einmal eure Hausaufgaben machen, bevor ihr Unschuldige mit andauernden Verhören quält.« Pribb grinste höhnisch. »Vielleicht gibt es ja in diesem Testament einen unbekannten Millionenerben. Dann hättet ihr euren Mörder.«

Natürlich hatte Pribb mit seinem Hohn recht. Wie hatte sie vergessen können, sich um ein mögliches Testament zu kümmern? Was für ein peinlicher Anfängerfehler! Nyström räusperte sich.

»Das klingt, als hättest du selbst kein gesteigertes Interesse daran, dass wir den Mörder fassen.«

»Das würde mir Anna-Lena auch nicht zurückbringen!«

»Nein, das nicht. Aber es würde für Gerechtigkeit sorgen.« Sie schluckte. »In einem juristischen Sinne jedenfalls«, beeilte sie sich zu sagen.

»Was interessiert mich denn der juristische Sinn? Anna-Lena ist tot! Weg! Für immer!«

Er krallte seine großen Hände um die Stuhllehne und biss sich so fest auf die Unterlippe, dass sie zu bluten begann.

Nyström reichte ihm ein Taschentuch.

»Das tut mir leid«, sagte sie.

Pribb schien nicht zu verstehen, wozu das Taschentuch gut sein sollte. Er sah sie fragend an.

»Du blutest«, sagte sie. »Am Mund.«

»Ach so.«

Er tupfte das Blut auf, trotzdem blieb unter seiner Lippe eine rote Schliere. Wie auf einem seiner Bilder, dachte Nyström.

»Dies hier ist kein Verhör«, sagte sie. »Du stehst nicht unter Tatverdacht, aber wir haben noch einige Fragen.«

Sie reichte ihm das Phantombild.

»Kennst du diesen Mann? Erinnerst du dich an jemanden, der ihm ähnlich sehen könnte?«

Pribb betrachtete das Bild lange.

»Nein«, sagte er. »Aber die Zeichnung ist gelungen. Ausdrucksstark. Vielleicht arbeiten bei der Polizei doch nicht nur Dilettanten.«

Nyström wusste nicht, ob die Äußerung ein Affront oder eine Art Friedensangebot sein sollte, deshalb beschloss sie, sie zu ignorieren.

»Das könnte der Mann sein, der Anna-Lena getötet hat.«

»Ich kenne ihn nicht. Niemanden, der im Entferntesten so

aussieht. Diese Haarlosigkeit ist irgendeine Krankheit oder ein Gendefekt, nicht wahr? Habt ihr daraufhin schon einmal irgendwelche medizinischen Register überprüft?«

»Ja«, log Nyström. »Sicher haben wir das. Aber bis jetzt ohne Ergebnis.«

Langsam fragte sie sich, auf welcher Seite des Schreibtischs eigentlich der fähigere Polizist saß.

»Weißt du, ob Anna-Lena irgendetwas mit Trelleborg verbindet? Der Tatwagen, dieser weiße Saab, wurde dort gestohlen.«

»Mir gegenüber hat sie noch nie von Trelleborg gesprochen. Aber das schließt natürlich nicht aus, dass sie beruflich in der Stadt zu tun hatte. So als Fähren- und Hafenstadt meine ich. Aber das habt ihr ja sicherlich bereits bei ihrem Kanzleiteilhaber geprüft.«

»Natürlich, natürlich.«

Oh, mein Gott. So viele handwerkliche Fehler. Und es brauchte einen Maler, um sie darauf aufmerksam zu machen. Wie blind war sie eigentlich? Hatte die verfluchte *Estonia*, hatte die Wucht des gesunkenen Schiffs sie so verblendet, dass sie alles Offensichtliche vollkommen aus den Augen verloren hatte? Sie kam zu der Überzeugung, dass die gesunkene Fähre überhaupt nichts mit dem Tod der Anwältin zu tun hatte. Selbst wenn sich tatsächlich ein verflossener Liebhaber auf dem Schiff befunden haben sollte. Die Berge vollgedruckten Papiers auf dem Tisch im Nebenzimmer waren nichts als eine reine Verschwendung von Ressourcen. Ein Heuhaufen, in dem es nichts zu finden gab. Sie sah auf ihre Notizen.

»Weißt du etwas von einer Affäre, die sie während der Ehe mit Stefan hatte? Vor eurer Zeit, meine ich. Vor etwa zwanzig Jahren?«

»Woher soll ich denn ... Sie hat mir nicht viel von anderen

Männern erzählt. Ich weiß, dass sie kein Kind von Traurigkeit war, um es mal so auszudrücken. Und es gab immer einen Teil in ihr, den Stefan nicht erfüllen konnte. Deshalb kann ich mir vorstellen, dass sie auch schon vor zwanzig Jahren andere Männer hatte.«

»Stefan sagt, sie habe wegen einer Affäre bei der Behörde in Stockholm gekündigt.«

»Ich kann mir beim besten Willen nicht vorstellen, dass Anna-Lena wegen einer Affäre ihre Karriere aufs Spiel gesetzt haben soll. Wenn sie damals dort gekündigt hat, dann bestimmt nicht wegen eines Manns. Es sei denn, Stefan hat sie aus Eifersucht zu dem Schritt gedrängt. Aber auch das kann ich mir ehrlich gesagt nicht vorstellen.«

»Noch eine letzte Frage, Emanuel. Hat Anna-Lena dir gegenüber jemals die *Estonia* erwähnt? Du weißt schon, das Fährschiff, das vor vielen Jahren gesunken ist.«

Estonia. Ihr tat schon der Mund weh, wenn sie den verfluchten Namen nur aussprach. Damit muss Schluss sein, befahl sie sich. Das Schiff war nur ein grauenhafter Schatten aus der Vergangenheit. Ein Eisberg, der ihr den Blick auf das Wesentliche verstellte. Die Papiere nebenan waren Futter für den Reißwolf. Und Hultins Reise nach Kopenhagen musste noch einmal ernsthaft überdacht werden.

»Ja«, sagte Pribb und sah sie verwundert an. »Das hat sie in der Tat. Es ist gar nicht so lange her, einen Monat oder so.«

»Wirklich?«, fragte sie.

»Wirklich«, sagte Pribb. »Ein ganz seltsamer Abend war das. Wir saßen in meinem Atelier und haben ein bisschen Wein getrunken und Musik gehört. Dann ist es passiert. Ganz unvermittelt.«

»Was ist passiert?«

»Sie stand vor einem meiner neuen Bilder und hat geweint. Stumm geweint. Minutenlang. Ich habe erst gar nicht bemerkt, wie aufgelöst sie war, aber sie hat sich gar nicht wieder eingekriegt. Ich habe sie an mich gedrückt und sie gestreichelt und versucht sie zu trösten. Aber sie war vollkommen weit weg. So habe ich sie noch nie erlebt.«

»Und die *Estonia*?«

»Davon hat sie erst am nächsten Morgen gesprochen. Sie wollte sich erklären, glaube ich. Sie sagte, das Bild habe sie an den schrecklichen Schiffsuntergang erinnert. An all die Menschen, die damals gestorben seien.«

»Mehr hat sie nicht gesagt?«

»Nein, mehr hat sie nicht gesagt.«

»Kannte sie denn jemanden, der auf dem Schiff war und bei dem Unglück ums Leben gekommen ist?«

»Das habe ich sie auch gefragt. Aber sie hat nur mit dem Kopf geschüttelt. Es war wohl eher eine Art allgemeiner Trauer. *Weltschmerz*. Auch Anna-Lena hatte eine solche Seite, obwohl das die Wenigsten an ihr bemerkt haben.«

»Weltschmerz. Das klingt ein bisschen melodramatisch.«

»Melancholisch trifft es wohl eher. Es ist ursprünglich ein deutsches Wort. Aus der künstlerischen Epoche der Romantik. Es beschreibt die tiefe Traurigkeit über die Unzulänglichkeit der Welt.«

»Was war denn auf deinem Gemälde zu sehen, dass es so eine melancholische Reaktion bei ihr ausgelöst hat?«

»Wie soll ich mein eigenes Bild beschreiben? Ich bin Maler, kein Poet. Kalte Farben waren darauf. Eisblau, ein grünes Schwarz, Kupfer und Kobalt. In sich verdrehende Formen. Vielleicht eine Art Strudel. Du kannst es dir ansehen, wenn du möchtest, es ist noch nicht verkauft.«

Nyström spürte die Kälte in ihrer Brust.

Weltschmerz.

»Ja«, sagte sie heiser. »Das würde ich gerne einmal.«

5

»Willst du mich verarschen?«, fragte Lars Knutsson, als Delgado ihm den zentimeterdicken Papierstapel hinüberschob. »Das soll ich alles lesen?«

»Querlesen, hat Ingrid gesagt.«

»Was heißt das?«

»Überfliegen. Nach irgendwelchen Hinweisen suchen. Dinge, die mit unseren Fällen zu tun haben. Weiße Saabs, bankrotte Bauunternehmer, Schmuggelgut. Puusta, Hammarskjöld, die Karlssons. Liebhaber, Cousins oder Cousinen, die auf dem Schiff waren, Nachbarn, Freunde, was weiß ich? Sei froh, dass ich dir die Zeugenaussagen der Überlebenden überlasse und du dich nicht mit den technischen Untersuchungsberichten herumschlagen musst. Ich sitze hier schon seit Stunden mit dem Kram und verstehe fast nur Bahnhof. Wahrscheinlich muss man zuerst ein Schiffbaustudium abschließen, um den Durchblick zu bekommen. Ich habe langsam den Verdacht, dass diese Berichte absichtlich in Fachchinesisch verfasst sind, damit kein Normalsterblicher die Expertisen in Zweifel ziehen kann.«

»Ja, ja, schon gut«, brummte Knutsson. »Ich mach's ja. Aber es ist nicht so, als hätte ich nichts anderes zu tun. Die Lkw-Diebstähle ...«

»Zwei Tage hat Ingrid gesagt. Maximal zwei Tage. So lange läuft die andere Arbeit nebenbei.«

»Ja, ja, schon gut. Willst du auch etwas Süßes aus der Kantine?«

»Nee, lass mal.«

»Hat sich eigentlich schon jemand wegen des Phantombilds gemeldet?«

»Bis jetzt nur Spinner, sagt Anette.«

Wird schon noch, dachte Knutsson. Gute Polizeiarbeit verlangte Geduld. Wie das Fliegenfischen. Die Meerforelle zum Beispiel nannte man den Fisch der tausend Würfe. Was würde der haarlose Saabfahrer für einen Namen haben?

6

Anette Hultin war froh, als sie gegen Mittag endlich den Telefondienst abgeben konnte. Ihrer Meinung nach war keiner der Anrufer wegen des Phantombilds auf der Titelseite von *Smålandsposten* ernst zu nehmen gewesen. Natürlich hatte als Erstes die verrückte Grete angerufen. Die rief immer an, wenn es um Fahndungsaufrufe in der Bevölkerung ging und auch sonst ziemlich oft. Meistens hatte es mit ihrer regelmäßigen nächtlichen Entführungen durch Außerirdische zu tun, die unvorstellbare Untersuchungen mit unglaublichen Messgeräten und Furcht einflößenden Sonden mit ihr anstellten. Die verrückte Grete war 87. Es hatte eine geschlagene Viertelstunde gedauert, die alte Frau abzuwimmeln. Zwei Schuljungen hatten in der Zeichnung angeblich ihren Mathematiklehrer erkannt, als Hultin verlangt hatte, mit den Eltern zu sprechen, hatten sie schnell aufgelegt. Ein Mann aus Rottne hatte behauptet, der Mann auf der Zeichnung sei sein Nachbar, der sich im Übrigen seit Jahren weigere, die Hecke zu stutzen, die ihre Grundstücke voneinander trennte. Eine halbwegs seriös klingende Frau wollte in dem Phantombild einen Kassierer aus einem Supermarkt erkannt haben, ein Anruf dort und ein vom Geschäftsführer gemailtes Foto des Mitarbeiters zeigte zwar einen Glatzkopf mit fleischigem Gesicht, allerdings hatte der Mann einen Backenbart. So viel dazu.

Zwischen den Anrufen hatte sie unmotiviert in verschiedenen Zeitungsberichten über das Schiffsunglück geblättert, die Delgado ausgedruckt hatte. In den Tagen nach der Katastrophe hatten sich die Meldungen überschlagen und Seiten und Sonderbeilagen gefüllt, dann, im Laufe der Wochen und Monate hatte das Interesse der Medien abgenommen. Irgendwo stand auch etwas von dem verschwundenen Zweiten Kapitän und den sieben anderen Besatzungsmitgliedern, die Räuberpistole, die Delgado ihr im *Kafé de Luxe* erzählt hatte. Im vergangenen Jahrzehnt fanden sich nicht mehr als ein oder zwei Artikel pro Jahr.

Schwedisches Parlament lässt den Untergang von deutschen und schwedischen Instituten neu prüfen.

Das war einer der letzten Berichte zum Thema.

Gegen halb zwei aß sie eine Kleinigkeit in der Kantine und machte sich auf zum Bahnhof.

7

Der Sohn von Ragnar und Yvonne Karlsson ließ sich nicht so leicht finden, wie Nyström gehofft hatte. Das Melderegister der Steuerbehörde zeigte landesweit 289 Treffer unter dem Namen Pontus Karlsson, aber keiner davon stimmte mit dem Geburtsdatum des Gesuchten überein. Die Spuren vom Leben der Familie schienen zwanzig Jahre nach ihrem Verschwinden vollkommen verwischt zu sein. Da weder Ragnar noch Yvonne Geschwister gehabt hatten und ihre

Eltern schon vor Langem gestorben waren, gab es keine nahestehenden Verwandten, die Nyström weiterhelfen konnten. Die Karlssons waren weg und vergessen. Als hätte es sie nie gegeben, dachte sie. Sie musste an ihre eigenen drei Töchter und an ihre fünf Enkelkinder denken. An ihre Kirchengemeinde in Ör und an den kleinen Friedhof dort. Nicht einmal ein Grabstein erinnerte daran, dass es die jungen Eltern von Pontus Karlsson gegeben hatte. Vielleicht weil sie gar nicht tot waren, sondern nur verschwunden und vergessen? Eltern, die ihr Kind im Stich ließen? Wann verjährte eigentlich eine Vermisstenanzeige?

Nyström rief als Nächstes bei der Sozialbehörde in Växjö an. Sie war damals für den Jungen zuständig gewesen und sie sollte demnach auch wissen, was aus dem Sohn geworden war. Der Sachbearbeiter am Telefon zögerte bei ihrer Frage und verwies auf seine grundsätzliche Schweigepflicht, es handele sich hierbei schließlich um höchst vertrauliche und sensible Informationen. Er erklärte sich aber einverstanden, die Kommissarin in einer Stunde in seinem Büro in der Västra-Esplanaden zu empfangen und versprach, bis dahin die Unterlagen des Falles herauszusuchen und sich ein Bild über den Fall zu machen. Nyström legte auf und sah zur Decke. Ihre Brust drückte, aber sie konnte nicht sagen, ob vor Schmerz oder Missmut. Ich bewege mich wie eine Schnecke durch ein Meer von Informationen, dachte sie und musste selbst über die schiefe Metapher lächeln. Eine schwimmende Schnecke! Ich brauche einen Durchbruch statt haufenweise neue Hinweise, seufzte sie und stand auf. Ihr Magen knurrte und bevor sie sich auf den Weg machte, sollte sie besser etwas essen. In der Teeküche verzehrte sie im Stehen einige kalte Kartoffeln und ein hart gekochtes Ei. Die Reste der aufwendig gekochten Mahlzeit von Samstag konnte sie nicht aus einer Plastikdose bei der Arbeit essen, dazu waren sie emotional zu sehr aufgeladen. Ein wenig Respekt muss man für sein Privat- und Gefühlsleben bewahren, hatte sie gedacht.

»Lass es dir schmecken!«

Nyström schrak hoch. Sie hatte Knutsson nicht gehört, obwohl seine schweren Schritte und seine Kurzatmigkeit ihn stets ankündigten. Heute schnaufte er besonders schlimm.

»Ist der Fahrstuhl wieder außer Betrieb?«, fragte sie.

»Ja, diese verdammte Treppe, sie wird mich eines Tages noch ins Grab bringen!«

»Oder sie wird deine Rettung sein. Treppensteigen ist gut fürs Herz.«

»Ach, Gesundheit hin, Gesundheit her, manchmal ist es wirklich zu viel. Wenn nicht der Fahrstuhl kaputt ist, dann ist es die Klimaanlage. Und letzten Winter war eine Woche lang die Heizung im ... und wir haben uns hier den Arsch abgefroren.« Knutsson sah seine Chefin an und etwas in seinem Blick erstarrte. »Ich meine, also, Entschuldigung für meine Wortwahl, Ingrid, ich weiß, dass ...«

»Ist schon gut, Lasse, aber du solltest besser auf dich aufpassen! Hast du heute wieder bei *Oxgrillen* zu Mittag gegessen?«

Auf Knutssons dunkelblauer Jacke leuchtete am Kragen ein gelber Senfstreifen.

»Wenn man eine lauwarme Wurst Mittagessen nennen kann. Der Grill und die Fritteuse gingen nicht, weil die Sicherung durch war und sie keine neue dahatten. Und mein Auto ist auch im Eimer und steht seit Tagen in der Werkstatt. Das ganze Land geht vor die Hunde!«

»Trotzdem solltest du ein wenig mehr auf deine Ernährung achten«, mahnte Nyström. »Drüben in der Kantine der Bücherei gibt es mittags ein wunderbares Salatbüffet.«

»Willst du damit etwa sagen, dass ich zu dick bin, um ein guter Polizist zu sein?«

»Nein«, sagte Nyström vorsichtig. »Ich ... dachte eher an ... gesundheitliche Gründe.«

»Morgen Mittag fahre ich zum Maxburger raus«, grollte Knutsson. »Aber bei den verdammten Aktentürmen, die mir Hugo da hingestellt hat, will man ja keine Zeit verlieren. Man will ja kollegial sein.« Er stapfte von einem Bein auf das andere. »Ingrid, ich kann diesen verfluchten Papiermist nicht alleine bewältigen, vor allem, weil ich nicht weiß, wonach ich in diesen ganzen Zeugenaussagen suchen soll. Das mit der *Estonia* ist doch völliger Quatsch! Außerdem habe ich noch nicht einmal meine Lesebrille dabei.«

Er sah seine Chefin flehend an.

»Ich weiß, dass es viel ist und ich erwarte auch nicht, dass du alles heute schaffst. Momentan haben wir aber keine andere klare Spur, auf die wir alles setzen können, sondern wir müssen in der Breite ermitteln. Ich bin dir wirklich sehr dankbar, dass du dich mit den Akten beschäftigst, Lasse. Du besitzt als Einziger die erforderliche Erfahrung und Kompetenz, um die Spuren zu erkennen, wenn du auf sie stößt!«

Letzteres bezweifelte sie zwar und sie wünschte, sie hätte jemand anderen für die Aufgabe gehabt, aber sie konnte sich ja schlecht ein größeres Team schnitzen. Vielleicht würde ja wenigstens morgen Lindholm dazustoßen, nachdem er mit seinen Prüfungen fertig war.

»Meinst du wirklich? Nun, wenn das so ist, werde ich mein Bestes tun«, sagte Knutsson verlegen.

»Danke, Lasse«, sagte sie. Danke, dass du mir das Gefühl gibst, eine kompetente Chefin zu sein. Sie packte ihre Plastikdose mit dem traurigen Mittagessen weg und machte sich auf den Weg in die Västra-Esplanaden.

Bei der Sozialbehörde zeigte Nyström der älteren Frau an

der Information ihre Polizeimarke und erklärte, dass sie von Magnus Petersson erwartet werde. Die Frau schien keine Notiz davon zu nehmen, sondern bat sie mit leiser Stimme, im Wartezimmer Platz zu nehmen.

»Ich habe aber einen Termin vereinbart.«

»Das haben viele«, lächelte die Frau.

Nyström spürte, wie Wut und Frustration in ihr hochstiegen.

»Jetzt hörst du mir mal zu: Ich bin Hauptkommissarin und ermittele hier in einem Mordfall. Jede Minute zählt. Jede Information zählt.«

»Dann bist du aber hier nicht richtig. Unsere Informationen sind vertraulich.« Wieder formten sich die Lippen der Frau zu einem schmalen Lächeln. »Außerdem möchte ich dich bitten, nicht in diesem Ton zu sprechen. Wir sind hier keine Informationszentrale. Nutze deine Zeit im Wartezimmer, um dich zu erden. Magnus wird dich dort abholen, wenn er Zeit hat.«

Nyström atmete tief ein. Dann streckte sie der Frau drei Finger vor die Nase.

»Drei Minuten«, zischte sie, »ich gebe deinem Magnus drei Minuten, sonst ...!«

Sonst was? Sie wusste es selbst nicht, aber sie drehte sich um und marschierte in den Warteraum. Dort saßen ein Paar Mitte dreißig und eine jüngere Frau.

An der Wand fand sie einen Informationsständer über Adoption. Möglich war, dass Pontus Karlsson, wie Gunnar Berg es in Erinnerung hatte, adoptiert worden war und den Nachnamen seiner Adoptiveltern angenommen hatte. Ihr fiel auf, dass sie so gut wie gar nichts darüber wusste, wie eine Adoption überhaupt abläuft. Durfte ein Kind, dessen Eltern nicht sicher tot waren, ohne ihr Einverständnis überhaupt adoptiert werden?

Als sie eine der Informationsmappen aufschlug, flogen ein Dutzend fotokopierte Zettel heraus und verbreiteten sich über den Boden: *Gleichgeschlechtliche Adoption – Nur ein bedeutungsloser Gesetzestext!* stand mit großen Buchstaben darauf. Nyström bückte sich und sammelte die Zettel wieder ein. Die anderen im Raum schienen keine Notiz davon zu nehmen. Sie las. *Seit 2003 haben homosexuelle Paare in Schweden per Gesetz dasselbe Recht, ein Kind zu adoptieren wie heterosexuelle Paare. In der Realität hat seitdem nur ein einziges homosexuelles Paar ein Kind adoptiert. Um ein Kind aus dem Ausland zu adoptieren, muss die Vermittlung über eine anerkannte Adoptionsorganisation folgen. Keine schwedische Adoptionsvermittlung oder Organisation vermittelt Kinder an homosexuelle Paare. Wie viel ist Gleichberechtigung auf dem Papier wert, wenn sie nicht in der Realität ankommt?*

Lehnt euch jetzt gegen die hetero-normativen Verhältnisse auf!

Protestiert!

GAYPRIDE!

Nyström drehte das Blatt um, aber die Rückseite war leer. Was sie da in der Hand hielt, war wohl eine Art politisches Flugblatt, subversiver Aktivismus im Wartezimmer der Sozialbehörde. Aus einem Impuls heraus warf sie die Flugblätter in einen Papierkorb. Sie dachte an ihre Tochter Anna, die seit über einem Jahr mit ihrer Freundin Madeleine zusammen war. Auch wenn es mit der Zeit einfacher geworden war, fand sie es immer noch schwierig, die richtigen Worte zu finden, wenn es um die Homosexualität ihrer Tochter ging. Es war nicht das Lesbischsein an sich, mit dem Nyström rang, nicht die Tatsache, dass ihre Tochter mit einer Frau schlief, sondern die Dinge, die dadurch anders wurden. Als Kind hatte Anna es geliebt, mit Puppen zu spielen und

Nyström war irgendwie davon ausgegangen, dass Anna später eigene Kinder haben wollte. Eigentlich würde sie gerne Anna fragen, wie sie das jetzt sah und ob sie traurig war, mit Madeleine keine Kinder bekommen zu können, aber gerade da wurde das Eis dünn und Nyström wusste nicht, wie sie das Thema ansprechen konnte, ohne Anna zu kränken. Neben Adoption gab es ja auch andere Möglichkeiten, als homosexuelle Frau ein Kind zu bekommen. Ihrem Bauchgefühl nach lehnte Nyström künstliche Befruchtungen ab, ohne dass sie es rational hätte begründen können, ganz zu schweigen von Arrangements, in denen ein Kind gezeugt wurde, ohne dass der Mann und die Frau wirklich ein Paar waren. Aber vielleicht wollte Anna ja auch gar kein Kind? Sie dachte an Anette Hultin und an ihre Nachbarn, die Didrikssons. Und dann war da dieser Satz in ihrem Kopf, den Stina Forss leicht angetrunken auf einem Grillfest im Sommer gesagt hatte: *Irgendwie seid ihr Schweden total besessen von Kindern, fast schon krankhaft fixiert.*

»Ingrid Nyström?«

Ein Mann um die dreißig mit kurz rasierten Haaren und klein kariertem Hemd kam auf sie zu.

»Endlich«, sagte Nyström und erhob sich. Sie sah auf die Uhr. Zwei Minuten, dreiundfünfzig Sekunden. Sie folgte dem Mann in sein Büro und machte die Tür hinter sich zu.

»Ich habe die Akte geholt, aber da steht nicht viel drin, was ich ohne Weiteres rausgeben darf.« Während er sprach, stützte der Mann sein Kinn auf die Hand und sein Zeigefinger streichelte dabei über die Lippen.

»Von *ohne Weiteres* kann keine Rede sein. Es geht hier um eine Mordermittlung, in der es von höchster Bedeutung ist, den Sohn von Ragnar und Yvonne Karlsson zu sprechen«, erklärte Nyström.

»Inwiefern sind die biologischen Eltern des Jungen in die Mordermittlung involviert?«, wollte Magnus Petersson wissen.

»Du redest von biologischen Eltern. Bedeutet das, dass Ragnar und Yvonnes Sohn nach ihrem Verschwinden adoptiert worden ist?«

»Das darf ich leider nicht sagen.«

»Natürlich darfst du das sagen. Du musst. Ich komme schließlich nicht von der Klatschpresse, sondern von der Polizei. Es geht darum, einen Mörder zu fassen, der vor wenigen Tagen eine Frau brutal ermordet hat.«

»Okay, okay.« Magnus Petersson begegnete erschrocken Nyströms festem Blick.

»Was heißt nun *okay*?«

»Ja, Pontus Karlsson ist damals adoptiert worden.«

»Und ...« Nyström schaute den Mann auffordernd an.

»Ich bin relativ neu hier und kann dazu nicht viel sagen.«

»Aha, könnte ich dann irgendjemanden sprechen, der länger hier ist?«

»Könntest du theoretisch, aber es wird dir auch nicht weiterhelfen. Ich habe mit meinem Vorgesetzten Rücksprache gehalten und er hat mir untersagt, in diesem Fall Informationen weiterzugeben.« Magnus sprach wieder mit sicherer Stimme. Fast ein bisschen lässig, fand Nyström.

»Interessant! Ist das hier immer so?«, wollte sie wissen.

»Es kommt nicht jeden Tag vor, dass die Polizei Informationen von uns verlangt, daher ist es schwer zu sagen.«

»Und wo ist dein Vorgesetzter jetzt?«

»Auf einem Fortbildungsseminar in Malmö. Deswegen kannst du auch nur *theoretisch* mit ihm sprechen. *Praktisch* ist er ja nun nicht da.«

»Lass uns dann andersrum anfangen. Ganz *praktisch*: Was

passiert normalerweise, wenn die Eltern eines zehnjährigen Kindes plötzlich verschwinden?«

»So etwas kommt hoffentlich nie wieder vor und über dieses eine Mal, wo es passiert ist, darf ich leider, wie gesagt, nicht sprechen.«

»Du könntest echt eine Karriere beim MUST machen«, seufzte Nyström und schüttelte langsam ihren Kopf.

»Was ist der MUST?«

»Der Geheimdienst des Militärs.«

»Ich muss doch sehr bitten!«, sagte der Mann und nestelte an seinem obersten Hemdknopf herum.

»Morgen komme ich wieder. Wenn dein Chef da ist!«, sagte Nyström, stand auf, rauschte aus dem Zimmer und knallte hinter sich die Tür zu.

Im Warteraum steuerte sie direkt auf den Papierkorb zu, kniete sich unter den Blicken des verwundert starrenden Paares hin, fischte den Batzen Flugblätter heraus und verteilte ihn großflächig in dem Ständer mit Informationsmaterial. *Gaypride*, dachte sie und ballte ihre Hand zur Faust.

8

Der *Öresundståg* brachte Hultin ohne umsteigen zu müssen nach Kopenhagen. Als der Zug auf der langen Brücke die Meerenge zwischen Schweden und Dänemark überquerte, dämmerte es bereits. Über dem grauen Wasser flogen Möwen, weiße Flecken im Zwielicht. Die Sitze im Waggon, in dem sie saß, waren durchgängig belegt, die meisten Reisenden stiegen allerdings eine Station vor dem Kopenhagener Hauptbahnhof beim Flughafen Kastrup aus. Urlauber. Das tetrisartige Gewust aus Rollkoffern und überdimensionierten Sporttaschen löste sich auf. Als sie wenig später aus dem Zug stieg, war sie überrascht, dass es in Kopenhagen deutlich kälter war als in Växjö, obwohl sie sich doch zweihundert Kilometer weiter südlich befand; vielleicht lag es an der Seeluft. Sie schloss den Reißverschluss ihrer sportlichen Jacke bis zum Kinn. Eine Rolltreppe brachte sie vom Bahnsteig hoch in die alte Bahnhofshalle, die von einem Holzgebälk getragen wurde. Das *O'Learys* befand sich auf der gegenüberliegenden Seite. Sie erkannte das Logo sofort. *O'Learys* war eine internationale Sportsbarkette, die auch in Schweden viele Filialen hatte. Hultin kämpfte sich durch die Menschenströme. Um fünf Uhr nachmittags war der Kopenhagener Hauptbahnhof wahrscheinlich der belebteste und wuseligste Ort Dänemarks. Der anonyme Mailkontakt hatte sie nicht ohne Grund genau hierherbestellt. Auch der Pub war gut gefüllt. Männergrüppchen beim Feierabendbier, Paare auf der Durchreise, einsame Trinker an der Bar. An einem Sechsertisch saß eine Clique junger Frauen mit rot blinkenden Rentiergeweihen im Haar. Sie spielten lautstark Trinkspiele, eine dürre Brünette kreischte so laut, dass sogar die stampfende Rockmusik übertönt wurde. Bon Jovi, *Livin' On A Prayer*, wenn sie sich nicht irrte. Großbildfernseher an den Wänden zeigten Wiederholungen von Fußballspielen der englischen Premier League. Die Dekoration des Pubs bestand wie in allen Filialen der Kette, in denen Hultin zuvor gewesen war, größtenteils aus Devotionalien verschiedener Bostoner Sportteams, den *Celtics*, den *Bruins*, den *Redsoxs*. Das Dekor war überwiegend grün und weiß gehalten. Alle Bedienungen hatten eine Art Trikot an, auf dem *No.1* stand, was nicht gerade dazu beitrug, sie auseinanderzuhalten. Nachdem sie, wie ein mannshohes Schild ausdrücklich aufforderte, minutenlang an einem unbesetzten Rezeptionsstehtisch gewartet hatte, bis sich ihr endlich eine der Nummer-Einsen annahm, wurde sie zu einem freien Tisch geführt. Die grün und weiß karierte Wachstuchdecke war klebrig. Sie stellte ihre Handtasche lieber unter den Tisch.

»Darf es schon etwas sein?«, fragte Nummer eins in breitem Dänisch.

»Einmal den Tisch wischen, wäre ein Anfang«, entgegnete Hultin auf Schwedisch.

Sie sah sich um und fühlte sich ein bisschen wie in einem Spionagefilm. Wie würde ihr Informant aussehen? Sie tippte auf männlich, jung und ähnlich spinnert wie sein Bruder im Geiste – der *Estonia*-Blogger Tomas Lennartsson. Im Grunde war es vollkommen lächerlich hierherzufahren, herumzusitzen und auf einen weiteren Wichtigtuer zu warten. Wenn es wirklich etwas Neues, Relevantes zum Untergang der Fähre gäbe, hätten sich die Wissensträger doch längst der Polizei oder der Presse offenbart. Oder sie hatten gute Gründe, ihre Geheimnisse mit ins Grab zu nehmen. Geheimnisse. Wie das allein schon klang! Ich denke bereits wie Hugo, erschrak sie. Er infiziert mich mit seinem kindischen Geplapper. Sie blätterte in der Speisekarte und entschied sich für einen Burger und Pommes frites, dazu eine große Cola Light. Vorsorglich tippte sie 1400 Kilokalorien in ihre Ernährungs-App ein. In einer Sportsbar konnte sie wohl kaum einen Salat bestellen. Nummer eins brachte unaufgefordert ein Körbchen mit Popcorn an ihren Tisch und nahm ihre Bestellung auf.

»Sicher, dass es nur eine Cola Light sein darf?«, fragte sie. »Bis sechs Uhr ist Happy-Hour. Zwei Drinks zum Preis von einem.«

»Dann bitte nur eine kleine Cola«, sagte Hultin. »Wenn sie eh doppelt kommt.«

Sie griff ins Popcorn und kaute. Zu zäh und zu salzig, entschied sie. Aus dem Nichts tauchte ein Mann auf und setzte sich ihr gegenüber an den Tisch. In jeder Hand hielt er ein volles Bierglas. »Happy Hour«, sagte er und es klang fast wie eine Entschuldigung. Er stellte die Gläser auf den Tisch. »Möchtest du eins?«, fragte er.

»Ich bin im Dienst«, sagte sie.

»Sicher«, sagte er.

Seine Augen waren dunkelblau, sein Blick intensiv. Er war nicht jung, aber er war auch nicht zu alt. Die Art wie er sich beim Setzen bewegt hatte, wie er jetzt den Rücken durchdrückte, wie er sie ansah: Der Mann hat einen militärischen Hintergrund, erkannte sie.

Er sah nicht aus wie ein Spinner. Jedenfalls nicht auf den ersten Blick.

Er sah ... gut aus.

»Du bist Anette Hultin?«, fragte er.

Sie nickte.

Er reichte ihr über den Tisch hinweg seine Hand.

»Mikkel Stenderup.«

Sein Händedruck war fest und trocken. Männlich, dachte sie.

»Es tut mir leid wegen der Umstände, aber ich habe meine Gründe. Oder ich habe meine Erfahrungen, sollte ich eher sagen.« Sein Dänisch war für sie gut zu verstehen und das war beileibe keine Selbstverständlichkeit bei dieser komischen Bauernsprache, dachte sie.

Er lächelte.

Etwas in ihrer Magengrube regte sich.

Sie lächelte.

»Wo fangen wir an?«, fragte sie vorsichtig.

»Vielleicht doch bei einem Bier?«, fragte er. »Wo es doch umsonst ist?«

»Vielleicht doch bei einem Bier«, sagte sie. »Ausnahmsweise.«

Sie prosteten einander knapp zu. Hultin trank und merkte erst beim Absetzen, dass das große Glas halb leer war.

»Woher kennst du Tomas Lennartsson?«, fragte sie.

Stenderup lachte.

»Ich weiß, er wirkt nicht gerade besonders seriös. Aber er hat einen selbst gewählten Auftrag, den er sehr ernst nimmt. Das hat mir imponiert. Er will die Öffentlichkeit informieren.«

»Über *SDI*.«

Wieder lachte Stenderup auf.

»Ich weiß, man kann nicht alles ernst nehmen, was der Junge so schreibt. Aber trotzdem meint er es gut.«

»Du bist Soldat?«

Stenderup blickte sie durch sein zum Mund geführtes Bierglas an.

»Du hast einen guten Blick für Details. Ich war Soldat. Marinetaucher.«

»Ich auch. Ich meine keine Marinetaucherin. Aber ich war sieben Jahre beim Militär, bevor ich Polizistin geworden bin. Infanterie. Und in einem Leichtathletik-Leistungskader.«

»Wow«, sagte er. Sie entschied, dass es nicht ironisch gemeint war. »Zwei Exsoldaten also.«

»Ja.« Hultin wusste nicht, was sie sonst sagen sollte. Der Mann sah wirklich gut aus. Schnell trank sie noch einen großen Schluck Bier. Aus den Lautsprechern dröhnte irgendetwas von *Aerosmith*. Unter dem Tisch wippte ihr Fuß mit.

»Ein guter, anonymer Ort, aber schreckliche Musik«, sagte er.

»Finde ich auch«, sagte sie.
Beide lächelten.

9

Auf der gesamten Rückfahrt hatten sie kaum miteinander gesprochen. Vielleicht lag es daran, dass zu viel passiert war, vielleicht waren sie auch einfach körperlich zu erschöpft. Irgendwann war Forss eingenickt und Bärengrub hatte sie erst wieder geweckt, als sie Tallinn erreicht hatten. Forss hatte ihre wenigen Sachen aus dem Hotel geholt und ihr Ohr neu verbunden, Bärengrub hatte sich um die Rückgabe des Mietwagens gekümmert. Anschließend hatte er sie mit seinem Auto zum Flughafen gebracht. Falls Kagge sie durch seine Männer hatte beschatten lassen, war es Forss nicht aufgefallen und auch Bärengrub hatte nichts in der Richtung angedeutet.

»Mir tut es leid«, hatte sie gesagt, als sie aus dem Wagen ausgestiegen war.

»Was tut dir leid?«

»Alles.«

Sie hatte ihm ihre Waffe übergeben.

»Wirf sie am besten in irgendeinen Fluss.«

»Oder ich komme mal mit dem Schiff nach Schweden.«

Sie lächelte schief.

»Oder so.«

Eine Dreiviertelstunde später war ihre Maschine nach Stockholm/Arlanda gestartet. Sie hatte noch kurz daran gedacht, Nyström anzurufen, aber dann war ihr Name bereits durch die Lautsprecheranlage aufgerufen worden und sie war zum Boarding geeilt. Sie hatte den ganzen Flug verschlafen und war erst bei der Landung wieder aufgewacht.

»Ist alles in Ordnung mit dir?«, hatte eine Stewardess gefragt und besorgt auf das geronnene Blut geblickt, das unter dem Verband hindurch ihren Hals hinabgesickert war.

»Das ist nichts, nur eine Mittelohrentzündung.«

Die lächerlichste Ausrede der Welt.

Ein Taxi brachte sie in die Innenstadt. Sie checkte in das Hotel ein, das Delgado für sie reserviert hatte. Sie wusste nicht, woher sie noch die Kraft nehmen sollte, diesen technischen Professor zu treffen, der an dem letzten Untersuchungsbericht mitgewirkt hatte. Nyström hatte den Kerl über irgendwelche Kontakte aufgegabelt und Delgado hatte ein Treffen am Abend in einer Bar arrangiert. Nach dem ganzen Mist, der in Estland passiert war, wagte Forss nicht, sich Nyströms Anweisungen zu widersetzen. Wer wusste schon, welche Lawine die Ereignisse in Tallinn noch nach sich ziehen würden? Immerhin hatte sie einen Mann getötet, wenn auch in Notwehr. Und einen Hund erschossen. Sie musste an Bärengrub denken. Hoffentlich würde man den jungen Polizisten nicht irgendwann mit einer Kugel in der Stirn in einem Straßengraben auffinden. Andererseits hatte er wie ein Mann gewirkt, der gut auf sich selbst achtgeben konnte. Dann gab es diesen anderen Mann.

Laili.

Was hatte dieser Mann mit Anna-Lena Hammarskjöld zu tun? Wie kam sein Name auf einen mexikanischen Zuckertotenschädel im Kleiderschrank von Anna-Lena Hammarskjölds Zweitwohnung?

War er ein ehemaliger Geliebter gewesen?

Ein ehemaliger sowjetischer Militärrekrut? Oder gar ein Offizier?

Was hatte dieser Mann mit Tõnu Puustas Plänen zu tun?

Was mit der *Estonia*?

Ein Komplize Puustas?

Wollten diese Männer etwas schmuggeln?

Und wenn, was?

Waffen? Das war das Naheliegendste.

Hatte dieser Laili die Tragödie nicht überlebt?

War er womöglich ein Geliebter Anna-Lenas gewesen, hatte sie deshalb seinen Namen nach Art des aztekischen Totenkults verewigt?

Konnte er der Grund sein, warum sie bei der Schifffahrtsbehörde gekündigt hatte?

Aus Hass auf die Schlamperei einer Behörde wegen eines falsch zertifizierten Schiffes?

Sie würden auf der Passagierliste nach diesem Laili suchen müssen. Vielleicht hätte sie auch Bärengrub nach dem Mann fragen sollen, vielleicht hätte sich in den estnischen Archiven etwas über ihn gefunden. Aber Forss hatte das Gefühl gehabt, ihn auch so schon in genügend Dinge mit hineingezogen zu haben.

Im Hotel duschte sie lange und untersuchte vor dem Spiegel in Ruhe ihr Ohr. Es war an zwei Stellen tief eingerissen und ausgefranst. Unter dem schwarzen Schorf und dem frischen roten Blut bildete sich gelber Eiter. Ich habe meine Nationalflagge als Ohr, dachte sie. Meine ehemalige Flagge. Zum ersten Mal seit Tagen musste sie lachen. Sie desinfizierte die Wunden mit dem Wodka, den sie im Duty-free-Markt am Flughafen gekauft hatte. Anschließend nahm sie einen langen Schluck gegen die Schmerzen und verband das Ohr neu. Sie versuchte Nyström anzurufen, aber es war dreimal hintereinander besetzt. Dann halt später, entschied sie.

Die Bar, in der sie den Professor für Schiffbau treffen sollte, lag in der Altstadt und entpuppte sich als ein ziemlich gehobenes Restaurant. Entweder war das einer von Delgados Scherzen oder der Professor war ein Gourmet. Sie nannte am Empfangstresen ihren Namen. Die Empfangschefin lächelte. »Herr Björknesjö erwartet Sie bereits. Wenn ich Ihnen Ihren Mantel abnehmen dürfte?«

Herr

Sie

Ihnen

Das musste hier einer der förmlichsten und vermutlich teuersten Schuppen Stockholms sein. Die Empfangschefin führte sie zu einem Tisch, an dem ein kleiner, rundlicher Mann im Anzug saß. Björknesjö stand unmittelbar auf und nahm ihre Hand.

»Ich bin Josef. Es ist mir eine Ehre«, sagte er.

»Stina. Ich ... hatte nicht mit diesem Ambiente gerechnet, ehrlich gesagt.«

Sie sah an sich herunter. Die Jeans und die Bluse gingen vielleicht gerade noch durch, aber ihre Pradas sahen aus, als hätte man sie mit einem Häcksler bearbeitet. Gott sei Dank verdeckte ihr Lockenwust das zerfetzte Ohr und einen Großteil des Verbands.

»Ich hoffe, du hast ein wenig Hunger mitgebracht.«

Sie konnte sich nicht erinnern, wann sie das letzte Mal gegessen hatte.

»Ja, schon. Ich weiß nur nicht, ob meine Kreditkarte ...«

»Das lass mal heute Abend meine Sorge sein.«

Björknesjö hatte inzwischen ihre Hand losgelassen und sie hatten sich gesetzt.

Wenn er unbedingt den *sugardaddy* spielen will, dachte sie, dann bitte sehr.

Ihr fehlte die Konzentration, sich in die überwiegend französischsprachige Karte zu vertiefen, deswegen bestellte sie kurzerhand das *Herbstmenü*, weil es das erste verständliche Wort war, das ihr ins Auge fiel.

»Eine gute Wahl«, lobte Björknesjö und schloss sich ihr an. »Sieben Gänge und dazu die passenden Weine.«

Na, dann mal Prost, dachte Forss und ihr Magen knurrte so laut, dass es wahrscheinlich selbst der herbeieilende Kellner hören konnte.

Bis das erste Glas Alkohol kam, führten sie ein wenig Small Talk. Björknesjö machte hinter seiner gewissen Onkelhaftigkeit eigentlich einen sympathischen Eindruck. Er erzählte von seiner Frau, die heute Abend leider verhindert sei, und von seinen fast erwachsenen Söhnen, die beide studierten.

»Schiffbau?«, fragte Forss.

»Der eine Jazzmusik. Klarinette. Der andere Braumeister«, antwortete er vergnügt. »Zwei tolle Kerle. Wusstest du, dass Mikro-Brauereien einen großen Boom erleben?«

Der Kellner brachte einen Eiswein und einen *Gruß aus der Küche*, ein Mus aus Meerestieren auf einer winzigen Schwarzbrotscheibe. Darüber Soßenspritzer wie auf einem Jackson-Pollock-Gemälde.

»*Aus eisiger Tiefe*«, flötete der Kellner. »So heißt die erste kleine Kreation unseres Herbstmenüs«, erklärte er.

»Haben hier alle Gänge Namen?«, fragte Forss.

Björknesjö nickte. »Dieser hier führt uns sogar zum Thema.«

Forss musste schmunzeln. Das war eine geistreiche Überleitung gewesen.

»Stimmt«, gab sie zu.

Sie stießen mit dem Eiswein an und begannen zu essen.

Der Wein war toll und das Essen fantastisch, auch wenn Forss sich an die kleinen Portionen gewöhnen musste, die im Abständen von zehn bis zwanzig Minuten an den Tisch gebracht wurden. Björknesjö begann unterdessen von seiner Arbeit zu erzählen.

»Um ehrlich zu sein, haben wir hier in Stockholm nur einen kleinen Teil zum gesamten Projekt beigetragen. Wir sind ein Bestandteil eines größeren Konsortiums, zu dem auch unsere deutschen Partner von der Hamburgischen Schiffbau-Versuchsanstalt und der Technischen Hochschule Hamburg-Harburg gehören. Ohne deren Möglichkeiten wäre das Projekt gar nicht durchführbar gewesen.«

»Wie sah das Projekt denn aus?«

»Den Untergang der Fähre *Estonia* technisch zu rekonstruieren.«

»Und wie macht man das?«

»Indem man ein möglichst genaues Modell des Schiffs vollgepackt mit Sensoren baut und es kontrolliert den gleichen Umweltbedingungen aussetzt, wie sie in der Unglücksnacht geherrscht haben.«

»Und so etwas geht?«

»So etwas geht sehr gut, wenn man die Voraussetzungen hat, wie diese Anstalt in Hamburg. Ein riesiges Wasserbecken, in dem man alle nur erdenklichen Wettersituationen simulieren kann. Dazu haben wir natürlich auch sämtliche uns zur Verfügung stehenden Zeugenaussagen der Überlebenden ausgewertet, in Daten übertragen, Computer gefüttert und in monatelanger Arbeit ein plausibles Gesamtszenario entwickelt.«

Forss nippte an dem Glas Rosé, der mittlerweile auf dem Tisch stand.

»Und was ist das plausible Gesamtszenario?«

10

Nyström saß mit Delgado und Knutsson am ovalen Tisch im Besprechungszimmer und las. Es war so still, dass sie Knutssons schnaufende Atemzüge vom anderen Tischende her hören konnte. Die Atmosphäre war ein bisschen wie in einer Bücherei, dachte sie.

»Wusstet ihr, dass diese deutsche Meyer-Werft heutzutage Kreuzfahrtschiffe baut? Sogar für den Walt-Disney-Konzern«, sagte Delgado.

»Mmh«, machte Nyström.

Knutsson knurrte etwas in seinen struppigen Bart.

»Vergangenes Jahr gab es in Deutschland einen Skandal, weil zwei bulgarische Leiharbeiter der Werft bei einem Wohnungsbrand ums Leben gekommen sind. Dabei wurde einiger Staub aufgewirbelt. Die Männer haben anscheinend in einem völlig überbelegten Haus gelebt und in Doppelschichten gearbeitet. Allerdings war dafür nicht die Werft selbst verantwortlich, sondern ein Subunternehmer.«

Sein Smartphone brummte. Er nahm es vom Tisch und blickte auf das Display.

»Super! Göran hat seine Prüfung hinter sich! Heute Abend um sieben schmeißt er eine Runde im *Sports*.«

»Toll!«, sagte Nyström. »Ich war mir sicher, dass er es schafft!«

»Wie geht es eigentlich mit ihm weiter?«, wollte Knutsson wissen und legte seine Papiere zur Seite. »Will er bei uns bleiben?«

»Wir haben eine Planstelle für einen Kriminalbeamten bekommen. Es sieht also ganz gut aus.«

»Falls sich nicht irgendein Stockholmer Oberstreber dazwischendrängt«, meinte Delgado.

»Was sollte denn schon so ein Großstadtschnösel bei uns im Wald wollen?«, fragte Knutsson. »Blaubeeren pflücken?«

»Wieso?«, lachte Delgado. »Stina fühlt sich hier mittlerweile doch auch ganz wohl.«

Knutsson grinste.

»Sie ist doch kein Großstadtschnösel!«, protestierte Nyström. Der Form halber. Weil es sich als Chefin so gehörte.

»Ein bisschen schon«, tröteten Delgado und Knutsson unisono.

»Stöckel hier, stöckel da«, flötete Knutsson und warf sich dabei eine imaginäre Federboa um den Hals.

Jetzt musste selbst Nyström lächeln. »Vor Kurzem hat sie gesagt, wir Schweden seien kinderfixiert.«

»Seid ihr ja auch!«, sagte Delgado.

»Wieso jetzt denn auf einmal *ihr*?«, wollte Knutsson wissen. »Du bist mit einem Mal Chilene oder was?«

»Genetisch schon.«

»Genetisch!« Knutsson schlug mit der flachen Hand auf die Tischplatte. »Ich lach mich tot! Du bist in Växjö geboren! Du bist småländischer als ich! Du bist småländischer als Käsekuchen! Du bist sogar småländischer als Michel aus Lönneberga!«

Genetisch.

Aus irgendeinem Grund blieb das Wort Nyström quer im Halse stecken. Sie musste an ihren erfolglosen Auftritt bei der Sozialbehörde denken.

Genetisch.

Die genetischen Eltern von Pontus Karlsson waren vor zwanzig Jahren im Nichts verschwunden. Wahrscheinlich hatten sie mit dem Tod von Tõnu Puusta zu tun. Als Täter oder ebenfalls als Opfer.

Sie dachte an das verbrannte Geld in der Wohnung.

Sie mussten mit dem Jungen sprechen.

Wenn irgendjemand etwas über diese Nacht wusste, dann er. Auch wenn er damals nicht hatte reden können oder reden wollen, weil er womöglich tief traumatisiert gewesen war, so gab es doch die Möglichkeit, dass er sich heute erinnerte. Er musste ja bereits ein erwachsener Mann sein.

Der Junge war der Schlüssel.

Und sie hatte sich von einem blasierten Sachbearbeiter abwimmeln lassen wie eine kleine Streifenbeamtin von einem abgebrühten Obergangster. Ich bin Hauptkommissarin, dachte sie, ich bin die verfluchte Hauptkommissarin dieser Stadt und des gesamten Bezirks Kronoberg!

»Hugo!«

»Ja?«

»Hast du deinen Laptop hier?«

»Genauso gut könntest du fragen, ob ich Unterwäsche trage. Natürlich habe ich meinen Laptop hier.«

»Kannst du dich ... könntest du dich, rein technisch betrachtet, in das Intranet der Sozialbehörde hacken?«

Zwei Kinnladen klappten herunter. Unisono.

»Sag das bitte noch mal«, forderte Delgado.

»Wärst du theoretisch dazu in der Lage, dich in das Intranet der Sozialbehörde zu hacken?«

Knutsson räusperte sich. »Ingrid ...«

Sie brachte ihn mit einer Geste zum Schweigen. Es war Delgado, den sie ansah.

Derart ernst hatte ihr oft so kindsköpfischer Mitarbeiter selten ausgesehen.

»Ja«, sagte er. »Ich denke schon.«

»Ingrid!«, Knutsson fasste sie am Arm an. »Das ist verboten!«, schnaufte er.

»Das ist nicht nur verboten, das ist ein derart schwerer Regelverstoß, dass es mich meinen Posten und meine Anstellung kosten kann«, sagte sie leise.

»Also ich bin dabei«, sagte Delgado und in seinen Augen funkelte es.

Knutsson schüttelte seinen schweren Kopf. »Ich weiß nicht«, jammerte er, »ich weiß nicht, ich weiß nicht.«

»Natürlich übernehme ich allein die ganze Verantwortung«, sagte Nyström und ihre Brust pochte.

11

»Warum bin ich hier?«, fragte Hultin.

»Nach dem Essen«, sagte Mikkel Stenderup knapp.

Nummer eins kam mit zwei Tellern. »Zweimal Cheeseburger und Pommes!«

»Ist das schon Schicksal?«, fragte Hultin scherzhaft.

»Ich glaube ehrlich gesagt, dass die Karte nicht viel mehr hergibt.«

Wieder lachten beide.

»Noch zwei Bier, bitte!«, bestellte Stenderup.

»Das werden dann aber vier ...«, wehrte sich Hultin halbherzig.

»Und wenn schon.«

Sie aßen mehr oder weniger schweigend. Hultin mühte sich, dem gewaltigen Burger mit Messer und Gabel Herr zu werden, gab den Versuch aber nach der Hälfte auf, tat es ihrem Gegenüber nach und aß das fettige Ungetüm mit den Händen. Sie spülte die großen Bissen so wie Stenderup mit dem zweiten halben Liter Bier hinunter und war dem Mann unendlich dankbar, dass er nach dem Essen keinen lauten Delgado-Rülpser von sich gab. Die beiden kleinen Gläser Cola Light standen unberührt an der Tischkante.

»Das war gut«, sagte sie. »Ungesund, aber gut.« Sie machte sich eine innere Notiz, die zwei, beziehungsweise drei Bier in ihrer Kalorien-App nachzutragen.

»Dafür nimmt man sogar die Musik in Kauf«, sagte Stenderup und tupfte sich die Mundwinkel mit einer Serviette ab.

Guns'n'Roses, *November Rain*. Wieder zwang sich Hultin, das Fußwippen einzustellen.

»Ich war zehn Jahre in der Armee. Grundausbildung, Kampftaucher, Elitetruppe. Das volle Programm. Trotzdem begann es mich irgendwann trotz der Auslandseinsätze zu langweilen. Dänische Soldaten waren Anfang der Neunziger nicht gerade die *Green Berets*, wenn du verstehst, was ich meine.«

Hultin nickte.

»Ich wollte irgendwie mehr. Mehr Action, mehr Abenteuer. Und auch mehr Kohle, ehrlich gesagt. Ein Bekannter hat mich dann mit Headhuntern einer amerikanischen Bergungsfirma bekannt gemacht, *Rockwater*, falls dir der Name etwas sagt.«

»Die Firma, die von der Untersuchungskommission beauftragt wurde, die ersten Tauchgänge nach dem Unglück zu machen.«

»Genau. Das Schiff liegt in 60 Metern Tiefe. Das klingt erst einmal gar nicht so dramatisch, es ist aber nicht so einfach, in einer solchen Tiefe zu arbeiten. Man braucht Spezialisten und Spezialwerkzeug. Eine Firma wie *Rockwater*.«

»Leute wie dich.«

»Unter anderem Leute wie mich.«

»Du warst also unten.«

»Genau. Im ersten Team.«

»Und?«

»Das Problem: Wir waren nicht das erste Team. Es gab Taucher, die vor uns da unten gewesen waren, wir haben Spuren von Schweißbrennerarbeiten an einigen Kästen auf dem Außendeck in der Nähe der Kommandobrücke gefunden.«

»Schmuggelgut, das geborgen worden ist.«

»Höchstwahrscheinlich.«

»Was ist mit der Theorie der Explosionslöcher?«

»Da unten haben, soweit wir es wahrnehmen konnten, keine Explosionen stattgefunden. Aber das Schiff liegt auf der Seite, es sind nicht alle Bereiche voll einsehbar.«

»Wart ihr in dem Schiff?«

»Ja, aber es war unmöglich, alles flächendeckend abzusuchen. Ich habe viele Leichen gesehen. Verrutschte Autos auf dem unteren Deck. Tod und Chaos. Das ganz normale Chaos einer Schiffskatastrophe.«

Hultin dachte an die Worte von Kristina Magnusson, die ihren jungen Mann bei dem Unglück verloren hatte.

»Warum wurden die Toten nie geborgen?«

Stenderup zuckte mit seinen breiten Schultern.

»Das war eine politische Entscheidung. Du kennst die Pläne für den Betonsarkophag. Schon wenige Wochen nach dem Unglück wurde eine Firma damit beauftragt, die Unglücksstelle mit Tonnen von Kies und Steinen zuzuschütten. Gottlob hat eine Angehörigenorganisation mithilfe der Medien die Aktion bald stoppen können, aber noch heute steht auch nur die Annäherung an den Lageort des Schiffs unter der Androhung langjähriger Haftstrafen.

»Ich habe mitbekommen, dass sogar die Trauerfeier auf See an einem falschen Ort stattgefunden hat«, sagte Hultin leise. »Aber warum? Was wollte die Regierung verbergen?«

Stenderup lächelte schmal.

»Du kennst vermutlich die Geschichte mit den zwei fehlenden Lkws?«

»Ich kenne viele Geschichten über die *Estonia*, aber die nicht.«

»Nun, die offizielle Ladeliste des Schiffs listete 38 Lkws auf, aber die Ladeliste des schwedischen Zolls 40 Lkws. Von denen allerdings einer später nachgetragen wurde. Die Lastwagen bekamen fortlaufende Nummern zugewiesen. Zwei dieser Nummern fehlten. Bei beiden handelte es sich um Scania-Trucks, aber aus den Zollunterlagen gehen weder die Abmessungen, die Art der Ladung, noch das Gewicht hervor, was sehr ungewöhnlich ist.«

»Und worauf deutet das deiner Meinung nach hin?«

Stenderup trank von seinem dritten Bier, dann sah er sie lange aus seinen dunklen blauen Augen an.

»Es gibt so viele Geschichten. Geheimabkommen zwischen dem schwedischen Zoll und dem militärischen Abschirmdienst MUST. Transport von radioaktivem Material aus der ehemaligen Sowjetunion. Ein mysteriöses Flugzeug, das in der Unglücksnacht ohne Ladung vom Flughafen Arlanda in Stockholm ins Nichts verschwand. Racheakte der Russenmafia ...«

Er zählte eine Theorie nach der anderen auf. Erläuterte sie, nannte Details, skizzierte mögliche politische Interessen. Manches klang plausibel, vieles vollkommen wahnsinnig. Sie stellte wenige Zwischenfragen, Stenderup sprach beinahe eine halbe Stunde ohne Unterbrechung. Anschließend trank er sein letztes Bier in einem Zug aus.

Er wischte sich mit einer präzisen Handbewegung Bierschaum von der Oberlippe.

»Weißt du, was mich an all diesen Geschichten stört?«

»Was denn?«, fragte Hultin.

Er stand auf, legte fünfhundert dänische Kronen auf den Tisch und zog seine Jacke an.

Sie sah ihn entgeistert an. Er konnte doch jetzt nicht einfach gehen! Nicht, wo sie gerade mitten in ein so anregendes, ja, intimes Gespräch vertieft waren!

Stenderup beugte sich weit über den Tisch. Für einen Augenblick dachte sie, dass er sie küssen wollte. Diese blauen Augen! Aber das tat er nicht. Er flüsterte ihr etwas ins Ohr. Und dann verschwand er so leise und schnell, wie er gekommen war und ließ sie mit ihrem letzten Bier allein.

Bruce Springsteen sang *Dancing In The Dark*.

12

»Das plausible Gesamtszenario?« Björknesjö lächelte und zeigte dabei seine großen Zähne. »Lass mich woanders beginnen: Kennst du den Film *African Queen*?«

»Dieser alte Schinken mit Humphrey Bogart und Katharine Hepburn? Die beiden versuchen doch mit ihrem maroden Boot, ein deutsches Kriegsschiff auf irgendeinem afrikanischen See zu zerstören.«

Er nickte anerkennend. »Genau. Ist ja nicht selbstverständlich, dass eine junge Frau wie du so eine olle Kamelle kennt. Wie du dich vielleicht erinnerst, spielt der Film im Ersten Weltkrieg, im damals sogenannten Deutsch-Ostafrika, heute Tansania. Im Film heißt das deutsche Kanonenboot *Louisa*. Allerdings gab es dieses Kriegsschiff wirklich, auf dem Tanganjikasee, es hieß *Goetzen* und sollte den deutschen Herrschaftsanspruch in der Kolonie untermauern. Und jetzt rate mal, wer die *Goetzen* gebaut hat.«

Forss zuckte mit den Schultern.

»Keine Ahnung. Die Hamburgische Schiffbau-Versuchsanstalt?«

»Knapp vorbei. Das Schiff, die *Goetzen*, deren fiktive Schwester *Louisa* im Film vom coolen Bogart und der tapferen Hepburn versenkt wird, wurde von der deutschen Meyer-Werft gebaut.«

»Die *Estonia*-Werft!«

»Genau. Worauf ich hinaus will: Abgesehen von ein paar kleineren Jagd-U-Booten während des Zweiten Weltkriegs war die *Goetzen* das einzige Schiff der Meyer-Werft, das versenkt worden ist. Allerdings nicht von Bogart, sondern von den Deutschen selbst, aber das ist eine andere Geschichte. Die *Estonia* dagegen wurde nicht versenkt. Sie ist aufgrund einer logischen, technisch nachvollziehbaren Kausalkette gesunken.«

Björknesjö schob sich eine Gabel butterzarten Wels in den Mund und spülte mit Wein nach.

»Eine schöne Geschichte, das mit der *African Queen*«, merkte Forss an. »Und die Kausalkette?«

Björknesjö tupfte sich den Mundwinkel mit einer schweren Brokatserviette ab.

Ein Kellner räumte die leeren Teller und Gläser ab, ein anderer brachte volle. Gänse- und Entenpastete und dazu Pinot Noir. Wieder stießen sie an.

»Nun, ein für die rauen Ostseegewässer völlig unterdimensioniertes Bugvisier, schlechte Wartung und falsche Entscheidungen des Kapitäns und der Crew. Aus diesen Zutaten ist das ganze Drama gemacht. In der Sturmnacht ist die *Estonia* mit Volldampf gegen meterhohe Wellen gefahren. Riesige Kräfte wirkten auf die Bugrampe ein. Die war damals so konstruiert, dass sie das Bugvisier, das das Schiff vorne dicht hält, aufzieht, wenn sie runterfällt. Und genau das ist passiert. In kürzester Zeit konnten so 1500 Tonnen Wasser in das Autodeck eindringen, das Schiff bekam Schlagseite und durch die Entlüftungsrohre wurde binnen kürzester Zeit der hintere Ruderraum geflutet, weshalb auch die Entlüftungsschächte voller Wasser liefen. Das ist auch der Grund, warum das Schiff schließlich über die Heckseite gesunken ist. Kein Sprengstoff, kein Torpedotreffer, kein Angriff durch die *African Queen*, oder sonst ein Verschwörungsquatsch.«

Björknesjö schlürfte von seinem Wein. »Ausgezeichnet. Ich liebe die leichten roten aus dem Burgund.«

»Und was ist mit den zwei Explosionsgeräuschen, die so viele Zeugen gehört haben?«, fragte Forss und ließ ein Stück der Geflügelpastete auf ihrem Gaumen zergehen.

»Das haben wir natürlich auch bedacht. Die Überlebenden haben sich nicht getäuscht. Es muss sogar eine extreme Geräuschentwicklung gegeben haben.«

»Wie das?«

»Als das sogenannte Atlantikschloss brach und das Bugvisier, das aus 130 Tonnen Stahl besteht, auf den Bugwulst knallte, muss es einen ungeheuerlichen Knall im Schiff gegeben haben, der alles zum Wackeln brachte. Das war der erste Schlag. Dann riss die Hydraulik ab, das Bugvisier wurde vom Wasserdruck erfasst, einmal regelrecht umgekrempelt und das Schiff knallte mit 16 Knoten Fahrt über das riesige, verdrehte Stahlknäuel. Bumms. Der zweite Schlag. Völlig plausibel, dass es sich für die Passagiere wie die Erschütterungen durch Explosionen angefühlt und angehört hat.«

»Und das ist alles so bewiesen?«

»Technisch bewiesen. Hundertmal gemessen, durchgerechnet, durchexerziert. Die *Estonia* musste sinken. Eine logische

Kausalkette.« Björknesjö hielt sein Glas gegen das Licht des Kronleuchters und ließ seinen Wein kreisen. »Von den Dingen, die sich sonst noch auf dem Schiff befunden oder abgespielt haben mögen, wissen wir Ingenieure natürlich nichts. Und aus wissenschaftlicher Sicht interessiert es uns ehrlich gesagt auch nicht die Bohne.«

13

Sie hatten beschlossen, das Präsidium zu verlassen.

»Wenn man in ein derart gesichertes System eindringt, hinterlässt man Spuren«, hatte Delgado gesagt. »Jedenfalls wenn man kein wirklicher Crack ist, sondern nur so ein halber Nerd wie ich. Ich werde breite Fußstapfen hinterlassen. Und wir wollen doch nicht, dass der böse Sauron von der Sozialbehörde direkt auf unsere schöne Wache stiefelt.«

Delgado hatte entschieden, dass er seinen *anderen* Laptop brauchte, den mit manipulierter IP-Adresse, und ein offenes Netzwerk. Im *Sports* in der Sandgärdsgatan gab es WLAN umsonst. Delgados Wohnung lag um die Ecke. »Wir stoßen mit Göran an und schlagen zwei Fliegen mit einer Klappe.«

»Ich weiß nicht recht«, hatte Nyström eingewendet. »So in aller Öffentlichkeit?«

Knutsson war nur nervös von einem Bein aufs andere gestapft und auf der Stelle getreten.

»Was heißt denn hier Öffentlichkeit? Die Öffentlichkeit ist die neue Anonymität! Ich kann mich ja mit meinem Bier und dem Rechner in eine ruhige Nische verziehen. Wenn mir jemand über die Schulter schaut, sieht er eh nur Quellcode.«

Das *Sports* war gut gefüllt. Es feierten mindestens dreißig angetrunkene Absolventen der Aufbaustudiengänge, die meisten waren zwischen zwanzig und dreißig.

»Ich glaube, wir sind die beiden Ältesten hier«, flüsterte Knutsson Nyström zu. Delgado verzog sich mit seinem Laptop an einen der Tische im Nebenzimmer. Im Hauptraum war der Lärm ohrenbetäubend. Eine Clique junger Polizisten lag sich in den Armen und grölte einen Gassenhauer von Joakim Tåhström gegen den Techno-Beat an, der aus den Boxen wummerte. Nyström folgte Knutssons breitem Rücken zur Bar. Schnell hatte sie ein Bier in der Hand.

»Danke, dass du hier bist«, brüllte sie über den Lärm hinweg zu Knutsson.

»Skål!«, rief er zurück.

Die jungen Leute schwappten wie Wellen an den Tresen, aber Knutsson erfüllte die Funktion eines Wellenbrechers hervorragend. Das Bier dämpfte Nyströms Aufregung und bald hatte sie ein neues in der Hand, dazu ein Schnapsglas mit einer brauen Flüssigkeit drin.

»Was ist das denn?«, rief sie.

»Trink!«, brüllte Knutsson.

Sie trank.

Sie trank sonst nie.

Aber jetzt trank sie.

Der Alkohol verdrängte das Gefühl, gerade eine riesige Dummheit zu begehen.

Die Menge spülte irgendwann Göran Lindholm zu ihnen an die Bar. Der Junge hatte sichtlich Schlagseite. Grinsend legte er seine langen, dünnen Arme um Nyströms und Knutssons Schultern. Seine riesige Brille hing ihm schief auf der Nase.

»Ihr seid die geilsten Kollegen der Welt!«, verstand Nyström. Dann schrie Lindholm dem Barkeeper etwas zu und als Nächstes standen drei doppelte Tequila auf dem Tresen.

»Ex oder Sex!«, krakeelte Lindholm, hielt sich sein Glas an den Mund und warf seinen Kopf in den Nacken. Knutsson trank sein Glas etwas vorsichtiger, Nyström schob ihres unauffällig zur Seite. Genug war genug. Dann tauchte ein hübsches, blondes Mädchen neben Lindholm auf und zerrte ihn zurück in die Menge.

»Hier feiert die zukünftige Polizeielite unseres Landes«, rief sie Knutsson zu. Irgendwie war ihre Aufregung verflogen und hatte einem ungewohnten Gefühl von Leichtigkeit Platz gemacht. Kurz dachte sie an Anders, der bestimmt zu Hause wartete. Ich muss ihm eine SMS schreiben, dachte sie. Später. Sie bezahlten noch zwei Bier und ein Mineralwasser, dann drängten sie sich zwischen den Feiernden zu Delgado durch. In dem Nebenraum war es etwas ruhiger. Man konnte sich unterhalten, ohne sich anschreien zu müssen. Delgado hackte auf seine Tastatur ein, griff ohne hochzublicken nach seinem Bier und trank hastig.

»Und?«, fragte Knutsson.

»Bald«, antwortete Delgado. »Sehr bald. Kennt ihr die Geschichte vom Wolf und den drei kleinen Schweinchen?« Er sang im Rhythmus der Elektromusik:

»Little pig, little pig, let me in. –
No, no, not by the hair on my chinny chin chin. –
Then I'll huff, and I'll puff, and I'll blow your house in.«

»Ja«, sagte Nyström.

»Nein«, meinte Knutsson.

»Ist auch egal«, sagte Delgado. »Jedenfalls habe ich zuerst höflich angeklopft, dann habe ich einen Klingelstreich gespielt und dann so getan, als kletterte ich zum Hoffenster rein. Aber in Wirklichkeit blase ich gerade das ganze Haus weg. Bingo!«

Er sah zu den beiden auf.

»Pontus Karlsson kam zunächst in eine Pflegefamilie, dann wurde er adoptiert. Von Kurt und Mona Palmgren in Jönköping.«

»Pontus Palmgren. Was macht der Junge heute? Wo lebt er? Wo leben seine Adoptiveltern?«

»Moment«, sagte Delgado, »ich muss hier erst mal raus, bevor ich bei uns reinkann.«

Er tippte und tippte. »Oh«, sagte er schließlich und sah auf. »Pontus Palmgren, geboren am 17. Mai 1985 wohnt im hübschen Städtchen Gränna am Vätternsee. Gerade mal 150 Kilometer von hier. Er ist dort Kapitän auf der Fähre, die nach Visingsö rausfährt.«

»Kapitän auf einer Fähre?«, fragte Knutsson

14

Trotz der sieben Gläser Wein und des Digestifs schmerzte ihr Ohr immer mehr. Es pochte. Wahrscheinlich hatten sich die Wunden entzündet. Ihre Stirn fühlte sich heiß an, möglicherweise hatte sie Fieber. Ich sollte wirklich bald zu einem Arzt, dachte Forss, am besten gleich morgen früh in Stockholm. An der Hotelrezeption erkundigte sie sich nach dem nächsten Krankenhaus. Die rundliche Frau runzelte die Stirn. »Hier in Stockholm in die Notaufnahme? Dafür würde ich mir aber sicherheitshalber einen ganzen Tag Wartezeit einplanen.« Bisher hatte sie mit dem schwedischen Gesundheitssystem nur schlechte Erfahrungen gemacht. Jeder sprach von der chronischen Unterfinanzierung des Gesundheitswesens, doch dass es so arg bestellt war, musste ein spezielles Großstadtproblem sein. Andererseits dachte sie an ihre Erfahrungen mit dem Krankenhaus in Växjö. Als sich im vergangenen Herbst ihr Blinddarm entzündet hatte, war sie zwei Tage am Telefon mit dem Ratschlag abgewimmelt worden, sie möge ihre stechenden Bauchschmerzen doch zunächst einmal mit einer Wärmflasche behandeln oder sich in der Apotheke etwas besorgen. Erst die Intervention ihrer Cousine Maj, die selbst als Krankenschwester arbeitete, hatte ihr schließlich einen sofortigen Arzttermin verschafft. Gott sei Dank war die Entzündung noch in einem Stadium gewesen, in dem sie mit Antibiotika behandelt werden konnte und es hatte keiner Operation bedurft.

Die Aussicht, am nächsten Tag stundenlang in einer überfüllten Stockholmer Notaufnahme zu sitzen, war entmutigend. Sie beschloss, Maj anzurufen und so schnell wie möglich nach Hause zu fahren. Vielleicht würde ihre Cousine auch dieses Mal etwas für sie arrangieren können. Und eine Behandlung in Växjö hätte den Vorteil, dass sie direkt danach endlich in ihr eigenes Bett fallen könnte. Ihr Smartphone sagte ihr, dass in einer Stunde ein Nachtzug Richtung Süden fahren würde. Sie holte ihr Gepäck aus ihrem Zimmer und checkte aus. Ein Taxi brachte sie zum Bahnhof.

15

Pontus Palmgren wusste nicht, wie viele Stunden er im Museum seiner Stadt verbracht hatte. Das war ungewöhnlich, zählte er doch sonst alles so gern und so genau. Aber die Zeit im Gränna-Museum war nicht zähl- und nicht messbar. Dort war sein Lieblingsort. Vielleicht lag es unter anderem auch daran, dass sich außerhalb der Touristensaison im Sommer nicht allzu viele Besucher in die Ausstellungsräume verirrten und er die Ruhe und Einsamkeit genießen konnte. Dabei gab es allerlei Interessantes über die Lokalgeschichte Grännas zu sehen und zu lernen. Die Herstellung der weltberühmten rotweißen Zuckerstangen zum Beispiel. Oder die Geschichte der Beamtenfamilie Brahe, die den Ort Gränna gegründet und auf der Insel Visingsö ein Schloss gebaut hatten. Ebba, die Nachfahrin des großen Per Brahe, war die Namenspatronin seiner Fähre, die täglich zwischen Gränna und Visingsö pendelte. So betrachtet war Pontus selbst tief mit der Geschichte des Ortes verbunden. Dennoch war das nicht der eigentliche Grund, der ihn so oft in das Museum führte. Das, was ihn so häufig hierherkommen ließ, war sein heimlicher Held: Salomon August Andrée und seine Polarexpedition. Der aus Gränna stammende Ingenieur stand für eine traurige Geschichte und Pontus wäre es schwergefallen, seine Begeisterung und Leidenschaft für den gescheiterten Polarforscher in Worte zu fassen. Andrée war ein Mann seiner Zeit gewesen. Als Chefingenieur des Patentamts hoch angesehen, forschte er hauptsächlich zu Wärmeleitung und Elektrizität, interessierte sich aber auch für die Luftfahrt. Gleichzeitig wurde Schweden, angefeuert durch die großartigen Erfolge des norwegischen Zoologen Fridtjof Nansen, genauso vom weißen Fieber gepackt wie Großbritannien und die USA. Der Wettlauf um das erstmalige Erreichen des geografischen Nordpols hatte begonnen. Im Gegensatz zu seinen Konkurrenten Nansen, Peary oder Cook plante Andrée das Erreichen des Nordpols jedoch weder mit Schiffen, Skiern oder Schlittenhunden, sondern mit einem Gasballon. Nach langen Experimentreihen mit wasserstoffgefüllten Ballons hatte er ein steuerbares Luftgefährt entwickelt, mit dem er den Nordpol von einer Insel des norwegischen Spitzbergen-Archipels erreichen und auch von dort zurückkehren wollte. Andrée galt als begnadeter Redner. Er trat vor wissenschaftlichen Gesellschaften auf, beschrieb in schillernden Farben seine Pläne und warb die nötigen Geldmittel ein, unter anderem finanzierten der König selbst und Alfred Nobel seine Expedition mit. Nach Jahren der Vorbereitung und einigen Fehlversuchen startete Andrée im Sommer 1897 unter höchstem medialen Interesse und von nationaler Hybris getrieben endlich seinen Ballon *Örnen*, der Adler. Schon beim Start ging vieles schief. Das Schleppleinensystem, das Andrée entwickelt hatte, um den Ballon steuerbar zu machen, verfing sich und riss ab. Die *Örnen* taumelte ins Wasser, hektisch musste Ballast über Bord geworfen werden, um dem drohenden Untergang zu entgehen, was den Ballon allerdings in vorher nicht kalkulierte Höhen fliegen ließ, wo er aufgrund des Drucks viel zu viel Wasserstoff verlor. Nicht steuerbar und ohne Kontrolle trudelte der *Adler* 65 Stunden Richtung Arktis, bis er schließlich von Schnee und Regen niedergedrückt und auf dem Packeis zur Landung gezwungen wurde. Andrée und seine zwei Begleiter waren bis auf 82°56' nördliche Breite gekommen, was etwa einem Drittel der Strecke zum Nordpol entsprach, es fehlten ihnen 800 Kilometer. Zu Fuß und mit einem schleppbaren Boot und ihren Vorräten ausgerüstet, machten sich die Männer auf den Rückweg über Eisschollen, Treibeis, offenes Wasser und Land, doch auch dieser Kampf wurde nicht mit Erfolg belohnt. Im Herbst starben die Männer vom Kampf gegen die Elemente geschwächt und möglicherweise von verdorbenem Fleisch erlegter Eisbären vergiftet auf der Weißen Insel in der Barentssee. Ihre Aufzeichnungen und die unentwickelten Fotofilme, die ihre Expedition dokumentierten, wurden erst dreißig Jahre später gefunden. Pontus Palmgren hatte die vergrößerten Abzüge dieser Fotos im Museum Hunderte Male betrachtet. Der gestrandete, tropfenförmige schwarze Ballon. Die unendlichen Eismassen. Die ausgezehrten, hoffnungslosen Gesichter der Männer. Was war es, das ihn so an Andrées tragisches Schicksal fesselte?

Die Größe seines Heldentums?

Sein Scheitern?

Die Faszination der Arktis, dieses unfassbar großen, unwirtlichen Unorts?

Ihre Einsamkeit, ihre Menschenfeindlichkeit?

Wenn Pontus ehrlich zu sich selbst war – und was sollte er für einen Grund haben, sich selbst gegenüber unehrlich zu sein? –, dann wusste er die Antwort bereits. Was ihn in Wirklichkeit faszinierte, was ihn wieder und wieder in das Museum zog, das war Andrées epischer Selbstbetrug. Der Mann, einer der fähigsten Ingenieure seiner Zeit, wusste, dass sein fantastisches Unternehmen keine Chance hatte. Er selbst hatte im Vorfeld seiner Planungen eigenhändig Testergebnisse manipuliert, die die Beständigkeit des Wasserstoffgases in seinem Ballon beweisen sollten. Ihm war klar, dass der Ballon zu viel Luft verlor. Ihm war bewusst, dass sein einzigartiges Schleppleinensystem, dass die Manövrierfähigkeit seines *Adlers* nicht annähernd ausreichend funktionierte. Er stellte seine Streckenberechnungen aufgrund von Wetterprognosen an, die nicht mehr als grobe Schätzungen sein konnten. Er *wusste*, dass er wahrscheinlich einem sicheren

Tod entgegenflog und trotzdem startete er. Andrée war ein Getriebener seiner Idee. Er hatte etwas in Gang gesetzt, von dem er wollte, dass es funktionierte. Er hatte die wissenschaftliche Akademie, den König, die ganze Nation begeistert und die Zeitungen hatten ihm dabei geholfen, das weiße Fieber zu verbreiten. Als er startete, war er sich bereits sicher, dass es nicht funktionieren konnte. Und dennoch kappte er die Leinen und flog davon. In seinem Selbstbetrug lag seine wahre Größe.

Das Fieber von Nr. 2 war gesunken, die Antibiotika hatten gewirkt. Der Gast war immer noch schwer verletzt, aber er war reisetauglich. Pontus würde den Plan umsetzen. Er würde seinen Vater auf Visingsö in Sicherheit bringen. Auch wenn sie nicht den Hauch einer Chance hatten. Darin lag die wahre Größe.

DIENSTAG, 21. OKTOBER

1

Als sie aufwachte, war es schon nach neun Uhr. Sie erschrak.

»Du hattest gestern Nacht ja ordentlich einen sitzen«, grinste Anders Nyström, als sie in die Küche kam. War da ein kritisierender Unterton in seiner Stimme, oder bildete sie sich das in ihrer Katerstimmung nur ein? »Du hast Lieder von Cornelis Vreeswijk gesungen, als du nach Hause kamst!«

»Habe ich das?«

»An einem Montagabend!«

Ehrlich gesagt fehlte ihr die genaue Erinnerung an die letzte Stunde des Abends. Sie hatte mit Knutsson ein Taxi geteilt, Åby und Ör lagen ja dicht beieinander, die Fahrt mit ihrer Kreditkarte bezahlt und anschließend in ihrer Handtasche ewig nach dem Haustürschlüssel gekramt. Aber dass sie Lieder gesungen hatte?

»Die Spiegeleier sind dir offensichtlich auch angebrannt, ich habe die Pfanne bereits entsorgt, die war nicht mehr zu gebrauchen.«

»Ich habe Spiegeleier ...?«

Soweit sie sich erinnern konnte, hatte sie seit ihrer Studienzeit keine nächtlichen Spiegeleierpartys mehr gefeiert. Und seitdem auch keinen Filmriss mehr gehabt.

»Was habe ich denn sonst noch ...?«

Plötzlich schämte sie sich. Vor ihrem eigenen Mann.

»Nun ja«, Anders errötete ein wenig. »Im Bett wolltest du unbedingt ...«

»Oh Gott.«

»Aber ehrlich gesagt warst du jenseits von Gut und Böse. Deshalb dachte ich, es wäre besser, wenn wir das ... verschieben. Eine Minute später warst du dann ja auch eingeschlafen.«

»Anders, ich ...«

»Schon gut.« Er lächelte. »Hattet ihr wenigstens einen schönen Abend?«

Sie setzte sich zu ihm an den Frühstückstisch und nahm seine Hand.

»Danke«, sagte sie.

»Wofür denn das?«

»Für alles«, sagte sie. »Und besonders für deine ... Geduld.«

»Schon gut«, sagte er. »Hast du Hunger auf ein paar Spiegeleier? English Breakfast? Soll ja gegen Kater helfen, wie man so hört.«

Ihr Magen machte einen Ruck.

»Vielleicht bleibe ich erst einmal bei einem Tee.«

Anders löste sich von ihr und gab ihr einen Kuss auf die

Stirn. Ein starkes, machtvolles Gefühl von Zuneigung durchdrang sie. Sie liebte diesen Mann.

Es klingelte an der Haustür. Das war ungewöhnlich um halb neun morgens. Vielleicht die Nachbarn?

Auf dem Treppenabsatz standen Delgado und Knutsson.

»Was macht ihr denn hier?«, fragte sie und hielt das Revers ihres Bademantels so gut es ging zusammen.

Beide sahen sie überrascht an.

»Wir sollten dich abholen«, sagte Delgado vorsichtig. »Du erinnerst dich doch noch? Pontus Palmgren? Gränna? Ich habe bereits mit seinem Arbeitgeber telefoniert. Er hat heute Dienst. Wir sollten versuchen die Halb-elf-Fähre abzupassen. Aber das könnte knapp werden, du bist ja noch nicht mal angezogen.«

»Ich ... ehrlich gesagt, verschwimmen einige Details von gestern Abend ein wenig.«

»Oder wir nehmen die Fähre danach«, intervenierte Knutsson, »und trinken hier erst einmal in Ruhe einen Kaffee. Bis Ingrid so weit ist, meine ich.«

»Gerne«, sagte Anders. »Habt ihr auch Hunger?«

Die beiden Ermittler sahen einander an.

»Och«, sagte Knutsson, »wenn du so fragst ...«

»Man sollte ja auf seine Elektrolyte achten«, sagte Delgado, »gerade nach solchen Feierlichkeiten wie gestern.«

»Spiegeleier wären im Angebot«, offerierte Anders.

»Ich beeile mich dann mal«, sagte Nyström.

Sie duschte heiß und machte sich so schnell es ging fertig. Ihr Körper war vom Alkohol träge und fühlte sich schwer an. Sie öffnete das beschlagene Badezimmerfenster, wie sie es nach dem Duschen immer tat. Die frische Luft, die ins Zimmer strömte, tat ihr gut. Sie sah, dass draußen ein gelber Kombi vorbeifuhr. Die Didrikssons auf dem Weg zur Arbeit. Was machten ihre neuen Nachbarn eigentlich beruflich? Sie hatte bei ihrem Besuch vorgestern gar nicht danach gefragt. Wie unhöflich von ihr! Vielleicht könnten sie das junge Paar bald einmal zu einem Gegenbesuch einladen. Der Abend war so nett gewesen, so entspannt. Nicht so chaotisch wie gestern. Sie schob den Kontrollverlust auf ihre Anspannung. Der komplizierte Fall, ihre äußerst fragwürdige Entscheidung, Delgado zu einer Straftat aufzufordern ... dann streifte sie noch ein anderer flüchtiger Gedanke. Etwas, das gar nichts mit dem Fall, sondern mit den Didrikssons zu tun hatte. Sie schaltete den Föhn ein. Aber der Gedanke war wie von dem heißen Luftstrom weggeblasen worden und kam nicht wieder.

2

Als Forss um sechs Uhr nach Hause gekommen war, hatte sich Maj ihre Wunde angesehen. Sie war schockiert gewesen und hatte wissen wollen, was ihrer Cousine zugestoßen war. Forss hatte an den Mann denken müssen, den sie getötet hatte. »Ich kann jetzt nicht darüber sprechen«, hatte sie gesagt. »Irgendwann, aber nicht jetzt, okay?« Dann hatte sie nach ihrem Vater gefragt. Um das Thema zu wechseln. Aber natürlich auch, weil sie wissen wollte, wie es ihm ging. Unverändert schlecht, war Majs Antwort gewesen. Forss musste an das Lachen ihres Vaters im Krankenhaus denken, das sie unfreiwillig belauscht hatte. Warum fiel Maj so leicht, was ihr so schwerfiel? Wieso konnte Maj mit Kjell Forss eine Unbeschwertheit empfinden, die ihr unmöglich war? Natürlich kannte sie die Antwort. Trotzdem war sie kaum zu ertragen.

Maj hatte ihre Wunden desinfiziert und fachgerecht verbunden. »Die Risse sollten genäht werden. Dass es sich etwas entzündet hat, ist nicht weiter schlimm, sondern eine normale Körperreaktion. Du hast jedenfalls keine Blutvergiftung oder so etwas. Ich gebe dir eine Tablette gegen das Fieber. Sobald ich nachher bei der Arbeit bin, kümmere ich mich um einen Termin für dich. Bei deiner Verletzung kommst du wahrscheinlich irgendwann am Nachmittag dran. Vormittags haben wir die großen OPs, weißt du? Ich rufe dich an. Bis dahin legst du dich am besten ins Bett, versuchst zu schlafen und schonst dich. Du siehst grauenhaft aus, meine Liebe!«

Forss rang sich ein Lächeln ab.

»Ich bin wahnsinnig erschöpft.«

Maj streichelte ihr durchs Haar. Dann musste sie sich auf den Weg zur Arbeit machen. Sie hatte Frühschicht.

Als Forss endlich in ihrem Bett lag, fand sie trotz ihrer Müdigkeit keinen Schlaf. Sie dämmerte dahin und dachte über die Geschehnisse in Estland nach und über das, was ihr Professor Björknesjö über den Untergang des Schiffs erzählt hatte. Nach einer Weile tastete sie nach ihrem Handy. Es war beinahe neun. Aus einem Impuls heraus rief sie Delgado an.

»Was macht ihr gerade?«, fragte sie.

»Wir essen Spiegeleier«, antwortete er mit vollem Mund.

3

Als Ingrid Nyström geduscht und angekleidet nach unten kam, stand neben Anders Stina Forss in ihrem Flur. Die junge Frau sah aus, als habe sie seit Tagen nicht geschlafen. Und etwas mit ihrem linken Ohr stimmte nicht, es verschwand unter dickem Verbandsmull.

»Stina ...! Was machst du denn ...? Was ist mit deinem Ohr ...?«

»Nichts«, sagte sie verlegen. »Ein blöder Unfall. Es ...« Sie schaute auf die Spitzen ihrer Schuhe, dann sah sie wieder auf. »Ich habe gerade mit Hugo telefoniert. Ich wohne ja gleich drüben in Moheda, da dachte ich ... Ihr seid auf dem Weg nach Gränna zu diesem Adoptivkind?«

Ein Unfall? Stina Forss? Nie im Leben, dachte Nyström. Derjenige, der für diese Verwundung verantwortlich war, lag wahrscheinlich im Krankenhaus. Sowohl Gunnar Berg als auch Erik Edman hatten sie gewarnt. Forss neigte zu riskanten Alleingängen an der Grenze der Legalität. War sie in Estland tatsächlich in eine gewalttätige Auseinandersetzung verwickelt gewesen? War es ein Fehler gewesen, sie ohne Aufsicht dorthinzuschicken? Hatte sie Ergebnisse gebracht? Wie hatte sie es versäumen können, die junge Frau zwischendurch anzurufen? Vielleicht hatte sie tatsächlich einfach einen kleinen Auffahrunfall gehabt.

Nyström nahm Forss die Allwetterjacke ab und hängte sie über einen Kleiderbügel, den sie aus der Garderobe genommen hatte. Warum dachte Anders nie an diese selbstverständlichen Höflichkeiten? Forss zog ihre Schuhe aus. Trotz des Schmuddelwetters trug sie wie immer Pumps, die allerdings ziemlich mitgenommen aussahen, wie Nyström bemerkte, und nicht richtig zu der schweren Outdoor-Jacke passten. Sonst trug Stina immer diese eleganten Lodenmäntel, keine Trekkingjacke. *Didrikssons* 1913, prangte das große, eingestickte Logo auf dem robusten braunen Stoff. Schon mehr als hundert Jahre alt, ein Traditionsunternehmen.

Didrikssons.

Wie ihre neuen Nachbarn.

Da war doch vorhin dieser Gedanke gewesen.

Adoptivkind, hatte Stina gerade gesagt.

Genau, dieser Pontus in Gränna, der jetzt Palmgren hieß und nicht mehr Karlsson.

Gedankenversunken führte sie Forss in die Küche, in der Delgado und Knutsson vor ihren leeren Tellern saßen.

»Hungrig?«, fragte Anders. »Oder nur einen Kaffee?«

»Hallo Stina!«, sagte Delgado. »Was ist denn mit deinem Ohr?«

Adoptivkind.

Die Didrikssons, die um jeden Preis ein Kind hatten haben wollen. Die sogar einem alten Volksglauben gefolgt waren und sich getrocknete Blumen und Kräuter über das Bett gehängt hatten. Nyström fiel es wieder ein. Sie hatte einen ganz ähnlichen, aber völlig vertrockneten Strauß in den vergangenen Tagen schon einmal gesehen: über dem Bett von Anna-Lena Hammarskjöld.

Hammarskjöld, von der alle behauptet hatten, sie habe nie ein Kind gewollt, sie habe alles ihrer Karriere untergeordnet. Ihre Schwestern, ihre beste Freundin, ihr Arbeitskollege aus Karlskrona, Stefan, ihr Mann. Sie alle hatten die Wahrheit entweder nicht gekannt oder bewusst gelogen. Auf Stefan Hammarskjöld traf das Letztere auf jeden Fall zu.

Nyström ließ sich auf einen der freien Küchenstühle fallen. Sie begann zu begreifen.

Hammarskjöld hatte Kinder gewollt. Diese durch und

durch rationale Frau musste so verzweifelt Kinder gewollt haben, dass sie sogar zu einem alten Aberglauben gegriffen hatte und sich irgendwelche Fruchtbarkeitspflanzen über ihr Bett gehängt hatte. Schafgarbe und Eisenkraut. Das erklärte endlich auch das seltsam fragile Beziehungsviereck, das aus den Hammarskjölds, Pribb und Wihlborg bestand. Alles wäre so lange stabil geblieben, bis Anna-Lena Hammarskjöld von Malin Wihlborgs Schwangerschaft erfahren hätte. Das hätte sie nicht ertragen. *Das hätte alles verändert*, hatte Pribb gesagt. Anna-Lena hätte Stefan und Malin das Kind nicht gegönnt, das sie selbst nie hatte haben können. Nyström musste an die seltsamen Seitenblicke Stefan Hammarskjölds denken, als sie ihn nach der *Estonia* gefragt hatte. Er hatte auf den prallen Bauch seiner Freundin geschielt. Sicher, Anna-Lenas Kinderwunsch konnte ja nicht aktuell sein. Die Frau war 57 Jahre alt gewesen und dazu eine ausgeprägte Realistin. Die Zeit, in der sie sich so verzweifelt Nachwuchs gewünscht hatte, musste viel länger zurückliegen, mindestens zwanzig Jahre. Da war sie Ende dreißig gewesen und hatte gerade bei der Schifffahrtsbehörde gekündigt.

Weil sie eine Affäre gehabt hatte, hatte ihr Mann behauptet.

Aber war Anna-Lena Hammarskjöld eine Frau, die wegen einer Affäre ihre Karriere aufs Spiel setzte?

Oder hatte sie womöglich gekündigt, weil sie ein Kind erwartete?

Aber dann hätte doch ein normaler Mutterschaftsurlaub gereicht. Und ihre Kollegen hätten bemerken müssen, dass sie hochschwanger war. Außerdem hätte sie sich, wenn sie wirklich schwanger gewesen wäre, auf ihrem Abschiedsfest wohl kaum betrunken, wie es ihr ehemaliger Kollege, dieser Pensionär Erik Edman, erzählt hatte. Plötzlich fiel Nyström das Paar gehäkelter Schühchen an der Wand in Hammarskjölds Schlafzimmer ein. Hausschuhe für ein drei- oder vierjähriges Kind.

»Ein Adoptivkind«, sagte sie in das Gespräch der anderen hinein.

»Genau«, sagte Knutsson und schlürfte seinen Kaffee. »Diesen Pontus Palmgren knöpfen wir uns gleich vor.« Er sah auf die Uhr. »Falls wir hier heute noch mal loskommen.«

»Nein«, sagte Nyström aufgekratzt. »Anna-Lena Hammarskjöld hat vor zwanzig Jahren auf ein Adoptivkind gewartet. Deshalb hat sie damals ihre Stelle beim Schifffahrtsministerium gekündigt.«

»Wie meinst du das?«, fragte Delgado.

Nyström versuchte ihre Gedanken zu sortieren und erzählte den anderen von ihren Überlegungen. »Nur, dass dieses Kind nie gekommen ist«, schloss sie.

»Aber warum sollte das Kind nicht kommen? Wenn die Adoptionsvermittlung einem Ehepaar erst einmal zusagt, dass sie ein Kind vermitteln können, dann macht sie doch keinen Rückzieher mehr!«, wandte Delgado ein. »So funktioniert das nicht!«

»Denkst du etwa an diesen Pontus Palmgren?«, fragte Knutsson. »Dass er dieses Adoptivkind war?«

»Nein, nein, das würde vom Alter her nicht hinkommen. Pontus war zehn, als ihn seine Eltern zurückließen. Ich bin mir aber sicher, dass Anna-Lena auf ein Kleinkind gewartet hat. Da sind diese Kinderschühchen aus rosafarbener Wolle in ihrem Zimmer ... Wieso sind wir da nicht viel früher drüber gestolpert?«

»Weil sie wie eine normale Kitschdekoration aussehen«, sagte Forss.

»Aber warum sollte ein Adoptivkind angekündigt werden, das dann nicht kommt?«, wiederholte Delgado seine Frage.

»Das kann doch tausend Gründe haben«, sagte Nyström, »weil es sich die leiblichen Eltern anders überlegt haben, zum Beispiel.«

»Nein«, sagte Forss laut.

Die anderen sahen sie an.

Die junge Frau war leichenblass.

»Wie meinst du dass, nein?«, fragte Nyström irritiert.

»Nein«, sagte Forss und schluckte. Dann noch einmal: »Nein.«

Forss hielt sich die Hände vors Gesicht und schüttelte langsam den Kopf. Dann griff sie in ihre Handtasche und holte ein rechteckiges Stückchen festes, welliges, rostbraun angelaufenes Papier heraus.

4

Anette Hultin hatte schlecht geschlafen. Der Burger und das Bier hatten ihr schwer im Magen gelegen. Außerdem hatte sie die ganze Nacht an Mikkel Stenderup denken müssen. Und an das, was er ihr zugeflüstert hatte. Eine Behauptung. Ein Rätsel. Noch ein loser Faden mehr.

Als sie ins Präsidium kam, war die Abteilung wie ausgestorben. Sie überlegte kurz, Nyström oder sonst jemanden anzurufen, entschied sich dann aber dagegen. Sie wollte mit ihren Gedanken allein sein. Außerdem gab es noch einige Protokolle wegen Vandalismus im Stadtteil Araby, die sie dringend ausfüllen musste. Sie blätterte in den Papieren.

Randalierende Jugendliche, die statt sich zusammenzureißen und etwas aus sich zu machen, Abend um Abend planlos herumhingen und dabei die Wände im Stadtteilzentrum mit ihren Schmierereien verdreckten. Man müsste viel härter durchgreifen, dachte sie, die undankbaren jungen Einwanderer einkassieren und in den Knast stecken. Die Polizei sollte ein Exempel statuieren und zeigen, dass so etwas in Schweden nicht geduldet wurde.

Sie quälte sich durch die langweiligen Akten und Formulare. So viel vergeudete Zeit am Schreibtisch. Irgendwann schob sie den Papierkram beiseite und zog die Tastatur ihres Rechners heran. Es war zu verführerisch. Sie googelte Mikkel Stenderup. In Dänemark ein Allerweltsname. Aber sie wusste ja, dass er Taucher war. Tatsächlich wurde sie fündig, sogar mit Foto. Stenderup arbeitete nicht mehr bei *Rockwater*, sondern war Taucher in einem kleinen französischen Unternehmen, das sich auf die Bergung havarierter Schiffsladungen spezialisiert hatte. Die Firma warb mit erfolgreichen Expeditionen: geborgene Container im chinesischen Meer, eine untergegangene Luxusjacht vor Monaco, das Leerpumpen eines leckgeschlagenen Gastankers. Wirklich, ein interessanter Mann, dieser Stenderup. Ein Mann in seinen besten Jahren. Und sie bildete sich ein, gestern in dem Restaurant etwas wahrgenommen zu haben. Eine gegenseitige Anziehung, ein unausgesprochenes Verstehen, ein Knistern. Aber warum war er dann so abrupt aufgebrochen und hatte sie wie ein dummes Schulmädchen sitzen gelassen? Hatte sie etwas Falsches gesagt, etwas Dummes getan? Sie konnte sich nicht erinnern. Ein Dutzend Mal hatte sie das Gespräch Revue passieren lassen, aber ihr war nichts aufgefallen, was seinen plötzlichen Aufbruch hätte erklären können. Jedenfalls nichts, was mit ihr zu tun hatte. Vielleicht mit dem, was er gesagt, was er ihr zum Abschluss zugeraunt hatte? Vielleicht hatte er sich auf einmal nicht mehr sicher gefühlt? Vielleicht hatte er im *O'Leary's* jemanden gesehen, der seinen Verdacht erregt hatte? Vielleicht war er verfolgt worden? Hultin kaute an ihren Fingernägeln. Sie ertappte sich selbst dabei, wie ihre Gedanken in ähnlichen Bahnen wie Hugos Verschwörungstheorien kreisten. Sie griff nach ihrer Tasche, um einen Müsliriegel rauszuholen.

Im Seitenfach entdeckte sie etwas.

Ein grauer Briefumschlag ohne Adressat und Absender.

Wo kam der her?

Könnte es sein ...?

Hatte Mikkel Stenderup ihn gestern etwa da hineingesteckt? Ohne, dass sie es gemerkt hatte?

Hultin öffnete ihn vorsichtig.

Fotos.

Im Umschlag waren Aufnahmen von Gegenständen in durchsichtigen Plastikbeuteln.

Aber was sollte das sein?

Beweismaterial?

Hultin spürte ihren Puls. Sie machte auf dem Schreibtisch Platz und breitete die Fotos aus. Sie erkannte eine Tasche mit Tragegriff, eine Art Pilotenkoffer aus rauem, aufgesprungenen Leder. Von der Tasche gab es mehrere Aufnahmen, aus verschiedenen Winkeln geschossen. Sie sortierte die Fotos. Aus der Schreibtischschublade wühlte sie ein Vergrößerungsglas heraus und nahm eins der Bilder unter die Lupe. Es war eine alte Arzttasche. Auf den anderen Aufnahmen erkannte sie ein Stethoskop, eine Blutdruckmessmanschette und eine Handvoll verpackter Einwegspritzen. Medikamentenfläschchen und Tabletten. Und dann war da noch etwas. Etwas aus Metall, das sie noch nie gesehen hatte und das auch nicht besonders medizinisch aussah. Es ähnelte am ehesten einer ungewöhnlich eckigen Türklinke.

Und dann begriff sie.

Die Ungereimtheiten, die Delgado ihr an dem Abend im *Kafé de Luxe* erzählt hatte, an dem sie später beide ... Die merkwürdige Geschichte vom Zweiten Kapitän der *Estonia*, Avo Piht, der erst als gerettet gemeldet und von Bekannten gesehen und identifiziert worden und dann verschollen war. Piht hatte sein mysteriöses Schicksal mit sieben weiteren Besatzungsmitgliedern geteilt. Alle acht hatten ausgerechnet im selben Rettungsboot gesessen: der Leitende Ingenieur, der 4. Ingenieur, der 4. Offizier, die Leiterin des Duty-free-Shops, zwei junge Tänzerinnen.

Und der Schiffsarzt.

Stenderup hatte die Tasche des vermissten Schiffsarztes geborgen.

Hultin atmete tief ein. Ihre Hände waren feucht, hinterließen Abdrücke auf den Fotos. Sie dachte an das, was der Taucher ihr gestern zugeflüstert hatte. Anette, hatte er gesagt, in all diesen Theorien und Verschwörungsszenarien geht es immer darum, was von Estland aus nach Schweden hineingebracht werden sollte. Das ist aber die falsche Frage. Die richtige muss lauten: *Was wurde auf der Hinfahrt aus Schweden hinausgeschmuggelt?*

5

Laili.

»Der Name von dem Zuckertotenkopf in Anna-Lenas Schrank«, stellte Delgado fest. »Dieser mexikanische Totenkult. *Calaveras de Dulce*, die Tage der Toten, die Nacht des

Hundes, an der die verstorbenen Kinder für eine Nacht zurückkehren.

Wie hatte sie nur so dumm sein können, dachte Forss. Laili war kein Rekrut, kein Soldat. Laili war ein Kind gewesen.

Waisenhaus, hatte Bärengrub in seiner Aufzählung gesagt. Die *Heimat* war auch einmal ein Waisenhaus gewesen. Tõnu Puusta hatte in Karksi-Nuia keine Waffen geholt, keine geheimen Militärunterlagen, keine Soldaten, sondern Kinder. Waisenkinder. Das war seine Quelle gewesen. Er hatte Waisenkinder nach Schweden geschmuggelt. Für schwedische Eltern, die hier keine eigenen Kinder und keine Adoptivkinder bekommen konnten und bereit waren, viel Geld für ein ausländisches Kleinkind zu bezahlen. Man hörte diese Geschichten aus Dritte-Welt-Ländern. Man hörte von Madonna und Brangelina. Aber Kinderhandel innerhalb Europas?

Laili war nie in Schweden angekommen, sondern auf der *Estonia* versunken.

Forss erzählte von dem, was sie in Tallinn und Karksi-Nuia herausgefunden hatte, dem Waisenheim und Puustas Quelle.

»Oh, mein Gott!«, sagte Nyström.

Knutsson holte tief Luft.

»Verdammt«, sagte Delgado. »Was bedeutet das?«

»Ich habe da etwas gelesen«, sagte Knutsson mit heiserer Stimme. »Gestern, in den Protokollen der Überlebenden des Untergangs. Ich habe dem gar keine Bedeutung zugemessen. Das hat wohl niemand so richtig. Diese ganzen Zeugen standen ja unter Schock und haben alle möglichen wirren Sachen erzählt. Explosionsgeräusche wollen sie gehört haben und weiß der Teufel was. Jedenfalls war da dieser Mann, der sich aus seiner Kabine hatte retten können, obwohl sie unter dem Autodeck lag, das zu diesem Zeitpunkt schon halb unter Wasser stand. Der Mann muss wahnsinniges Glück gehabt haben. Er ist getaucht und geschwommen und geklettert und irgendwie aus dieser Wasserhölle rausgekommen und konnte sich schließlich über eins der Oberdecks ins offene Wasser und später in eins der Boote retten.«

»Was ist mit dem?«, fragte Delgado.

»Er hat später ausgesagt, dass er merkwürdige Geräusche auf dem volllaufenden Autodeck gehört hätte. Schreiende, weinende Kinder. *Wie ein ganzer Schulbus voll*, so hat er sich ausgedrückt. *Wie ein ganzer Schulbus voll.* Die Aussage hat wohl niemand richtig beachtet. Irgendwie denkt man in so einer Paniksituation ja auch, dass Kinderschreie dazugehören.«

»Vielleicht war es ein ganzer Lastwagen voll«, sagte Forss. »Eine Lkw-Ladung Waisenkinder aus Karksi-Nuia.«

»Oh, mein Gott!«, wiederholte Nyström und griff nach Anders' Hand.

6

Pontus Palmgren war zu aufgeregt, um zu schlafen. Natürlich lag das an dem Plan, den er hatte. Aber auch an den Fragen, an den Hunderten von Fragen, die er seinem Vater stellen musste. Hunderte Fragen, die doch am Ende alle in derselben mündeten: Warum? Warum habt ihr mich allein gelassen?

Warum konntet ihr mich nicht mitnehmen?

Warum ist meine Mutter nicht hier?

Er hatte viele Stunden herumgedruckst, war um die Fragen herumgeschlichen wie ein kränklicher Wolf in der Nacht, der seine Beute wittert, aber zu schwach und zu feige ist, um anzugreifen. Er hatte Angst, Angst vor den Antworten. Und doch musste er Antworten haben, bevor er seinen Plan in die Wirklichkeit umsetzen und seinen Vater in Rosmaris Sommerhaus auf Visingsö in Sicherheit bringen konnte. Die ganze Nacht hindurch maß er bei seinem Vater die Temperatur. Das Fieber kam und ging. Pontus machte ihm kalte Umschläge und wechselte den Verband. Die Wunde, die das scharfkantige Blechstück des explodierenden Autos gerissen hatte, war immer noch entzündet, auch wenn die Rötung des umliegenden Gewebes etwas zurückgegangen war. Sein Vater wachte auf. Seine Augen glänzten im Schein der Nachttischlampe. Seine haarlose Hand griff nach der Hand seines Sohnes und drückte sie sanft. Pontus erwiderte den Druck. Er fasste allen Mut zusammen.

»Warum ...?«

»Ich weiß«, sagte sein Vater. »Ich weiß, was du fragen musst.« Er räusperte sich. Seine Stimme war kaum mehr als ein dünnes Krächzen. »Es tut mir so leid. Es tut mir so unendlich leid. Es war ein Fehler, der größte Fehler meines dummen Lebens. Und ich habe so viele Fehler gemacht, unendlich viele Fehler. Den größten in der schlimmsten Nacht ...«

»Was ist mit Mama?«, fragte Pontus leise. »Ist sie ...?«

Sein Vater nickte kaum merklich.

»Es war die Nacht, in der sie gestorben ist. Die Nacht, in der ich dich zurücklassen musste. Zu deiner Sicherheit.«

»Aber ...?«

»Ich habe schlimme Dinge getan. Aus Verzweiflung, aus unserer Geldnot heraus. Ich habe Geschäfte gemacht. Böse Geschäfte mit bösen Menschen.«

»Aber was kann denn so böse sein, dass du ..., dass ihr ...?«

Pontus starrte seinen Vater an. Die Angst saß wie ein Tier in seinem Bauch.

»Kleine Kinder«, sagte sein Vater. »Ich habe mit Waisenkindern gehandelt. Ich habe estnische Waisenkinder an schwedische Eltern vermittelt. Nein, ich habe sie verkauft. Ich habe sie an die Meistbietenden verhökert. 250.000 Kronen für einen kleinen Menschen. Am Anfang ging alles gut. Ein einjähriger Junge wurde hierhergebracht und ich habe ihn zu einem netten, jungen Paar gegeben. Jeden Monat habe ich nach dem Rechten geschaut. Alles war in Ordnung, die drei schienen so glücklich miteinander. Es schien eine Abmachung zu sein, von der alle profitierten, vor allem der kleine Junge, der sonst ohne Eltern in einem schlecht ausgestatteten Waisenhaus in der estnischen Provinz groß geworden wäre. Ohne Zuneigung, ohne Liebe, ohne Perspektive.«

»Und die schwedischen Behörden?«

»Es ist ja grundsätzlich nicht illegal, ein Kind aus dem Ausland zu adoptieren. Wenn die Papiere stimmen. Und wir haben dafür gesorgt, dass die Papiere gestimmt haben. Viele Leute haben die Hand aufgehalten und viele Leute haben am Glück der kleinen Familie mitverdient.«

»Dann hast du doch nichts Schlimmes getan!«

»Warte, mein Sohn, warte. Ich habe etwas sehr Schlimmes getan. Ich bin gierig geworden. Ich habe deine Mutter belogen, ihren Tod verantwortet, dein Leben zerstört und ich habe ...« Er biss sich auf die Lippen. Tief gruben sich die Zähne in die rissige Haut. »Ich bin zu gierig geworden. Erst war es der kleine Junge, dann zwei Mädchen, Schwestern, drei und vier Jahre alt. Auch da ging alles gut. Zu gut. Wenn es mit zwei Kindern klappt, warum dann nicht auch gleich mit vierzehn, habe ich mich gefragt. Vierzehn Kinder auf einen Schlag. Ein ganzer Bus voller Kinder. Interessierte

Adoptiveltern gab es genug, verzweifelte Paare, die selbst keine Kinder bekommen konnten und hier in Schweden bei den Adoptionsvermittlungen auf irgendwelchen Wartelisten standen, mit der ungewissen Aussicht, vielleicht irgendwann einmal berücksichtigt zu werden. Ich hatte da mehr zu bieten. Ich hatte ein Fotoalbum mit den süßen Kleinen drin, einen regelrechten Bestellkatalog, wenn man so will, ich hatte einen Liefertermin und ich hatte einen Festpreis. Vierzehn Kinder auf einen Schlag. Das große Geld, habe ich gedacht, einmal das große Geld, dann ist Schluss mit der Sache.« Er schluckte. »Es war ein organisatorischer Albtraum. Die heimlichen Treffen mit den adoptionswilligen Eltern, das Fälschen der nötigen Papiere, das im letzten Moment wegen eines verhafteten Kontaktmanns scheiterte, der fatale Notplan mit dem heimlichen Transport auf dem Lkw. Wir hatten gedacht, wir könnten den Papierkram später erledigen, wenn die Kinder erst einmal in Schweden wären. Irgendwo wäre schon ein anderer Fälscher oder bestechlicher, estnischer Beamter aufzutreiben gewesen. Später, haben wir gedacht, später. Aber zuerst müssen die Kinder zu ihren neuen Eltern. Schließlich hatten die bezahlt und scharrten ungeduldig mit den Füßen. Wir müssen liefern, haben wir gedacht, wir müssen um jeden Preis erst einmal liefern. Daher der Einfall mit dem Lkw. Wir haben den Kindern Beruhigungsmittel gegeben und zwei der Erzieherinnen aus Estland waren auch bei ihnen. Ein Lkw voller Matratzen und Kuscheltiere. Vierzehn Kinder und zwei junge Frauen. Und dann ist das Unglück passiert.«

»Aber was für ein Unglück denn?«

»Die *Estonia*. Sie waren in der Schicksalsnacht auf dem Schiff. Sie sind alle untergegangen. Sie sind gestorben. Ich habe sie in den Tod geführt. Ich habe sie ermordet.«

»Nein«, sagte Pontus.

»Doch.«

Die Stirn seines Vaters glühte.

»Und Mama? War sie auch auf dem Schiff? Wie kann sie ... ? Ihr wart doch immer bei mir?«

»Nein, sie war nicht auf der Fähre. Sie wusste nichts von alldem. Sie hätte es niemals zugelassen. Sie war ein guter Mensch.« Ragnars Hand krallte sich in die Bettdecke. »Sie wurde zwei Tage später ermordet. Es gab einen Mittäter, den Lkw-Fahrer. Er hat das Schiffsunglück überlebt. Er kam zu uns nach Hause. Er wollte trotz allem sein Geld. Wir haben uns fürchterlich gestritten. Ich hatte die Tragödie nicht mehr vor deiner Mutter geheim halten können. Als ich begriffen hatte, dass alle auf der gesunkenen Fähre umgekommen sind, bin ich innerlich zusammengebrochen. Deine Mutter ist natürlich geschockt gewesen. Sie hat es nicht glauben können. Ich weiß, dass etwas in ihr zerbrochen ist. Ihr Glaube an mich. Sie hat anderthalb Tage nicht mit mir gesprochen. Als ich ihr das Geld gezeigt habe, hat sie es im Kamin verbrannt. Blutgeld, hat sie gesagt. Das einzige Wort, das letzte Wort, das sie noch an mich gerichtet hat. Ich glaube heute, sie hätte mich verlassen. Sie hätte dich genommen und mich verlassen. Das wäre das Beste gewesen. Wie oft habe ich mir gewünscht, dass es so gekommen wäre!«

»Aber ...«

»Doch dann ist der Mann gekommen. Damit hatte ich nicht gerechnet. Es hatte ja nur wenige Überlebende gegeben. Er ist gekommen und wollte sein Geld. Geld, das es nicht mehr gab. Er hat uns gedroht und schließlich seine Drohung wahrgemacht. Im Streit und Gerangel hat er deine Mutter erschossen. Eigentlich hatte er mir in die Hand schießen wollen, aber sie ist dazwischengegangen. So ist sie gestorben, um mich zu schützen. Obwohl ich ihr Leben, unser Leben zerstört hatte. Ich konnte dem Mann die Waffe entreißen und habe auf ihn geschossen. Auch er ist sofort gestorben.«

»In unserem Haus in Ingelstad?«

»Ja. Alles, während du geschlafen hast. Er hatte so eine Art selbst gebastelten Schalldämpfer an seiner alten Armeepistole, er war ein Berufskrimineller, trotzdem kamen mir die drei Schüsse unfassbar laut vor. Ich weiß bis heute nicht, warum du nicht aufgewacht bist, warum die Nachbarn nichts gehört haben. Aber dann stand ich da. Deine Mutter war tot und dieser Kerl auch. Was sollte ich tun? Ich habe die Leichname aus dem Haus gebracht. Zuerst habe ich den Körper des Mannes entsorgt, auf einer Baustelle, auf der ich damals gearbeitet habe. Dann habe ich deine Mutter auf einem Hügel im Wald beerdigt. Es war einer ihrer Lieblingsplätze, wo wir im Sommer manchmal Picknick gemacht haben. Unter einer großen Linde.«

»Ich glaube, ich erinnere mich an diesen Ort. An die Linde«, sagte Pontus.

Ein flüchtiges Lächeln huschte über Ragnars Gesicht.

»Ich kann dir ihr Grab beschreiben, wenn du willst, ich war vor einigen Tagen dort. Es ist wunderschön, selbst im Herbst.« Dann versteinerte sich sein Gesicht wieder. »Als ich endlich wieder nach Hause kam, dämmerte es bereits. Ich sah die Polizeiwagen schon von der Kreuzung am Ende der Straße aus.«

Er schluchzte, fasste in das Gesicht seines Sohnes.

»Was soll ich sagen? Ich war feige. Ich bin abgehauen. Ich habe den Wagen gewendet und bin abgehauen. Zwanzig Jahre lang.«

»Wo warst du? Wo warst du die ganze Zeit über?«

7

»Aber meint ihr nicht, dass die Kinder schon viel eher geschrien hätten, wenn sie wirklich in einem Lkw-Container oder unter so einer Plane auf der Ladefläche eingepfercht worden wären?«, fragte Delgado.

»Womöglich waren sie sediert und wahrscheinlich waren auch ein oder mehrere Erwachsene bei ihnen. Was weiß ich, wer alles an der Sache mitgemacht und mitverdient hat?«, sagte Forss.

»Dieser Puusta kann das nicht alles allein geplant haben. Es muss Kontakte in Schweden gegeben haben. Jemand, der hier die Kinder an adoptionswillige Eltern vermittelt hat«, stellte Nyström fest.

»Ragnar und Yvonne Karlsson«, sagte Delgado. »Denkt an dieses ganze verbrannte Geld in ihrer Wohnung. Sie haben Puusta wahrscheinlich getötet, nachdem er ohne die Kinder in Schweden aufgetaucht ist. Vielleicht hat es einen Streit um das Geld gegeben. Gegenseitige Schuldzuweisungen. Schließlich hatten sie ein echtes Problem. Sie waren nicht nur für den Tod von was weiß ich wie vielen Kindern mitverantwortlich, sondern hatten auch diverse schwedische Paare im Nacken, die wahrscheinlich längst einen Haufen Geld für ihre Adoptivkinder bezahlt hatten. Kinder, die niemals kommen würden. Alle potenzielle Mitwisser. Vielleicht waren Teile des Geldes längst ausgegeben. Die Nachbarin der Karlssons hat doch von massiven wirtschaftlichen Schwierigkeiten gesprochen. Leicht konnte es aus einem Streit zu einer tödlichen Auseinandersetzung kommen. Dann müssen die Karlssons Puustas Leiche auf der Baustelle auf dem Golfplatz verschwinden lassen haben und geflohen sein.«

»Aber warum haben sie ihren Sohn zurückgelassen? So etwas machen doch Eltern nicht«, sagte Nyström. »Auch nicht in Panik.«

Delgado zuckte die Schultern.

Forss fuhr fort. »Dieser Glatzkopf, nach dem wir fahnden, kann diesem Szenario nach eigentlich nur Pontus Palmgrens Vater sein. Ragnar Karlsson.«

»Karlsson hat damals aber noch Haare gehabt«, wandte Nyström ein. »Sogar einen Schnäuzer«.

»Dieser komplette Haarausfall kann ganz plötzlich eintreten«, sagte Knutsson. »Wie eine Krankheit.«

Forss nahm den Faden wieder auf. »Er hat in der Zeitung oder im Internet von dem Leichenfund auf dem Golfplatz gelesen und ist nach Växjö zurückgekehrt, um die Spuren zu beseitigen. Daher der Einbruch in die Pathologie, die dilettantisch ausgeführte Brandstiftung und der Diebstahl der alten Knochen. Er muss gehofft haben, dass wir Puusta zu diesem Zeitpunkt noch nicht identifiziert hatten. Was ja auch gestimmt hätte, wenn Ann-Vivika nicht so schnell einen Abdruck des Zahnregistrats genommen hätte. Und von dem Krankenhausarmband aus Helsinki wusste er wahrscheinlich auch nichts. Kurz nach der Brandstiftung muss er zufällig Anna-Lena Hammarskjöld begegnet sein, wahrscheinlich an der Tankstelle in Lammhult, von der wir den Kassenbon in ihrem Auto gefunden haben. Hammarskjöld hat Karlsson erkannt und umgekehrt. Wer weiß, wie sie reagiert hat. Vielleicht hat sie ihn mit seiner Mitschuld an dem Tod ihres kleinen Laili konfrontiert. Nach all den Jahren Versteckspiel wollte Karlsson wahrscheinlich nicht riskieren, doch noch gefasst zu werden. Oder er hat voller Angst überreagiert. Die Mitwisserin musste weg. Hammarskjöld ist in ihrem Wagen geflohen und Karlsson hinterher. Wie das ausgegangen ist, wissen wir ja.«

»Lammhult liegt an der Landstraße zwischen Växjö und Gränna«, sagte Delgado.

»Vielleicht war Karlsson gerade auf dem Weg zu seinem Sohn?«, meinte Forss.

»Wir fahren auf der Stelle los!«, bestimmte Nyström.

8

»Weit weg«, antwortete Ragnar Karlsson. »So weit weg, wie es nur ging. Ich habe lange Jahre für eine niederländische Ölbohrfirma gearbeitet, die meiste Zeit in Indonesien, später auch in Malaysia. Ich dachte, es sei nur eine Frage der Zeit, bis die Adoptiveltern, die ihre Kinder nie bekommen haben, zur Polizei gehen. Bis ich weltweit wegen Mordes gesucht werde. Aber so weit ist es nie gekommen. Ich habe mir schwedische Zeitungen schicken lassen, später gab es dann ja das Internet. Nie war von den Kindern die Rede. Diese Paare müssen bis heute geschwiegen haben, wahrscheinlich aus Scham. Sie wussten, wann die Kinder kommen sollten. Wenn sie eins und eins zusammengezählt haben, müssen sie begriffen haben, dass ihre Kleinen mit der *Estonia* gesunken und ertrunken sind.«

»Und zwanzig Jahre später hast du von der Baustelle erfahren.«

»Genau, von den verunglückten Baggerarbeiten am Wasserhindernis vor Loch sieben auf dem Golfplatz in Växjö. Dem Grab des Lkw-Fahrers. Es war nur eine Frage der Zeit, bis sie ihn finden würden und so ist es ja auch gekommen. Ich habe mich, so schnell ich konnte, aus Asien auf den Weg gemacht, aber ich kam trotzdem zu spät. Der Leichnam war bereits geborgen worden. Wieder ging alles schief. Wieder habe ich Schuld auf mich geladen. Da war diese Frau an der Tankstelle. Eine der damaligen Adoptivmütter. Sie hat mich erkannt. Sie hat mich nach all den Jahren wiedererkannt, trotz meines Haarausfalls. Ich ... ich musste es tun. Ich musste dich schützen, Pontus. Vor mir und meiner Vergangenheit. Ich wollte nie, dass du davon erfährst. Dass du erfährst, was ich getan hatte. Ich wollte dich nie mit in diese Sache hineinziehen, egal, wie stark ich dich und deine Mutter vermisst habe. Aber dann war ich so nah bei dir, dass ich nicht widerstehen konnte. Ich ... ich musste dich sehen.«

»Das Schiff. Du hast in der Nacht mein Schiff mitgenommen.«

»Ja. Ich wollte es mit deiner Mutter zusammen beerdigen. Damit sie etwas von dir bei sich hat. Aber ich habe es im entscheidenden Moment nicht gekonnt. Es war dein Schiff. Ich wollte es wieder in dein Regal zurückstellen, nur, dass es so weit nie gekommen ist. Ich hatte es die vergangenen zwanzig Jahre bei mir. Es war mein Talisman und gleichzeitig mein Schuldschein. Es war das Symbol für alles, was ich getan habe, und für alles, was ich verloren hatte. Dich, deine Mutter, vierzehn unschuldige Kinder, zwei junge Erzieherinnen und diese Frau, die mich erkannt hat. Vor dir liegt ein Ungeheuer, Pontus. Am besten, du lässt mich sterben.«

Sein Gesicht war nass vor Tränen.

»Nein«, sagte Pontus. »Nein. Ich bringe dich in Sicherheit, bis du wieder bei Kräften bist. Aber wir müssen bald weg von hier. Ein Bild von dir war in der Zeitung. Wenn die Polizei ihre Arbeit macht, ist es nur noch eine Frage der Zeit, bis sie hier sind.«

Er erklärte seinem Vater seinen Plan. Dann ging er in die Küche, um die kalten Umschläge zu wechseln. Er dachte über all das nach, was sein Vater ihm erzählt hatte. Ja, das waren schlimme Dinge. Eine große Schuld, eine endlos erscheinende, zerklüftete Eislandschaft, die er mit der Zeit auf sich wirken lassen musste. Erforschen musste. Wie Andrée. Wie Nansen. Aber trotz allem war der Mann sein Vater. Pontus musste seinem Bauchgefühl folgen. Den magnetischen Nordpol suchen, nicht den geografischen. Sein Vater war die Nummer Zwei. Die Nummer Eins war seit vielen Jahren tot. Sie hatte ihn *nicht* im Stich gelassen. Sie war gestorben, um ihre Familie, um ihn zu schützen. Sie war eine Heldin. So, wie er es sich immer ausgemalt hatte.

9

Der schwere blau-weiß-gelb-lackierte Volvo schoss die L30 hinauf, durch Lammhult und Vrigstad hindurch, bis die Landstraße auf die breitere E4 traf, Richtung Jönköping und Huskvarna. Die Landschaft blieb immer gleich, graue Wälder, graue Weiden, graue Seen. Irgendwann tauchte links von ihnen der riesige Vättern auf. Ein See wie ein Meer, dachte Forss. Kleine bunte Boote waren an Bojen vertäut und tanzten auf den Wellen, bald würden ihre Besitzer sie an Land holen und über den Winter einlagern. Forss saß mit Delgado auf der Rückbank, Knutsson fuhr, Nyström saß auf dem Beifahrersitz. Nyström hatte mehrmals mit der Fährgesellschaft telefoniert. Pontus Palmgren hatte am frühen Morgen ganz normal seinen Dienst angetreten. Um

13.00 Uhr ging seine letzte Tour nach Visingsö, um 14.10 Uhr hatte er Dienstschluss. Normalerweise. Ungewöhnlich war, dass er für heute vereinbart hatte, während seiner letzten Tagestour auf Visingsö zu bleiben. Aus privaten Gründen, wie er gesagt hatte. Die letzte Rückfahrt der ersten Tagschicht würde seine Kollegin, die erste Offizierin Rosmari Sten übernehmen, im Grunde kein ungewöhnliches Prozedere, Bo Johnsson, der Kapitän der zweiten Tagschicht, lebte auf Visingsö und ließ die *Ebba Brahe* täglich auf der letzten Abendtour von seinem ersten Offizier in den Hafen von Gränna zurückfahren. Käme es denn häufiger vor, dass Palmgren auf der Insel private Dinge erledige, hatte Nyström gefragt. Nein, eigentlich nicht, war die Antwort gewesen.

»Sein Vater ist auf Visingsö«, stellte Delgado fest. »Er besucht ihn dort. Darauf gehe ich jede Wette ein.«

»Oder er bringt ihn auf der letzten Fahrt erst hin«, sagte Forss. »Auf jeden Fall müssen wir die 13-Uhr-Fähre bekommen.«

Knutsson nickte und stieg aufs Gas.

Sie erreichten den Hafen um 12.52 Uhr.

»Parke um Gottes willen außerhalb der Sichtweite der Fähre«, rief Nyström. »Palmgren darf auf keinen Fall vorgewarnt sein und den Polizeiwagen sehen.«

Knutsson stieg auf die Bremse und stellte den Volvo hinter einem Lkw mit Anhänger ab. Sie stiegen aus und eilten im Laufschritt auf den Anleger zu. Die Fähre fuhr gerade in das kleine Hafenbecken ein, das von einer steinernen Mole umfasst wurde. Ein weiß getünchter Leuchtturm, um den Dutzende Möwen kreisten, markierte die Hafeneinfahrt. Die vier Ermittler verlangsamten ihr Tempo, um kein unnötiges Aufsehen zu erregen. Knutsson schnaufte. Vom See her blies ein kalter, ruppiger Wind. Die Farbe des Himmels erinnerte an blindes Glas. Drei Pkw standen in einer Warteschlange, daneben eine unübersichtliche Gruppe Passagiere zu Fuß, das Gros bildete eine zappelige, krakeelende Schulklasse, die von zwei Lehrern begleitet wurde, die sich bemühten, sie einigermaßen im Zaum zu halten. Verdammt, dachte Forss, ein Schiff voller Schüler, das hat uns gerade noch gefehlt. Sie sah zwischen den elf- bis zwölfjährigen Mädchen und Jungen aber auch einige ältere Leute. Zwei Senioren hatten mit Supermarkteinkäufen gefüllte Rollkarren dabei. Delgado kaufte an einem Automaten vier Tickets. Die Fähre legte an. Zwei Matrosen sprangen an Land und vertäuten das Schiff. Forss versuchte unauffällig auf die Kapitänsbrücke zu blicken, aber sie erkannte nur Schemen hinter den Glasscheiben. Sie gesellten sich in zwei Paaren – Nyström und Knutsson, Forss und Delgado – zu den anderen Fußpassagieren in die Warteschlange. Autos verließen die Fähre über die Verladerampe, dann folgten ein bärtiger Mann im Jogginganzug, zwei Angler und vier ältere Damen, eine schob einen Rollator vor sich her. Endlich setzten sich die wartenden Autos in Bewegung und fuhren über die scheppernde Rampe auf das Schiff. Die Fußpassagiere folgten. Die Schüler drängelten und schrien. Über eine Treppe ging es auf das höher gelegene Passagierdeck. Die Jungen und Mädchen balgten sich um die Sitzplätze an den Fenstern. Die älteren Fahrgäste nahmen in einigem Abstand zu dem Getöse Platz. Forss konnte von ihrem Sitz aus sieben Frauen und vier junge Männer aussortieren. Übrig blieben drei Männer mittleren Alters, die sie alle nur hinten sehen konnte. Einer hatte einen Spitz an der Leine. Der fällt weg, entschied sie. Ein zweiter nahm seine Skimütze ab und strubbeliges braunes Haar kam zum Vorschein. Also blieb nur noch einer übrig. Ein Mann in Mantel und Hut, um den Hals einen Schal gewickelt. Der musste es sein, dachte sie.

Wenn Ragnar Karlsson wirklich als Passagier auf dem Schiff ist, dann muss er es sein. Der Mann saß drei Reihen vor ihr und hatte eine etwas merkwürdige Sitzposition eingenommen. Irgendwie gekrümmt, so als würde er sich den Bauch halten. Ihr Handy vibrierte. Eine SMS von Nyström. Die war mit Knutsson an allen anderen Passagieren vorbei bis zum Ende des Decks gegangen. Einander untergehakt standen sie dort und schienen auf das graue Wasser hinauszublicken.

Mantel und Hut, schrieb Nyström.

Sie hielt ihr Handy so, dass auch Delgado lesen konnte. Er nickte knapp.

Karlsson war also tatsächlich hier.

Und sein Sohn steuerte derweil das Schiff.

Die Fähre legte ab, wendete und nahm Fahrt auf. Die Überfahrt sollte ungefähr 20 Minuten dauern.

Zugriff?, tippte Forss.

Nyström und Knutsson nahmen auf zwei freien Sitzen Platz.

Nach dem Anlegen, wenn die Kinder weg sind, kam es nach zwei Minuten.

Nyström hatte recht. Hier auf dem Schiff konnte die Situation leicht außer Kontrolle geraten. Karlsson konnte bewaffnet sein. Wahrscheinlich hatte er vor langer Zeit schon einmal einen Menschen erschossen. Und vor einigen Tagen eine Frau erschlagen. Eine Schießerei oder eine Geiselnahme mussten sie um jeden Preis verhindern. Sie war dennoch froh, dass alle vier Ermittler bewaffnet waren. Zum Glück war es nicht ihre Dienstwaffe gewesen, die sie in Estland hatte zurücklassen müssen. Ihre Sig Sauer P226 befand sich in einem Holster unter ihrer Jacke. Da, wo sie hingehörte. Sie spürte, dass Delgados Nervosität zunahm. Solche Einsätze waren nicht seine Stärke. Und Knutssons auch nicht, um ehrlich zu sein. Bei Nyström war sie sich nicht sicher. Ihre Chefin hatte grundsätzlich etwas Nachdenkliches, Zögerliches an sich. Andererseits hatte sie sich seit ihrer Krankheit verändert. Sie war schroffer geworden, bissiger. Aber ob sie, wenn es drauf ankam, in Sekundenbruchteilen die richtigen Entscheidungen treffen konnte? Schon einmal war sie gemeinsam mit Nyström auf einer Fähre in einer brenzligen Verhaftungssituation gewesen, erinnerte sie sich. Da war sie selbst es gewesen, die die Entscheidung getroffen hatte. Die, die geschossen hatte. Anette Hultin sollte hier sein, dachte sie. Eine ehemalige Soldatin, genau wie ihr Vater. Mit einem Mal überfiel sie der überwältigende Drang, ihn anzurufen. Seine Stimme zu hören. Es geht ihm unverändert schlecht, hatte Maj am Morgen gesagt. Delgado stieß sie sachte mit dem Ellenbogen an und riss sie aus ihren Gedanken. Der Hafen der Insel rückte in Sichtweite. Sie sah eine Reihe rot lackierter Bootshäuser und eine graue spitzgieblige Burgruine ohne Dach. Gleich ist es so weit, dachte sie. Die Schülergruppe hielt nichts mehr auf ihren Sitzen. Sie polterte zum Ausgang, ein Schlachtfeld aus leeren Chipstüten und einer Explosion aus bunten Puffreiskrümeln blieb hinter ihnen zurück. Verschämt bückte sich einer der Lehrer und kehrte mit bloßen Händen die Sauerei notdürftig zusammen. Das gäbe es in Deutschland aber nicht, dachte Forss, jedenfalls nicht bei den Lehrern, bei denen ich zur Schule gegangen bin. Die Fähre lief in den Hafen ein und ploppte schließlich gegen die Poller. Alle Fahrgäste erhoben sich und bewegten sich langsam Richtung Ausgang. Auch der Mann mit dem Hut. Delgado und sie folgten ihm, Nyström und Knutsson waren vor ihnen in der Reihe. Die Treppe hinunter und über geriffelte, weiß lackierte Metallplanken ging es an Land. Der Wind war hier noch stärker als in Gränna und riss an

Forss' Haar. Die Autos fuhren von der Fähre. Die Schulklasse hatte sich gesammelt und folgte ihren Lehrern im Gänsemarsch Richtung Brahes Schlossgarten. Die meisten Fahrgäste zerstreuten sich auf dem Parkplatz und stiegen in ihre Autos. Die beiden älteren Damen mit den Rollkarren wurden von einem Kleinbus eines Seniorenheims aufgelesen. Der Mann mit dem Hut blieb stehen und setzte sich trotz des böigen, unangenehmen Winds auf eine Bank. Er wartet, dachte Forss, er wartet auf seinen Sohn. Nyström und Knutsson waren vor einem Aushang auf einer Informationstafel stehen geblieben. Delgado holte umständlich eine Spiegelreflexkamera aus seinem Rucksack und begann wild in der Gegend herumzuknipsen: Die Fähre, der graue See, die Bootshäuser. Forss riskierte einen Blick auf den Mann auf der Bank. Jetzt konnte sie endlich sein Gesicht sehen. Tatsächlich, er hatte keine Augenbrauen und sah dem Phantombild verblüffend ähnlich. Delgado hatte alles fotografiert, was es zu fotografieren gab. Bis auf Ragnar Karlsson natürlich. Langsam mussten sie weitergehen, wenn sie keinen Verdacht erregen wollten. Dasselbe galt für Nyström und Knutsson, das zweite Touristenpaar. Die Autos und Passagiere, die nach Gränna wollten, waren bereits alle auf dem Schiff. Endlich kam der Kapitän von Bord. Ein junger Mann in Uniform. Er zog einen kleinen Rollkoffer hinter sich her. Die Fähre legte ab. Pontus Palmgren tippte sich kurz an die Mütze, dann drehte er sich um und ging auf die Bank zu, auf der sein Vater saß. Delgado verstaute seinen Fotoapparat. Forss suchte Blickkontakt mit Nyström. Palmgren erreichte die Bank. Er half seinem Vater hoch. Augenscheinlich hatte Karlsson starke Schmerzen. Er bewegte sich, als habe er eine Verletzung im Bauchbereich. Forss' und Delgados Standort am Anleger, die Informationstafel, vor der Nyström und Knutsson standen und die Bank bildeten etwa ein gleichschenkliges Dreieck mit zehn Meter langen Seiten. Ein letzter 180°-Blick. Alle Passanten waren mindestens 150 Meter entfernt. Jetzt.

Jetzt oder nie.

Nyström nickte.

»Stehen bleiben, Polizei!«

»Hände hoch!«

»Polizei, keine Bewegung!«

Nahezu gleichzeitig hatten die Ermittler ihre Waffen gezogen und entsichert. Wie aus dem Lehrbuch. Karlsson und Palmgren schienen völlig überrumpelt. Der Rollkoffer fiel um. Karlsson plumpste auf die Bank zurück. Aber er hörte nicht auf sie. Er bewegte sich.

Er nestelte an seiner Manteltasche herum. Und auch Palmgren griff in seine Tasche. Verflucht ...

»Stopp!«, brüllte Forss. »Keine Bewegung!«

In den Augen der beiden Männer stand Panik. Dann sah sie etwas in ihren Händen, etwas Metallisches.

»Stopp!«, schrie Nyström.

Dann knallten zwei Schüsse. Vater und Sohn sackten in sich zusammen.

Sie hatte das Mündungsfeuer gesehen.

Nyström und Knutsson hatten geschossen.

Das Echo der Schüsse hallte im Hafen wider.

Eine Möwe schrie.

Dann klingelte ihr Handy.

10

Nyström nahm alles wie durch einen Nebel wahr. Den Rettungshubschrauber, den Notarzt, die uniformierten Kollegen aus Jönköping, die Schaulustigen. Blauweißes Absperrband surrte im Wind. Wie eine Harfensaite, dachte sie. Dann dachte sie an Engel. Und an Gott.

Ich habe einen Menschen getötet.

Ich habe gegen Gottes Gebot verstoßen.

Weil ich das der Menschen vertrete.

Sie hatte geschossen, weil die Männer Waffen gezogen hatten.

Knutsson hatte ebenfalls geschossen.

In Ragnar Karlssons Hand war wirklich eine Pistole gewesen. Wahrscheinlich dieselbe Makarow aus den Beständen der ehemaligen Sowjetarmee, mit der er vor zwanzig Jahren Tõnu Puusta getötet hatte.

In Pontus Palmgrens Hand war keine Waffe gewesen, sondern nur ein Schiffsmodell aus Metall. Ein harmloses Spielzeug.

Knutsson nahm sie in den Arm und drückte sie an sich. Der beleibte Mann zitterte.

»Wir haben das Richtige getan«, sagte er. »Wir haben das einzig Richtige getan.«

»Aber es fühlt sich nicht so an«, sagte sie leise.

11

Auf der Bank saß Stina Forss in ihrem eigenen Nebel. Den lärmenden Hubschrauber nahm sie erst wahr, als er schon längst gelandet war. Sie starrte auf den grauen See hinaus. Am anderen Ufer konnte man die Konturen des Kirchturms von Gränna erahnen. Das Handy lag immer noch in ihrem Schoß. Der Anruf war aus Ljungby gekommen. Ihr Vater war tot.

12

Er schwebte wie ein schwarzer Ballon über das ewige Eis. Alles unter ihm war weiß und war es doch nicht. Das Eis hatte Farben. Es war grün, es war türkis, bisweilen war es schmutzig braun. Er flog, immer weiter, seiner inneren Kompassnadel nach. Bis zum Nordpol.

Bis zur Festung der Einsamkeit.

Er war der Ballon.

Dann schlug Pontus Palmgren die Augen auf und die grelle Krankenhausbeleuchtung schmerzte hinter seinen Netzhäuten.

13

Hultin blickte aus dem Fenster. Der Tag war grau und die Bäume auf dem Parkplatz hatten nun fast alle ihre Blätter verloren. Es war still in der Abteilung, außer ihr war niemand da. Sie wunderte sich, empfand aber keine Lust, Nyström oder jemanden der anderen anzurufen. Sollten die ihren Kram allein machen. Ihre Schultern schmerzten. Anders als Delgado war sie nicht dafür gemacht, stundenlang vor dem Computer zu sitzen. Außerdem hatte sie den ganzen Tag fast nichts gegessen. Dafür war sie weitergekommen. Obwohl ihr Magen knurrte, überflog sie noch einmal die Informationen, die sie dank Bo Örkenrud zusammengetragen hatte. Der Chef der Spurensicherung hatte den ungewöhnlichen Gegenstand auf dem Foto erkannt. Die eckige Klinke war ein Teil eines Verschlussmechanismus spezieller Transportbehälter für leicht radioaktives Material. Wie sich nach einer Onlinerecherche zeigte, wurden diese Behälter von einem deutschen Unternehmen für die *Gesellschaft für Nuklear-Service* hergestellt, deren Teilhaber sich aus verschiedenen international tätigen Energieunternehmen zusammensetzten. Auch der Staatskonzern *Vattenfall* gehörte dazu. Der Behälter, zu dem die Klinke auf dem Foto gehörte, war den Angaben der Website des Herstellers zufolge keine Rarität, sondern wurde weltweit eingesetzt. Er war deutlich leichter als die bekannten Castoren und war auch nicht mit so strengen Sicherheitsvorschriften belegt.

»Wo hast du das Foto eigentlich her?«, hatte Örkenrud sie gefragt.

»Ach, das hat mir irgendein verrückter Öko-Aktivist geschickt. Das Ding hat angeblich im Mülleimer an einer Raststätte bei Tingsryd gelegen. Ist wahrscheinlich nur einer dieser Wichtigtuer.«

»Aha«, hatte Örkenrud gesagt und sie dabei komisch angesehen, war dann aber zum Glück wieder zurück in seine Abteilung gegangen.

Leicht radioaktives Material. Was hatte das zu bedeuten? Hultin massierte ihre Schläfen.

Was hatte der Schiffsarzt der *Estonia* für einen Beweis an Bord gefunden? Hatte der durchgeknallte Blogger Lennartsson mit seinem *SDI*-Gefasel am Ende doch recht gehabt? Ging es um militärische Güter aus der nuklearen Versuchs- und Entwicklungsanlage in der Nähe Tallinns? Aber das passte nicht zu dem, was Stenderup ihr zugeflüstert hatte. *Das ist die völlig falsche Frage. Die richtige muss lauten: Was wurde auf der Hinfahrt aus Schweden hinausgeschmuggelt?*

Aber was würde man an leicht radioaktivem Material heimlich aus Schweden hinausbefördern wollen? Was gab es überhaupt in Schweden an Nukleartechnik? Röntgengeräte? Die transportierte man ja wohl kaum in solchen Spezialbehältern. Das einzig Plausible, das ihr einfiel, waren Atomkraftwerke.

Atommüll.

Die Behälter waren nicht gerade günstig. Die aktuellen Modelle kosteten um die 15.000 Euro.

Wenn man also etwas Radioaktives transportieren wollte, dann würde man es am Ende gar nicht in solchen Behältern lassen, sondern umlagern und die Transportbehälter leer zurückschicken.

Stenderup hatte von zwei Lkws gesprochen, die beide nicht beim Zoll registriert worden waren.

Könnte das sein? War sie hier tatsächlich auf Beweise gestoßen, die die Ausfuhr radioaktiven Materials aus Schweden belegen konnten?

Dieser unscheinbare Metallbolzen konnte alles bedeuten.

Einen der größten Skandale in der Geschichte Schwedens.

Oder gar nichts.

Ein Foto, das ihr ein verrückter Wichtigtuer zugesteckt hatte.

Aber so hatte Stenderup nicht auf sie gewirkt. Ganz und gar nicht.

Ihr Herz pochte. Sie atmete tief ein.

Doch ohne Stenderup und die echten Gegenstände selbst war der Aussagewert der Fotos gleich null.

Hultin öffnete das Verschlüsselungsprogramm und schrieb eine Mail.

Wann können wir uns wiedersehen?

14

Sie konnte sich kaum daran erinnern, wie sie nach Hause gekommen war. Der Tag war an ihr vorbeigeflogen. Gespräche mit den Kollegen in Jönköping, die Autofahrt zurück nach Växjö, Edman und unzählige Seiten Protokolle. Irgendwann war es draußen dunkel geworden und Delgado hatte sie zurück nach Ör gebracht. Noch immer schien der Schuss in ihren Ohren nachzuhallen. Sie aß eine Scheibe Brot und legte sich in dem leeren großen Haus in ihr Bett. Später, viel später hörte sie Anders unten zur Haustür hineinkommen. Sie hörte, wie er seine Schuhe und seinen Mantel auszog. Sie hörte seine Schritte auf der Treppe. Dann saß er neben ihr. Sie hatte so viel zu bereden und doch fand sie ihre Stimme nicht. Die Stille tat so gut. Seine Nähe tat so gut. Alles war wie betäubt und doch fanden Anders' Hände ihren Weg. Als folgten sie einer Bestimmung. Alles löste sich unter seinen Händen auf. Das Eis schmolz. Endlich fand er den Weg zu ihr und sie fand den Weg zu ihm. Als er in sie eindrang, weinte sie.

Vor Glück.

Vor Trauer.

Sex und Tod sind Geschwister, hatte sie einmal irgendwo gelesen. Und dass der Tod das stärkste Aphrodisiakum der Welt sei. So ein Blödsinn, hatte sie gedacht. Und doch war es auch ein bisschen wahr. Anschließend lagen sie lange beieinander in der warmen Dunkelheit ihres Schlafzimmers. Sie fühlte sich geborgen und gleichzeitig sehr lebendig. Trotzdem war da ein starkes Gefühl von Schuld.

»Wenn ich katholisch wäre, würde ich jetzt beichten«, flüsterte sie.

»Wenn ich katholisch wäre, müsste ich jetzt wohl auch beichten«, sagte Anders.

Er brachte sie zum Lachen.

Vielleicht würde es irgendwie gehen. Damit zu leben.

Ihre Gedanken flogen zu Pontus Palmgren. Auch wenn irgendwo noch seine Adoptiveltern wohnten, war er heute erneut zum Waisen geworden. Dieses Mal endgültig. Sie stellte ihn sich als kleinen Jungen vor. Allein gelassen in einem großen Haus. Sein Vater hatte damals die Leiche von Tõnu Puusta in Pontus' Star-Wars-Bettwäsche gewickelt und entsorgt. Ihr Enkel Marcus hatte ebenfalls so einen Bettbezug.

»Marie hat übrigens vorhin angerufen«, sagte er. »Marcus und sein Klassenkamerad bleiben auf der alten Schule. Es hat eine Aussprache mit der Lehrerin gegeben und die Eltern von Marcus' Freund waren am Ende wohl einsichtig.«

»Na, Gott sei Dank«, sagte sie und zog sich ganz nah an seinen großen Körper heran.

15

Als die E-Mail kam, hatte Anette Hultin schon beinahe geschlafen. Aber das Pling ihres Smartphones weckte sie. Und tatsächlich: Mikkel Stenderup hatte sich gemeldet. Sie war elektrisiert, hellwach, sofort eilte sie zu ihrem Schreibtisch. Öffnen konnte sie die E-Mail nur auf ihrem Laptop mithilfe des Entschlüsselungsprogramms. Während der Rechner hochfuhr, trank sie vor Aufregung ein Glas Milch und stopfte sich einen Schokokeks in den Mund, obwohl sie sich eigentlich ja schon die Zähne geputzt hatte. Selbst ihren Kalorienrechner vergaß sie. Sie las:

Ich bin beruflich unterwegs.

Ich habe etwas für dich.

Wenn du magst, können wir uns bald wiedersehen.

Ihr Herz pumpte, sie tanzte durchs Zimmer und sie schrie die Freude in ihr Kopfkissen hinein.

EINE WOCHE SPÄTER. DIENSTAG, 28. OKTOBER

»Die losen Fäden verknüpfen sich«, sagte Nyström. »Ein Paar aus Värnamo hat sich auf die Zeitungsberichte hin gemeldet. Sie lebten seit zwanzig Jahren mit dem schlechten Gewissen, sagten sie. Und auch Stefan Hammarskjöld hat umfassend ausgesagt. Tatsächlich haben sie damals 250.000 Kronen für ein Adoptivkind aus Estland an Ragnar Karlsson gezahlt. Ein kleines, wunderhübsches Mädchen, Laili. Er hatte sogar noch das Foto, das sie damals von Karlsson bekommen hatten. Hammarskjöld behauptet, sie seien damals verzweifelt gewesen. Anna-Lena konnte keine eigenen Kinder bekommen und die Sozialbehörden sagten ihnen, dass sie mit Ende dreißig zu alt seien, um ein Adoptivkind aus Schweden zu bekommen. Es gäbe jüngere, geeignetere Paare als sie. In ihrer Not hätten sie sich dann auf Karlssons dubioses Angebot eingelassen. Er hat berichtet, dass es regelrechte Adoptivelterntreffen gegeben hätte, auf denen Karlsson glückliche Kleinfamilien präsentiert habe, die er bereits erfolgreich zusammengeführt hatte. Schwedische Eltern, estnische Waisenkinder. Hammarskjöld hat von einer Win-win-Situation gesprochen.«

»Ich kann es mir vorstellen«, sagte Edman.

Der Staatsanwalt Joakim Börjlind nickte.

»Es deckt sich alles weitestgehend mit den Aussagen von Pontus Palmgren. Offensichtlich hat sein leiblicher Vater ihm noch sein Herz ausgeschüttet, bevor er starb. Als Zyniker könnte man sich totlachen: In seinem ach so sozialen Tun hat Karlsson seinen eigenen Sohn zum Adoptivkind gemacht. Angeblich tat ihm alles fürchterlich leid. Vor allem die vierzehn ertrunkenen Kinder auf der *Estonia* und ihre zwei Begleiterinnen. Und auch der Tod der Anwältin. Palmgren zufolge eine unüberlegte Panikreaktion seines Vaters. Die Wunde am Bauch hat er sich zugezogen, als er den gestohlenen Saab verbrannt hat.« Sie räusperte sich. »Ann-Vivika Kimsel sagt, dass die Verletzung so gravierend gewesen sei, dass er ohne entsprechende ärztliche Behandlung auch daran hätte sterben können. Allerdings ist mein Verdacht, dass sie mich damit ein bisschen beruhigen will. Nach dem Motto: Er wäre sowieso gestorben. Sein Sohn hat wohl versucht, ihn notdürftig zu behandeln und ihn mit Antibiotika und Schmerzmitteln vollgestopft. Er hatte Angst, ihn in ein Krankenhaus zu bringen, weil er das Fahndungsbild in der Zeitung gesehen hatte.«

»Dieser arme Asperger. Die Zeitungen haben vergangenes Jahr viel über seinen Kampf um die Anerkennung seines Kapitänspatents geschrieben. Scheint ein tapferes Bürschchen zu sein. Verständlich, dass er seinem Vater helfen wollte. Zumindest wenn man es von der menschlichen Seite betrachtet. Aber das ist schließlich nicht unsere Aufgabe. Den vermaledeiten alten Bastard von Vater hätte ich allerdings gerne für den Rest seines Lebens weggeschlossen!«, sagte Edman.

»Nun ja, ...«

»Versteh mich nicht falsch, Ingrid. Du hast natürlich in der Situation auf Visingsö das Richtige getan!«, beteuerte Edman. »Das absolut Richtige!«

»Genau, Gratulation, auch von meiner Seite«, sagte Börjlind.

Nyström biss sich auf die Lippe.

Gratulation wofür, dachte sie. Dafür, dass ich einen Menschen getötet habe?

»Wenn ihr mich jetzt entschuldigen würdet«, sagte sie. »Ich halte euch natürlich auf dem Laufenden, was die abschließenden Ermittlungen angeht, aber jetzt habe ich noch einen dringenden Termin. Man sagt ja, man solle es psychologisch nacharbeiten, ... so einen finalen Rettungsschuss.«

»Natürlich, natürlich«, murmelten die beiden Männer verlegen und knöpften sich beim Aufstehen ihre Sakkos zu.

MITTWOCH, 29. OKTOBER

Es regnete während der gesamten Beerdigungszeremonie. Nicht, dass Stina Forss das irgendwie gestört hätte. Sie spürte es nicht einmal. Alles war taub. Und doch war da dieser Phantomschmerz. Wie von einem faulenden, kranken Teil des Körpers, den man vor langer Zeit amputiert hatte.

Maj weinte, die Mädchen weinten, sogar ihre Mutter, die aus Hannover gekommen war, weinte um ihren gewalttätigen Exmann.

Forss' Gesicht war nur vom Regen nass.

Ein Militärpfarrer hielt eine Andacht mit Worten, die ihr nichts bedeuteten. Soldaten in Paradeuniform trugen im Stechschritt den Sarg zum Grab, eine Militärkapelle spielte auf. Menschen, die sie nicht kannte, salutierten. Einige drückten ihre Hand, fremde Gesichter unter schwarzen Regenschirmen. Ein hässlicher alter Mann in einem Rollstuhl deutete sogar einen Handkuss auf ihren Maulwurfslederhandschuh an. Die Handschuhe hatte ihr Oleg, einer ihrer besten Freunde, aus Berlin geschickt. Seine Art, ihr sein Beileid auszusprechen. Und irgendwie vielleicht auch die beste, dachte sie. Wie es von ihr erwartet wurde, warf sie eine Schaufel Erde in das Grab des Manns, den sie nie wirklich gekannt hatte.

Nein, das stimmte nicht.

Den sie seit einem bestimmten Tag in ihrem Leben nicht wiedererkannt hatte, musste sie sich berichtigen.

Es hatte eine Zeit gegeben, da hatte sie ihren Vater gekannt. Als sie jung war. Sie hatte ihn geliebt, wie ein kleines Mädchen seinen Vater lieben sollte.

Salutschüsse wurden abgefeuert. Der Mann war ein Held gewesen, ging ihr durch den Kopf, allerdings in einem anderen Leben als ihrem. Ihre Mutter fiel ihr in den Arm. Wie alt sie geworden ist, dachte Forss flüchtig, wie alt Mama geworden ist. So viele Jahre waren vergangen. Dennoch tat es gut, die Nähe ihrer Mutter zu spüren. Warum bist du überhaupt gekommen, hatte sie Johanna am Vorabend gefragt, warum bist du gekommen, nach all dem, was er dir angetan hat? Ich bin doch nicht seinetwegen da, hatte ihre Mutter geantwortet. Ich bin deinetwegen da. Damit du heute nicht alleine bist.

Rüdiger, Johannas langjähriger Lebensgefährte, führte ihre Mutter vom Grab weg. Lea und Tuva warfen die Traumfänger, die sie früher einmal für ihren Großonkel gebastelt hatten, in den mit einem lächerlichen hellgrünen Kunstrasen ausgekleideten Schacht.

Einige ihrer Kollegen waren da: Nyström, Delgado, Knutsson, der junge Lindholm. Knutsson nahm sie sogar unbeholfen in seine schweren Arme, die anderen gaben ihr verlegen die Hand.

Irgendwie ging es vorüber.

Ihre Mutter und Rüdiger fuhren noch am selben Tag zurück nach Deutschland.

Abends teilte sie sich mit Maj und Mathias eine Flasche Wein. Als die beiden endlich ins Bett gegangen waren, trank sie eine weitere Flasche für sich allein. Schließlich musste sie sich im Bad übergeben. Erst danach fand sie in einen unruhigen Schlaf.

ZWEI WOCHEN SPÄTER. MITTWOCH, 12. NOVEMBER

Anette Hultin stürzte sich in die Arbeit. Sie vernahm zweiundzwanzig Jugendliche wegen des Verdachts auf Vandalismus. Obwohl sie sich in Widersprüche verhedderten, empfand der Staatsanwalt die Beweislage als zu dünn und stellte alle Verfahren ein. Als es im Park neben der Kirche in zwei aufeinanderfolgenden Nächten zu Vergewaltigungsversuchen kam, patrouillierte sie eine Woche lang Nacht für Nacht den kleinen Park. Erfolglos. Die Tage verbrachte sie im Halbschlaf. Sie wurde zunehmend unruhiger. Mikkel Stenderup hatte sich nicht gemeldet. Vielleicht ist er ja am anderen Ende der Welt, dachte sie. Tauch- oder Bergungsaktionen konnten ewig dauern, bei diesem Kreuzfahrtschiff in Italien waren fast zwei Jahre vergangen, bis es aufgerichtet worden war. Aber warum meldete er sich nicht auf ihre

Mails? Hatte sie ihn etwa verschreckt, weil sie zu schnell und zu forsch zurückgeschrieben hatte?

Ich freue mich darauf, hatte sie geantwortet.

Wenn ihn allerdings schon so ein unverbindlicher Satz abschreckte, dann war er nicht der Mann, für den sie ihn gehalten hatte.

Nachdem zwei Wochen vergangen waren, hielt sie es nicht mehr aus. Sie tat, was sie sich eigentlich versprochen hatte, nicht zu tun. Sie suchte erneut nach ihm im Internet. Sein Name in Verbindung mit dem Namen des französischen Unternehmens, für das er arbeitete, führte sie sofort zu der englischsprachigen Pressemitteilung der Firma. Ihre Finger krampften sich um die ergonomisch geformte Maus.

Mikkel Stenderup war tot.

Er war vor sieben Tagen bei dem Bergungseinsatz einer havarierten Yacht in der Nordsee vor Schottland ums Leben gekommen. Die Firma trauerte um einen ihrer erfahrensten Mitarbeiter. Die Untersuchungen der Ursachen des unerklärlichen Unglücks dauerten noch an. Hultins Rückenmuskeln wurden hart. Alles in ihr wurde hart, zu Stein. Dennoch gelang es ihr irgendwann aufzustehen. Wortlos verließ sie das Präsidium, ging nach Hause und legte sich ins Bett. Das Klingeln des Telefons ignorierte sie. Sollte Nyström doch Stress machen. Sie hatte eine Million Überstunden und außerdem hatte man sie ja beim Abschluss des Falls Hammarskjöld / Puusta eh nur als Laufburschen gebraucht. Oder als Laufmädel. Noch nicht mal bei der Verhaftung war sie dabei gewesen, obwohl bekannt war, dass sie die beste Schützin im gesamten Bezirk Kronoberg war. Die konnten ihr alle den Buckel herunterrutschen.

Ich habe etwas für dich.

Sie war so kurz davor gewesen, etwas wirklich Großes aufzudecken. Und einen tollen Mann kennenzulernen. Oder?

Trotzdem musste sie sich eingestehen, dass sie Mikkel Stenderup im Grunde überhaupt nicht gekannt hatte. Vielleicht war er am Ende des Tages nur einer dieser Wichtigtuer wie Lennartsson gewesen. Alles, was er ihr erzählt hatte, konnte völliger Blödsinn sein. Vielleicht hatte er nie für *Rockwater* gearbeitet. Vielleicht war er nie unten in der *Estonia* gewesen. Vielleicht hatte er den verdammten Arztkoffer auf einem Flohmarkt gekauft, um mit seiner Story eine leichtgläubige Tussi wie sie ins Bett zu kriegen. Was ja auch fast geklappt hätte, wenn sie ehrlich war und wenn er nicht diesen tragischen Unfall erlitten hätte ... Andererseits war so ein Teil von einem Atommülltransportbehälter bestimmt nicht leicht zu bekommen. Oder?

Im Internet?

Es gab ja bekanntlich nichts, was es nicht gab. Im sogenannten *deep web* kam man sogar an Waffen und Drogen, warum also nicht auch an so relativ harmlosen anderen Kram wie ihre Klinke?

Dieser unscheinbare Metallbolzen konnte alles bedeuten. Einen der größten Skandale in der Geschichte Schwedens.

Oder gar nichts.

Mikkel Stenderup war tot.

Er würde nie der Vater ihrer Kinder werden.

»Er war nur ein unbedeutender Wichtigtuer«, entschied sie. »Einer dieser Spinner.«

MONTAG, 18. NOVEMBER

Es war, als habe der Herbst wochenlang die Luft angehalten, Energie gesammelt und sein Chi geformt wie ein chinesischer Schattenboxer, um dann seine letzte Wärme, sein Licht, seine volle Farbpracht an einem einzigen Tag herauszupusten. Es war windstill, der Himmel war so blau, dass das Hinsehen wehtat, die Wälder leuchteten in sattem Grün, Gelb und Rot. Die Luft war warm und frisch. Stina Forss hatte das Autofenster weit heruntergekurbelt. Ja, Schweden konnte schön sein, wenigstens einige Monate im Jahr. Aber reichte das aus? War diese mitunter berauschende Natur Grund genug, hierzubleiben, in der Enge der Provinz zu leben?

In dieser genormten Gesellschaft, in der alle die gleichen Bücher zu lesen schienen, die gleichen Serien schauten, die gleichen Rezepte aus der Tageszeitung kochten? In der es diesen Kinderwahn gab?

Was hielt sie hier noch, nun, da ihr Vater gestorben war?

Maj und ihre Familie?

Die Kollegen?

Die Arbeit?

Arbeit und Kollegen würde es auch in Berlin geben. In Köln, Essen oder Hamburg. Sie hatte auch schon einmal über Bremen nachgedacht. Das Bremer LKA suchte Leute.

Die L29 erreichte Väckelsång. Forss bog links in den Fiskestadsvägen ein. Nun konnte es nicht mehr weit sein. Der Notar hatte ihr gestern bei der Testamentseröffnung die Haustürschlüssel und den Kaufvertrag ausgehändigt. Sie war Alleinerbin. Außer dem Sommerhaus und ein wenig Krempel war da noch ein gepflegtes BMW-Coupé aus den Achtzigerjahren, das in einer beheizten Halle in Halmstad stand. Der Fiskestadsvägen wand sich wie eine Schlange durch den Wald. Es roch nach Fichten und feuchter Erde. Ein kräftiger, ein guter Geruch. Ein schmaler Feldweg führte hinunter zum Seeufer. Da stand das Haus. Falunrote Holzwände, weiße Fensterrahmen, ein Traum wie aus Bullerbü. Sie parkte den Wagen und stieg aus. Der See funkelte in der Sonne. Ein Steg führte weit aufs Wasser hinaus. Im Garten, zwischen den Obstbäumen und Johannisbeersträuchern lag ein umgedrehtes, aufgebocktes Ruderboot. Sie ging einmal um das Haus herum. So klein schien es gar nicht zu sein. Vielleicht fünfzig Quadratmeter Grundfläche und zwei Stockwerke. Die Haustür befand sich unter einem mit Schnitzwerk verzierten Giebel. Sie schloss auf. Wider Erwarten roch es drinnen weder muffig noch alt. Es roch gut. Nach Wollteppichen und Gemütlichkeit. In der Küche stand ein Holzofen, darüber hingen Messingtöpfe, der Größe nach sortiert. Sie machte einen Rundgang. Das ganze

Haus war schlicht, aber geschmackvoll eingerichtet. Viel helle Birke, viel dunkles Teak. Sie entdeckte die gerahmten Fotos von sich auf dem Nachttisch.

Etwas in ihr wurde warm.

Sie sah aus dem Fenster im ersten Stock.

Vielleicht würde der schicke BMW genau in die kleine Garage da unten passen.

EPILOG

Der alte, mächtige Mann starrte in die Glut des Kaminfeuers. Er dachte nach. Früher war ihm das so leichtgefallen: nachdenken, die Lage analysieren, eine Strategie entwickeln. Jetzt kostete ihn das eine unglaubliche Kraft, beinahe als sei das Denken etwas Physisches, Körperliches. Dabei war es doch sein Körper, der ihn zuerst im Stich gelassen hatte.

Dennoch war es notwendig.

Es ging es um alles.

Es ging um Schweden.

Er rieb sich die Schläfen, als müsse er sich die Gedanken aus dem Kopf wringen. Schließlich, nachdem eine lange Zeit verstrichen war, sah er auf. Er wusste nun, was zu tun war. Der große Saal war allmählich in Dunkelheit versunken, nur der Firnis des vierhundert Jahre alten Schlachtengemäldes an der Wand spiegelte den flackernden Schein des Kaminfeuers wider. Er nahm den Füllfederhalter aus der Brusttasche seines Jacketts, den schweren, altmodischen Füller, mit dem schon Heinrich Himmler seine Befehle unterzeichnet hatte. Er hatte eine atemberaubende Summe dafür bezahlen müssen, trotzdem bedeutete ihm die Devotionalie im Grunde kaum noch etwas. Er nahm das vergilbte Blatt Papier, das er seit bald drei Jahrzehnten hütete und strich endlich auch den letzten Namen auf der Liste durch. Die entscheidende Spielfigur war vom Brett verschwunden. Jetzt gab es nur noch ihn.

Eigentlich.

Andererseits war ein neuer, unerwarteter Faktor aufgetaucht.

Etwas, womit er nicht gerechnet hatte.

Eine neue Spielfigur.

Die Gicht in seinen Gelenken quälte ihn, trotzdem verspürte er ein Gefühl, das er seit Langem nicht mehr empfunden hatte.

Neugier.

Er strich das Papier sorgfältig glatt, dann notierte er auf seiner Liste einen neuen, ganz ähnlichen Namen. Die beiden letzten Buchstaben schrieb er dabei besonders sorgfältig. So, als würde er zwei Blitze zeichnen.

Nein, zwei Runen.

STINA FORSS

Stand auf dem Papier.

Langsam beginnt die alte Geschichte tatsächlich wieder interessant zu werden, dachte er, und seine verhärmte Fratze verzog sich zu einem Ausdruck, den nur seine engsten Freunde als Lächeln hätten deuten können.

Obwohl: Er hatte in seinem ganzen Leben im Grunde nur einen einzigen engen Freund gehabt und der war vor achtzig Jahren in einem Sandkasten in Djurgarden an einer Schaufel Kies erstickt. Dabei war es in dem kindischen Streit eigentlich nur um einen blau und gelb lackierten Spielzeugdampfer gegangen.

Tödlicher Mittsommer. Ein Fall für Thomas Andreasson. Deutsch von Dagmar Lendt. Taschenbuch. Verfügbar auch als eBook

Tod im Schärengarten. Ein Fall für Thomas Andreasson. Deutsch von Dagmar Lendt. Taschenbuch. Verfügbar auch als eBook

Die Toten von Sandhamn. Ein Fall für Thomas Andreasson. Deutsch von Dagmar Lendt. Taschenbuch. Verfügbar auch als eBook

Mörderische Schärennächte. Ein Fall für Thomas Andreasson. Deutsch von Dagmar Lendt. Taschenbuch. Verfügbar auch als eBook

Leseproben und mehr unter www.kiwi-verlag.de